後藤明生コレクション

前期Ⅱ 2

Goto Meisei Collection 2

国書刊行会

Kokushokankokai

目次

装画——タダジュン
装訂——川名潤（prigraphics）

誰?

男はトイレットのドアをうしろ手にしめたところだった。妻はベランダに子供用のふとんを干し終り、ダイニングキッチンへ足を踏み入れるところだった。つまりその日、男は妻とそのような出会い方をしたわけだ。

「富士山がとってもきれいだわよ」

男はちらりと富士山のことを考えた。それはいつか、団地のベランダから見えた富士山のようだ。昨年か一昨年かの、ちょうどその日と同じように天気のよいある朝、確かに男は富士山を見ていた。だから、もういい。男はそのまま自分の部屋へ戻り、ふたたびふとんの中へもぐり込んだ。おそらく妻の方も、男をむりやり起そうというつもりではなかったと考えられる。たまたまトイレットから出てきた男に、声をかけただけだ。それになにより、あと二、三時間は睡眠をとりたい。男の仕事は極めて不規則だった。なにしろ週刊誌のゴーストライターだからだ。昨夜は子供の性教育を扱った記事を書いて渡した。電話がかかってくると、電車に乗り、約束の時間に編集部へ出かけてゆき、取材されたデータを読み、あるいは話をきき、打合せをおこない、約束の時間までに約束の枚数だけを書く。昨夜は十一時過ぎまでかかった。そのあと担当の編集者と二時間ほど酒を飲み、午前二時過ぎタクシーで帰ってきた。これが男の仕事だった。

しかしながら一旦ふとんにもぐり込んでいたゴーストライターの男を、そのときとつぜん起き上らせたものは、何だろう？　とにかく男は起き上った。そしてドテラをひっかけると、ダイニングキッチンで流し台に向っている妻のうしろを通り抜け、ベランダへスリッパのまま降りていった。ベランダへスリッパのまま降りることを妻はひどく嫌っている。清潔好きなのだ。それはすでによくわかっているし、男も清潔が嫌いな質ではない。しかしときどき男はスリッパのまま降りてゆくことがあった。従って男がそうするのは、その結果ダイニングキッチンに砂かあるいは少々の土が落ちたとしても、流し台の横に吊されている小さな箒で簡単に掃き出せばよい、と考えているからだ。ところが妻はダイニングキッチンに限らず、掃除には電気掃除機を用いるのが常だ。そして一日のうちそれを使用する回数はもちろん、時間も決っている。流し台の横に吊された小さな箒は掃除用のものではない。子供たちがテーブルの下にこぼす飯粒や、食べ物のかけらを処理するために用いられるのである。清潔の観念がそこで若干喰い違うようだ。妻はきちんと決めている。ベランダへ降りるときはゴムぞうりを履くように。そしてそれを実行すれば、決められた回数、決められた時間以外に決して掃除をおこなう必要はない。それは確かだ。同時にもちろん、取るに足らぬ些事でもある。だからといって男は、べつにそのような妻の考え方を無視しているわけではない。しかしいま、ベランダへ降りる時間はおそらくほんの一瞬間だ。あるいは片足を降ろすだけで済むかもしれない。

にもかかわらず男は、ベランダへ出て手摺りにかじりついたまま動かなくなった。もちろん片足でではない。そればかりか男はやがて、三歳の誕生日を迎えて間もなくの、女の子までベランダへ呼び寄せたのだった。

「ほら！」と男は、三歳の長女を抱き上げ、被せられたうす緑色のビニールカバーが少々剝げかけている物干竿の間から、子供の頭を突き出して見せた。「ほーら、富士山だ、富士山だよ！」

「フジサン？」

「そう、あそこ、あそこだよ！」

「フジサン、だって」

「そう、白いお山が見えるだろう？」

「白いフジサン？」

「あっち、あっち」

三歳の女の子は、すでにかなり重かった。ふつうに抱くのではなく、両腕でさし上げるようにして支えるのは、相当の苦痛であったにもかかわらず、なんとも名づけ難い衝撃によって突然うち砕かれた男の内なる何ものかが、その重みに暫くの間男を耐えさせたようだ。とにかく今日は家を出よう！　とにかく団地から外へ出なければならない！

ふとんの中にもぐり込んだ男が想像によって描いた富士山を、なんとも名づけ難い衝撃をもって打ち砕いた現実の富士山は、F58号棟と59号棟との間に、そのいずれの棟よりも遥かに低く、ほとんど半分ほどの高さに挟まって見えた。その低さが男をおどろかせたのである。しかしまた同時に、それはただ単に低かったためではない。男に加えられた衝撃が、想像されたものと現実との落差によって生じたものであることは、明らかだからだ。ただ、F58号棟と59号棟の間に挟まった、よく晴れた青い十一月半ばの空の下で、富士山は銀色に光っていた。その色は僅かに男を安堵させた。

少なくとも色だけは同じだった。

「ほんとに、ずい分はっきり見えるなあ」

男のことばは、おそらくその安堵のために発せられたものと考えられる。しかしそれは、衝撃よりは遥かに小さいものだった。ゴーストライターの男は、極めて風景に疎い人間だ。自然に無関心な男だ。そのことを男はよく承知していた。実さい、三十七歳の今日まで、男は何ひとつ心に残る風景などというものを持ち合せていない。花や木の名前も、極く極く常識的なもの以外は知らない。山の名前、川の名前、鳥の名前、魚の名前、いずれもほとんど知らない。従って、そのような自然が頻繁に登場する文章を読むと、どうしても眠気に襲われてしまう。男は自然を愛していない。当然の結果として釣りは下手であり、旅行も嫌いである。もちろんそのような男といえども、三十七歳の今日まで、旅行をしなかったわけではない。幾つかの山にも登ったし、川も渡った。海さえも何度か越えている。決してただひたすら頭からふとんをかぶって暮してきたのではない。にもかかわらず、いかなる風景も心に残っていないのは、何故だろう？

もちろんゴーストライターの内部にも、真に訴えたいと思う何ものかはあった。何ものに向って訴えるのだろう？　それは男にも不明であったが、何ものかが男の内部でうち砕かれた以上、そこにはまず何ものかが無ければならなかったはずだからだ。しかしながらいかなる風景も心に残っていない以上、少なくとも山川草木にそれを託することができないのは、当然の話といわなければならない。なにしろ他人の文章を読んだだけでも、眠くなるのである。従って、その朝、想像よりも遥かに低く見えた富士山から受けた、名づけ難いある衝撃によってうち砕かれた何ものかが、自信でなかったことは確かだ。男は極めて自然に疎い、風景に無関心な人間ではあったが、同時にそのことをよく承知していた。自信などははじめからなかったからだ。しかしながら、それを当然だと男は考えていた。風景はみんな忘れた。それはべつに悪いことではないだろう？　そして、このような男の考え方をとじ込めるのに、男が住んでいる団地の、五階建ての鉄筋コンクリート建造物は、極めてふさわしいものであったといえる。縦に五つ積み重ねたコンクリートの巨大な水槽に鉄筋を通し、外側からもう一度つなぎ目をコンクリートで塗りつぶす。積み重ねられた四角い水槽の内部には、風呂場、洋式水洗便所、ダイニングキッチン、他に三つほど部屋もあるが、いわばそれは四角いコンクリート水槽の内部を、さらにコンクリートの壁で幾つかに仕切ったようなものだ。もちろん幾つかの窓もあり、ベランダもある。しかしそこからは、火事にでもならぬ限り出入りする気にはなれないだろう。強盗くらいではおそらく飛び降りる勇気は出ないものと考えられる。従って地上へ降りてゆくためには、幅一メートルほどのコンクリートの階段が唯一つの通路ということになり、これがもし何ものかによって封鎖でもされようものなら、それを共有している十世帯の家族は、四角い鉄筋コンクリートの塊の中に、積み重ねられたままとじ込められるわけだ。男はもう六年間、そのように他人の家族と積み重ねられた生活を送ってきた。

あのときスリッパのままベランダへ降り立ったゴーストライターの男の内部で、突然うち砕かれたものが自信でないとすれば、それはいったい何だろう？　男にもよくわからなかった。ただ、何ものかを失ったという不意の衝撃を受けただけだ。うち砕かれたものは何か？　失われたものは何か？　不明である。そして不明であるが故に、男はその日、とにかく家を出ることに決めたのである。とにかく団地の外へ出ることだ。しかしそれは、失われたものを捜し求めるためだろうか？　男にもはっきりわからない。ただ、生きているためだということだけは、わかったようだ。人間は何ものかを少しずつ失いつつ、生きている。つまり生きるということは、何ものかを少しずつ失うことだ。

ゴーストライターの男は、ともかくも家を出た。下着をはき代え、必要なものは身につけた。オーバーも着込んだ。夜どこを歩くことになるか、男にもよくわからなかったからだ。しかしだからといって、シベリヤとか樺太へ出かけるわけではない。正直いって、旅へ出かけるかどうかわからないのだ。とにかく家を出ること。団地の外側へ出なければならない。それが目的だった。小学校二年生の長男の顔が見えないのは、いささか心残りではあったが、三歳の長女には土産を約束した。それはテレビのコマーシャルでよく見るチョコレートの一種で、極めて簡単な約束だった。なんなら、行きがけに駅のホームの売店で買ってもよいほどだ。それにしてもゴーストライターの男は、二人の子供を愛しているといえる。妻とはこれまた簡単な打合せをおこなった。留守中に電話があったら、仕事に出かけたと伝えること。もしさしつかえなければ、用件をきいて置くこと。つまり、いつもの通りだ。そのあと男は、薄いブルーのエナメルで塗られた金属製のドアを開いて、家を出た。それからドアを閉じ、コンクリートの階段を降りはじめた。階段の途中に牛乳が少しこぼれていた。煙草の喫いがらとガムの銀紙が落ちていた。しかしいずれ、どこかの主婦が掃き捨てるだろう。この階段は、家賃の一部に含まれているという意味からしても、いわばそれを共有している十世帯の家族の私道だからである。ところが一旦、地上へ降りてゆくことのできる唯一の通路であるその階段を通って、地上へ降り立つとそうではなくなる。正確な意味での道路は、そこからようやくはじまるにもかかわらず、階段を降りてたどり着いた団地内のコンクリートで舗装された道路は、まるで無関係な公園か何かのようだ。何故だろう？　理由は明白である。団地の住人たちは誰もこの道路の掃除をやらないからだ。

青味がかったネズミ色の作業服を着た公団の清掃婦たちによって、この道路は掃除されている。毎日午前十時ごろから正午ごろまで、タオルで顔を覆った清掃婦たちは、ゆっくりと作業をおこなっている。ほとんどが五十歳以上と思われる。道路はもちろん、芝生の中の紙屑一枚さえ彼女たちは見逃さない。彼女たちは決して楽しそうではない。しかし作業そのものは、至って楽なものだ。いつだったか、そのような彼女たちのある者によって、焼却炉のゴミ捨場からエロティックな写真の部厚い一束が発見されたことが、団地新聞の案内欄で報じられた。新聞紙にくるんだ五十枚ほどの写真、と記事には書かれていた。公団事務所で保管してあります。お心当りの方はお引き取り下さい。ある家庭のあるべき場所から運び出されたその写真の一束は、果して火中に投ぜられるためであったか、あるいは何かの手違いか。持ち出したのはその家庭の夫であるか主婦であるか。いずれにせよ、タオルで顔を覆った清掃婦たちの軍手によって拾い上げられたその写真の束は、火中には投ぜられず、公団事務所へ持ち運ばれた。おそらくその新聞紙の包みの中身は、もしそれが一万円札であったよりは、彼女たちを落胆させたことだろう。しかし、まんざら無価値な拾い物でもなかったはずだ。彼女たちの雇主である公団事務所の職員たちに対して、それはかなり話題に富んだ贈物だったと考えられるからだ。E地区の某号棟の焼却炉からそれは発見された。団地新聞の呼びかけにもかかわらず、落し主はまだあらわれないらしい。しかし落し主がいまだ名乗り出ないが故に、清掃婦たちには、顔を覆ったタオルの下から、E地区某号棟付近を通行する団地の住人たちの顔を、ひとりひとり物色する目で観察する愉しみは残されたはずである。五十歳を過ぎた清掃婦たちの視線にも、その程度の悪意と好色的要素が含まれているのは自然だ。

しかしながら団地内の道路は、もちろん公園ではない。本来の街であるならば、竹箒その他の道具を用いて掃除すべき、子供たちおよび大人自身によって毎日汚される道路を、団地の主婦たちは掃除しない。彼女たちは、タオルで顔を覆った清掃婦たちによって掃除された道路を、ただ歩くだけだ。しかしそうではあっても、歩くのは常に遊びのためではないからである。ゴーストライターの男はひとりの主婦をうしろから追い越した。彼女の買物籠の底には財布が入っているだろう。スカートの内部をほとんどむきだしにしながら自転車をこいできた主婦と、男はすれ違った。バスの停留所には、よそゆきの服装をした子供の手を引いた主婦、和服姿の主婦、妊娠中の主婦も立っているが、彼女たちも決して遊んでいるのではないはずだ。ゴーストライターの男はバスに乗ろうとしている。団地内循環バスに乗って団地駅へゆき、そこから電車で団地の外へ出ようとしている。しかし男もまた、遊んでいるのではない。ただ、行く先がはっきりしないだけだ。それと時間の点で、少しばかり主婦たちよりも自由なだけだ。夕飯は要らない、と妻にいって男は出てきた。わかりました。それでは今夜は子供好みのメニューにしましょう、と妻は答えた。しかしながらゴーストライターの男は、そのときバスを待ちながら自由ということばは、思いつかなかった。片時といえども自由ということばを忘れてはいられない、という人間ではなかったからだ。また、同時にそのとき男が求めようとしていたものが、自由というものではなかったためとも考えられる。

バスが停留所の前に横たわった。自由ということばはやはり思い浮ばなかったが、バスが走り出したとき、男は心の安らぎということばを思いついたようだ。人間は常日頃から、もっと心の安らぎというものを求めるべきだろうか？　こうして家を出てきたのは、それを求めるためだったのだろうか？　そのために団地の外側へ出て行こうとするのだろうか？　バスが揺れた。コンクリート舗装の道路にもところどころ穴があいてきている。なにしろこの団地も、できてから六年経つからだ。走って行くバスの中で男は、心の安らぎということばについて考えていた。しかしそのために心の安らぎをおぼえたわけではない。それは男にもすぐにわかった。そしてそれがわかったとき、男はほんの一瞬間ではあったが、心の安らぎをおぼえたようだ。

「お出かけですか？」と向い側の席から声がかかった。男の真上の四階に住んでいる主婦だ。ゴーストライターの男は正面の彼女に、そのときまで気がつかなかった。いったいどこを見ていたのだろう？　それでも男は、とにかく、笑顔を作っている彼女に頭をさげた。そして彼女もまた、団地から出かけて行く服装であることを知った。次のバスストップに停車したとき、彼女は極めて女性的な自然な動作で、つまり尻の方から男の隣の席へ移動してきた。彼女が大学二年生の息子の母親であることを、男は知っている。彼女はすぐにその息子の話をはじめた。彼はつい二、三台前のバスで大学へ出かけて行ったらしい。どうも夜更かし朝寝坊で困る。ひとが寝ようとする頃から何かやり始めるんですよ。やはり少々はハタ迷惑なこともあります。それに近ごろではウイスキーを飲むようになった。父親もわたしもぜんぜん飲まないのに。もっとも、主人の方もわたしの方も祖父は飲むので、おそらく隔世遺伝でしょう。彼女は嬉しそうに喋った。しかしそのことで、男は不愉快にはならなかった。そのときはおそらく、何を話しても同様だったと考えられる。

「それは、そうでしょう。隔世遺伝でしょう」

「ヘルメット学生も困りものですが」

「学校は、車で？」

「いえ、いえ」と彼女は打ち消した。「ちょうど混み合う時間ですから。電車で」

「今日は、どちらへ？」

「歯医者さんですの」

彼女は両手を頰に当てて笑った。ゴーストライターの男は、かすかにコンクリートの臭いをかいだような気がした。

「電車でお出かけになるのですか？」

「ええ。その前にちょっと銀行に寄りますけれど」

「駅前の？」

「ええ。お宅さまは、このまますぐに？」

「ええ、そうです」

バスが停った。男はおじぎをして主婦と別れた。しかしそのあと、駅とは反対側の銀行の建物へ向って歩いてゆく彼女の後姿を見送りながら、自分もこのまま彼女とともに銀行へ入ってゆき、そこのソファーで待っていても悪くはなかったはずだ、と考えたようだ。そればかりか、銀行で用を足し終った彼女とともに電車に乗ることさえ、できたかもしれない。なんなら歯科医院へ一しょに行ってもよい。そこで彼女の治療がすむまで待ってもよいし、あるいはまた、歯の治療を受けることもできるわけだ。それが決して不自然でないくらいには、男の歯も悪いからだ。銀行はともかく、歯科医こそ当然男がそのとき行くべき場所ではなかっただろうか？　もちろん男が家を出てきたのは、そのためではない。男はバスの中で彼の真上に住んでいる四階の主婦が頰を押えたとき、かすかなコンクリートの臭いをかいだ。実さい男の歯は、全体が歯ぐきから浮き上ったようにぐらついている。そのことを歯科医からいわれたのが、すでに二、三年も前だ。そのときセメントのようなものを、二、三本の歯に詰め込まれた。果してセメントを歯に詰め込むものかどうか。実さいそのとき詰め込まれたものが何であるのか、いまだに男にはわからない。ただ、そのあと長期的な治療を必要とすることは、歯科医からいわれてわかっていた。そのあと一度だけ男は歯科医へ出かけた。しかしそれは、柳川鍋のどじょうの骨をひっかけたためだ。従って男の歯はぐらついたままである。一日に二度か三度、男はそれを意識した。無意識に奥歯を固く噛みしめているため、頬骨のあたりが痛みはじめるからだ。いっそのことコンクリートで固めてしまってはどうだろうか？　実さい、そう考えたくなるくらい、不愉快な痛みだった。しびれたようでもあり、こったようでもあり、とにかく口を可能な限り大きく開き、両方の頬骨を下から押し上げるように指でマッサージする以外に方法はない。しかしながらいったいそれほどまでに歯をくいしばって、何を耐え忍ぼうというのだろう？　犬のように口を開いて頬骨のあたりをマッサージするとき、男はそんなふうに考えたようだ。

　ゴーストライターの男の真上に住んでいる主婦は、おそらく歯科医院の治療椅子の上で、口を開いているにちがいない。長男は小学校の廊下に立たされているのかもしれない。妻と長女は、男が家を出たあと、連れだって買物か散歩に出かけたかもしれない。とにかく人間は、いつでもどこかにいなければならないからだ。どこかに、いつでも。そしてゴーストライターの男は、四階の主婦が歯科医へ行く前に立ち寄るといった銀行の真裏に当る、団地駅前の公園のベンチに腰をおろしていたのだった。六十四歳になる男の母親は福岡市の海の近くに住んでいる。市の西寄りの西公園の近くだ。公園の山全体が桜でおおわれる頃、男は公園の裏の崖から海を見おろしたことがあった。

六十四歳になった男の母親は、もはや海を見おろすことなど余りないと考えられるが、彼女はその海を何度も、渡っている。生れ育った福岡から海を渡って向い側の半島まで嫁にゆき、子供たちを生み、何度か海を渡って里帰りをしながら、戦争が終るまで海の向うで生活していた。戦争が終り、彼女たちは海を渡って帰ってきた。彼女が海を渡ることは、もうあるまい。その母親が、この団地はツツジだけは美しいねといったのをゴーストライターの男はおぼえている。団地駅前の公園で、そのときちょうどゴーストライターの男が腰をおろしているのと同じベンチに、腰をおろしているときだった。ここ数年間、男のところへは毎年一度か二度、福岡から母親が遊びにくる習慣になっていた。今年はちょうどツツジが満開の季節だったわけだ。夕方、長男、長女、母親と四人で駅前公園のベンチまできたとき、男の足の裏はひどく痛んでいた。コンクリートで舗装された団地内を下駄で、しかもあちこち寄り道しながら歩いてきたからだ。母親の方はぞうりだったようだ。母親と並んで男が腰をおろしていたベンチからは、群がって咲いている赤と白のツツジのひとかたまりが確かに見えた。しかしそれだけだった。駅前公園の広さは小学校の運動場くらいであるが、芝生の間に放射状に作られている遊歩道はすべて石畳だからだ。ツツジの一群の向い側にはコンクリート製の野外ステージのようなものがあり、その手前にはこれまたコンクリートでできた休憩用の円いテーブルと椅子が、幾つか作りつけられている。従ってそのときの母親のことばは、彼女の慨嘆だったのかもしれない。これだけの面積に、たったあれだけのツツジとは、なんたることか！　あるいはまた、そのような砂漠の底から出現したような団地に住まなければならないゴーストライターの息子に対する、せめてもの慰めかお世辞だったのかもしれない。公園のところどころには樹も生えていないわけではなかった。しかし樹の名前など、もちろん男は知らない。海の向う側の半島の日本海沿岸で過した少年時代の自然に関していえば、朝鮮レンギョウの真黄色い十文字の花びらの群れや、黒々と繁ったニセアカシヤの葉の下の真白い花の房や、何百羽とも知れぬ雀が群がって鳴きさざめいていたポプラの大木も、そのすべてを男が忘却しているわけではない。落葉松の枝の皮を丸ごと剝いでは鞭を作り、赤松の幹に傷をつけてエンジン用の樹脂もしぼり取った。ついには伐り倒された松の木の根を掘り起しもしたし、はげ山の赤土にタコ壺防空壕も掘った。しかしゴーストライターの男は、それらの自然や風物に託して何ごとかを語ろうと考えたことはない。まったく忘却しているのではない証拠に、一年に一度か二度、母親が団地に遊びにやってくると、男はそれらの自然のある部分を思い出すのであるが、それ以外は忘れているからだ。それは少年時代を過した海の向う側の半島が、すでに失われた故郷だからではない。ゴーストライターの男にしてみれば、団地における生活に関しても、まったく同様だった。

鉄筋コンクリート五階建ての内部における生活の中で、ゴーストライターの男が多少ともなじんでいる自然といえば、それはトイレットの花瓶にさされた季節の花かもしれない。グラジオラス、カーネーション、菊、矢車草その他いずれも極めて常識的な花ばかりだ。もちろんそこへ、男はわざわざ花を眺めに入ってゆくわけではない。しかしなにしろ、狭いトイレットの内部である。それに洋式に腰をおろす姿勢であるから、眺めるとすれば他には何も見当らないためと考えられる。トイレットの中以外にもうひとつ花瓶はあった。しかし男はそれを正面から眺めたことはない。仮にトイレットの中のものより、花らしい花が生けられていたとしても、トイレットの中で眺める以上にそれを花として観賞する気持ちにはならなかった。だからむしろゴーストライターの男としては、トイレットの花以外では、小学校二年生の長男がベランダの小さな植木鉢に種をまいて生やしたヒマワリの方に、この夏は興味と関心を抱いたといえる。長男はべつにそれを、丹誠込めて育てているわけではない。それどころか、妻からたびたび注意を受けている。にもかかわらず、鉢植えの三本はいずれもひょろひょろで、その上背も低く、すでに一本は四、五枚の葉をつけたまま早くも枯れかけていた。それでも放棄するわけにはゆかないのは、ヒマワリの絵日記が夏休みの宿題だったからだ。もちろんベランダにいろいろと工夫をこらし、多くの花を咲かせている家庭はある。鉢植えだけでなく、朝顔の棚をこしらえたり、花以外の盆栽類をきちんと並べて飾っているベランダも、男の部屋から眺められる。つまり団地じゅうの家庭が、ゴーストライターの男の持つ考え方に支配されているわけではない。実さい、バイパスの向う側の百姓の土地を借りて、一坪ほどの花園を作る楽しみを持っている団地の住人たちもいるからである。

この団地はもともとは田圃だ。現にいまでも団地のまわりでは、夏になると蛙が鳴いている。しかしなにしろ、団地そのものが千二百メートル四方という広さであるから、田圃に取り囲まれているというよりはむしろ、田圃が団地の周辺にまだしがみつくように残っているという感じだ。二年ほど前団地の真裏に開通したバイパスは、ちょうど団地のために土地を売った百姓たちの住む土地と団地とを区切る境界線のようだ。あるときゴーストライターの男は、そこにかけられた歩道橋を渡った。そして、バイパスの向う側を歩いているとき次のような立看板を発見した。

「××団地バラと園芸の会実習用地」

何月だったか、男はもう忘れた。ただ、ヒマワリが咲くよりは、以前だったはずだ。長男がヒマワリの絵日記を書き終った直後、男はもう一度その実習地を見るため、歩道橋を渡ったからである。それは男もおぼえている。わざわざ出かけて行ったからだ。八月に入ってからゴーストライターの男は、一家四人連れで一週間追分へ出かけた。その方面に別荘を持っている大学時代の教師のつてで、予約で満員だという旅館にむりやり割り込ませてもらった。しかしそれは避暑などという優雅なものではなく、いったい山とはいかなるものであるかという長男の質問に対して、実物を見せる以外に方法はないと考えたからだ。その一週間の滞在を終えて戻ってきたとき、ベランダの鉢植えのヒマワリのうち二本はすでに絶望状態、残る一本だけが辛うじて蕾を開きかけていた。にもかかわらず、それから数日後のある夕方、子供部屋の壁に貼られた絵日記を見るとその最後の欄には、ベランダの鉢植えとは似ても似つかぬ、誠に堂々たるヒマワリが、枠いっぱいに描き出されていたのだった。それは長男が植えた余りにも貧弱なヒマワリに似ていないばかりではない。おそらくこの団地じゅうのどこを捜しても、あのようなヒマワリを発見することはできなかったはずだ。ゴーストライターの男はそのとき、思わず涙をこぼしそうになった。しかし悲しみのためではない。喜びでもない。足の爪先がずんずんしてくる、ある種の名づけ難い興奮のためだ。男はその場にじっとしていることができなくなり、下駄をはくと歩道橋を渡ってバイパスの向う側へ出かけてゆかずにはいられなかった。

「バラと園芸実習用地」は、はじめに見たときと同じだった。百坪ほどの実習地はきちんと手入れされていた。バラの花もあり、植木のようなものもあった。およそ二メートルの間隔を置いて、白いペンキ塗りの標識が並んでいる。AからFまでの記号と棟番号と室番号。その下に横書きにされた氏名。いうまでもなく借主の氏名だ。日曜日になると彼らの家族たちは、移植鏝《ごて》や剪定鋏を持って歩道橋を渡り、自分の名札の立てられた地面の前へあらわれる。人は生きるためにどれほどの土地が必要か？　このトルストイの設問に対する答えは、白いペンキ塗りの標識によって仕切られた、貸園芸場の地面というべきかもしれない。これも何かの戦いだろうか？　小なりといえども借り受けた地面に、彼らは自分の名札を立てた。そしてそこに花を咲かせることは、鉄筋コンクリートに覆われた自己の運命に対する抵抗であると、考えられないことはない。あるいはこのイジマシキ戦いは、決して大人たち自身のためではなく、彼らの愛すべき子供たちのために戦われているといえるのかもしれない。このように不自然極まる団地にお前たちを住まわせなければならぬ親としての自分は、まったくもって腑甲斐ない限りだ。スマヌ、ゴメン、申訳ない。実習地にはヒマワリは咲いていなかった。しかしゴーストライターの男は実習地の前で眺めていた。男はおよそ二メートルの間隔をおいて立ち並んでいる、白いペンキ塗りの標識に気を奪われていたといえる。整然と立ち並んでいるその白い標識の列が、次第に、あたかも団地そのものであるかのように見えはじめたからだ。そしてさらに、借主の氏名を横書きにした白い標識が、やがてゴーストライターの男の目には、立ち並んでいる墓標の列に見えはじめたためだ。

　しかしながらそのようなゴーストライターの男自身はともかく、長男に対してはやはりきびしく、ヒマワリをちゃんと育てるようにいうべきだったかもしれない。実は男も、そう考えないわけではなかった。一旦種子をまき、育てることを決めたからには、毎日きちんと水をやり、最後まで面倒を見通さなければならぬ。物事はひとつひとつ皆そういう具合に、自力で完成させるべきである。成功、不成功の結果ではない。そのために全力を尽す努力、精神こそ大切ではないか。そうだろう、おい！　お父さんのいうことがわかるかね？　しかし結局ゴーストライターの男は、それを長男にいわなかった。そして長男は、夏休みの宿題の最後の欄に、彼自身が育てたものとは似ても似つかぬ、堂々たるヒマワリを描いた。いったい長男はあのようなヒマワリをどこで見たのだろう？　おそらく見てはいないはずだ。従って彼が描いたものは、もはやヒマワリではない。そこに描かれたものは、長男の想像力によって生み出された最大かつ最高の、〈ヒマワリの夢〉だったわけだ。

なんという嘘つきの子供だろう！　まったくの話、涙の出るほど素晴らしい嘘ではないか！　なんという親に似た、嘘つきの孝行息子であることか！　しかしながらゴーストライターの男は、長男に向ってはもちろん、そのことは妻にも話さなかった。夕食の席で、何ごとかを口走りたい衝動に男は耐えた。絵日記についても、黙っていた。

一度もぐり込んだふとんの中からわざわざ起き上った男ではあったが、はじめはベランダへ、ほんの片脚をおろすくらいのつもりだった。なにしろスリッパのままベランダへ降りることを、男の妻はひどく嫌っていたからだ。にもかかわらず男は両脚を降ろしてベランダの手摺りにしがみついたばかりでなく、さらに三歳になる長女を両手で暫くの間さし上げさえした。その重みに男を耐えさせたものは、富士山だった。F58号棟と59号棟の間に、男が想像したよりも遥かに低く、挟まって見えた富士山だ。その富士山から受けた名づけ難い衝撃によって、ゴーストライターの男の内部で、突然うち砕かれたものは何か。よくわからなかった。失われたものは何だろう？　よくわからない。ゴーストライターの男は、ただ、とにかく家を出たいと考えただけだ。とにかく団地の外側へ出なければならぬ。そして男はコンクリートのわが家を出て、バスに乗った。しかしながらそのバスを降りた男は、いまだ団地にとどまっている。駅前公園のベンチに腰をおろしたままだ。男はなぜ電車に乗らなかったのだろう？　男の真上の四階に住んでいる、大学二年生の息子の母親にバスの中で出会ったためではないはずである。名づけ難い不意の衝撃は早くも忘れられたのだろうか、いや忘れられてはいない。そのときうち砕かれ失われた何ものかは、いまだ失われたままだ。「富士山……」とゴーストライターの男は小さな声を出した。駅前公園の富士山の形をしたコンクリート製の滑り台を、幼稚園の帰りらしい子供が二人、滑っているのが見えたからだ。滑り降りては、また登っていった。二人ともブルーの小さな鞄をかけ、帽子は被っていない。ゴーストライターの男は、マッチを取り出して煙草に火をつけ、ベンチから立ち上った。しかしそれは電車に乗るためではない。二人の幼稚園帰りの子供が滑っている、富士山の形をしたコンクリート製の滑り台へ近づくためだ。男は近づいてゆき、富士山の頂上に腰をおろしている二人の子供を見上げた。お前たちもまた嘘つきの子供なのか？　おそらくそのとき下から見上げているゴーストライターの男の目は、二人の子供を睨んでいたと考えられる。掌についた滑り台の砂を払いながら、男は駅前商店街の方へ歩きはじめた。そして喫茶店のドアを押して入って行き、カウンターの椅子に腰をおろすと、二つ隣の席で団地の主婦らしい客が、ゴーストライターの男が先週書いた週刊誌の記事を読んでいた。団地の主婦のアルバイトと浮気を扱った記事だ。ひろげられたページには、ついいましがたまで男が腰をおろしていた駅前公園を前景にした、この団地の望遠写真が写っている。この団地の住人であれば、それは一目でわかる。しかしその記事を読んでいる二つ隣の席の主婦はもちろん、男がそれを書いたことは、誰にもわからない。なにしろ男は、ゴーストライターだからだ。

二つ隣の席の主婦が、週刊誌のページをめくった。めくるとき、ちらりとゴーストライターの男の方へ目をやった。こんな時間に団地内の喫茶店で水割りウイスキーを飲んでいる男は、いったい何ものだろう？　喫茶店の時計は、午後二時十何分かだ。男は水割りウイスキーのお代りを注文した。

「この記事……ね？」と団地の主婦らしい客が、カウンターの向う側のマダムに話しかけた。

「そう、読んだわ」とマダムは答えた。

来週もまた女たちは、ゴーストライターの男の書いた週刊誌の記事を読むだろう。次の週も、次の次の週も。なにしろ読まれなければ男の仕事は成り立たないし、読まれる以上それは成り立つわけだ。

「ホントかしら？」

「そおねえ……」

二つ隣の客の主婦はまたゴーストライターの男の方をちらりと見たが、男にもそれはよくわからなかった。ホントか嘘か？　しかし男がその記事を書いたことだけは確かだ。そしてそのことは、彼女たちには決してわからない。何故ならば仮にもしゴーストライターの男が身をのり出して、二つ隣の席の主婦にそれを自白したとしても、決して彼女は信じようとはしないはずだからである。ホントかしら？　嘘ではないですよ。ホントかしら？　ホントですよ。この記事を書いたんじゃあなくて読んだんでしょ、あなたは？　男はもう一度水割りウイスキーのお代りをした。きっとこの人この記事を読んだんだわ！　ちがいます、読んだのはあなたで、書いたのがわたしです。じゃあこの記事はホントなの、どうなんです？　それはわたしにもわからない。実さい、男にもわからなかった。またわかる必要もあるまい。しかしながらそのときゴーストライターの男が、二つ隣の席の主婦にその記事を書いたのは自分であると実さいに話しかけたならば、あるいはその記事は「ホント」になるとも考えられる。ならない、とは断言できない。彼女が男のいったことを信じ込む必要はない。まるきり信じ込まなくとも、男が書いた記事とまったく同じ現実は、起り得るわけだ。

ぜったい起らないとは、断言できない。そしてそのとき彼女は、ゴーストライターの男を信じていないにもかかわらず、男が書いた記事だけは信じ込むことになるはずだ。彼女は大学二年生の息子の母親より若いだろう。三十二、三歳に見える。そしていまは、いつもの通り電車に乗った夫が、彼女からは見えないところへ勤めに行っているウィークデーの午後三時前という時間だ。しかしながらそのとき、ゴーストライターの男はいったい何ものになるのだろう？　男自身が書いた記事が、二つ隣の席の主婦との間で、身をもって実現された場合だ。

　男はおそらく何ものでもなくなるだろう。まず男は、もはやゴーストライターではない。主婦はそれを信じてはいないからだ。しかし主婦はそのとき、他ならぬ男によって書かれた記事を信じるだろう。つまり男は、週刊誌の記事だ。ゴーストライターの男はもはや、彼自身の手によって書かれた記事そのものである。にもかかわらず男は、その記事を信用しているわけではない。だから男はそのとき、男自身嘘かホントかわからない週刊誌の記事そのものだ。すでに男からは、彼自身であることさえ失われている。男は存在しなくなった。ゴーストライターの男はいまや、彼自身の手によって書かれた週刊誌の記事の中に、消滅する。しかもその記事は、他ならぬ男にとってさえホントか嘘かわからないものだ。そしてこともあろうにその消滅は、男があれほどまでに脱出を希《のぞ》んでいた鉄筋コンクリートの真只中においておこなわれるはずである。二つ隣の席の主婦は、おそらく五階建ての中の２ＤＫあるいは３ＤＫに住んでいると考えられるからだ。これでは笑おうにも笑えない。なにしろコンクリートからなんとかして逃れ出ようとしていたものが、足をとられて前のめりに両手をついたとたん、コンクリートが固まりはじめたようなものだからである。実さい、ゴーストライターの男は三杯目の水割りウイスキーを飲みながら、笑い出す気にはなれなかった。

はっきりしていることは何か？　それは人間は誰でも、いつでもどこかにいなければならないことだった。従ってゴーストライターの男が、団地駅前商店街の喫茶店のカウンターに腰を降ろしていることは、べつにふしぎではない。不都合でもない。ただ男は、そこにいるはずの人間ではなかっただけだ。なにしろ男は、団地の外側へ出るために家を出てきたはずだからだ。二つ隣の席で主婦らしい客が、男の書いた週刊誌の記事を読んでいた喫茶店のカウンターは、男のいるべき場所ではなかった。つまり男は、いるべき場所に不在だったわけだ。団地の主婦らしい客はすでに、男の書いた記事ではなく、他のページを読みはじめていた。ゴーストライターの男は三杯目の水割りウイスキーを飲み終って、カウンターの椅子から立ち上った。どうやらコンクリートは、まだ男を固め尽してはいなかったようだ。喫茶店のドアも無事に開いた。男は歩きはじめた。しかしそれは電車の駅の階段の方へではなく、さっき降りたときと同じ場所に停車しているバスの方へだった。大学二年生の息子の母親は、銀行へ立ち寄ったあと電車に乗って一駅先の歯科医へ行き、ふたたび電車で団地へ戻り、バスに乗ってすでに男の真上の住いへ帰っているだろう。そのくらいの時間は経過しているはずだ。

バスは乗り込むとすぐに発車した。今度は誰からも話しかけられなかった。そして間もなく、男はバスを降りた。しかしわが家へ引き返すためではない。ともかくも男は、団地の外側へ出るべきだからだ。そして電車に乗らなかった以上、団地の真裏を走り抜けているバイパスの向う側へ渡る以外、その目的は達せられないからだ。男がバスに乗ったのは、たまたま停車しているバスが見えたからではない。もう一度、あの「実習地」を見ようと考えたのだった。バスを降りた男は歩いてゆき、やがて歩道橋を昇りはじめた。人間は階段を昇るとき、必ずしも何かを考えなければならないとは限らないだろう。何かはっきりと考える問題があれば別だが、そのときゴーストライターの男には、この歩道橋の階段は一段が少々低過ぎるのではないか、と思われただけのようだ。もちろん子供たちのためにそうされたのであろうが、却って足を踏みはずしそうになる。階段を昇り終ると男は暫く立ち止って、天蓋のように張られた青い安全網越しにバイパスを見おろしていた。そこを走り去ってゆくのは、もちろん車だ。センターラインを境にして団地寄りの半面が下り、百姓たちがまだ所有している田圃寄りの半面が上りであるが、この歩道橋の上からの眺めを、テレビのカメラ以上にうまく描写することはできない。少なくとも、どこかで見たおぼえのあるそのような鳥瞰撮影のフィルムを思い出すことなしに、そこからバイパスを見下ろすことはできない。実さい、テレビにそっくりなのだ。バイパスから団地に折れ込む入口には二本のコンクリートの杙《くい》が打ち込まれている。大型トラック類が入り込まないためだが、その対面に当る田圃側の入口には、杙は打たれていない。向う側へは大型トラックの出入りも自由なのだ。その入口はしかし、お互いに入口であると同時にまた出口だった。この歩道橋についても、それは同じだ。つまりこの歩道橋を渡ることは、ただ単におよそ十五、六メートルの幅を持つ一本のバイパスを、一方から他方へ横断するというだけのものではなく、団地から団地の外側へ、団地の外側からは団地の中へ、出入りするという意味もまた持っているからである。いい換えるとこの歩道橋は、土地所有者たちと非所有者たちとの間の、境界にかけられた橋ともいえる。ゴーストライターの男は、バイパスの向う側へ向って、歩道橋の階段を降りはじめた。実は男にも、一度だけ百姓になる機会があった。戦争が終って海の向うの半島から九州へ帰ってきたときのことだ。百姓をやるなら土地は取ってある、といわれたのである。ゴーストライターの男の家は、曽祖父の代から半島へ渡っていた。そこに総督府が作られ、大量の日本人が移住することになったため、日本人用の神社、仏閣も必要となった。宮大工の棟梁だった男の曽祖父はそこへ出かけていった。彼の得意は欄間の彫刻だったらしい。しかしながら宮大工は曽祖父一代限りで、祖父の代からは山林売買業、農地管理業となり、父親の代にはそれに専売品、教科書、度量衡器販売などが加わったようだ。戦争が終ったときゴーストライターの男は中学一年生だった。しかし、海を渡って帰ってきたとき、一度だけ百姓になる機会があったことを、男は最近まで知らなかった。一年に一度か二度、団地に遊びにくるようになった母親から、はじめてきいた話だ。まったく無一物であったにもかかわらず、中学五年生だった兄が、百姓だけはいやだと大反対したらしかった。しかしとにかく、ゴーストライターの男にも、百姓になる機会はあったわけだ。その話は、貯金で居食いをしているうちに、いつの間にかうやむやになってしまったらしい。つまり、はじめも終りも、男にはあいまいなままだ。しかしそれ以上の話を、いまさら母親にたずねる気持ちも男にはなかった。ゴーストライターの男は、すでに六年間、鉄筋コンクリート五階建ての中で、他人の家族と積み重ねられて暮す生活をしている。そしてたまたま、歩道橋の階段をバイパスの向う側へ向って降りてゆきながら、まったく久しぶりに母親からきいた話を思い出したわけだ。男の顔は笑っていた。百姓あがりの一本刀、武井のども安鬼よりこわい、どどっとどもれば人を斬る……しかし男の場合は百姓はやっていない。では何だろう？　確かに男にも一度だけ百姓になる機会はあった。しかしならなかったのであるから、百姓あがりではない。では、百姓くずれか？　百姓くずれのゴーストライターというわけだ。男は笑い出さずにはいられなかった。この歩道橋を笑いながら渡ったのは、おそらくはじめてのはずだ。

しかしそのとき足もとがぐらりと揺れて、男は階段を踏みはずした。降り口までもうあと数段のところだったが、ちょうど下から昇ってくる百姓家の主婦にぶつからなかったならば、たぶん男は残りの階段を転げ落ちただろう。つまり男は団地からその外側へ、転がり出る結果になっていたわけだ。男が衝突した百姓家の主婦は、団地内の道路清掃婦と同じように、タオルで顔を覆っていた。彼女は野菜類の入った竹籠を背負って、団地の主婦たちに売りに出かけるところだった。彼女は竹籠の背負い紐に、胸のあたりで両手をさし込んだままの姿勢で、よろめいた男を支える形になっていたが、やがて右肘で男の脇腹のあたりを突きとばすと、背中の竹籠を腰でひとゆすりゆすりあげ、階段を昇りはじめた。足を踏みはずして彼女にもたれかかったゴーストライターの男の顔からは、まだ笑いが消えていなかったからだ。しかも男はアルコールくさかった。顔も幾分赤かった。しかしながら男は無頼漢の服装ではない。靴もはいており、オーバーさえ着用していた。実さい、ゴーストライターの男にしても、そのような服装でバイパスの向う側へ出かけるのははじめてだった。歩道橋を渡るときの男は、それまで常に下駄ばきであったが、なにしろその日は、もともと歩道橋を渡るために家を出てきたのではないのである。

　しかしながらともかく、ゴーストライターの男は団地の外側へ出ることができた。右肘で脇腹のあたりを突きとばし、そのまま階段を昇っていった百姓家の主婦を、男はうしろから追っかけてはゆかなかったからだ。歩道橋を降りた男は、いまや団地の外側を歩いていた。つまり、あるべき場所に男は到着していたのである。目的の「実習地」はもうすぐだった。百メートルほど先の小さな四辻を右へ折れたところだ。その間に男は、うしろからきた一台の大型トラックをやり過し、向うからきた一台のコンクリートミキサー車とすれ違った。バイパスのこちら側は団地ではないからだ。

にもかかわらずゴーストライターの男は、ついにバラ園へ到着することはできなかった。

第一にまずあの立看板が見当らない。もちろん看板を見にきたわけではなかった。しかし第二に、ゴーストライターの男はバラ園の前にではなく、ようやく脱出できたはずの団地の前に立っているのだった。男はバラ園を見下ろしているのではなく、他ならぬ五階建ての鉄筋コンクリート建造物を、見上げていたからだ。念のため男は、いま渡ってきたバイパスの方角へ向き直ってみた。確かに男は、歩道橋を降りるときよろけて足を踏みはずした。酔っ払ったのだろうか？　確かに男は、歩道橋を降りるときよろけて足を踏みはずした。バイパスの向う側には、窓のない鉛色をした、鉄筋コンクリート造り五階建ての団地の真裏の壁が、横に一列に並んで見える。実さいそれは墓石の列のようだ。しかしながら男は、その一列の中で真正面に見える二つが、F58号棟と59号棟であることを確かめることができた。バラ園はこの位置にまちがいない。同時に男はこの位置が、あのときF58号棟と59号棟の間に挾まって見えた富士山の真下に当っていたことに、そのとき気づいたのだった。つまり男は、あのときベランダにおいて不意の衝撃を彼に加えた、富士山の真下をめざして歩いてきていたわけだ。そしてそこに、いまや男はたどり着いた。ところがそこで突き当ったのは、バラ園ではなくて、五階建ての鉄筋コンクリート建造物だ。

もう一度念のため、男は百八十度の回転をして、一列に並んだ墓石のように見える鉛色の壁のうち、正面の二つがF58号棟と59号棟であることを確かめた。そのあとふたたび百八十度の回転を試みたのであるが、やはり同じだった。男の目の前には、いま真裏から確認したはずのF58号棟（あるいは59号棟）を九十度だけ回転させたとしか思えない、真横向きの五階建てしか見当らなかった。出口は入口だったのだろうか？　しかしながらやがて、何か臭いのする方角へ男は動きはじめた。バラ園の裏には肥料溜があったことを思い出したからだ。男は少しずつ臭いの方へ移動していった。

まだ暗くなる時間ではないが、足元は必ずしも良くなかった。地面まではまだ舗装されていないようだ。男は用心深く少しずつ動いていた。しかし何かの堆積に蹴つまずいてよろけた。見るとそれは、引き抜かれた墓標の山だ。つまり、見おぼえのある白ペンキ塗りの標識だった。引き抜かれてそこに盛り上げられているバラ園の標識の残骸は、あたかも墓地の片隅に放り出された卒塔婆のように見えた。

そのときゴーストライターの鼻は、すぐ近くにはっきりとした臭いをかぎつけた。しかしそれは捜し求めていた肥料溜のものではなく、これられて間もないと考えられる生々しいコンクリートの臭いだった。やはり入口をまちがえたのだろうか？　それともまちがえたのは出口なのか。あるいは出口だと考えたところが入口だったのだろうか？　もう一度男はバイパスの向う側を確認するため、元の位置へ戻ろうとした。しかしすでにその必要はなかったようだ。なぜならばそのとき男は、これられたばかりの生々しい臭いを発するコンクリートで満たされた、肥料溜のすぐ傍に立っていたからである。黄色い安全帽を被った小学生が一人、こちらへ歩いてくるのが見えた。長男のようだ、と男が思ったとき、ガラガラと戸のあく音がして、赤いエプロンを着けた若い主婦がベランダに姿を見せた。三階らしい。真新しいポリバケツを手にしていた。しかしゴーストライターの男が、あっ！　と声を出して身をのり出したのは、そのためではない。開かれたベランダの戸の間から、長男が絵日記の最後の欄に描いたヒマワリの絵が見えたような気がしたからだ。あのヒマワリはこんなところにあるべきではない！　それがここにある以上、コンクリートから脱出したことにはならないではないか。

「その通り！」

「え？」とゴーストライターの男は、声の方へふり返ろうとした。しかし男は、あたかもその声によってぽんとうしろから肩先を突かれでもしたかのように、こねられたばかりのコンクリートを満たした足元の肥料溜の中へ転落した。

「誰？」とベランダの若い主婦が顔をあげた。彼女の目には何も見えなかった。しかし誰かに名前を呼ばれたような気がしたからだ。

（「文學界」一九七〇年二月号）

何？

会社をやめてからの男は二週間に一度の割合いで髭をそった。すなわち、一週おきの木曜日に職業安定所へ出頭する前夜である。職安へは午前九時から十時の間に出頭しなければならない。もっとも男は髭だけでなく服装にもかなりの気を配っていた。ある意味でそれは、会社勤めをしていたとき以上だとさえ考えられるほどだ。

「えーと」と男はその朝も妻にたずねた。「こないだのときはネクタイだったかな？」

ワイシャツとオープンシャツを交互に着用することにしていたからだが、そのような男の配慮は少なくともおしゃれのためではなかった。何ものかに仮装すべきではないかというのが、男の考えだったからだ。しかしながら果して何ものに仮装すべきであるのかは、男にもはっきりしなかった。

「今日はオープンシャツの番だわよ」と妻は答えた。「ブレザーにはちょうどいい季節ね」

「これで、何ものに見えるのかな？」

「そうねえ」とハンカチを男に手渡しながら妻はいった。「それにボストンバッグをさげるんじゃあ、ふつうのサラリーマンには見えないわね」

いったい何ものたらんと欲しているのだろう？　その自問に対する男自身の自答はその朝もやは

り出なかったようであるが、とにかく男は紺のブレザーに灰色の替えずぼんという服装になった。それにボストンバッグをさげて男は職安へ出頭してゆくわけだ。およそ二カ月前、男が生れてはじめて職業安定所というところへ通いはじめたとき、ボストンバッグは空であった。現在の中身は週刊誌四冊であって、底の方から古い順に重なっている。二週に一度職安へ出頭するとき、男は駅の売店で一冊を買い求め、そのままボストンバッグへ放り込んで置くのである。従って週刊誌の数は男が職安へ出頭した回数と同じだった。男は週刊誌を熱心に読むわけではない。なにしろ電車に乗るのは団地駅から僅か一駅に過ぎないばかりでなく、その朝男は家でとっている新聞を持って出かけてゆくからだ。

団地駅へゆく循環バスの停留所で男は、どこかで見おぼえのある顔に出会った。何かを話し合っているその二人は、この団地から立候補して当選した市会議員だった。貼られていたポスターの写真で、男も顔をおぼえていたわけだ。バスの中でも、電車に乗り込んでからも二人の市会議員は話を続けていた。ボストンバッグをさげた男は二人から少し離れた吊革につかまっていたが、市役所と職安はどちらも同じ一つ目の駅だ。男は二人から二、三歩遅れて電車を降りた。改札口を出るといつもの通り、制服を着た女車掌が笛でバスの向きを変えていた。広場というには狭過ぎるバス発着場であって、のろのろとしたバスの動きはあたかも小屋掛けサーカスのごみごみした舞台上で、足元を気にしながら象が向きを変えてでもいるかのようだ。その向うに市のマークをつけた駅前商店街のアーケードが見える。その商店街を歩いてゆき、はじめに交叉するのがいわゆる旧街道であり、市役所へゆくにはそこを右へ折れる。職安はもう一つ先の広い新道を横断して左へ折れ、生命保険会社の建物の手前を右へ少し入り込んだ場所にあった。日光街道沿いで最も東京に近いかつての宿場町だ。しかしながら男にはこの街が、団地から僅か一駅の距離であるにもかかわらず、いつ来てもどこか見も知らぬ場所のように思えるのだった。何故だろうか？　北朝鮮からの引揚げ者だからだろうか？

歩きながら男が点線の数字になっている銀行の電光時計を見ると、九時三十分を過ぎたところだ。市議会が果して九時半に始まるものかどうか男は知らなかった。にもかかわらずなおも何かを話し続けながら急ぎ足で歩いてゆく二人の後姿が、そのとき男にはいかにも四、五分遅刻しそうになっている市会議員のように見えた。

会社をやめてからの生活を、もちろん男は何人かの知人たちからたずねられた。つまり、いったい男が何ものたらんと欲しているのかという問いは、単に男の内部における自問自答の形だけでなく、男の外部からも発せられていたわけであるが、男はそれらの外部からの問いに対しては、職安と病院通いさ、と極めて明快に答えた。体の調子をたずねられると、食欲は約三倍に増進した、なにしろ二日酔するような泥酔をしなくなったから、と答える。そしてさらに、まだ何かをきき出したそうな知人に対しては、一日のうち何度か目をさまし、何度か眠り込むような生活さ、とつけ加えた。いずれも嘘ではなかった。実さい、三月に会社をやめて約二カ月の間に、男の生活の中で最も目立った事件は、小学校二年になる長男が右腕の肘の骨にひびを入れたことかも知れない。二輪車を倒したとき団地のコンクリート舗装道路に手を突いたためだ。

長男が病院へゆくのははじめてではない。病気はもちろん、どこかに生傷の絶えない子供だった。やや左に片寄っているつむじの近くの三日月形をした禿げは最近ようやく目立たなくなったようだが、これはまだ幼稚園のころ、団地内の遊園地で動いているブランコの下にもぐり込んでえぐられたときの傷跡だ。傷跡は額にもあり、また眉毛は右だか左だかにけがをして、少々びっこになっている。しかしながら男が長男を病院へ連れてゆくのははじめてだった。長男の右腕の異常が発見されたのは、夕食が済んだあとだったが、そのとき男はただちに自分が出かけることに決めた。会社をやめて家にいる父親である以上、当然そうすべきだと考えたからだ。

それ以来男は毎日、長男を連れて外科病院通いを続けている。そして確かにそれは最初に男が考えた通り、男が会社をやめて家にいる父親であったためだ。午後二時から二時半ごろ帰宅した長男を連れて病院通いをすることを日課にすることは、おそらく会社勤めの父親には不可能なはずだ。実さいその時間に父親に連れられて病院へ来ている子供は一人もなかった。それは男たち親子の特徴の一つだったといえるが、もう一つの特徴は健康保険証のないことだった。しかしながら男が長男を病院へ連れてゆくのは会社をやめた父親だからである以上、健康保険がないのは当然であるにもかかわらず、男はそのことを忘れていた。窓口で保険証は？　と問われたとき、ありませんと男が答えると、交通事故ですか？　と看護婦はたずねた。交通事故の場合は健康保険扱いをしないということを男は知ってはいた。しかしながらそのとき男は、健康保険証の有無と交通事故とを、看護婦が質問した意味合いにおいてただちに理解することができなかった。なにしろすでに時間外であったし、実はその病院へたどり着くまで、男は文字通り一喜一憂の連続だったからだ。

「実は、自転車から落ちたのは午後三時か四時だったらしいのですが、何もいわないのでわからなかったわけです。そういえば夕食のとき左手を使っているような気がしたんですが、特に注意をして見ていたわけではないので、最初から最後までそうしていたとは気づきませんでした。それで気がついたのは夕食後、たぶん七時半くらいだと思いますが、何か、マジックインクの蓋か何かがとれないとかいって持ってきました。捻ってみるとべつに固くもなんともなくふつうにとれましたので、こんなものがどうしてとれないのだ、といいますと、なんだか手が滑ってぬるぬるするから、と答えるので、どれといって右手を引っぱったところが、痛い！　と悲鳴をあげたわけです」

長男の右腕の異常はこのような形で発見されたわけであるが、男はその説明を、ほぼ同じことばを用いて二度おこなわなければならなかった。妻はすぐに長男のかかりつけの外科医院へ電話をかけた。しかし話し中であったため団地駅前のタクシーを呼んでそのまま男は出かけていったのであるが、医師は不在だった。赤い救急ランプの他に、病院の玄関には電灯がついているようだった。ほっとした男はタクシーの釣り銭も受け取らず、長男の肩を抱くようにして玄関を入っていったが、声をかけても誰も姿をあらわさない。受付のソファーに長男を待たせて、うす暗い廊下を歩いてゆくと右手の部屋に電気がついているようすであるが、ノックをしても返事がない。しかし確かにテレビの音らしいものが聞えるため、実は子供が腕にけがをしたのですが、と男は少し大き目の声をかけた。そのときドアをあけた医師の親せきらしい男が結局車で別の病院へ送りとどけてくれたわけだが、そのときすぐにではなかった。はじめは生憎先生が出かけているのでその病院へゆくようにと名前を教えてくれただけだ。道順も一応教えてくれたようだが、旧道とか踏切りとかいわれても男にはまったくわからなかった。とにかくタクシーを拾う以外にないと考えながら表へ出た男は、ドアが開かれたとき部屋の中にカラーテレビと一人の看護婦の姿が見えたのを思い出した。あの男はいったい何ものだろう？　太い毛糸で編んだカーデガンを着ていたようだ。病院の前の通りは真暗だった。タクシーは何台か通り過ぎたが空車はなかった。つまり男にわからないのは、看護婦と二人でテレビを見ていたらしい男の素姓だけではなかった。教えられた外科病院はもちろん、わずかタクシーで百四十円の距離であるにもかかわらず、自分の住んでいる団地すらどの方向へ歩いてゆけば到着するのか、男には皆目見当がつかなかったからだ。

「車があればいいんだよね、こういうとき」

「とにかくお母さんに電話してみよう」

しかしながら男は、夫婦で店をしまいかけている一軒の駄菓子屋の店先に赤電話を発見したとき、電話をするならば妻にではなく、むしろ教えられた外科病院へすべきではないかと考えついたようだ。

「お母さんに電話してどうするの？　誰か団地のマイカーのひとに来てもらえばいいけど」

「いや、病院へかけてみよう」と男はいった。「またお医者さんがいないいんじゃあ、いっても無駄だからな」

男は閉めかけている駄菓子屋で二十円のガムを五枚買った。一枚を長男に与え、残りをポケットに放り込むと、さっきの病院の方へ長男を歩かせた。電話をかけようにも番号がわからなかったからだ。そのとき男はやあ、と声をかけられた。はじめの病院にいたカーデガンを着た男だった。

「いや、道がわからないんじゃないかと心配になりましてね」とカーデガンの男は、車のエンジンをふかしながらいった。「いまからゆけば、あの病院なら大丈夫ですよ」

ハンドルを握っている左手の薬指に角ばった鉄の指輪がはめられていることに男は気づいた。話のようすから医師の親せきに当るらしいこともわかったのだが、男はまず長男の右腕に異常が発見されたときの模様を、着いた病院の医師へ話しする前に、車の中でそのカーデガンの男に話したわけだ。

「子供というものは、案外にがまん強いものですからねえ」とカーデガンの男は本物の医師のようないい方をした。少なくともそのとき、煙草に火をつけることさえ忘れて長男とともに車に乗せられていた男には、そのように聞えたのである。

しかしながら男がすでに四十日近くの間、毎日長男を連れてその病院へ通い続けているのは、単に長男とともに分ち合ったあの夜の苦労によって生じた一種の感傷ともいうべき、連帯感情のためだけではない。最近では男自身が、その外科病院にとって一人の患者となっていたからだ。長男はギブスを約四週間つけられていた。ひびの場所が関節にかかっていたため長びいたのであるが、大切なのはギブスを除いた後のマッサージであって、最低一ヵ月は必要だということだった。そしてそのマッサージが始まったとき、男もまた人体伸張機というものにかけられはじめたのだった。まだ会社に勤めていたときの男は、二日酔になりやすい傾向を持つ泥酔常習者であり、月に二、三度は必ずサウナ風呂へ通ったのもそのためだ。摂氏百十度の熱の拷問によって、ようやく生き返ったような気持ちになることのできる人間の一人だった。会社をやめてからの男は、確かに泥酔者ではなくなっている。当然二日酔の苦痛からも遠ざかっているのであるが、職安へ通うようになってからの男は首筋から肩、腰にかけて、ひどいこりをおぼえるようだ。何故だろうか？　サウナ風呂へゆかなくなったためだろうか？　そしてある日、長男がマッサージ室へ入っていったあと、窓口の看護婦にたずねてみると、診察カードに必要事項を書き込むよう指示された。男は〈症状〉という欄に、首筋、肩、腰が痛む、と書き込んだ。まず男はレントゲン室のベッドに、ちょうどサウナ風呂でマッサージを受けるときのような恰好で横向きに寝かされて左右の首筋と肩を撮影し、それからうつ伏せになって脊髄を撮影した。そのあと血液検査のための採血と左腕への注射を受けたが、翌日下された診断は要するに運動不足というものだった。そのため筋肉と骨が固くなっているということだ。

「健康保険はないんですね?」と医師はカルテにピンで止められた診察カードを見ていった。

「はあ」と男は答えた。「実は最近会社をやめたものですから」

「べつだん異常はないわけですがね」と医師はカルテを見ながらいった。

「暫く通ってこられますか?」

「ええ、実は」と男はいって、軽く医師の方へ頭をさげた。「息子がお世話になっておりまして、毎日一しょに来ておりますから。あの右腕にひびを入れて、夜分にお邪魔いたし、どうもその節はありがとうございました」

「ああ、あのときの」と付き添いの看護婦がいった。「いまマッサージですね」

「そうですか」と医師はカルテから男の顔へ目を移していった。「当分、注射と機械を続けられたらいいでしょう」

このようにして失業者の男には、外科病院へ長男とともに通うもう一つの理由が生じたわけだが、案内されて入っていった部屋は子供たちのマッサージ室であって、男はそこに、ベッドに腰を降ろして悲鳴をあげている長男の姿を発見した。よく見ると、マッサージ室は子供専用というわけではない。十台ほどのベッドには老人、若ものの姿も確かにあった。しかしながらドアをあけて足を踏み入れるや否や、耳に響いてきた子供たちの悲鳴によって、男は幼児虐殺場の空想を抱いたわけだ。マッサージ師は白衣を着けた男ばかりであるが、付き添っている母親は泣き叫ぶ幼児をベッドへ押えつけるのが任務であるため、男には大人二人がかりで一人の仰向けにした幼児の五体をむしり殺そうとしてでもいるように見えた。そして悪夢はやがて、そのような男自身をも直接の恐怖となって襲ったのである。

マッサージ室の奥のベッドに仰向けになった男は革ベルトによって、足首と太腿と腹部と両肩の四カ所を縛りつけられた。しかしながら男は、まだそのときはせいぜい電気マッサージのようなものだと、漠然と考えていた。まさかサウナ風呂式に女があらわれて脚腰を揉むとは思わなかったが、とつぜんベッドが真二つに裂け、そこに縛りつけられている人間の体を電気の力によって引き伸ばす仕掛けになっているとは想像することさえできなかったからだ。ベッドはちょうど腰骨のあたりから二つに裂かれ、固く縛りつけられている上半身を残して、下へ下へと下半身を引き伸ばしてゆくのである。いつまでこの引き伸しは続くのであるか。係員の男はどこへいってしまったのか。いま悲鳴をあげて助けを求めなければ、このまま機械は止らなくなってしまうのではないか！　その恐怖に満ちた目を、聞え続けている幼児たちの悲鳴の方へ男が向けると、マッサージを終えたらしい長男が黙ってこちらを見ているのが見えた。

やがて男にも機械の構造はわかった。ベッドの裏側に鉄のバネが二本通されていて、電流を通すと二つに割れたベッドの下半分を引き伸ばしてゆく。バネの限界内で一旦ストップし、元へ戻る。ただそれだけの繰り返しに過ぎない。男の恐怖心はそのようにして消滅した。同時にマッサージ室における幼児虐殺の空想的悪夢も、次第に薄らいでいったようだ。乳幼児の場合その大半は生れつきの斜頸治療のためのマッサージであることなども、男にはわかった。

「お父さんがやってる機械、あれ忍者武芸帖に出てたんじゃない？」

「そんなこと、ないだろう」と病院から帰りがけのバスの中で男はいった。「要するに、固くなっている筋肉や骨を柔らかくする機械だ」

「だってさ、縛りつけられてるところ」と長男はいった。「影丸の八つ裂き刑にちょっと似てるみたいだったよ」

「ふーん」

「お父さん、なんでやってるの？」

「運動不足だから」と男は答えた。「ムチ打ち症の人もかかるらしいよ」

「ムチ打ち症って」

「なんだ、知らないのか？」

それから暫くして男はいった。

「お前、最近あんまり泣かなくなったな」

俗にいうところの「食える」「食えない」、あるいは「食べてゆく」「食べてゆけない」ということば使いは、譬喩《ひゆ》だろうか？　それとも「生きること」ないしは「生活してゆくこと」の代名詞的なものだろうか？　いずれにしろ会社をやめたあとの男の健康状態に対して発せられる知人たちの問いの裏には、そのような意味合いが含まれていたものと考えられる。単に男の食欲の具合を問いただしているのでないのは、彼らが医者でない以上、当然だった。しかしながら会社をやめてからの男の食欲が、約三倍に増進していることもまた、事実だ。従って男が電話口で知人に向って、あのどこからともなく舞い降りてきた鳩の話をするのは、必ずしも知人たちの質問の意図を、まったくはぐらかしたことにはならないはずである。

「例えば、最近ね、毎朝わが家のベランダに数羽の鳩が舞い降りてくるようになった。何故だと思う？　なあに、節分に子供が撒いた豆が落ちていたからさ。そう、団地だって豆撒きをやるんだ。なにしろ子供が小学校で教わってくるもんだからね。このごろの行事っていう奴は皆そんなもんだよ。われわれ子供の時代には、家でやったもんだが、いまは家の行事じゃあなくて、子供の知識、子供の要請によっておこなわれているわけだね」

それ以来、妻や子供たちはわざわざパン屑やビスケットのかけらをベランダに撒くようになった。ある朝、男も実さいに七、八羽の鳩がベランダに群がってきたのを見たことがあった。そのとき男は鳩というものが見かけによらず野性的な鳥であることを知った。鋭い嘴を突き出してベランダじゅうを駈けまわっているのは、まるで鳥ではないもののように見える。実さい、はじめはベランダへ出て撒いていた三歳になる女の子が、鳩たちに押されてダイニングキッチンの中へ、とうとう後退させられたほどだ。しかしながら娘は後退しながらもなおパン屑を撒き続けていたため、二、三羽の鳩はそれに従って男が腰をおろしているダイニングキッチンのテーブルの下まで歩いてきたのだった。

「要するに食べる物があり余っているのさ。人間の一人や二人、食べるものはどこにだって落ちてるわけだよ。なにしろ失業者であるわが家のベランダに毎朝七、八羽の鳩が群がってくるんだからね。とってもじゃないが飢え死なんてできない時代なんだ。きみ、断食ということを考えたことある？　ない？　実はわが家ではね、いまかみさんがその飢えってやつに憧れてるんだよ」

ある日のこと失業者の男は、夕食のテーブルで妻が食べ残しているオムレツの皿に目をつけた。もちろん男自身の分量はすでに食べ終ってからだ。

「それいらないのかな?」

と男はほとんど手をつけられていない妻の皿を顎で指しながらいった。

「え?」

「それですよ、それ」

「あ、どうぞどうぞ」と妻は皿を取りあげた。「でも、こんなものでいいんですか?」

男は黙って皿を受け取り、もう一方の手で空になった自分の皿を妻に渡した。妻のオムレツには、子供たちのものと同じように赤いケチャップがかかっているのだった。妻が、こんなものというのは、そのケチャップを指すのであって、男にその意味はすでに充分わかっていた。男が黙っていたのはそのためである。なにしろ失業者になるまでの男は、赤いケチャップのかかったオムレツなど食べようとはしなかったからだ。カレーライスも男だけは別の辛いものを食べる習慣だった。カレー粉とカレー・ルウというものと、どこがどう違うのかさえ男にはわからなかったのであるが、とにかく妻や子供たちが食べるものは甘ったるいという理由から、男は食べることを拒絶し続けてきた。野菜サラダもまた然りであって、妻と子供用のものはマヨネーズをかけるのに対して、男の分だけはドレッシングだった。そのため男の妻は常に二種類のカレーライスと野菜サラダを食卓に並べなければならなかったわけだ。

しかしながら失業者の男は決して、味覚通などというタイプの人間ではない。それどころかむしろ正反対の、俗にいう味音痴と呼ばれるべきではないかと考えられる。にもかかわらずわが家の食卓において男が、そのような煩わしさを妻に課していたのは、かつてほとんど常習化した泥酔者であった男の舌が、もはや正統な食物の味を正常に受けつけ得ないほど異常に、鈍感なあるものに変化していたからに過ぎない。機能の麻痺は胃袋もまた同様だった。泥酔者の当然の結果である二日酔のために、妻や子供たちが最も自然な食欲を満たす時間に、ひとり男だけは嘔吐感をおぼえていたのである。そのように反日常的なあるものに変化してしまった男の舌および胃袋に対して、はじめのうち妻は半ば意地で、それからやがて諦めによって、二種類のカレーライスと野菜サラダを作り続けたものと考えられる。実さい男は、まともな料理の名前などほとんど知らないといってよかった。例えばすき焼きは知っているが、しかし白たきとはるさめと支那そうめんの区分になると、もはや判別がつかなくなる。実さい、ろくに食べるもののない時代に育っているのだ。しかしながら男は、いま食べるものが地上に氾濫している時代に育ちつつある二人のわが子たちに向って、他ならぬ彼らの父親が食べるものの欠乏した時代に育った人間であることを、たとえ教訓的にではないにしても話してきかせる気にはなれなかった。なにしろいまは、住いのど真中に食べるものをいっぱい詰め込まれた冷蔵庫が据えつけられている時代だからだ。これもまた運命ではなかろうか？　つまり人間が極めて自然に飢えるためには、それ相応の時代と場所が必要なのだ。そしてそのような時代および場所に投げ出されれば、子供たちもまた飢えざるを得ないはずである。男たちの住んでいる団地の３ＤＫにおいて、ダイニングキッチンはその中央に位置していた。つまりそこにおいて生活は、食べるものを中心に考えられているのだった。食べる場所を中心に据えて、それを三方から取り囲むように設計された住いなのである。男の家庭においてはテレビもそこに置かれていた。

「また、はじめたわけかね？」と男は、妻から譲り受けた二つ目のオムレツにソースをかけながらいった。「こんどは何式だ？」

　以前にある種のビタミン剤のテレビ・コマーシャルで有名だった若い丸顔の女歌手が、最近とつぜん痩せたことで、週刊誌の話題になっていることを男は知っていた。実さい週刊誌のグラビヤに写されている女歌手の、〈過去〉と〈現在〉との二種類の顔を見較べると、あたかもそれは、古い雑誌でよく見かけたまむし酒かなにかの広告における〈御使用前〉と〈御使用後〉のようだ。確かに、猫がネズミの顔になったくらいの変化を男はそこに認めたのであるが、週刊誌はいかにもこれが週刊誌だ！　とでもいわんばかりに、いろいろなおまけをつけ加えることを忘れなかった。すなわち、その猫からネズミの顔へともいえる急激な変貌は、整形手術による結果ではないか？　しかしマネージャーはそれを全面的に否定している。疑うものは彼女が使用したアメリカのテキストを調査、実験して欲しい。ところがその証拠となるべきアメリカのテキストが輸入制限とかで、まず一般の入手は不可能に近い。この極めて好都合な事情のために、週刊誌は一斉にそれぞれ何種類もの痩身法を売りものにすることができたわけだ。例えば、三白《さんぱく》すなわち白米、白糖、鶏卵を三悪として絶対に追放すべし、という説もあり、一方では白米は却ってよろしいとする説もあった。しかしながら飢えることを基本とした痩身法である点はいずれも共通している。一日に二リットルの生水を飲むという方法もあった。それだけの分量の生水を飲めば、当然食欲とは正反対の嘔吐感を催すからだが、妻が以前この方法を採用していたのを男は知っている。

「今日で三日、米粒はぜんぜん口にしていないわ」と妻はいった。「もちろん、パンもですよ」

「コメツブだって！」と三歳の長女がいった。「お母さんヘンなおことば使ってますよ、お父さん」

「いいじゃないかよお」と長男が答えた。「ご飯は米粒から作るんだからな」

「そろそろ頭痛がしてきたわ」と妻は額のあたりを指さした。「まだ足元はふらつかないけど」

「断食反応、って奴だな」

「ダンジキってなに？　お父さん」

「なんにも食べないでガマンすること」

「へえ！　ナンテコッタイ！」

「そんなこといわないの、お兄ちゃん！」

「はーい、ナンテコッタイ！」

「この頭痛は、欲求不満からくる精神的なものらしいわよ」

「ふーん、そうかな」

「明日あたり、軽いめまいと吐気がくると思うわ」

妻はこんどはいつまで続けるつもりだろうか？　男は二つ目のオムレツをほぼ平らげたところで、ちらりと妻の顔をうかがった。断食中は男も女も性的行為は禁じられていることを思い出したからだ。もっとも妻の場合は断食ではなく飯、パン等主食だけの絶食であるが、性交直後の母親が授乳すると、赤ん坊は吐いてしまうという話だ。性交は体内の血液を一時的に、急激に酸化させるためであって、これは、体内の血液を中性ないしは弱アルカリ性の状態に維持しておくという、断食の原理に反するものである。この知識は男が、妻の持っている『断食のすすめ』という新書版の本から得たものだった。


「この夏は、なんとかして断食を実現したいわ」と失業者の男の妻は、インスタント・コーヒーを飲みながらいった。「なにしろ十キロ増えてるんですからね」

「お茶！」と男は勢いよくいった。「あーあ、少しばかり食い過ぎたかな」

「なんとか都合つけられないものかしら」

問題は二人の子供だ。長男は夏休みであるから、妻の実家へ預けることも可能である。しかしながらまだ三歳の長女の方は、男がめんどうを見なくてはならない。妻が希望している断食期間は約二週間だった。それはいろいろな本やパンフレットで調べた結果、最も一般向きの期間らしかったが、二週間の断食をおこなうためには、前後約一週間ずつの予備期間が必要であることもわかった。妻は何ヵ所からか取り寄せた案内パンフレットを調査、検討した結論として、全国に三十数ヵ所あるといわれる断食道場の中から奈良県の信貴山《しぎさん》にある道場をすでに選んでいるようすだ。テレビのルポ番組でも一度紹介され、女性客の多いところらしい。

「一ヵ月間、なんとかお暇をいただけないものかしらねえ」

そういって男の妻はえへへへ、と笑ってみせた。

「とにかく、飢えるということは、いまや最高のぜい沢なんだ」

男はそう答えて、いつもの通りエビオス十錠と整腸剤三錠をまとめて口の中へ放り込み、コップの水で一息に飲み下した。断食道場へ出かけるということは、ただ単に何も食べずに暮すということではない。なにしろ満一ヵ月間自分の持ち場を離れるわけだからだ。サラリーマンはいうまでもなく、家庭の主婦にとってもそれは容易なことではあるまい。

「ジャル・パックの世界旅行の方が、よっぽど簡単なくらいじゃないのか」

妻の体重の増加は失業者の男の肉眼にも明らかだった。妻にいわせればその増加は十キログラムである。男にはいま妻の体重がどのくらいのものか、はっきりした数字は知らない。ところが妻の方の計算は実に明快であって、結婚当時から現在までに増加した分が十キログラムという勘定だった。するとそれは一年間に一キログラムという平均になるようだ。なにしろ妻は男と結婚して今年でちょうど十年になるからである。その間に妻は二人の子供を産んだ。要するに一人当り五キログラムの増加なのよ、と妻はいうわけである。それをきいたとき男は、あたしをこんな体にしてしまって、どうして元へ戻してくれるんですか、という何かの読物にでも出て来そうな女のセリフを思い浮べてみた。しかしながらそれは、自分とは無関係の他人事としてだったようだ。むしろまるまるとふとった妻をまともにふしぎがったり、からかったりしているのは、二人の子供たちだった。まさか一人当り五キログラムとはいえないとしても、いまや断食を真剣に考えている妻である以上、いかに相手が子供とはいえ三度に一度は本気で腹を立てているのではあるまいかと、男の方がはらはらすることもあったほどだ。もちろん男にしてもそのような現在の妻を、より美的であるとは考えてはいなかった。しかしながら果して、妻をより美的にすることが現在の男にとって、第一義的な使命であるといえるだろうか？　仮にもし、そうすることに〈最良の夫〉の使命があるとしても、果して失業者の男はいま〈最良の夫〉たらんと欲しているのだろうか？　そのために生きながらえているのだろうか？　もちろん男はそのような自問に対して、常に明快な自答を返すわけではない。いわばそれらの自問自体が、さまざまなことばにならない男自身の内部における自問自答の結果であるともいえるからだ。従ってあくまでも自答を強制して男に迫り、ついに追いつめて男を窒息させるという性質のものではない。ましてやそこは、テレビを見ながら二人の子供たちがわいわい騒いでいるダイニングキッチンだった。

「父ちゃん、おう！」

「なんだ、おう！」

何？

「ニンゲンだあ!」

「へえ!　お前なんかオランウータンだあ!」

「ちがいますう!　お母さんはぶーちんです!」

長男と長女のこのやりとりには独得のリズムと呼吸があって、もともとの出所はもちろんテレビだ。夕方六時から七時半くらいまでの、漫画を中心としたテレビ番組を子供たちとともに見物することも、会社をやめてからの男の生活の特徴といえる。食事中はテレビを消してしまおうかと、一時妻が提案したことがあった。テレビに夢中になり過ぎた子供が夕食をおろそかにするという理由からだ。男もそれには賛成だった。妻の提案理由もさることながら、その夕食時を狙って食べ物関係のスポンサーが殺到していた。つまりガム、チョコレートその他の菓子類をむしゃむしゃ食べたり、サイダー、コーラの類をがぶがぶ飲んだりするコマーシャルを眺めながら食事をすることになるからだ。画面に写し出されたビーフシチューや豚ちり鍋を眺めながらカレーライスを食べるという状態もしばしばである。ましてや妻に至っては、いまや飢えに憧れながらそれらの画面を眺めているわけだった。しかしながら結果は、依然としてテレビはつけられたままだ。ただテーブルにつく位置が少し変った。画面は見えなくてもいい。音だけでいいから聞かせて欲しい。食事は必ずまじめに済ませるから、という長男の熱望によって、画面を背にしていた男の位置へ長男を坐らせることになったわけだが、その結果男はもと長男が坐っていた位置から、つまり真正面からテレビを眺めることになったのである。長男は食事中のおよそ半分の時間、首を捻じ曲げて真うしろのテレビ画面をのぞき込んでいる。それが果してよいことか悪いことか、男はすでにとりたてて考えなくなっているばかりでなく、ふり返っている長男の頭が邪魔になるため、思わずテーブルの横まで首を突き出して画面をのぞき込んでいるわれとわが身を発見することさえあったほどだ。

「おお、ナンテコッタイ！」と男はのぞき込んでいた首を引っ込めながらいった。

「どったの？」

「椅子はホートク、ホートクだよ」

つまり男はそのような夕食の時間を過すことによって、ふざけたテレビのやりとりを子供たちとともにおぼえ込んでいるのである。そしてそれは、いったい自分は何ものであるのか、何ものたらんと欲しているのだろう、という自問自答の最中にも、つい口をついて出てくるほどになっているのであるから、〈最良の父親〉たらんと欲することこそ、現在の男の願望ではあるまいかと考えられないこともない。なにしろ昼間は昼間で、男は外科病院へ長男を連れて通い、同じ治療室のベッドでマッサージを受けながら長男があげる悲鳴を、電気仕掛けの人体伸張機に縛りつけられた姿勢で聞いている父親だからである。

妻の憧れている断食をこの夏、実現させるか、させないか？　それが問題だった。思い切って九州の母親のところへ子供を連れて帰ってみるか。そして一夏、子守りに専念してみようか。せっかく失業者になったんだからな。男が何度かそう考えてみたのは事実だ。男はまだ会社をやめたことを母親に知らせてはいなかった。そこへ二人の子供を連れてとつぜん帰ってゆく。そのとき男はあたかも、最愛の妻に死に別れた三十代のまじめなやもめに見えるかも知れない。しかしながらもし男がこの夏、妻の断食をそのような方法によって実現させたならば、おそらく事実は男の空想とは正反対のものになると考えられる。なにしろ男はそのとき、最良の夫であるばかりか最良の父親であり、同時にまた最良の親孝行息子でさえあると、少なくとも第三者の目には、写るはずだからだ。

男は必ずしもはじめからふざけているつもりではなかった。にもかかわらずそこまで考えてくると、どうしても男は笑い出さずにはいられなかった。

「やはり、だめだ」

「そうかしら？」と妻は笑っている男に腹を立てた顔でいった。「わたしが一月間、病気で入院したと思えないかしら」

「しかし二週間に一度、福岡から職安へ通うわけにはゆかんだろう？」

「あなたはよく運命、運命っていうけど」と妻は立ちあがって、流し台の方へ向きながらいった。

「運命に忠実に食べていたら、この先どこまでふとるかわからないわよ」

そうかも知れない。確かに妻の発言はリアリスティックだ。果してふたたび人間が極めて自然に飢える時代に、われわれは生きて遭遇するのだろうか？　ここにいる二人の子供たちが運命としての飢えを体験することがあるだろうか？　あるかも知れない。何故ならばそれは、かつてあったからだ。いま三十七歳になる失業者の男は、まさにその真只中で育ちざかりを過してきたとさえいえる。また、飢えの体験に基づいた幾つかの小説も男は読んだ。そこには男たちよりも上の世代によって描かれた戦場における飢えもあり、戦中の空襲下の飢え、戦後占領下の飢えもあった。あるいは男とほぼ同じ世代によって描かれた集団疎開における飢えもある。結局は大人であったものも子供でしかなかったものも、すべての日本人は戦争による飢えを体験せざるを得なかったわけだ。しかしながら三十七歳の失業者の男は、それらの書物を読むとほとんどの場合ふしぎな不安に襲われるのだった。もちろん男には人肉を食べた体験はない。ネズミ、蛇、トカゲの類も食べなかった。ひとかけらのビスケットのために、恐怖のかたまりとなって逃げ走った記憶もない。しかしながら輪切りにされた一片のふかし諸《いも》、あるいは一片の大豆カス製のパンに涙の塩して食べた体験はあった。いや断じてあったはずだ。にもかかわらず現在の男には、それらの過去が生々しい記憶となってはどうしても甦ってこなかった。従って、それぞれの世代によって描かれたさまざまな飢える小説を読んだときに男が襲われるふしぎな不安は、いま男が飢えていないためではないといえる。当然あったはずの、他ならぬ男自身の飢えの記憶がすでにほとんど失われているための不安であると、考えざるを得ないわけだ。なにしろ男の飢えが確実にあったことだけは事実だからである。スイトン、イモガユ、アカザ、ミズバラなど、男はおよそ飢えに結びつきそうなことばをかき集めてみたが、そんなものでいま食べるものが氾濫している時代に育ちつつある二人の子供を、とても説得できるとは思えなかった。従って男が二人の子供たちに向って、かつて食べるものが欠乏していた時代について話せない第一の理由は、男自身のほとんど失われた記憶と、そのために生じるふしぎな不安のためといえるのかも知れない。そして詰るところ現在の男にとっての飢えとは、現にいま男の妻が憧れているところの断食にゆき着くようだ。

何故だろうか？　北朝鮮からの引揚げ者だからだろうか？　何故なんでしょうか、お母さん！　とつぜん男はある晩、九州の母親に手紙を書きはじめた。結局はふしぎな不安のためだ。しかしながらふしぎといえば、二人の子供の父親である三十七歳になった男がとつぜん、お母さん！　と叫ぶことの方が、よりふしぎであるとも考えられる。事実男は、母親に頼ろうとする、とつぜんのふしぎな衝動にかり立てられた自分に気づいたとき、愕然となった。手紙の末尾には〈母上様〉と書くのが常ではあったが、母親が己れの内部にはもちろん、肉体のどこかにもまちがいなく生きているという意識を、男は日頃持つことはなかった。夢も見なかったが、それでも最低月に一度は思い出した。月末に決められた仕送りをするためである。明治三十八年巳年生れで六十四歳になる男の母親には七人の子供があり、上から五人の息子はすでに結婚して、それぞれ二人ずつの子持ちになっていた。つまり孫は合計十名だったが、男の母親の生活はいわゆる孫たちに取囲まれて、といったものではない。失業者の男と、まだ結婚をしない六番目の息子の二人を除いて、残る兄弟は母親と同じ福岡市内に住んでいたが、それぞれ親子単位で住居を持ち、毎月決められた額の仕送りをしていた。それは男の母親とまだ結婚前の末の妹の二人が生活してゆくために、多過ぎもしなければ少な過ぎもしない金額であろうと考えられる。それに幾ばくかの引揚げ者年金があった。しかしながら男の母親の元には、息子たちが分けてもらえそうなものは、すでに何ひとつない。母親のところにあって息子達のところにないものといえば、仏壇と父親の位牌くらいなものといえる。住んでいる家屋も、いわゆる故郷の廃家と呼ばれるにふさわしいような建物ではない。いかに時代から葬られようとも、その場所が消滅しない限りそこに存在し続けるのだといったふうな、どっしりしたあばら屋ではなかった。いつどこの誰が建てたものであるのか、もちろん息子たちにはわからないと同時に、もしわかったところでおそらく、いかなる意味もまた価値も生じないと思われる、極めて平凡な家だ。ただ六十四歳になる母親とまだ嫁入り前の末の妹二人の住いとしては、家賃といい広さといい、まずまず適当であろうと考えられる木造平屋に過ぎない。もちろん家主も無名人である。そこに無名の男の母親と末の妹が住んでいる。しかしながら失業者の男は、そのように時代から葬られて生きながらえている無力で年老いた母親に、なんとか縋りつこうとしているのだった。お母さん、何とかして下さい！　戦争に敗けたとき中学一年だったわたしはいま三十七歳です。しかしたったあれから二十五年しか経ってはいないにもかかわらず、わたしの記憶は早くも消えて無くなりそうになっています。お願いです、助けて下さい。わたしは東京で大学へゆくため、他の兄弟たちよりも早くお母さんと別れなければなりませんでした。何もかも思い出せなくなりそうになっているのは、そのためでしょうか。記憶には場所が必要です。たとえいま住んでいるところが、誰によって建てられたのかわからない家であるとしても、少なくともそこはお母さんが育った街です。お母さんが通った師範学校付属小学校のすぐ裏であり、お母さんが通った女学校へも歩いてゆける場所です。ところがわたしには何もありません。記憶というものに必要な場所がどこにも見当らないのです。お母さん！　わたしがいま住んでいる団地は、お母さんも何度か見たでしょう。わたしはこんな見も知らぬところへ流れ着いているのです。ここでは毎日毎日、記憶が失われてゆきます。それも他ならぬわたし自身の、飢えに関するものなんですからね。まさしくここは、記憶を抹殺する流刑地のような場所です。みんなそのことに気づかないだけです。いや、すでにそのことさえ忘れようとしているのでしょう。まちがいありません！　なにしろわたし自身がつい最近まではそうだったのですから。しかしわたしはとつぜん気づいて、おそろしくなったのです。不安に襲われたのです。まったく、とつぜんという他ありません。わたしは会社をやめてしまったのです！　お母さん、わたしはいったいどこへいったらいいのでしょう？　教えて下さい。もはやわたしには、世の中と連がりを持つ何ものもないのですからね！　その上記憶まで失ってしまったら、わたしはどうすることもできなくなります。いや、決して後悔しているのではありません。そうではなく、いま三十七歳になった息子の一人として、お母さんに最後のお願いをしているのです。もちろん会社は自分の意志でやめました。これは、信じて下さい。何かの理由によって首を切られたのではありません。きちんと辞表を書き、退職金も受け取りました。失業保険金も受け取っています。ですから心配はご無用です。決められた仕送りは、もちろん続けます。大丈夫です！　妻もこのことは承知しておりますから、どうかご安心下さい。ちゃんと話し合い、期限まで決めてやったことです。なにしろわたしも二人の子供の父親ですからね。ただわたしは失われそうなものを取り戻したいと思ったのです。このまま消えてなくなりそうなものを、何とかここでつなぎとめなければならないと、いても立ってもいられなかったのです。そのために職業を失っただけの話です。

しかしながら男は、実さいには母親にその通りの手紙を書いたわけではない。とつぜん会社をやめてしまったことも、もちろん書かなかった。縋りつきたい気持ちにかられたのは事実であったが、六十四歳になる母親にそのような男の不安が通じるとは思えなかったからだ。男は何度か書き直したあげく、少しまとめて考えたいことがあるから、引揚げ前後の模様をできるだけ詳しく思い出させて欲しい、と書いて送った。そして、特に食べ物のことを！　と〈母上様〉の手前に男は書き加えた。

隔週の木曜日毎に職業安定所へ出頭してゆく男が、何ものかに仮装すべきであると考え続けていたのは事実だ。結論はまだなかった。なにしろそれは自問だからだ。そしてその自問は男の内部においては、いったい何ものたらんと欲しているのだろう？　この疑問形をもって常に続けられていたのである。男は果して、最良の夫たらんと欲しているのだろうか？　また、最良の父親たらんと欲しているのだろうか？

あるいは男は、最良の失業者たらんと欲しているのだろうか？　もしそうであるとするならば、それは職安のあの白い歯をした求職係長に対してであろうか。その係長によって代表される日本国家に対してだろうか？　なにしろ会社をやめたあとの男にとっては、職業安定所こそ社会と男とを結びつける唯一つの絆といわなければならないからだ。しかしながら男の内部におけるこの最後の自問もまた、他の幾つかの自問と同質のものであって、それに対応すべき自答はいまだに男の口をついては出てこなかった。

「ここのところは、もう少し具体的に書いてもらわないと」と男は生れてはじめて職安に出頭した日の面接で、求職係長にいわれた。「これじゃあちょっと通じないですよ。そう思いませんか？」

そのとき早くも男は、係長が白い歯ならびを持っていることに気づいたようだ。男は他人の歯に敏感になっているのだった。乱杙歯《らんぐいば》であるのは事実であるが、それ以上に男は、彼自身の歯がいまや、煙草のヤニ色を通り越した真黒い異物に変質しつつあるのではないか、と空想していたからだ。

「上司との見解の相違……ねえ」と白い歯の係長は、男が提出した書類の〈退職の理由〉欄を指で軽くたたきながらいった。「この上司とは、どういう地位に当るのかな？」

「そうですねえ」と男は答えた。「しかし通じない、という意味ですが……」

「ひとつは具体性がないことですね。もう少し具体的に。それから、もう少し詳しい事情を書いて下さい。詳しい分には構いません。別紙に書いて貼りつけてもいいわけですから」

男は黙って求職係長の前の椅子から立ち上った。なにしろ係長の要求は極めて明快だったからだ。男のあとにはすぐ若い女性が腰をおろした。男は返された用紙を持って、郵便局のような、四方から立ったまま書き込みをおこなう斜面になった台の所へゆき、紐のついたボールペンを取り上げた。

確かに係長の要求は明快そのものだ。しかしながら問題はそれに対する答えだった。具体性とは男にとっていったい何だろうか？　確かに〈退職の理由〉を具体的に書き表わせば、同時にそれは詳しくもなるものと考えられる。その意味において求職係長の要求は、明快であったばかりか合理的とさえいえるわけだ。そしてその要求が問いの形で出されている以上、答えもまた合理的であることが要求されているはずであった。つまり男に要求されているものは〈具体的で〉〈詳しい〉〈退職の理由〉だった。白い歯の求職係長によって提出されたこの問いは、極めて明快かつ合理的なものだ。しかしながら黒い歯の男にとってその問いに答えることは、おそらく不可能であろうと考えられる。なにしろ会社をやめたあとの男にとっては問いとは、男自身の内部における自問でしかなかったからだ。しかも男は、その自問に対する自答さえいまだ出してはいないのである。

いったい何と書けば通じるのだろう？　そしてそれは誰に通じるのだろう？　あの白い歯の係長にだろうか？　もしそうであるとすれば、あの係長にたずねてみるのが最も合理的といえるかも知れない。しかしながら斜面になった台の前に立っていた男はとにかく紐のついたボールペンを元の位置へ戻し、もう一度求職係長の方へ歩いていった。

「うーん」と係長はふたたび提出された書類を置いて首をひねった。「こんどは、価値観の相違、ですか。これでは求人側でも首をひねらざるを得ないと思いますよ」

例えば突発的な配置転換とか、人事問題のいざこざだとか。あるいは仕事上のミスに就いての責任問題とか、その処分に対する不満であるとか、その他係長が挙げた例はすべて確かに具体的だ。そしてそれらの具体例の一つあるいは二つのものを組み合せることによって詳しくなると考えられる〈退職の理由〉は、あくまでも次なる求職のために書き込まれる必要があったのである。すなわち社会への復帰のためであり、再出発のためであって、それはまた同時にこの職業安定所に出頭する権利を得るために必要な資格のためでもあったといえる。何故ならば男たちに手渡された〈失業保険金受給資格者の心得〉の〈受給資格〉の項には次のように明記されているからだった。『就職しようとする意志及び能力がありながら職業に就くことができず、そのため誠実かつ熱心に就職活動を行なっていることを公共職業安定所において認めたこと。従って、就職しようとする意志のない人や、家庭的又は個人的な理由で労働する能力のない人は失業とは認められず、保険金給付は受けられません』

従って最も重要なことは、ここにおいては男たちのことを決して失業者とは呼ばないことだった。いかなる理由によって会社をやめたものであっても、ここへ出頭して失業保険金を受け取る以上、男たちは失業者であってはならない。新しい次なる就職をするための意志と能力を持っている場合にのみ失業保険金は給付されるからであって、それを受け取る男たちは失業者ではなくて、もはや求職者だからである。少なくとも現行法が適用される限りにおいてはそうだ。つまりわが国においては失業者は唯一人も存在しないのである。そして男はいま目の前で木村という名札を胸につけて向い合っている、白い歯の求職係長によって、求職者であるか否かの判定を受けるところだった。男は果して、最良の求職者たらんと欲しているのだろうか？　わからなかった。男にはまだ求職者たる資格が与えられてはいないのである。男が提出した解答は果してその資格を得るために充分だろうか？　資格の有無を決定するのは、男と向い合っている求職係長だった。そしてその白い歯の係長は、わが国の現行法にのっとってその判定をおこなうわけだ。いわばそのとき男にとって、求職係長は〈わが国〉であり、男は〈わが国〉と向い合っていた。男は〈わが国〉の胸につけられているる木村のバッジを見ていた。白いきれいな歯並びの男だ。いまわが国には唯の一人も失業者は存在しない。存在するのは、失業保険金を給付される資格を有するところの、求職者だけだ。しかしながら男にその資格が与えられるかどうか。男は一人の求職者としてわが国に存在し得るのだろうか？　いったい男は何ものだろう？　わからない。なにしろそれを決めようとしているのは木村だからだ。

「わかりました」と男はいった。「それで、どう書けば通じるでしょうか？」

「え？」と木村求職係長はいった。「いったいあなたは、誰に通じさせるつもりです？」

「それは、もちろんあなたにです」

「このわたしに？」

「木村求職係長に、です」

「あははは」と係長は白い歯を見せて笑ってから、公務員らしい口調に変った。「いいですか、これはあなたの常識が判断すべき問題ですよ。社会的常識、社会に通用する常識です。あなただって、ただ漫然と十年以上もサラリーマン生活を送ってきたわけではないでしょう。あなたが通じさせるべき相手、それはいうまでもなく、会社です。つまり社会でもあるわけですね。会社すなわち社会です。そして、通じさせるのはあなた自身の、求職の意志であり、意欲であり、能力です。それとも、見解の相違ですか？　しかしともかく、わたしは公務員なんですよ」

「あなたが、公務員だからですよ」と具体性を失った男はいった。「あなたはこの職安の求職係長ですね？」

「そういうことです」

「あなたに通じさせようと思うのは、そのためです。求職係長であるあなたに通じさせることは、すなわち、国家に通じさせることになるわけですから」

「国家？」

「そういうことです」

「職安の場合、地方公務員になるわけです」

「わたしがいうのは、国家の代表という意味です。少なくともわたしにとってあなたは、唯一つの具体的な国家なんですから」

「具体的な国家というのは、もう少し具体的にいえませんか？」

「社会の窓、ということです」

「わかりました」

「通じましたか？」

「とにかくあなたの場合は、できるだけ自発的に就職活動をやって下さい」といってから係長は、男が提出した書類を机の脇へ少しずらした。

「もちろんこちらでも、適当と思われる求人があればただちに応募してもらいますが。まあ大学も出ておられることだし、そちら関係のコネクションもあることでしょうから。では、次の方と代って下さい」

このようにして男は失業者となった。すなわち、求職者と名づけられたところの、失業保険金受給資格者としてわが国に、存在したわけだ。

男の出頭日は毎月、奇数の木曜日だった。同じ日に出頭するものは約五、六十名であったが、ある日男がうしろの方のベンチから勘定してみると、およそ半数が女性だった。そのうちの三分の二が二十代と三十代であって、一目で妊娠中とわかるものも何人か混っていた。残る三分の一の女性が四十代以上という割合いに見えたが、中に一、二名、男の母親とほぼ同年配と思われる老婦の姿もあった。しかしながら職業安定所の内部は殺気立ってはいない。それどころか男は、ボストンバッグの底に四冊の週刊誌が重ねられた時点において、早くも二度、声を出して笑ってしまったほどだ。四度のうち二度である。

一度目のときまず男は、室内のベンチで母親たちの間に挾まっている子供の姿が、いつもより目立つのに気づいた。しかし原因はすぐ明白となった。天気のよい日には母親たちが出てくるのを外で待っている子供たちが、その日は雨天であったため、全員室内へ入ってきていたからだ。自動車往来の激しい新道から百メートルほど入り込んだ位置にあるこの職安の庭先は、いわば安全な子供たちの遊び場といえる。それに、夫たちが出勤していったあと留守番がいないとすれば、母親が子供を連れて職安へ出頭するのはむしろ当然といわなければならない。子供連れの中にも現在妊娠中である女性はいた。また連れている子供は一人であるにもかかわらず、子供用の傘二本を携帯している女性の場合は、おそらく職安で失業保険金の給付を受けて帰る途中、幼稚園か小学校へ通っているもう一人の子供に一本をとどけるためと考えられる。男にとってはそれもべつにふしぎとは思えなかった。従って男を思わず笑わせてしまったものはそのような女性求職者たちの姿ではなく、あの白い歯の求職係長のことばだった。

黒っぽいビニールのサンダルばきで席を立ってきた係長は、男たちが坐っているベンチの最前列のところで、手をうしろに組んだ。ななめうしろに黒板があるためか、そのときの求職係長は国家の代表というよりむしろ、新入児童とその父兄に入学案内をしている小学校教師のように見えた。

子供の姿が目立ったせいかもしれない。

「えー」と係長はいつもの白い歯を見せて口を開いた。「いまさらあらためて申し上げるまでもありませんが、皆さんがここへ出頭されます午前九時から十時という時間は、通常の会社におきましては、始業つまり仕事を開始する時間であります。そして皆さんもまたこの職安において、通常社会と同じく求職活動を開始されることになるわけです。つまり、皆さんがいまここにおられる時間は、会社においては作業中ということになります。ですから例えば、ここから直ちに、皆さんが提出されております求職希望の条件に適した会社へ、面接に出かけるという場合が生じてくるのは当然ですね。わたしどもとしては、そのような状況が毎日生じることを念願しているといえるのですが、そのためには皆さんの方にも充分な準備が必要であることは、いうまでもありません。まず絶対に欠かせないもの、そうです、履歴書ですね。これはもう皆さん常に一通ないし二通のものを準備されておられることと思いますが、次の問題は服装です。わたし達はまあ、こういった事務用のサンダルをはいているわけですが、これから新しい会社に就職するための面接を受ける皆さんが、サンダルばき、ないしは下駄ばきというのは果してどうでしょうか？　ひとつ、皆さんが求人者側、いわば経営者になった立場で考えてみていただきたい。また女性の場合、子供連れ、買物籠、いかがですか？　まず絶対にいけません。子供連れ、買物籠、下駄ばき、サンダル。それにジャンパー、セーター、これだけは職安へ出頭される場合、やめていただきたいわけです。せっかくの皆さんの、就職に対する意志、また能力というものが、これでは台なしになってしまうからです」

　笑ったのはもちろん男だけではない。係長の訓話が終ると同時に、職安の内部では一斉に笑い声があがった。女性の声も混っていたが、最後まで笑い続けていたのは、最後尾のベンチに陣取っている男たちの一団だった。彼らのほとんどはジャンパー、セーターに下駄、サンダルばきという服装であって、必ず最後尾の五人掛けベンチ二脚を占領していた。年齢は二十代から四十代くらいまでまちまちに見えたが、全員が競馬新聞か競輪新聞を愛読している。職業はわからない。現在無職であるのはもちろんであるが、前職はなんだろう？　いわゆる職安ゴロだろうか？　蒸発人間たちだろうか？　もともと知り合いであったのか、職安で知り合ったのかもわからないが、彼らは男よりも、いつも先に名を呼ばれた。一人の名が呼びあげられると、他のものは何か小さな声をあげて、顔を見合せた。名を呼ばれた一人がベンチの間をかき分けるように出てゆき、無事失業保険金を手にして戻ってくると、一団のものは顔を見合せて笑った。そして金を手にしたものが五、六人まとまると、ぞろぞろと職安から出てゆくようだ。

職安に出頭してから失業保険金を受け取るまでの順序は、まず求職係の窓口に置かれている小さな木の箱の中へ、失業保険金受給資格者証を提出する。いうまでもなく失業者の身分証明書だ。支給番号、氏名、それに支給される金額が書き込まれており、大きさも型もふつうの身分証明書並み。ただ二つ折りになっていて、提出するときその間に毎回、認定カードというものを挟まなければならない。前回の支給日から今回の支給日までの二週間、まちがいなく失業中であったことを認定するための幾つかの質問に、〇印で解答して提出するわけだ。十時になると提出は締切られ、病院の受付における診察券と同じ要領で、木の箱の底の方から係員が順にカードを点検してゆく。つまり認定してゆくわけであるが、職安内部にわき起った二度目の大きな笑い声の原因は、実はその認定カードの〇印だ。

認定が終って自分の名前が呼びあげられるまでの間、男たちは五人掛けのベンチで待っている。

ほとんどのものが待っているのは、女性の声だった。反対に待っていないのは、男性の声だった。保険金を手渡すために名を呼びあげるのは金網張りのボックスの中にいる会計係の女性であるが、求職係の男の声で名を呼ばれるのは、認定カードの記入をチェックされるか、あるいは適当な就職先をあっせんされる場合かだからだ。ボストンバッグをさげて家を出た男は、九時半から四十五分くらいの間にカードを提出するのがふつうだった。従って、いつも最後から十番目あたりに名を呼ばれるのは当然の結果といえるが、職安で過す時間はいずれにせよ結局同じであって、約一時間半である。会社をやめてからあとの男にとっては、この一時間半がいわば公的生活の時間だといえる。二週間に一時間半の公的時間だった。

　しかしながらその時間は男にとって、特別に長いとも短いとも感じられなかったようだ。男はその一時間半を、だいたいにおいて漫然と過した。家から持参した新聞を隅から隅までたんねんに読むわけではない。女性たちのほとんどがそうしているように、週刊誌を愛読するわけでもなかった。ほとんどボストンバッグの底に放り込んだままだ。ベンチに腰をおろしているときは、できれば居眠りをしたいと考えたようだが、背のない職安の木製ベンチが居眠りには適さないことに男はすでに気づいていた。結局、壁に貼られた自衛官募集その他のポスターを眺めたりする以外に方法はなくなるわけだが、やがてそれに倦《あ》きると、男は立ち上り、うしろの方のドアをあけてトイレットへ入ってゆく。いわゆる街の公衆便所を少し狭くした、なんのへんてつもないトイレットに過ぎなかった。しかしながら男が、二週間に一時間半の男にとってはただ一度の公的な時間を、べつに長くも短くも感じないで過すことができるのは、そのトイレットのためであったとも考えられる。なにしろ男は、文字通り用を足す必要がない場合でも、必ずそこへ入っていったからだ。生れてはじめて職安へ出頭したとき、用を済ませたあと試みにノックをしてみると応答がなかったという動機から、大便所兼女子用の方へ入ってみたが、内部の上半分は白壁になっているにもかかわらず、何の落書きも見当らなかった。何故だろうか？　日本人が飢えていた時代の職安という場所を男は知らなかったが、現在の職安の便所に落書きが見当らないのは、あるいは本当に現在のわが国には失業者というものが唯の一人も存在しないためかもしれない。落書きだけでなく、内部には大便所本来の臭気もほとんどなかった。この事は男がその公的時間の一部を退屈せずに過す上で、極めて好都合だった。用を足す必要があった場合も、また必要がなかった場合も、男は鍵をおろしたドアの内部に立って、暫くの間ちょうど目の高さにつけられたトイレットの小窓から外を眺めて過したからだ。そこは職安の真裏に当るらしかったが、草むらだった空地の半分が目下宅地用に造成中であり、その向うに二階建ての病院が見えた。白い布を干している看護婦のうしろ姿が見えるときもあり、二階の病室の窓から入院中らしい老婆がこちらを眺めていることもあった。皮膚科か外科と考えられるが、せめて産婦人科だったら、と男は四度目のとき考えていたようすだ。妻の断食はあとどのくらい続くだろうか？　もっとも断食とはいえない一種の減食だが、いずれにしてもこの次職安へ出頭するまでは続かないはずだ。それにしても何というおとなしい職安の便所だろう！　なにしろ男がそのようにしてドアの内部に立ち、小窓から外を眺めている間に、いまだ一度もドアをノックしたものはなかったからだ。おそらく女達はうつむいて週刊誌を読みながら、また男達は競馬新聞かスポーツ新聞を読みながら、その右の耳を塞ぎ左の耳だけを開いているに違いなかった。求職係の男の声は向って右手から、金網張りのボックスの中の女の声は向って左手から聞えてくることになっているからだった。

しかしながら同じ求職係の男の声ではあっても、それが職安の内部に一斉に笑い声を起させたこともあったのである。トイレットの内部で暫くの時を過した男がふたたびベンチの席へ戻ってきたのは、ちょうどその二度目の笑いが、やはり第一回目の場合と同じく求職係長のことばによって誘発される直前だった。いわば男は、その笑いの場にうまく間に合ったわけであるが、向って右手から名を呼ばれたのはこげ茶色のハンティング・ベレー帽をかぶった、小ぶとりの老人だ。必ず最前列の黒板のまん前に腰をおろしていた。もちろん名を呼ばれて老人は立ち上った。しかしながら名を呼んだ求職係長も、席を立ってベンチの前へ歩いてきたため、二人は黒板の前で立ったまま向き合う恰好になったわけだ。

「皆さん！」と白い歯の係長は、右手で一枚のカードをさし上げていった。

「えー、皆さんが毎回提出されている認定カードの中に、その第三番目の質問ですが、あなたはいま職安があっせんする就職に応じられますか？　という質問があります。さて、その解答の方ですが、実はこの解答をまちがえられた例がありますので、一応参考のため申し上げておきたいと思います。あなたはいま職安があっせんする就職に応じられますか？　(イ)応じられる、(ロ)応じられない。カッコして、応じられない場合はその理由。もちろん解答は(イ)か(ロ)、どちらかに○印をつけなければいけません。何故なら、両方ということはあり得ないから、ですね。ところが、この両方に○印をつけた方があったわけです」

係長が右手でさし上げていたのは、もちろん名を呼ばれた老人の認定カードだ。こげ茶色のハンティング・ベレー帽をかぶった小ぶとりの老人は、はじめ黒板の前で立ったまま係長と向き合う形であったが、やがていつの間にか元のベンチに腰をおろしていた。つまり、係長が右手にかざしている自分の認定カードを、そのほとんど真下から仰ぐような姿勢になったわけだ。従ってその老人が見上げているのは、彼自身のカードではなくて単なる職安の天井のようにも見えた。

「いいですか、(イ)応じられる、(ロ)応じられない。答えはどちらか一方に○印です。両方ということは不可能なわけですから。よろしいですね」

ボストンバッグをさげた男は、職安を出て電車に乗るまでの間に、何度か歩きながら一人で笑い出した。電車に乗り込んでからも、やはり笑い出さずにはいられなかった。男は咳にむせるような笑い方になった。正午少し前の電車はいかにもガラガラといった空き方であったが、まさか声を出して笑うわけにはゆかなかったからだ。いったいあのこげ茶色のハンティング・ベレー帽をかぶった小ぶとりの老人は何ものだろう？〈(イ)応じられる、(ロ)応じられない〉!! 老人は係長からあとで呼ばれた。しかしながらそれは軽く注意を与えられた程度ではないかと考えられる。なにしろ老人は、妊娠中でも子供連れでもなく、また下駄ばきでもサンダルばきでもなかったからだ。ジャンパーあるいはセーター姿でもなく、もちろん買物籠もさげてはいなかった。しかしながら(イ)と(ロ)の両方につけた○印のどちらかを消すべきであるという、求職係長の要求には応じなければならなかったはずである。確かにそれは不可能であったし、もしどうしても老人がその要求に応じられなければ、その日二週間分の失業保険金を受け取ることもまた、不可能だろうからだ。

やがてボストンバッグをさげた男は電車を降りた。団地駅前のバス停留所にはちょうど循環バスが到着するところだった。しかしボストンバッグをさげた男はそちらへゆかず、銀行の裏の駅前公園の方へ歩いていった。そのまま循環バスに乗り込んでしまえば、声を出して笑うことができなくなってしまうからだ。〈(イ)応じられる(ロ)応じられない〉!! おそらくそのとき男の表情は苦痛のために歪んでいたはずである。そしてやがて、ボストンバッグをさげた男はあたかもこみ上げてくる嘔吐をついにこらえ切れなくなってトイレットへ駈け込みでもするように、駅前公園の芝生へ転げ込むや否や、そこに倒れた。幸いにしてちょうど午どきの公園には、子供たちの姿さえなかった。男は笑った。ボストンバッグを枕にして笑っていると、あたかも嘔吐のようにその笑いは続いてあふれた。吐き出しても吐き出しても次々にこみ上げてくるようだった。当然の結果として男はそのうち激しく咳き込みはじめたが、それでも立ち上りたいとは思わなかった。できることならこの芝生にわれとわが身を投げ出したまま、日が暮れるまで笑い転げていたいと考えたほどだ。

しかしながら失業者の男は駅前公園の芝生からやがて起きあがらなければならなかった。男は立ちあがってボストンバッグをさげ、芝生の中を道路の方へ歩きはじめた。なにしろ午後三時には長男を連れて外科病院へ出かけなければならないからだ。最初縛りつけられて引き伸ばされたとき悪夢のような恐怖をおぼえた人体伸張機にも、いまは慣れた。同時にマッサージを受ける子供たちがあげる悲鳴にはもちろん、長男の悲鳴にさえ男は慣れた。いまでは男は一定の間隔をもって引き裂かれまた縮んでくるベッドに縛りつけられながら、きこえてくる子供たちの悲鳴の中から長男の声を巧みにきき分け、その回数を数えてさえいるようだ。長男の悲鳴の数も次第に少なくなるようだった。そのうちやがて長男は、悲鳴をあげなくなるかも知れない。そしてそのころまでには運動不足によってこりかたまった男の骨や肉も、いくらか柔らかくなるはずだった。はっきりした効果はまだわからないが、これも長男のマッサージと同様、長期間続けることが大切なのだ。男はとにかく長男がマッサージを必要とする期間は機械にかかろうと考えていた。注射ははじめ二、三回だけでやめていた。なにしろ失業者の男には健康保険証がないからだ。

男はボストンバッグをさげて芝生の中を歩いていったが、低い半円形になった鉄の柵をまたごうとしたとき、循環バス道路の向う側に鯉のぼりを発見した。もう五月か！　鯉のぼりは鉄筋コンクリート四階のベランダに縛りつけられた、小さなものだった。最近はデパートなどで団地用の小さな鯉を売っているのかも知れない。売っているはずだった。それは鉄筋コンクリートにふさわしい薄いビニール製の鯉だ。ボストンバッグをさげた男は半円形の鉄の柵をまたいだ。そうだ、鯉のぼりも立てなければならない。男は長男が生れた年にさっそく鯉のぼりを買い求めた。矢車、滑車、吹き流し、真鯉、緋鯉の一式であるが、団地用の小さなものではない。小学二年生になる長男が生れたとき、まだ男たちは団地の住人ではなかったからだが、そのとき男が住んでいた東京都内のアパート用としてもそれは少し大き過ぎた。しかしながら男は鯉のぼりといえば、まず丸太の柱を建てなければという固定観念に支配されていたようだ。そこへたまたま長男出産の手伝いのため母親がやってきたことで、その観念はさらに拍車をかけられたものと考えられる。四月の何日と決められていたのかは知らなかったが、二、三人の朝鮮人の人夫によって男の家の庭には鯉のぼりの柱が立てられた。戦争に負ける前、北朝鮮での話だ。高さはどのくらいあったか、まさか小学校の国旗掲揚塔ほどはないと思われるが、穴はほぼ人夫たちの背丈くらいまで掘られ、柱の両脇にはやはり大人の背丈くらいの補助杙が打ち込まれていた。従って当時子供だった男はその二本の補助杙に渡された丸太に、ちょうど低鉄棒のようにぶらさがることができたわけだ。白足袋をはいてステッキをついた男の曽祖父の指揮によって柱が立てられると、こんどは男の祖母の指揮によってどこからともなく鯉のぼりが運び出された。つまり男にとって鯉のぼりとは、単なる子供たちのためというより、〈一家〉の行事として立てられるものだったわけだ。昭和二十年五月、男が中学一年生のときまではそうだった。それ以後男の家では鯉のぼりは立てられていない。それどころではなかったのである。

しかしながら三月二十九日生れの男の長男にとってはじめての五月が訪れようとしたとき、滑稽にも男はその失われた〈一家〉の再現を幻想したともいえるようだ。少なくとも男が何かの衝動にかられたのは事実だった。なにしろ長男が生れてまだ一月も経っていなかったからだ。その上、九州から母親がやってきている。女子高校の教師をやっている弟のひとりも、たまたまテニス部の試合にコーチとして上京していた。お父さんが足袋はだしで鯉のぼりを追っかけたのをあんたはおぼえとるね？　と母親は博多弁で男にたずねた。男はおぼえていなかったが、ある年強風のため鯉のぼりの一匹が吹きちぎられたらしい。あれはあんたじゃなかったかいねえ、幹雄じゃったろうか。とにかく男の兄の叫び声をきいたとき父親は、部屋で茶を飲んでいたらしかったが、とつぜん立ち上ると着ていた羽織を脱いで放り出し、足袋はだしで庭へとび降りた。そして吹きとばされてゆく一匹の鯉をめがけて、ドイツ人神父のいる耶蘇教会の丘まで走っていったという話だ。

男はやってきた弟を伴って材木屋をさがし、やがて鯉のぼり用の丸太を担いで帰ってきた。弟に手伝わせて穴を掘り、男はともかくもそのとき柱を立てた。二階建てアパートの屋根を少し上まわる高さだった。しかしながら男が住んでいた東京のアパートの狭苦しい裏庭において、失われた〈一家〉の再現が不可能であったのはいうまでもない。吹き流しと二匹の真鯉、緋鯉は上空に舞い上って強風に吹きちぎられることはおろか、あたかもそれは二階の窓からだらりと落ちかかってきた、やや大き目の洗濯物のように見えた。そして二日目になると、二階の窓からは一匹のネズミの死骸が鯉のぼりの口から投げ込まれたのである。二階の住人は、音楽の勉強に来ているという、日本人との混血児を連れたイスラエル人の女だったが、ただ垂れさがっているだけの鯉のぼりによって、彼女の部屋の窓は塞がれてしまったからだ。そのとき男は、あたかも国旗を汚された愛国者のような気持ちになった。しかしながら男は結局、垂れさがった大き過ぎる鯉のぼりの前で長男を抱いている写真を弟に一枚だけ撮影させ、翌日、丸太を倒してしまった。

そうやな、あのときのお父さん、いまのあんたとちょうど同じ年くらいやなかったろうか。だいたいが子供にかまうお父さんじゃあなかったんですけどね、とそのとき柏餅でお茶を飲みながら男の母親は、こんどは標準語ふうのことばで男の妻に話していた。それからすぐまた九州弁に戻った。おかしゅうて、おかしゅうて。あんときはおばあちゃんもたまげてござったよ。規矩次は気の違うたとじゃなかろうかいうて、大笑いやった。つまり息子の規矩次は発狂したのではあるまいかというわけで、祖母と母親は大笑いをしたというのである。事実そのときも話をしながら男の母親は大笑いをしていた。しかしながら実さいに発狂状態で死んだのは、祖母の方だ。日本が戦争に負けた年の冬だった。あのとき強風に吹きちぎられた一匹の鯉のぼりを足袋はだしで耶蘇教会の丘の上まで追って走った男の父親が、縁もゆかりもない見知らぬ北朝鮮の山の中の、朝鮮人部落の狭いオンドルの一室で、何日間かにわたって黒い血を鼻と口から吐き続けたあと息を引き取ると、着ていた厚い陸軍将校用の毛シャツとズボン下の間から、ぞろぞろとシラミが這い出してきた。祖母はそれを一匹ずつつまみ取って口へ入れながら、もう半年早かったらなあ、立派なお葬式だったのになあ、と口の中のシラミをかみつぶすように繰り返し繰り返しいった。三十年以上も朝鮮で暮したのに、選りも選ってなあ、こんな誰も知らんとこで、誰も知らんとこでなあ。あんたも朝鮮の土、おじいちゃんもみいんな朝鮮の土になってしもた、あたしもあんたと同じ朝鮮の土になってしまお。ぶつぶついいながら、男の父親が死んでちょうど一週間後に祖母は死んだ。二人とももちろんただの土葬であるから、文字通り朝鮮の土になったわけだが、そこは男たちの〈一家〉がかつて鯉のぼりを立てた場所からは遥かに遠く離れた、縁もゆかりもない山の中だった。しかしながら花山里《かざんり》という美しい地名の通り、男の父親と祖母が土葬された山は、翌年の春になると一面のツツジで覆われた。従ってそれは、あたかも山自体が一個の巨大な墳墓のようにも見えたはずだが、その山のツツジは、単に男の父親と祖母とが土葬された墳墓を飾っていたのみではなかったといえるようだ。

〈魚はよく食べました、明太《めんたい》が一番よく食べたしおいしかつた、それからハタハタといふ小さな魚を塩で煮たり焼いたりして食べてゐました。明太は卵が殊においしかつたし、白身で割にあつさりしたおいしい魚でした、内地のタラと云ふ魚に味が似てゐます。それに馬鈴薯、南瓜《かぼちゃ》。野草もずゐ分いろいろ食べました、少し暖かくなつてからは野草摘みと薪取りが一日の仕事でした。米搗き場へ行つて矩子《のりこ》を負んぶして米の粉をついては野草をまぜて団子にして、お汁に入れては食べたものです。つつじの花も米の粉の団子に入れて食べました、うす桃色のきれいな団子になりました。大豆ばかり何日か食べた事もありました。それでもみんなだんだん元気になつて、顔色がよくなるので、金の家でも安心したやうでした。金の家で何事か有ると大きなお膳に豚汁やお餅を一杯のせて持つて来てゐたのはおぼえてゐるでせう。朝鮮人は家で何か有るとみんなに御馳走をするし、家の仕事を手伝ふと必ずごはんを持つて来る習慣なのです〉

　これは男が受け取った母親からの手紙だ。会社をやめた男がある晩、ふしぎな不安と衝動にかり立てられて書いた手紙に対する、返事だった。それは、〈特に食べ物の事を！〉と手紙の最後に

〈母上様〉と並べてつけ加えられた男の願いを、ほぼ充分に満たしていたものといえる。そしてその旧かな使いで書かれた母親の手紙を読んだとき、男がある衝撃を受けたのもまた、事実だ。なにしろそこには、朝鮮の土となったところの父親と祖母が土葬された山に生えたツツジを食べたと書かれているからだ。そのツツジ入りの米の粉団子で男たちは飢えをしのいだのだった。つまり男は朝鮮の土を食べたわけだ。そうなるわけだと男には考えられた。〈食べることは認識することだ!〉それとも、〈認識とは食べることだ、女だって同じことだ〉だったか? それは確か大学で同級だった朝鮮人が書いた詩の文句だった。その朝鮮人の旧友は大学を中退して銀行員の女性と結婚した。日本人女性だ。彼ら夫婦がいまどのような生活を送っているか、男は知らない。もう十年以上も出会っていないが、彼が自費出版した詩集の記念会が開かれた夜、お前なんかよりおれの方が朝鮮はよく知っているぞ、と男は朝鮮人の旧友に向っていった。朝鮮漬だってカルビだってコチジャンだって、と男は酔ってからむいい方をしたが、食べ物の名前ばかりが口をついて出たのは、記念会が在日朝鮮人の経営する朝鮮レストランでおこなわれたためばかりではないと考えられる。詩集を自費出版した朝鮮人の旧友は、日本生れの日本育ちだった。もっとも朝鮮の女だけはおれは知らんが、と男はつけ加えた。しかしながら男は、朝鮮の土になった父親と祖母が土葬された花山里の山のツツジをまぜた米の粉団子については話さなかった。何故だろうか? おそらくツツジ入りのだんごの味がすでに思い出せなかったためであるのも事実だ。なにしろ、いかに日本製であるとはいえ、そのとき朝鮮レストランにおいて男は、ユッケ、豚足まで含まれた朝鮮料理のフルコースを食べ終ったあとだったからだ。その晩、男は朝鮮レストランを出たあと、自家用のライトバン車に乗せられて、どこかへ連れてゆかれた。その東京都内であるのかないのかはもちろん、方向も距離もまったく見当のつかない朝鮮人の民家の一室で、どこからともなく運び込まれてきたドブロクのため、男がすでにしたたか酔っていたのも確かだ。しかしながら、そのとき男が、詩人である朝鮮人の旧友に向って、あのツツジの花びらの入った米の粉団子の話をしなかったのは、なによりも男がそれを食べたことを忘れていたためと考えられる。思い出せないのはなにも、その味だけではなかった。ツツジ入りの団子そのものであって、男が失っていたものは、いわば記憶自体であったからに他ならない。男から失われていたその飢えの記憶は、確かに母親からの手紙の中に、記録されていた。そしてそれを読んだときの男が、ある衝撃を受けたのもまた事実であった。しかしながらその衝撃は、極めて具体的にそこに記録された男自身の飢え自体によってではなく、むしろそれを記録した母親の記憶によって与えられたもののようだ。何というおどろくべき記憶力だろう！　つまり男は、母親の記憶におどろかされたのだった。しかしながら果してこんなことでよいであろうか？　時代から葬られながら生きている無力な六十四歳の母親に、ある晩とつぜん縋りつきたい衝動にかり立てられた三十七歳の男の不安の結末が、果してこんなものであってよいであろうか？　不安の結末？　それとも衝動の正体とでもいうべきだろうか？

ボストンバッグをさげた男は足を早めた。結局のところ男は、それでよいのだと、考えたからだ。過去はべつに正確である必要はない。記憶もまた然りであって、なにしろ男の記憶がすでに母親の記憶の中にしか見出せない以上、それはおそらく六十四歳の母親とともに消滅せざるを得ないからだ。男とともにあるのはただ現在だけだった。そしてそのように考えた男は、あたかも彼自身がさげているボストンバッグのようだ。それは失ったものだけの重みによってひしゃげていた。つまり男の右手にそのときぶらさがっていたのは、他ならぬ男自身の現在だった。

それに足を早めてみると、男にはとつぜん自分がいろいろと多忙な人間に思われてきたのだった。実さい男は、駅前へ引き返して循環バスに乗ろうかと考えたほどだ。しかしそのとき走ってきた循環バスに、男は追い越された。鯉のぼりは明日にしよう。これから長男を病院へ連れてゆくと、戻ってくるのは夕方五時前後になるからだ。足を早めると、団地のあちこちのベランダに立てられた小さな鯉のぼりが目立つようだった。うす緑色のビニールカバーをかぶせられた物干竿の先に古タオルをまきつけ、球形の飾りのついたブリキの円筒を堅くさし込む。それに軸木をさし通す。次にブリキの矢車の輪を二つ組み立て、軸木の両側に金属製のピンで固定する。滑車を取りつける。これで鯉のぼりの柱は出来上りであるが、そいつをベランダの鉄製の手すりにロープで縛りつけるにはかなりの力を要する。まず右の分だけ部品をとりつけられた、長さ約五メートルの物干竿を、ベランダの屋根につかえないよう、一旦外側の空間へほとんど芝生すれすれくらいまで斜め下向きに突き出し、それをもう一度上向きにしてベランダの内側へ引き込まなければならない。男はカツオ釣りというものを映画ないしは絵本でしか見たことはないが、ベランダの奥行きとひさし、鉄製手摺りの高さ、それに二階であることという制約された条件の下では、おそらくそのとき両腕にかけられる抵抗はカツオ釣り以上ではないかと考えられる。妻では絶対に無理だ。ましてや減食中においてをや、である。

男が循環バスの停留所のところまで歩いてくると、子供用のふとんが干されているわが家のベランダが見えた。まだふとんを干すくらいの力は妻にも残っているのだ。しかしながら、妻が本気で断食に憧れているとすれば、あるいはこの夏は子供の面倒を見ることに専念しなければならなくなるかも知れない。五月一ぱいは続くと考えられる長男との病院通い。鯉のぼり。やはり夏休みには思い切って、子供を連れて九州へ帰ってみるか。いずれにしてもとにかく、何もすることがないわけではないのだ。何もすることがないという人間であるわけにはゆかない。シトー　タコーエ　オブローモフシチイナ？　オブローモフ主義とは何ぞや？

男はボストンバッグをさげて、わが家へのコンクリート階段を昇りながら、とつぜん空腹をおぼえた。おれはあたかもこのボストンバッグのように空腹だ。なにしろ八時に起きて職安へ出頭したからだ。男はポケットの中の鍵を忘れてでもいるかのように、勢いよくドアのブザーを鳴らした。

（「季刊芸術」一九七〇年春季号）

隣人

男はその部屋を出ようと決心した。ある日の午後、とつぜん隣の部屋から赤ん坊の泣き声がきこえてきたからだ。男はいつもの通り昼寝から目をさましたところだった。春だった。しかしながらそれは、電気ごたつのスイッチを入れれば少々熱過ぎるが、入れなければやはり物足りないという意味で、いわばあいまいな季節であるともいえた。男は結局スイッチを入れていた。うとうとと居眠りをするにはその方が都合がよかったからだ。机兼用の電気ごたつは南向きの窓際に置かれていた。そこへ両脚を突っ込み、坐椅子の背を最大限まで倒す。その姿勢で一日のうち幾度か眠りに落ち、また幾度か目をさます生活を男はもう一年近く繰り返していた。

　目をさましたとき男の耳にまずきこえてきたのは何だったのだろう？　男はそのとき夢を見てはいなかったようだ。従って何か異様な物音によって夢を破られるという形で、目をさましたのではない。赤ん坊の激しい泣き声でもなかったような気がする。実さい、男がその声に気づいたときも、赤ん坊はいわゆる火のついたような泣き方はしていなかった。しかしながら、いったいいつ隣の部屋に赤ん坊が生れたのだろう？

　アパートの隣の部屋に夫婦ものが住んでいたことは、もちろん男も知っている。夜は壁の向う側から女の泣き声や笑い声がきこえることもあった。従って子供が生れるのは極めて当然の結果であるといわなければならない。にもかかわらず男はその当然の結果としての赤ん坊の泣き声をきいたとき、あたかも背後から不意打ちでも喰ったような衝撃を受けた。何故だろうか？　おそらくは、時間というものではないかと考えられる。人間の子供が生れてくるためにはどれだけの時間が必要か？　もちろん男にはわかっている。ただ男はとつぜん赤ん坊の泣き声をきいたとき、その時間を現実としてはっきり意識できなかっただけだ。

男は下腹の大きくなった隣の部屋の女の姿を、少なくとも何度かは見かけているはずである。しかしながら何故、何度かしか見かけなかったのだろう？　もっと頻繁に見かけてもよかったはずではないか。そして女の下腹が次第にその膨らみを増してゆく度合いと時間の経過との関係を、充分に観察することさえできたはずである。なにしろ一日じゅうアパートにとどまっているのは、その女と男だけだったからだ。従ってもしその気になりさえすれば、女が部屋のドアをあけてスリッパの音をさせ、男の部屋の前を通過してトイレットへ入ってゆく回数さえ数えられたと考えられる。もちろん男はそのようなことはしなかった。それでは男はいったいその部屋で、一日じゅう何をしていたのだろう？

男はその部屋を仕事部屋と称していた。南向きの窓際に据えつけられている電気ごたつは、それを必要とする期間中は仕事机兼用の形になっていた。なにしろ四畳半という小さな部屋だ。坐机と電気ごたつの両方を置くには狭過ぎた。もっとも小さいのは男の借りている部屋だけではなく、アパートそのものが小型だった。一階が貸店舗のトンカツ屋と珈琲店で、その二階に四畳半の部屋が四つ、ちょうど田の字形に作られている。すなわち、田の字の中の横棒に当る部分が廊下であって、男の部屋は左上の一隅である。できれば男は、田の字形の右上の一隅へ入りたかった。そちらの方が外から昇ってくる階段に遠い。当然落ちつく。なにしろそこは仕事部屋だからだ。居眠りをする場合も、また然りだった。

いまはそこへ夫婦ものが移っているわけであるが、はじめは家主の身内が住んでいた。その間夫婦ものは田の字の左下の一隅、つまり廊下を隔てて男の向い側の部屋だった。四部屋のうちで夫婦ものはその一組だけだ。はじめ男の部屋の隣に住んでいた家主の身内というのは、まだ独身の女性だった。デザイナーという話であったが、そのことは窓の外にときどき干してある下着類からも、男には容易に納得できた。東京に洋裁店を持っている関係で、朝早く出かけてゆき、夜は帰ってきたりこなかったりだったようだ。

田の字形の右下の一隅もやはり独身女性の住いになっていた。こちらはまだ二十そこそこの背の高い女で、職業はわからなかったが、朝になるとアパートを出てゆき、夜はよく女友達を連れてきていたようすである。

夫婦ものの職業も男にはわからなかった。ただ夕方戻ってきた夫が、階段を昇った靴脱ぎのところから、妻の名を呼んでいる声が何度か男の部屋へきこえてきたことがある。口を半開きにしてものをいっているような、低い声だった。疲れ切っているせいだろうか？　それとも地声だろうか？　男はその夫の顔をはっきり見たことはなかった。にもかかわらず、階段のところから妻の名を呼んでいる声をきくと、痩せて背が低く、浅黒い皮膚を持つサイヅチ頭の男をどうしても想像してしまうようだ。とにかく発音が不明瞭だった。そのため〈よう子〉なのか〈きょう子〉なのか、それとも〈あや子〉なのかいまだに妻の方の名前を男はおぼえられない。

しかしながら、いずれにせよ夫が妻の名を呼んでいたことにはまちがいなかった。口を半開きにしたような不明瞭な低い声が二、三度続くと、やがてドアが開く音がきこえ、それからさもおかしそうな女の笑い声が男の部屋まで響いてきたからだ。その女の笑い声は、口と鼻のあたりを掌で覆う恰好をしている女の姿を、部屋の中で坐机に向っている男に想像させた。女は左か右か、どちらかの手でドアを半開きにして、残る片方の掌を口と鼻のあたりに持ちあげる仕草をしているはずであった。何故だろうか？　男はその女の口髭がかなりはっきりと黒く目立つことを知っていた。おそらくそのせいと考えられるが、髭といってももちろんうぶ毛だ。ただ女にしては少々黒過ぎるし毛深い方だ。笑い声も大きかった。

ある晩、男が自宅で夕食を済ませてアパートへ戻り、階段を昇ってゆくと、何か濡れた軟らかい塊に頭をぶつけた。建物の外側から取りつけられた金属製の階段で、青い合成樹脂の屋根をかぶっている。昇ると金属を踏みつける音と、揺れのために震動する合成樹脂製の屋根の音が同時にきこえた。階段の昇り際にコンクリート製の電柱があり、外灯によって足元は明るかったが、靴脱ぎ場の電灯は点っていなかった。要するに暗くて、男は頭をぶつけるまで、階段の上の方にそのような濡れた塊がぶらさがっているとは、気づかなかったわけだ。あと一段か二段で靴脱ぎ場というところであったが、不意打ちを喰った男はよろけて、あやうく左手で手摺りを握りしめた。そうしなければ男は、階段を踏みはずしていたかも知れない。そのときあやうく男を階段の下へ転落させるところであった、濡れた軟らかい塊の正体は、夫婦ものの洗濯物だった。つまり女は部屋のドアのノブに円形の干輪をひっかけ、そこにまだ濡れている洗濯物を吊していたのであるが、部屋のドアは外開きであったため、洗濯物は田の字の左外側へはみ出す形となって、階段を昇ってくる男の頭上にぶらさがっていたわけである。

　なんという女だ！　しかしながら男は、そのときようやく正体が明らかとなった洗濯物を、ドアのノブからひきはがし、力まかせに階段の下へたたき捨てることは思いつかなかった。従って男はただ、怒りのために身震いしながら、目の前にぶらさがっている濡れた塊を睨みつけただけだった。女の姿は見当らなかったからだ。男はそれから靴脱ぎ場の電灯が点っていないことに気づき、廊下の上りの壁にあるスイッチを押した。するとトイレットの中から女の声がきこえた。「まあ！」といったようだ。男はスイッチをまちがって押したらしい。

　男はあわてていま押したスイッチを元へ戻した。そして結局、靴脱ぎ場の電灯はつけないまま廊下へあがったのであるが、スリッパにはきかえるとき、夫婦ものの部屋の真正面の壁に貼られた寄せ書きがとつぜん男の目に入った。ドアは外開きになったままだからだ。お染・久松式の相合傘を中心にした額縁大の色紙であって、〈祝・結婚！〉とマジックインクで書かれている文字が読めた。しかし相合傘の下に書かれていた女の名前が、〈よう子〉なのか〈きょう子〉なのか、それとも〈あや子〉だったか、そこまでは読み取れなかった。なにしろ男は、スリッパにはきかえるや否や、向い側の自分の部屋へ入ってしまったからだ。何故だろうか？　そのとき女はまちがいなくトイレットの中だった。じゅうぶん確かめる時間はあったはずだ。にもかかわらず男はそうすることができなかった。

　なんという男だ！　うろたえる必要はどこにもあるまい。それどころか、夫婦ものの部屋をのぞき込むことはおろか、たとえ女がしゃがみ込んでいるトイレットのドアをこじあけたとしても、そのときの男は何ものによっても罰せられる筋合いはないと考えられたからだ。そのときトイレットのドアがあく音がきこえた。階段を昇った突き当りにあるトイレットはいい換えれば男の部屋の、入口から向って左隣に当るわけである。男は憎悪と怒りに満ちた目でその壁を睨んだ。壁はうす緑色のザラザラした作りで、まだ新しかった。壁際にはほとんど天井近くまである本棚が二つ並んでおり、ちょうど畳一つ分の幅だけ余った個所には古雑誌が積み重ねてあったが、そこにたてかけられていた木刀を男に振りあげさせたものはいったい何だろう？　男が睨んでいるのは、おそらくしゃがみ込んだままの女が「まあ！」と声をあげたトイレットと、男自身の部屋をへだてている壁だ。そいつをいま振りあげた木刀で一撃のもとに打ち砕きたい衝動に男をかりたてたものは、もちろん怒りだった。そして憎悪でもあったが、果してそれらは真に怒るに価する怒り、真に憎悪するに価する憎悪だろうか？　人間として。男として。日本人として。妻と二人の子供を持つ夫として。また、少なくとも仕事部屋と称してこの四畳半を借りている三十七歳の男として。

その量および質において、まったく取るに足りぬものだろうか？　女子供の怒りであり憎悪だろうか？　そうかも知れなかった。しかしながら同時に、男がそのときそのような怒りと憎悪の塊となっていたのも、また事実だ。確かに男がふり上げた木刀で一撃のもとに打ち砕きたい怒りに駈られたものは、いかなる国の首相官邸のトイレットの壁でもない。トンカツ屋の二階の田の字形に作られたアパートの小さな共同便所だった。なにしろそれは、男の住んでいる部屋の壁だったからだ。しかも他ならぬ男自身が選んだ部屋だった。すなわちその壁は、自らが選んだ流刑地の壁でもあったわけだ。

一年前の春、この仕事部屋へ男がたどり着くまでには幾つかの曲折があった。たとえ自宅から六百九歩の距離に過ぎないとはいえ、なにしろそれは人間一人が住む部屋だからだ。男ははじめ一人で駅前の不動産屋を訪れた。不動産屋には二人の男が扇風機に当りながら話をしていた。

一人で住むのだと男がいうと、不動産屋は当然のことながら警戒心を見せた。もちろん職業的なものだ。学生さんじゃあなさそうだし、お勤めですか？　男はその問いに対して、本当のことを答えるべきかどうかちょっと迷った。不動産屋の警戒心を解く必要はあった。しかしながらこの不動産屋の男に、なにもかもを語る必要はないはずである。不動産屋に限らない。男は己れの正体のすべてを誰に対しても語り明かす必要はないと考えたからだ。

扇風機に当っていた二人の不動産屋は、男の住んでいる団地の敷地用に土地を公団に売り渡した百姓上りにちがいなかった。

「仕事部屋が欲しいんですよ」と男は答えた。

「いまのお住いは？」

「F地区です」

「バイパス寄りの方ですな」

「2DKですか？」

「3DKです」

「それじゃあ、じゅうぶんじゃないですか」

「子供が二人いますからね」

これが不動産屋の問いに対する答えの限度だと男は考えた。これ以上この百姓上りの不動産屋たちに、こちらの正体を明かす必要はない。お前たちの正体は何だ？　公団に売り残した土地の余りを、こんどは建売住宅地として切り売りし、更にその残りの部分に二階建てアパートをこしらえた。そいつを幾つかの部屋にこまかく仕切って家賃を稼ぐばかりでなく、その上、不動産屋までつくり上げていることはわかっている。自分の土地に建てたアパートを貸すために自分で斡旋《あっせん》業まではじめたというわけだ。土地、土地、土地！　まったくご先祖様はありがたいものだ！　実さいご先祖様がハダシでこやしをまいた田圃から彼らは札束を穫り入れたようなものだった。

「仕事というと？」

冷し麦茶を飲んでいた男がたずねてきた。男は答えまいと思っていたが、やはりなにか答えないわけにはゆかなかった。

「露文和訳です」

「というと？」

「ロシア語を日本語に書き直すわけです」

「何か書くわけですね？」

「まあ、読んだり、書いたりということです」

「何か、小説のようなものですかな？」

「必ずしもそうじゃありません」

「どのくらいかかるものなのかね？」

「さあ、三年か五年か十年か……」

「そんなにかかるものかね？」

結局その不動産屋での話はまとまらなかった。もちろん部屋は幾つもあった。なにしろそこは不動産屋だからだ。六畳と四畳半の二件を男は紹介された。しかしいますぐ案内しましょうという不動産屋の申し出を男は断わった。何故だろうか？　煙草に火をつけて男は、少し考え込むふうをした。それからだいたいの位置をきいて不動産屋を出た。なぜ不動産屋の案内を断わったのだろう？男には別に当てがあるわけではなかった。にもかかわらず、不動産屋のいいなりにならなかったことに男は、ある種の満足をおぼえていたようすだ。満足？　少なくとも満足に似たものだった。六年前、男は家財道具を積んだトラックとともに、この団地にたどり着いた。それからやがて、男は自分が見も知らぬ地図の一点に運ばれてきた一匹のコビトのように思いはじめたのだった。一匹のコビト？　あるいは、インドへ向う船に乗ったにもかかわらず、大人国へ流れ着いたガリバーかもしれない。それとも流刑された囚人だろうか？　いずれにしても、きいたこともない地名を持つ田圃のどまん中に作られた団地で暮しているうちに、いつの間にか男はそう思いはじめていたのだった。当分の間、男はそこで生きなければならない。なにしろそこ以外に男が生きるべき場所はどこにも見当らないからだ。

その年の夏、とつぜん男が自分をとじ込めるべき一つの小部屋を捜しはじめたのはあるいはそのためだったとも考えられる。もちろん男はべつに家族のものたちから逃れようとしていたわけではない。とにかく自分の意思でどこかにひとつの場所を男は決定したかっただけだ。

駅前の不動産屋を出たあと男は、団地のまわりにへばりつくように残っている田圃の中へ歩いていった。蛙が鳴いていた。それはあたかもそこがまだ他ならぬ田圃であることを証拠立てててでもいるかのようだ。実さい蛙でも鳴かないことには、もはや田圃とはいえないような田圃だった。男が歩いているのは確かに畔道ではあったが、前方に見えているのはまるで絵に描いたような建売住宅街の青い屋根、赤い屋根だったからだ。不動産屋でだいたいの位置をきいたアパートもその一角にあるはずであった。幅二メートルほどのどぶ川のところで男は立ち止った。男の子が三、四人でエビガニを釣って遊んでいた。停めてある二輪車にエナメルで書かれている住所氏名によって、団地の子供であることがわかった。斎藤、高橋、渡辺。どこにでもある名前だ。あるいは野村、鈴木、原田だったかもしれない。エビガニはアメリカからやってきたという話であるが、彼らはどこから親たちに連れられてこの団地にやってきたのだろう？　粉ミルクの空罐をのぞき込むと、すでに何匹かのエビガニが泥水の中で沈んだり浮いたりしていた。どぶ川には木の橋がかけられていて、子供たちはそこに腰をおろして糸を垂れているのだった。エビガニははじめ食用蛙の餌用として、アメリカから輸入されたものだということを男はどこかできいたような気がする。それはいつごろだったのだろう？　いま三十七歳になっている男が小学校のとき、すでにエビガニは日本に棲みついていた。もっともそのころ男が住んでいたのは、日本とはいえ朝鮮半島であって、アメリカとの戦争が終り、その半島がもはや日本でなくなったため、男は海を渡って帰ってきたわけだ。アメリカ生れのエビガニはもちろん、現在もなお朝鮮に棲んでいるはずである。そしてこの団地の外側のどぶ川の中にも棲んでいる。男は子供のころエビガニを食べるとイザリになるといわれた。いったい誰にいわれたのだろう？　父親か母親か祖母か、それとも朝鮮人の金か張だろうか？　あるいは小学校の女教師からだったかもしれないが、食べるとそこに寄生しているおそろしいジストマのために、腕も脚も折れ曲ったイザリになってしまう。イザリとは地べたを這って歩く人間だった。つけ根のところから前方へ曲って動かない両脚は荒縄で縛られ、全身は厚い綿入れのボロで被われていた。両腕は肘のところから、くの字型に折れ曲っていて、そこに当てられている木製の板で漕ぐようにして地面を這い進んだ。彼らは牛車が落していった道路の牛糞の間を、あたかもエビガニのように這いまわっていた。しかしながら彼らは本当にエビガニを食べたのだろうか。またイザリとは本当に日本語だろうか。男にはどちらもはっきりとわからなかった。ただイザリの乞食が、道路をイザリ歩いていることだけは確かだった。そしてそれは乞食というより何かの罪人のように見えた。なにしろその姿は、食ってはいけない何ものかを食った人間であると、見るものをして信じ込ませるに足るものだったからだ。

見ていると子供たちがエビガニを釣る餌はするめだった。するとどういうことになるのだろう？　エビガニはするめを食っている。食用蛙はエビガニを食っている。人間は食用蛙を食っている。しかし人間はエビガニを食ってはいけない。人間の腕や脚を折り曲げて二度とふたたび伸ばすことを不可能にするジストマとはいったい何ものだろう？　この問いはおそらく百科事典を引けば簡単に解けるはずだ。とにかく男が子供のとき住んでいた朝鮮半島のどぶ川にも、そしていま住んでいる団地の外側を流れるどぶ川にも、至るところにエビガニが棲んでいるのは、おそらく人間から食べることをおそれられたためと考えられる。エビガニはどこにでも住んでいる！　しかしこのテレビの怪獣番組に出てくるバルタン星人に似た甲殻類は、アメリカから運ばれてきたのだった。つまりアメリカザリガニだ。男は長男が持って遊んでいるバルタン星人のビニール製の小さなおもちゃを知っている。また、同じくガマクジラという怪獣も知っている。体とは不釣合いに大きな二つの鋏を持ったバルタン星人をエビガニに、そして大ガマとクジラの合の子らしきガマクジラを食用蛙に見立てるならば、この二匹の怪獣の決闘において、前者は後者に食い殺されるはずだ。どぶ川の橋に腰をおろしてするめでエビガニをとっている子供たちも、テレビの怪獣はもちろん知っているはずである。家に帰ったら長男にひとつこのナゾナゾを発してみるか。バルタン星人とガマクジラはどちらが強いか？　それとも、このエビガニの棲んでいるどぶ川に、食用蛙を放って養殖することを考えるべきだろうか？

結局のところ男はどぶ川を渡らなかった。子供たちのエビガニ釣りを暫く眺めたあと、ふたたび蛙の鳴き声のする畔道を通って団地の中へ戻ってきた。

不動産屋のいいなりにならなかったことで、男が満足感に似たものをおぼえたのは確かだ。しかしながら長男に対するナゾナゾよりも、男には解かねばならぬより現実的な問いがあったのである。もし不動産屋のいいなりにならないとすれば、現実にはどうすればよいのだろう？　何処を捜せばよいか男には見当がつかなかったからだ。

「野菜を売りにくるお百姓のおばさんにたずねてみましょうか？」

と妻は男にいった。

「あの餅を売りにくるおばはんかい？」

「そう、いつもは野菜だけどね」

「しかし、あのおばはんにはこないだだまされたといってたじゃないか」

あるときとつぜん男の家の白菜漬けが塩辛くなった。日ごろは辛口の男もさすがに舌が曲るほどの辛さだった。原因は明白であって、要するに妻が塩加減を間違えたのだ。バイパスの向う側から団地へ野菜を背負ってくる百姓家の主婦から妻は漬物用の白菜を目方で買った。白菜がいつ頃から目方で売買されるようになったのか男は知らなかったが、たまたまそのとき男の家の台所用の秤《はかり》が故障していたため妻は買った白菜の目方を確かめることができなかった。そのため妻は、百姓家の主婦に目方の念を押した。すると注文した目方よりも少々多めにまけて置いたという答えだったらしい。少々とはどのくらいなのか、妻は更に念を押したらしい。なにしろそれは漬物の塩の量に直接関係するからだ。いやそれはまあ気持ち程度だがね奥さん、と百姓家の主婦は笑って答えた。そこで妻は、いわれた通りの、つまりこちらが注文した通りの目方に釣合う塩加減をした。ところが結果は、辛口の男でさえ舌が曲るほどの塩辛い白菜漬けができ上った。その話を妻からきいたとき、男ははっきりした怒りをおぼえた。これは単なる漬物の問題ではない。いったいいまの百姓たちは何を考えているのか。目方をごまかすとはけしからん話だ。たまたま台所用の秤が故障していたのが失敗のもとだったと妻はいうが、それがわかったからこそ目方をごまかしたのではないか。まったくもって破廉恥な行為だ。実さい男は口に出してののしった。そのとき男の口元は歪んでいた。それは漬物の辛さのためばかりではないはずである。そしてやがて男の腹立ちは、やすやすと目方をごまかされた妻の方へ向いはじめたようすだ。いまやこの近郷の百姓どもは、有史以来空前の土地ブームというもののために、頭がおかしくなっているのだ。みんな気が狂ってしまっているのだ。考えても見ろ。この団地の着飾ってコーラスに出かけてゆく主婦たち、一斉にピアノを買い込んで子供たちにレッスンをさせている主婦たちは、滑稽にもそのような百姓たちの、またとない絶好のカモとなっているではないか。こんどその百姓女にこの漬物を食わせてみろ。なんというか。答えはきかなくともわかっている。奥さん少しばかり塩加減まちがえたんでねか？　そう答えるに決っているのだ。

「でも不動産屋が気に入らないんじゃあ、仕方がないでしょ？」

男は沈黙した。そして暫くの間、男は部屋を捜すことをやめた。

自宅から歩いて六百九歩のところに新築中のアパートを見つけてきたのは、男の妻だ。妻がゆきつけの美容院の紹介だった。妻の報告をきいた男が早速出かけていって見ると、大工が壁の上塗りをしていた。帰りがけに勘定してみると、六百九歩だったわけだ。

「ちょうどいい距離じゃない」と妻はいった。「それに、不動産屋に斡旋料も取られなかったし」

「おれの足で六百九歩だった」

「でも、道順があるじゃない？」

「最短距離でだ」

それは自室からF地区のマーケットへ出て、野球場とテニスコートの間のポプラ並木を抜け、団地内循環バスの走っている通りを右へ折れるコースだ。それから長男の通っている小学校の正門前を通過し、酒屋とスーパーマーケットの間の横丁を右へ入る。店名を書き並べた型通りのアーケードをくぐると、ラーメン屋、寿司屋、トンカツ屋、床屋、毛糸屋などが並んでおり、一番奥が妻のゆきつけの美容院である。小型トラックが入り込めるくらいの広さであるが、舗装はされていない。団地の端に、いわば湾のような形で喰い込んではいるが、公団の土地ではなく私道だからだ。

男は一日に二度、この道順でアパートと自宅との間を往復した。いったい男がアパートの四畳半でいかなる仕事をしているのかは誰にもわからなかったが、空腹だけは毎日、きちんと一定通常の間隔をもって男を訪れていたからだ。

男の胃腸は必ずしも快調とはいえなかった。まず第一に運動不足だった。次に煙草を喫い過ぎた。男はまず昼少し前に目をさますと、ほとんどのニコチン中毒患者がそうであるように、起き上る前に一本を喫った。ひどいときは二本喫った。それから窓をあけたり、ふとんを片づけたりするのであるが、原則としてアパートの部屋では顔は洗わない。歯もみがかない。従ってそのあとはもう何もすることがないわけであるから、そこでさらにもう一本をくわえて火をつけ、アパートの階段を降りて自宅へ向うことになるのである。

にもかかわらず男の食欲が衰えないのは、おそらく睡眠時間のせいではないかと考えられる。実さい男はよく眠った。眠ることが果して運動といえるだろうか？　とにかく男の健康が、もしその眠りによって保たれているとすれば、男が借りている四畳半の部屋代は、必ずしも無駄ではないと考えられる。なにしろ男は、その部屋にいるときは、ほとんど眠っているといっても過言ではないほどだからだ。

「今日はお勤めはお休みなのですか？」と右手にバイブルを持った女はたずねた。「今日は、この付近のアパートの方々をお訪ねしているのです」

女の左腕にはハンドバッグよりやや大き目の黒い革鞄がかけられていた。その女がたたいたドアの音で男は昼寝から目をさましたのだった。男はそのときもはっきりした夢は見ていなかったようだ。いつものように坐机の前の坐椅子にもたれ、うとうとと居眠りをしていたわけだが、起されたからといってべつに腹は立たなかった。せっかくの安眠を妨害されたとも思わなかった。なにしろ男は、この部屋にいる限り、いつでも好きなだけ居眠りをすることができたからだ。それどころか男は、ドアを開いて女と向い合ってから間もなく、不意に笑い出したくなったほどだった。右手にバイブルを持ち、左手に黒革の鞄をさげた女が、赤いスリッパを履いていることに気づいたからだ。廊下で見おぼえのあるスリッパだった。〈よう子〉さんのではないだろうか？

「ご覧の通りわたしは、勤め人ではありません」

と男はいって、スリッパから女の眼鏡の方へと目を移した。女は眼鏡をかけた丸い顔を右手のバイブルの方へ少し傾けながら、男にもう一度質問した。

「では、会社がお休みではなくて?」

「そうです。わたしは毎日ここにいるわけです」

「実は、今日はこのアパートの方々に、聖書の一節をきいていただきたい、聖書の一節を読んでさし上げたいと思いまして、お訪ねしたのです」

そういって女は右手のバイブルの一ページを開いた。紐かシオリでしるしがしてあるらしく、開かれたところがすなわち目的のページだった。男はのぞき込んだ。しかしすぐにバイブルから顔をそらした。男がのぞき込むのとほとんど同時に、女は声を出してバイブルを読みはじめたからだ。

「そうですか」と男は一歩部屋の中へ後退しながらいった。「そこで聖書を読んで帰られるのは、あなたの自由ですが……」

そのあと何をいうつもりであったのかは、男自身にもよくわかっていなかった。おそらく男はとつぜん音読をはじめた女の声に、少々面喰っただけと考えられる。そのまま女に音読することを続けさせるべきかどうかさえ、とっさには判断しかねたからだ。音読を中断させることは極めて簡単だった。片手を振って女を追い払えばよいのである。しかし女にそのまま音読を続けさせるとすれば、男はどのような姿勢でそれをきけばよいのだろう?　どのような姿勢できくことが考えられるだろうか。

「一九七〇年には大阪で万博が開催されますけれども……」と音読を中断した女がいった。「果して科学の発達だけが人類の進歩と調和に役立つでしょうか？」

男はもう一度女の足元へ目をやった。バイブルを手にした女に履かれた赤いスリッパは、男が脱いだ緑色のスリッパのすぐ傍にあった。音読がはじまったとき男が部屋の中へ一歩後退したため、女は一歩前進していたのだった。

「さあ……」

と男は考えながらいった。もちろん男は女から発せられた問いについて考えようとしたのではない。女を手で追い払おうという気持ちはすでに男にはなくなっていた。あるいははじめからなかったのかも知れない。少なくとも男はそのとき、女に腹を立てる理由を見出すことはできなかったからだ。〈よう子〉さんは留守らしかった。つまりこの田の字形をしたアパートの二階にいるのは、男と女の二人きりだった。男がもう一歩、部屋の中で後退したらどうだろう？　女は〈よう子〉さんの赤いスリッパを脱いで畳の上へ一歩前進してくるだろうか？

「ここには、こう書かれてあります」と女はいった。「然《しか》れば汝《なんぢ》ら往《ゆ》きて、もろもろの国人《くにびと》を弟子《でし》となし、父と子と聖霊《せいれい》との名によりてバプテスマを施《ほどこ》し……」

男はこんどは一歩前へ踏み出して、女が指さしている聖書をのぞき込んだ。そこには青い色鉛筆で細い傍線が引かれていた。「ですから、今日はこうして、わたしどもも皆さんのところをお訪ねしているわけです」

しかしながら男の部屋には、椅子は一脚しかなかった。そこへ腰をおろしたものの重みによって、空気の抜ける音をたてる、背のない三角形のスツールだ。仮にそのスツールへ女を坐らせて聖書の音読を続けさせるとすれば、男は立ったままか、それとも坐椅子に腰をおろすかして、それをきくことになるはずである。あるいは坐椅子の座ぶとんを取って女にすすめるとすれば、男は畳の上にあぐらをかく姿勢になるものと考えられる。

「それとも……」と女は、ふたたび部屋の中で一歩後退した男に向って、問いかけた。「科学の進歩だけで、人類の未来は救われるとお考えですか？」

「そんなことはないでしょう」

「その通りです」と女は開かれた聖書のページに指を当てて、そこを読んだ。「視《み》よ、我《われ》は世《よ》の終《をはり》まで常《つね》に汝《なんぢ》らと偕《とも》に在《あ》るなり。世の終り、つまり人類の未来であり永遠の世界ですね」

「ですから、わたしは毎日、働きにもゆかずに、一日じゅうここに坐っているわけですよ」

「一日じゅう？」

「そうです」

「では、この部屋で何か？」

「べつに贋札づくりをしているわけではありませんが、わたしはわたしなりに、いろいろ考えることもあるものですから」

「例えば……何か……」

「そうですねえ……例えば、あなたは、幼女誘拐というものをどうお考えですか？」

しかしながらそのとき、とつぜん男を饒舌の衝動にかり立てたものは何だろう？　とにかく男は眼鏡をかけてバイブルを手にした女に向って喋りはじめた。しかもそれは、舌が曲るほど辛かった白菜漬けについてではなく、また、暗い階段を昇ってきた男が頭をぶつけてよろけた洗濯物に関してでもなく、男が体験した幼女誘拐の悪夢についてだ。

幼女誘拐の悪夢？　そうではなくて、悪夢のような幼女誘拐というべきかも知れない。なにしろそれは男が、田の字形に作られたアパートの四畳半において、坐椅子にもたれながらうつらうつら居眠りをしつつ見た夢ではなく、そのような男の居眠りをとつぜん中断したところの、現実だからだ。要するに男の体験なのだ。しかも男がその四畳半に、男のことばを用いれば自己流刑をおこなって間もなくのある日、満三歳の誕生日まであと四、五カ月ほどだった長女が、行方不明になったと男の妻が騒ぎはじめた。長女は十月生れだ。従って男が、妻のたたくドアの音によって居眠りを中断されたのは、四月か五月だったと考えられる。いずれにしてもその部屋にとじこもるようになってから間もなくであって、バイブルを持った女が男の部屋をエホバの教えに従って訪れる、四、五カ月前という計算になる。極めて粗雑な計算であるが、妻から起された男は長女が行方不明であることを知らされたとき、そういえばその日食事に戻ったとき長女の姿が見えなかったのを思い出した。いつもの通り男は、その日も昼近くに目をさまし、六百九歩の距離を下駄ばきで歩いて、自宅へ食事に戻ったのだった。ただしその日、男は食事の前にビールを飲んだ。

　ビールを飲むことを我慢する必要はなかったからだが、男の内なる何ものかが、あるいはそのとき、何ものかからの電話を待ち希《のぞ》んでいたとも考えられる。いったい誰からの電話だろう？　友人・O《オー》だろうか？　なにしろそのとき男が眺めていたのは、あたかもその部分にだけ拡大鏡を当てたかのように巨大に見える、新聞広告の中のOの名前だったからだ。こないだかかってきたのはいつだったろうか？　ソ連、ドイツ、フランス、イタリア、アメリカを廻って帰ってきたところだと、そのときOは話していた。それともアフリカだったろうか？　とにかく世界じゅうを飛びまわって何かを書きまくっている男だ。おそらく地の果てまで出かけずにはおかないだろう！　男は○の本を読んだことはなかった。いったい何を書いているのだろう？　それにしても大きな活字だ。男は一本目のビールを飲み終り、二本目を飲みはじめた。もしもし……。やあ暫く！　ガマン会はまだ続いてますかな？　ああ、まだ死んだふりを続けているさ、いま家へ戻ってビールを飲んでいるところだ。ふーん、相変らずの三猿主義か。サンエンシュギ？　そう、言わざる、見ざる、聞かざる、ってところだろう？　まあせいぜい続けたまえ、必要があればいつでも情報は流してやるよ。男はやがて二本目のビールを飲み終り、スパゲッティの昼食も済ませた。電話は誰からもかかってこなかった。

　アパートの四畳半に戻り、坐椅子にもたれかかると、ほとんど何も考えないうちに男は眠り込んだ。真昼間飲んだビールのせいもあった。しかしながら男は、その日は目をさましてからまだ二時間余りしか経っていなかったのだ。にもかかわらず男は、あたかも食堂車から寝台車へ戻ってきた長距離列車の乗客ででもあるかのように、眠りに落ちた。

「食事の時間に戻らないのは、ちょっとおかしいと思ったんだけど」

　と部屋へ入ってきた妻は、立ったままでいった。男にはまだそのときビールの酔いが残っているようだった。時間をたずねると、妻は家を出てくるとき三時だったと答えた。棟と棟の間の芝生にもいない。ゆきつけのフジヤマ公園、カボチャ公園のいずれにも姿が見えない。とすると残るのは何軒かの知合いの家であるが、団地のしきたりとして、昼どきには必ず他家の子供は帰すわけだから、と妻はいった。

「もちろんあなたがこちらへ出かけたあと、行きそうな家には全部電話をかけたんだけど……」

男は少し腹を立てた。まず第一に少々眠り足りなかった。逆算すると男が昼食からアパートへ戻って、まだ一時間も経っていなかった。それにたまたまその日は、ビールの酔いが残っていた。もちろん男は妻から話をきいて、平然としていたわけではない。しかしながらそれで、一ぺんに酔いが醒めたわけでもなかった。なにしろ長女は、まだ誘拐されたのだと断定できるわけではなかったからだ。従ってそのときの男の腹立ちは、姿の見えない誘拐犯人ないしは、誘拐そのものの悪に対してではなく、不充分な状態で居眠りを中断されたために生じたものと考えられる。男の腹立ちは、当然のことながら男の妻にも伝わったようだ。立っていた妻は、写真を二枚男の机の上に放り出した。そして何ものかを押しつぶすような音を立てて、三角形のスツールに腰をおろした。その音はいつもの、腰かけたものの重みが空気を押しつぶす音であったが、そのとき男はとつぜん激しい怒りをおぼえて、坐椅子から起ち上った。二枚の写真にはいずれも長女が写っていて、妻がそれを駅前の交番へ持ってゆこうとしていることは男にもすぐにわかった。

「まだ、そんな段階じゃあないんじゃないか」

と男は腰をおろしている妻を見下ろすようにしていった。しかしながらそのとき男を激しい怒りのために起ちあがらせたのは、二枚の写真のうちの一枚だった。そこには長女と一しょに男の顔が写っていたからである。写真の中で男はくわえ煙草をして、ちょっとけむそうに目を細めていた。両手は前に立った長女の肩に載せられていた。誰が撮った写真だろう？　男は浴衣姿だった。うしろの方に富士山型の滑り台が見えるから、場所はフジヤマ公園と考えられる。それにしても妻は何故この写真を選んだのだろう？

しかしながらとにかく男は妻と一しょにアパートを出ることにした。争っていてもはじまらないからだ。階段を降りたところで妻と別れると男は煙草に火をつけ、まず例の食物横丁を団地バス通りまで歩き抜けた。

しかしいったい、どこを捜せばよいのだろう？ 〈バイパス、ドブ、ショウキャクロ、トオク、タンボ〉それとも、ひらがなで〈ばいぱす、どぶ、しょうきゃくろ、とおく、たんぼ〉だったか。いずれにしてもそれは、絶対に一人で行ってはいけない場所として、男の長男が禁じられていた遊び場である。男はそれをマジックインクで紙に書いて長男の勉強机の前に貼り出した。いま二年生である長男が小学校へ入学して間もなくのころだ。遊びに出かけるまえ、必ず長男はその貼り紙を三度、声を出して読まされることになっていたわけであるが、間もなく長男はそれを暗記してしまった。そしてそれを上から棒読みにしたため、それは何か早口ことばの文句のようにきこえた。となりのきゃくはよくかきくうきゃくだ。ばいぱすどぶしょうきゃくろとおくたんぼ。たけやぶにたけたてかけた。いんどじんのくろんぼ。ばいぱすどぶしょうきゃくろとおくたんぼ。

それらの場所がこの団地の周辺において、最も危険な遊び場であることは確かだ。まず、団地の真裏を東京へ向って走り抜けている幅約十四、五メートルのバイパス。そこにかけられた歩道橋の上からは、長距離トラックをはじめ、大中小各種の車が疾走しているのを見下ろすことができた。つまりいつもと同じだった。そのバイパスを挟んで向う側が田圃だ。すなわち、男たちの家族が住んでいる団地のために、公団に土地を売った百姓たちの田圃の残りであって、漬物用の野菜を背負って売りに来る女の家もそのどこかにあるはずである。彼らの自宅はすべて二階建てに新築された。あるものはさらにアパートを建てた。その間に例によって青い屋根、赤い屋根の建売住宅が見えるのであるが、最も新しいのはせんべい工場とその隣に建てられた鉄筋コンクリート三階建ての、従業員住宅のようだ。男は歩道橋を降りてふたたび団地の中へ入り、焼却炉の方へ歩いていった。ちょうど一人の主婦が何かを捨て終って、ブロック塀の中から出てくるところだった。焼却炉は五階建ての一棟おきに配置されており、燃える物を処理する場所であると同時に、それは空瓶、空罐など燃えない物を捨てる場所でもあった。不要になった椅子、三輪車、乳母車からテレビ、冷蔵庫まで、つまりいかにも子供たちが喜びそうなものが捨てられていたわけであるが、両側に開く鉄扉のついた炉の焚き口は、小学校低学年までくらいの子供をゆうに呑み込む広さでもあった。屑籠を手にしたどこかの主婦は、ちらと男を振り返って焼却炉から去っていった。従ってそのとき男が鉄扉を開けば、たとえすでに燃えかけてはいたとしても、その主婦がどのようなものを焼却炉の中へ投げ棄てていったか、だいたいの見当はついたはずだ。しかしながらそんなことをしていったい何になるだろう？　焼却炉に限らず、バイパスも田圃もまた然りであって、なぜならば男が捜しているのは行方不明になった長女の死体ではないはずだったからだ。

残るドブももちろんそうだ。ドブとはすなわち、いつか男が駅前の不動産屋からの帰りがけ、子供たちが何人かでアメリカザリガニを釣っているのを見かけたどぶ川のことだが、深さは一メートルから一メートル半くらいと考えられる。つまりもしそこへ三歳未満の長女が一人で遊びに出かけてはまり込んだのだとすれば、まず助かるとは考えられない。またもし周囲に誰かがいたとすれば、すでに溺死後であったとしても、報せくらいは何らかの形で入るはずだ。にもかかわらず男が捜して見たのは結局、バイパス、ドブ、焼却炉、そして田圃だった。何故だろうか？　もっとも〈遠く〉へだけはゆけなかった。どこへ行ってよいかわからなかったからだ。それとも男は歩きまわりながら、すでに長女を死んだものと思い込んでいたのだろうか？

どぶ川では大人が二人、黙って釣糸を垂れたまましゃがんでいた。子供の姿は見えなかった。まだエビガニの季節ではなかったのだ。男は煙草を取り出して火をつけ、暫くの間ドブ川の淵に立っていたが、何もたずねてはみなかった。従って男の姿は、ただ散歩の途中で立ち止って、ぼんやりと二人の釣りを眺めているように見えたはずだが、そのとき男は数時間あるいは数日後、幼女誘拐の新しい一人の被害者の父親として報道される自分の姿を、次第にはっきりと空想しはじめていたようすだ。押しかけてきた新聞記者たちの前で、男は、果してどのように嘆きと憤りとを訴えるべきだろうか？　世の中に向って憎悪と怒りをどのように表現すべきであろうか？　あるいは、訴えることができるであろうか？　そしてそのように空想しはじめた男の姿は、他ならぬ男がそのとき眺めていたドブ川の水面に写っていた。

しかしながら男は悪夢のような体験のすべてを、右手にバイブルを持って不意に訪れてきた女に話してきかせたわけではない。不必要と思われた部分は適当に省略したが、そのため女には通じなかったところも生じたようだ。

「それで、お子さんは？」と、女は、バイブルを胸のあたりに押し当てるようにしてたずねた。

「ご無事だったんでしょうか？」

もちろん長女は無事だった。男が借りているアパートの階段の上で泣いているのを、長男が発見したのだった。学校から帰ってきた長男は家のドアに鍵がかかっていたため、ランドセルを背負ったまま男の部屋へ出かけて行ったものらしい。それにしても男は肝じんの結末を女に話していなかったわけだ。しかし男は必ずしもそうは思わなかったようだ。肝じんなのはそのような結末ではなく、結末以後における考察にあると男には考えられたからだ。

「肝じんなことはですね……」

と男はいった。

「子供は、神に最も近いものですわ」と女はいった。「お話をうかがってまして、ハラハラしました。でも、ちゃんとお父様のところへ戻ってきたんですすわね」

そういわれて見れば確かにふしぎだ。長女はいったいどこをどう歩いて、男の部屋へたどり着いたのだろう？　男にはたった一度だけしか、長女を自分の部屋へつれてきたおぼえはなかったからだ。そのときアパートへ向う横丁の入口のマーケットでガムを買って与えた。そのせいだろうか？しかしたった一度だけだった。

「しかしですね。肝じんなことは……」と男はもう一度繰り返した。「幼女誘拐は、いかなるものをもってしても防ぎ得ないということです。科学なんか、もちろんだめです」

たまたま男は数日前、ある犯罪心理学者がわが国にはまだ国立の犯罪研究所というものがないことを、某新聞紙上で訴えているのを読んでいた。これが文化国家といえるであろうか？　つまり欧米の先進諸国にあるものがわが国にいまだないのは問題ではないか、とその犯罪心理学者は訴えているのだった。確かにそれは問題にはちがいない。なにしろ筆者は犯罪心理学者だからだ。しかしながら新聞がたて続けに幼児誘拐事件を報じなければならないのは、果して国立犯罪研究所がいまだわが国にできていないからだろうか？

「そうでしょうか？　え？　そうではないでしょう？　問題は人間です、このわたしです。このわたしの人間としての運命のようなものなんですからね」

人間としての運命？　つまり男は次のように男自身の考察をのべたかったのである。幼児誘拐は殺人ではない。強姦でもない。なにしろその犯罪においては、加害者が常に強者である大人だからだ。そして男は、いうまでもなく大人である。つまり強き者、加害者たるべき大人であるが、とつぜん行方不明となった長女の姿を求めてバイパス、ドブ、焼却炉、田圃を捜し歩いた男は、そのとき同時に弱き者、被害者としての幼女の父親になろうとしている大人でもあったからだ。幼児誘拐は許せない。悪である。これはもう当然の話であるが、加害者としての大人はすべて例外なく、被害者としての子供から出発しなければならなかったという宿命において、幼児誘拐ほど象徴的な悪はないのではあるまいか。いま強者である大人が常に、ただ一人の例外もなく、かつては弱者であったという意味において、それはあたかも、人間そのものの弱味のごとき、運命的な悪といえるのではないであろうか？　とすれば幼児誘拐との戦いは、もはや運命としての人間との戦いとでも呼ぶべきものとなるはずである。

「そうではないですか？」と男は肩のあたりの骨をぼきりと鳴らしながら、いった。「もはや国立犯罪研究所などという問題ではありません」

「おそろしい問題ですわ」

「ですから、国立犯罪研究所ではなく、国立運命研究所あるいは、国立人間研究所とすべきなんです。そう考えるべきではないでしょうか？　もしそうなったら、わたしの考えているような研究所ができたら、わたしはまっ先に収容されてもよいと思いますよ。冗談ではありません。本気ですよ。なにしろ、あのとき、最後に出かけたドブ川からこの部屋へ戻ってくる途中、わたしがどこか他家の女の子を誘拐したいと思わなかったとはいえないですからね。誘拐？　いや、もっと口ではいえないような残忍な衝動にかり立てられたのをおぼえています。口ではいえない、内部の、また内部の、凶暴極まる衝動です」

　そのとき男の耳に骨の鳴る鈍い音がきこえた。もちろん男自身の頸かあるいは肩のあたりの骨の音だ。その音を男はすでに聞き慣れていたが、バイブルを手にした女に話をはじめてからは、はじめてだった。

「肩をこらしていらっしゃるようですわね」

「え？」

　と男はきき返した。骨の鳴る鈍い音が女にまできこえたとは考えつかなかったからだ。

「お話に夢中になっておられたので……」と女は目で微笑しながらいった。「さっきから何度かきこえましたわ」

「そうでしたか？」

　と男は、女の手に握られているパンフレットのような印刷物に目をやりながら、またたずねるい方をした。しかしながら男はべつに何かをたずねていたわけではない。女に骨の鳴る音をすでに聞かれていたことを知ったため、少々うろたえていただけだった。なにしろ男は女が手に持っている印刷物を買うべきか、あるいは買わずに済ませるかに考えを集めていたからだ。それにしても女は、いつの間にそれを取り出したのだろう？　パンフレットは二冊だった。買うべきか、買わざるべきか？　それが問題だ。何故ならば男はそのとき、このエホバの教えに従ってとつぜん男の部屋を訪れた眼鏡をかけた女を、最も侮辱する方法はなんだろうか、と考えていたようすだからだ。黙って女のスカートの中へ片手を差し込むことだろうか？　そうだとすれば、このパンフレットを買い求めた上でだろうか？　あるいは買い求めないままだろうか？　それとも片手を差し込んだあと、千円札を手渡して釣銭を受け取らないことだろうか？　女のはいている〈よう子〉さんの赤いスリッパが、男の目に入った。

「あまりご自分に向って問い詰め過ぎるんじゃあありませんか？」

「え？」

「肩がこられるほど……」

「なにしろ運動不足ですから」

「運動不足は、いけませんわ」

「ほら！　また鳴りましたよ」

「まあ！」

「ちょっと待って下さいよ」と男は顎を引いて胸をそらせ、吸い込んだ息を整える姿勢になった。

「鳴らさないよりは鳴らした方が、気分がいいですから」

男はテレビのショー番組で、体じゅうの関節をばらばらにする芸人を見たことがあった。芸人はまず左だか右だかの太腿をはずし、次に反対側の太腿をはずした。それから顎、腰とはずしてゆき、やがて、左右両肩の関節をゆするような最後の身震いとともにはずし、その自己解体作業を完了させた。自己解体？　とにかく男はあたかも目の前に立っている女が見物者ででもあるかのように、最大限に持ちあげた己れの両肩の間から、一旦すぼめた首を少しずつゆっくりと彼女の方へ突き出しはじめた。それはサーカスか見世物小屋におけるロクロ首の真似に似ているようにも見える。しかし男の首はロクロ首のように自由に伸びるわけではなかった。従って男の動作はロクロ首の真似というより、むしろ張子の虎のようだったといえる。女の方へ向って突き出された男の首は、伸縮自在ではなかったが、突き出されたまま上下左右に少しずつ揺れ動いていたからだ。

「聖書からは、いろいろな問いがわたしたちに発せられています。その問いの意味をまず正しく理解することが必要なのです」

実さい男の肩こりは相当なものだった。いったいいつからこのこりは始まったのだろう？　いわゆる四十肩といわれる年齢にはまだ数年あった。にもかかわらずいったい、何を一人で背負い込んだというのだろう？

「一人一人が、自分でそれぞれに悩み、考えることは、もちろん大切です。しかし、聖書から発せられている問いを、正しく理解するためには、ただ一人で考えるだけでなく、正しい方法によって、ともに学ぶことが大切です」

男は歯を喰いしばった。鳴らしても鳴らしても骨の音が止まないところまでこりの状態が嵩じてくると、男の歯は歯ぐきのつけ根ごと不安定に浮き上った感じになるからだった。頸を鳴らせば右肩へ、右肩を鳴らせば左肩へと、こりは次々に移動してとどまるところを知らない。男はさらに歯を喰いしばらなければならなかった。そして繰り返し繰り返し、頸から右肩へ、右肩から左肩へと骨の音を鳴らし続けた。あるときなど一日じゅう、少なくとも目ざめている間は、骨の音をたて続けたこともあったほどだ。風呂の中ではとくによく響いた。なにしろ三方をコンクリートの壁で囲まれた、狭い風呂場だからだ。この頸と脚首を二匹の青鬼赤鬼に預けることができたら！　そしてタオルか洗濯物をしぼるように、このぼきっぼきっと鈍い音をたて続ける肉体を、力まかせにしぼって欲しい！　もしそのような鬼があらわれたならば、その青鬼赤鬼の褌《ふんどし》を一生洗い続けてもよいと男は風呂の中で空想したほどだ。肩こりの原因はもちろん、バイブルを持った女に話した通り、運動不足なのだ。それは男にもわかっている。スポーツにはもちろん、なにしろ男は自宅からアパートまでの、六百九歩の距離を除くいかなる世界にも参加することなく生きていたからだ。

「いや、これでさっぱりしました」と男は、張子の虎の姿勢で頸および左右両肩の骨をそれぞれ一度ずつ鳴らし終ってからいった。「せっかくお訪ね下さったんだから、そのパンフレットはいただきますよ」

「そうですか」といって女は、パンフレットを男の方へ差し出した。「年間の予約でしたら、四百円ですけれど、この二冊ですと、四十円です」

「四十円……」

机の上の小銭入れから男が十円玉四個を取り出して手渡すと、女は用意していたらしい釣銭と一しょに、それを黒い革鞄の小さな脇ポケットの中へしまい込んだ。

「それじゃあ、失礼いたします」

「またいらっしして下さい。わたしはいつもここにいますから」

「そうですか、この雑誌の発行は月に二度ですから」

〈よう子〉さんはついに最後まで戻らなかったようだ。

アパートの住人のうちでただ一組の夫婦ものが、田の字形の左下の一隅に住んでいるうちは、まだ蛙たちの鳴き声はきこえなかった。春だったわけだ。その間に男は、暗い階段を昇ってきて濡れた洗濯物に頭をぶつけた。長女の誘拐騒動も起きた。

やがて男が蛙たちの鳴き声とともに目をさまし、その声をききながら坐椅子にもたれて居眠りをし、蛙たちの鳴き声が止むころ就寝するようになるころ、夫婦ものは男の隣の部屋へ移ってきた。

そこに住んでいた家主の身内である独身デザイナーが出て行ったからだ。結婚するためだった。夏の間じゅう南向きの窓際に据えつけられた男の坐机の上には、ありとあらゆるものが並べられていた。すなわち、電気スタンド、インク瓶、文鎮の他に、胃腸薬、エビオスの大瓶、紙ナイフ、小型の和洋辞典類、まだあけていない水蜜桃の罐詰、茶筒、灰皿二個、栓抜き、魔法瓶、などであるが、それらのものはすべて文鎮代りだった。なにしろ男の部屋にはいかなる冷房装置もなかったため、窓から風を入れないわけにはゆかなかったからだ。もし窓を閉め切ったままであれば、それこそサウナ風呂の中でガマン会をおこなうような有様だろうと考えられる。

エホバの教えに従って、聖書を持った女が男の部屋を訪れたのは、すでに蛙たちの声がきこえなくなったころだ。そして男がとじこもっている部屋の窓からの眺めもまた、急激な変貌をとげていた。まずおよそ三百メートル前方の田圃のどまん中に、五階建ての鉄筋コンクリート建造物が、あっという間に建ち並んだ。某ガソリン会社の社員住宅らしかったが、十数棟の鉄筋コンクリート五階建てが、もちろんあっという間に建てられるはずはなかった。しかしながら男の目にそれらは、あたかも蜃気楼のように見えたのである。それとも、男の部屋を中心にして、男の家族たちが住んでいる団地を載せたままの地面が、ちょうど半回転したかのような錯覚とでもいうべきだろうか？あるいは逆に、男の住んでいる田の字形のアパート自体が、くるりとうしろ向きに回転させられたようだったともいえる。いずれにしても、男の部屋の窓からの眺めの中に突如出現したそれら一群の鉄筋コンクリート建造物が男にもたらしたものは、回転椅子的な軽いめまいだ。運動不足のせいだろうか？　それとも少々血圧が低いせいか？　あたかもそのアパートの部屋自体が、男を乗せた一個の巨大な回転椅子のようだ。ガマン会のせいだろうか？　死んだふりのせいか？　友人・Oがいうところの〈三猿主義〉のためか？　それともバイブルを持って男の部屋にあらわれた女がいったように、肩がこるほど、自分に向って問い詰め過ぎるためか？　二冊四十円で男が女から買い求めた小冊子は『ものみの塔』というものだった。男はその第一ページを読んだ。

『ものみの塔』の目的——すべて、ものみの塔には目的があります。ものみの塔は、鮮明なビジョンを持つ、目ざめた人が立つところの高みです。そこに立つ人は遥か遠くを見渡して、下にいる人々のために見張りをつとめます。見張りは、備えをすべき危険の迫った時にも、堅い信仰と希望を抱いて歓喜すべき良いもののおとずれを見た時にも、近づいたものを下の人々に知らせます——」

男は「目ざめた人」「立つ」「高み」という個所に赤鉛筆で傍線を引いた。それからやがて坐椅子の背を倒し、いつもの通り眠りに落ちた。あたかも命じられた任務を忘れ果てた、ものみの塔の番人でもあるかのように、男は眠った。

ある日男が眼をさますと、雪が降りはじめていた。もう冬か！　それにしても夏の間じゅう男が、その鳴き声が止むとともに眠りに就いた蛙たちは、いったいどこへ消えてしまったのだろう？　男は冬の間じゅうほとんど窓をあけなかった。壁の向う側からきこえてくる〈よう子〉さんの泣き声や笑い声をきいて過した。誰も訪れてこなかった。もっとも『ものみの塔』の女だけは一度訪れてきたのではないかと思われた。昼食から戻ってくると、男の緑色のスリッパが見当らなかったからだ。男は腹を立てかけたが、途中でやめた。そのままスリッパなしで田の字形の左上隅の部屋へ入り、坐椅子にもたれると男は暫くの間、声をたてずに一人で笑った。廊下の上り口には〈よう子〉さんの赤いスリッパも見当らなかった。従って彼女は在宅していることになるわけであるが、なにしろ〈よう子〉さんの部屋を訪れる以上、いかに『ものみの塔』の女といえども、〈よう子〉さんの赤いスリッパを履いてゆくわけにはゆかないはずだからだ。男はなおも暫くの間、一人で笑い続けた。女は留守中の男の部屋のドアをたたいただろうか？　おそらくたたいたと考えられる。とすれば女は、男の緑色のスリッパを履いて、男の部屋のドアをたたいたことになるはずだからだ。やがて男は笑うのをやめた。隣の部屋のドアのあく音がきこえたからだった。

「寒いですわねえ」といったのは〈よう子〉さんだったようだ。相手の声はきこえなかった。二人は一しょに廊下に出たようすだ。しかしながら男の部屋のドアはたたかれなかった。二人のスリッパの音がきこえ、それから一人だけが戻ってくるのがわかった。隣の部屋のドアが開き、すぐまた閉じられ、かちゃりとノブのまわる音がきこえた。隣の部屋を訪れていたのは『ものみの塔』の女ではなかったのだろうか？　男が立ちあがってドアをあけると、廊下の上り口に男の緑色のスリッパが見えた。

しかしながら男の部屋の窓はやがて、ふたたび開かれるようになった。春だった。つまり男がこの田の字形をしたアパートの左上の一隅にとじこもるようになってから、ちょうど一年の月日が経過しようとしていたわけである。そしてある日、あたかもまちがいなく一年が過ぎ去った証拠とでもいわぬばかりに、壁の向う側から、とつぜん赤ん坊の泣き声がきこえてきたのである。

その声をきいたとき、男は居眠りからさめたところだった。そしてこの部屋を出ようと決心した。赤ん坊は火のついたような泣き方ではなかった。〈よう子〉さんの泣き声、笑い声に比べれば、むしろ遠慮深いおとなしい泣き声だったといえる。もっとも夫婦ものが男の隣の部屋に移ってからあとは、階段を昇ってきた男が洗濯物に頭をぶつけてよろけるといったことはなくなっていた。夫婦ものが住んでいた部屋は、下のトンカツ屋が借りて、物置にしていた。それに独身の女デザイナーが、結婚して部屋を出てゆくとき、共同の物干場を作っていったからだ。いわば結婚記念のようなものですわ、と家主の身内である女デザイナーはいった。わたしがいないことで皆さんに何かとご不自由をおかけすると思いますので、せめてものお詫びの気持ちです。物干場は、廊下の突き当りの非常ドアの外側に作られた、畳三枚敷きほどの広さであったが、男はまだ一度もそこを使用したことはない。赤ん坊の泣き声がきこえてくる少し前のある日、男は敷ぶとんをかついで物干場へ出て見た。何かのはずみで、不意に物干場で昼寝をしてみようと思いついたわけであったが、結果は腹を立てただけだった。なにしろそこは、あたかも〈よう子〉さん夫婦の、物置同然だったからだ。シーツ、下着類その他の洗濯物で、干し竿が満員であるのはやむを得まい。それに男は敷ぶとんを干しにそこへ出てきたのでもなかった。しかしながら、畳三枚分ほどの物干場は、電気洗濯機、重石を載せた漬物樽、さびた石油罐、古くなった下駄箱、蓋のついた青い大型のポリバケツ、同じく青い雑巾バケツなどによって占拠されていたからだ。その他サボテンの鉢植えが二つ、名前のわからない小さな木の盆栽らしきものも一つあった！

いったいいつの間にこれだけのガラクタを並べ立てたのだろう？　いうまでもなく、この物干場ができ上ってからだ。田の字形のアパートの一隅が、夫婦ものの生活に不充分な広さであるのはもちろんだった。なにしろ男の部屋とまったく同じ四畳半だからだ。ステレオはどうだかわからないが、テレビの音は確かにきこえる。赤ん坊はどうやって寝かしているのだろう？　ベビーベッドだろうか？　男はずい分久しく赤ん坊の泣き声をきいていなかったような気がする。長女が生れたのは二年半ちょっと前だが、壁越しに他家の赤ん坊の泣き声をきくのは、いったい何年ぶりだろう？もちろん男の家族が住んでいる団地においても、赤ん坊はどんどん生れている。数にすれば、六年間で小学校一つ分ふえた。そうしなければ二校ともと団地内には二つの小学校があったが、つい最近三つ目が新しくでき上った。そうしなければ二校ともプレハブ校舎のために運動場が無くなってしまうからだ。しかし団地では他家の赤ん坊の泣き声はきこえてこない。

確かに〈よう子〉さんの赤ん坊の泣き声は静かだった。女だろうか？　もちろん男にはわからなかったが、いつまでもいまのように静かな泣き声しかあげないとは考えられない。なにしろ、もともと赤ん坊などはいなかったわけだ。いなかったものが、とつぜんあらわれて壁の向う側で声をあげているのである。そしてもし、その泣き声によって居眠りが妨げられたならば、それが赤ん坊だからという理由で男が腹を立てずにすませるとは、断言できない。腹を立てないという自信は、男にはなかった。

男は坐椅子から起ち上った。赤ん坊の泣き声がとつぜん大きくなったからだ。それ見ろ！　しかしながら男がこの部屋を出ようと決心したのは、赤ん坊の泣き声に腹を立てたからではない。実さい男はこの一年間、ほとんど腹を立てながら、田の字形の左上の隅で居眠りを続けてきたといえる。なにしろ、そのようにして腹でも立てていないことには、とても一年間死んだふりなどできるはずはなかったからだ。つまり男は自らを流刑したそのアパートの四畳半において、春夏秋冬の間じゅう死んだふりを続けてきた。死んだふり？　それとも、ものみの塔の眠り男だろうか？　とにかく男は死んだふりをする以外の生き方を拒絶し続けたわけだ。ところが今度はそうはゆかない。あの『ものみの塔』の第一ページを読んだときのようなわけにはゆかない。もはや男は、あたかも命令を忘れ果てたものみの塔の番人のように、坐椅子の背を倒して眠り込むことはできないはずだからだ。それとも、こんどは小人国を追われるガリバーというべきだろうか？
泣き声はますます大きくなるようだった。さっきまでの静かな泣き声は、まるで嘘のようだ。女だろうか？　男だろうか？

（「文學界」一九七〇年六月号）

書かれない報告

電話によるとつぜんの指名が男をおどろかせた。しかしおどろいたのは電話だったせいではない。もちろんなんの予告もなく、とつぜん男が指名されたからだ。相手は、県庁の社会教育課のものです、と名乗った。そのような部署に所属するものから、とつぜん電話で話しかけられるようなおぼえは、男にはなかった。男はR団地の一居住者に過ぎない。もちろんR団地はR県に所属している。したがって男はR県民だった。しかしただ、それだけの話だ。生れ故郷でもなければ、親兄弟が住んでいる土地でもない。たまたま抽籤に当ったため、流れ着いているだけだった。なにしろ男が住んでいるのは団地だからだ。

にもかかわらず男が、とつぜんかかってきた電話による指名を、ほとんど即座に受諾したのは何故だろう？　ひとつには、受諾すべき内容が極めて単純であったためと考えられる。あなたのいま住んでいる団地とはどんなところか？　というのが、電話をかけてきた県庁社会教育課に所属する係員の、問いだったからだ。

「どんなところ？」

と男は電話口で一応問い返した。

「そうです。あなたはそこに住んでいるわけでしょう？」

「そうです」

「でしたらR団地は、あなたの住い、ということになります。あなたはもうそこに七年間住んでおられるのですから」

「団地生活の実態調査のようなものですか？」

「まあ、そう考えられて結構でしょう。ただいわゆる型にはまった調査ではありません。いわばフリースタイルのレポートとでも呼ぶべきもので、内容は何でも構いません。形式も自由。また、どんなに長くても、どんなに短くても結構です」

「何かを書くわけですね？」

「もちろんです。それ以外に何か方法をお持ちですか？」

「方法？」

「要するに今回の調査は、アンケートその他の質問形式によるものではないということです。ただし、団地対抗の感想文あるいは作文のコンクールでもありませんから、その点はご了承下さい」

その他の幾つかの点が電話によって明らかにされた。すなわち、レポート提出の期限は無期限であること、今回のレポート提出者として選ばれたのはすべて男性であること、男が住んでいるR団地からは、男を含めて七十名の居住者が選ばれていること、しかし主催者側としてはレポーターの秘密はあくまで厳守すること、等々である。しかしながら、それらの明らかにされた幾つかの事柄のうち、その理由が示されたものはただ一つに過ぎなかった。R県下には目下、大小さまざまな団地が十数カ所にあるが、各々の団地からその所帯数百につき一名を選び出したというものである。

R団地の場合は七千世帯、したがって七十名が選ばれたというわけだった。

「あなたがその七十名の一人に指名されたことを公表されるのは、自由です。他の六十九名の方についてもそれは同様ですから」

「わたしが指名された理由は？」

「え？」

「何故わたしが七十名の中に選ばれたのですか？」

「ああ、それはあなたが、指名される資格を持っていたからです」

「資格？」

「そうです。同一団地の同一番号の部屋に、満五年以上居住している男性。妻帯者であれば年齢、職業は問わず、というのが選択の基準ですから」

あるいは男はここで電話を切ってもよかったと考えられる。男はどちらかといえば、遠慮勝ちな人間だった。しかしながら、その遠慮深さも、わざわざ指名されたものを断るほどではなかったからだ。それに男が指名された根拠は、すでに充分現実的でさえあったといえる。そうですか、なるほど、なかなか結構なプランじゃありませんか、及ばずながら協力させていただきましょう、と答えればよかったわけだ。考え込むのは、そのように答えたあと、受話器をおろしてからでもよかったはずである。なにしろ男は、すでに指名を受諾したようなものだったからだ。つまり男は指名を自分に受諾させていた。

男はちょっとの間考え込んだ。

三十秒？　あるいは二秒か三秒だったかも知れない。しかし男はまだ受話器を耳に当てたままだった。その極く短い沈黙は、確かに相手に対して何事かを問いかける性質を帯びたものだったといえる。日常生活のふつうの場合とまったく同じだった。そしてそれはまた、無言の交渉を意味した。なにしろ電話をかけてきたのは先方だからだ。もう他に何かつけ加えるべき事項はないのですか？何かこちらを納得させるために最後の決め手となるような条件はないのですか？　しかしながら男は、指名をすでに受諾していた。指名に対して自分を受諾させていた。したがって男が極く短い沈黙をもって待ったものは、男の受諾をうながす相手のことばだったといえる。そしてそれは同時に、指名を受諾する男自身の声でもあったわけだ。

「他に何か？」

「ああ、申し遅れましたが、このレポートに対しては相応の報酬が用意されております。なにしろ時間を必要とする作業ですから。しかし例えば原稿料のように、枚数で計算するというわけにはゆきません。上中下、甲乙丙、ＡＢＣ、つまり三つのランキングを設けて協力費をお支払いするわけです」

「最後にもう一度おたずねしますが、わたしが指名されたのは何故ですか？」

「先ほどお答えした理由以外に、もしも理由があるとすれば、それは当方よりあなたご自身の方がよくご存知のはずです」

「冗談じゃないですよ！　それともこの話そのものが冗談ですか？」

「冗談ではありません」

「では何です？」

「それではおたずねしますが、あなたは何故この指名を受諾されようとしているのです？」

「何故？」

「何故に受諾してもよいとお考えになるわけですか？　あなた自身の方がよくご存知だというのは、そういう意味です。何故あなたが指名されたか、というあなたの問いに対する当方の答えはすでに出されています。残されているのは、あなた自身の答えではないでしょうか？　ご質問に対するお答えは以上のようなわけですが、実は今回のレポートに対しては当県の土木建築課が、深甚なる興味と関心を寄せております。もちろん鉄筋コンクリートの住居としてですが、要するに当社会教育課のみならず、各方面から注目されているということです」

土木建築課？　男は思わず笑い出しそうになった。しかしながらそのときの男にとって、それ以上に現実的なことばはなかったとも考えられる。受話器を置き、笑い出しそうになった男は天井を見上げていた。それは電話のほぼ真上に当るダイニングキッチンの天井であったが、そこには、いまだに漏水の跡が証拠のように残っていたからだ。これこそまさに土木建築課に属するものでなくて何であろうか？

ある朝、男の住いである３ＤＫのダイニングキッチンの天井から水が漏りはじめた。もっとも、目をさました男がダイニングキッチンへその日はじめて入って行ったときには、すでに水漏れは止っていた。そのため風呂場用の青赤二つのビニール洗面器が、なんのためにそこへ置かれているのかを、男は妻に向ってたずねなければならなかった。もちろん男の注意力が少々足りなかったせいもある。足元に並べられた青赤二つの洗面器の底か、あるいはちょうど真上の天井かを注意深く見れば、ただちに事態ははっきりしたはずだからだ。洗面器の底には浅く水が溜っていた。そしてその垂直線上には、明らかに一尺ほどの亀裂が認められ、その周囲は水が動いた通りの形にまだ濡れたままであるのがわかった。

「どこから漏ってきたんだ？」

「上からに決ってるじゃないの」と妻は答えた。「一階の水が二階へ落ちるわけはないんですから」

「このダイニングキッチンの真上は？」

「三階のダイニングキッチンですよ」

しかし何故水は漏ってきたのだろう？　もちろん天井にヒビが入っていたからだ。しかしそれでは、いったいいつ天井にはヒビが入ったのだろう？　この団地に居住しはじめてから七年目になるが、男は毎日天井を眺めて暮してきたわけではなかった。たとえ鉄筋コンクリート建造物といえども、七年目には傷つきはじめるということだろうか？　天井のヒビは確かに傷痕のようだ。その傷痕はまだ濡れていた。しかしながら漏ってきたのは、三階のいかなる水だろうか？　傷痕の真下の二個の洗面器の底に溜っている水は、決して濁ってはいなかったからだ。トイレットの用水でないことだけは男にもわかった。男の住居である二階のトイレットの真上が、三階のトイレットであることはダイニングキッチンの場合とまったく同じであったが、トイレットには、一本の鉄管が垂直に天井から床へ貫通している。ちょうど大人の両手で包み込める太さを持つ、その緑色のエナメルで塗られた鉄管は、鉄筋コンクリート四階から地下まで貫通しているはずだ。男が馬蹄形の白い陶器に腰をおろしているとき、背骨の斜め左うしろにあたる鉄管の中を勢のいい音をたてながら、三階からの水が下降してゆくのはそのためだった。すさまじい音だ。とつぜん発せられるその激しい渦巻き音は、あたかも何ものかを、一刻も早くどこかへ遠去けようとしているかのようにきこえた。一刻も早く！　少しでも遠くへ！　どこだかはわからないが、とにかく自分とは無縁の場所へ、はねのけ、押し流し、葬らねばならぬ。これこそ水洗便所の理念というべきものではあるまいか。要するに非水洗の場合とは正反対なのだ。こちらは徐々にではあるがほぼ正確に速度をもって、次第にわれわれの方へ近づいてくる仕組みだからである。

ところでトイレットの水でないとすれば、漏ってきたのはいったいどこの水だろうか？　台所の水だろうか、それとも風呂場の水だろうか？　男は鉄筋コンクリート建造物の、目に見えない内部の暗闇をぼんやりと頭の中に描き出してみようとした。男は天井を見上げた。そこはすなわち三階の床でもあるわけだった。したがって男が描き出そうとしたのは、男が見上げている天井と三階の床との間に挟まれた鉄筋コンクリート建造物の暗闇だといえる。しかしながら男には何一つよくわからなかった。そこは果してがらんどうの空間なのだろうか？　それともびっしりと何かで埋め尽されているのだろうか？　少なくとも木造建築の天井と梁《はり》のような具合いではないはずだった。なにしろこの建物は火事でも燃えない構造になっているらしいからだ。

火事でも燃えない？　男は夜更けに幾度かサイレンの音をきいた。単なる救急車の場合もあった。にわかに産気づいた主婦、その他の急病人などのためだ。しかし明らかに消防車のサイレンの場合もあった。カンカンと半鐘の鳴るのもきこえた。そのような場合、団地じゅうのあちこちで、カーテンを開く音や、窓をあける音が必ずきこえた。男も何度か、音のする方の窓を開いて首をつき出してみた。しかし火事らしい焔《ほのお》を認めたことは一度もない。燃えないというのはやはり本当なのだろうか？

男の妻も、小学校三年生になる長男も、火事にはまったく無関心のように見える。無関心というより、まったく恐怖心というものを抱いていないようすだ。何故だろうか？

「だって耐燃性建築なんですから」

というわけだった。

「自分のところから出火すれば仕方がないけど」

要するに他家へは燃え移らないわけだ。したがって消防車はむしろ余計ではないだろうか、というのが妻の考え方らしかった。消防車の水は、可燃性の家財道具の一部をあるいは焼失から救うことはできるかも知れない。しかしながら、その放水によって真下の住居は水びたしになってしまうからだ。人間さえ外へ逃げてしまえば、あとは鉄製のドアとガラス窓を密閉してしまう。そうすれば上下左右、どこへも燃え移らないのであるから、燃えるべき内部の道具が燃え尽きれば、被害は他のいかなる家庭にも及ばないはずである。

「こないだ焼け跡のところで中学生がそう話してたけど、確かにそういうことだと思うわ」

「こないだねえ、坂崎君のうち火事になっちゃったんだよ、お父さん」

「同級生なのか？」

「そういえばそうだったわね」

話をきいた日の夕方、男は長男と一しょにその火事のあった建物を見物に出かけた。男が住んでいるF地区の隣りの、E地区の建物の二階だった。

「うちとまったく同じ位置じゃないか」

「そうだよ。坂崎君のうちも二〇一だったんだもん」

現場への案内をすませると、長男はすぐ前の遊園地へ走って行った。この団地の四階建の一棟には、ふつう三つの階段が設けられており、各々を各階ごとに向い合っている八世帯が共有している。焼けたのは向って一番左側の階段の左寄りの住居であり、男の住いの場合とまったく同じだった。つまり四層に仕切られた鉄筋コンクリート建造物の、下から二層目の最も左端の一角に当る。男は黒くこげた窓ガラスを見上げた。金属製のサッシにはめこまれたその横長の窓ガラスは、六枚のうち三枚が半分ほど割れているようだった。火焔のためか？　それとも放水のためか？　もちろん窓にカーテンは無かった。何色だったのだろう？　男は自分の住いにかけられているカーテンの色を思い浮かべた。男が見上げているのは、北側に面した四畳半の窓だった。四畳半？　黒くこげた窓の内部は、もちろん何も見えなかった。しかしながら男には、その部屋が四畳半であることはわかった。その窓の左手に見える縦長の小窓の数によって、建物の中における階数、位置だけでなく、間取りもわが家とまったく同じ３ＤＫであることがわかったからだ。縦長の小窓は三つだった。左から、トイレット、洗面所、風呂場の順である。それらも同じように黒くこげていたが、三つとも破損はしていなかった。なるほどこれが、３ＤＫの火事を北側から眺めた場合か。男は通常、その北向きの四畳半にふとんを敷いて眠るのだった。

昼火事だったらしい。サラリーマンである夫はもちろん留守だった。主婦が気がついたときは、ただダイニングキッチンの隅の方が燃えているだけだった。ポリエチレン製の紙屑籠だ。三つか四つになる子供が、火のついた紙片をそこへ投げ込んだらしかった。したがって主婦は、その紙屑籠を窓から下へ放り投げればよかったわけだ。しかしあわてた主婦は、子供を抱きかかえると、玄関から逃げ出して鉄のドアを閉めてしまった。そこへ坂崎君が小学校から帰ってきたわけである。

「坂崎君はどこへ行ったのかね？」

「どっかへ転校しちゃったよ」と長男は答えた。「だってあんなところにいるわけないだろう」

階段の昇り口のところで、二人の主婦が立話をしていた。黒くこげた二階の窓を挾んで、一階と三階の窓にはカーテンが引かれ、電灯が点されていた。あのとき子供を抱えて逃げ出した主婦が、外側から鉄製のドアを閉めたのは、焼却炉へ紙屑を投げ込んで火をつけたあと、その鉄扉を閉じたようなものとも考えられる。

３ＤＫの焼却炉？　確かにそこでは、もし消防車による放水さえおこなわれなければ、上下左右いかなる他家にも迷惑をかけることなく、親子四名が焼け死ぬこともできるはずだ。いったいどのような構造になっているのだろう？　つまり、そのように堅固な耐燃建築であるにもかかわらず、ダイニングキッチンの天井から水漏れがしてきたのは、何故だろうか？　しかも天井に認められたのは、ほんのかすり傷程度のヒビ割れではないか。

しかし男にはわからなかった。男が描き出そうとした天井と階上である三階の床とに挾まれた暗闇には、ネズミの死骸一つさえ浮かび上ってはこなかったからだ。もっともわからないのは、男だけではないらしかった。男たちの真上に住んでいる三階の主婦にはもちろん、当の住宅公団事務所の担当者にもはっきりしなかったようだ。少なくとも、漏水の原因については誰からも明快な解答は得られなかった。男の妻は、まず三階の主婦を訪問した。とにかく水がこちらへ漏っていることを知らせなければならない。もしかすると三階の住人たちはそれを知らずにいるかも知れないからだ。

それにしても人間の家族が、他人として上下に積み重ねられて生活するというのは、いったいどうということだろう？　縦に積み重なって生きているというそのことだけで、すでに人間はお互いに憎しみ合うことさえできるのだろうか？　頭上において他人の家族が生活をしている。脚下においても他人の家族がうごめいている。そのことを意識した瞬間、頭上あるいは脚下の相手を早くも憎悪しはじめずにはいられないのだろうか？　例えば三階の、男の真上ではない方のもう一軒の主婦は、団地の子供たちを集めてピアノを教えている。しかしながら、その真上および真下に当る家庭の子供は、いずれも団地の中の別の棟にピアノを習いに行っている。これなどほんの一例に過ぎないのであるが、人間が縦に積み重なって生きている住居における階上階下の関係は、いわばそういったものであるという意味なのだ。そもそも人間は、縦に積み重ねられる生活を欲せず、横に並列的に生きることを希《のぞ》んでいるのだろうか？　しかし男たちの住んでいる四階建ての内部においては、上も下もまったく同じ間取りの３ＤＫなのだ。それとも、かえってそのためなのだろうか？

男の妻は三階から戻ってきた。三階の主婦は二階のダイニングキッチンに水が漏っていることなど、ぜんぜん気がつかなかったという。当然の話だ。

「水道の配管のせいじゃないかというんだけどね」

「配管？」

「だけどそんなはずはないわけですよ」

「とにかく、四階から漏ってくるわけはないんだからな」

もしも水道の配管の故障が原因であるならば、一度漏りはじめた水は、故障がなおるまで漏り続けなければならない、と妻はいうのだった。にもかかわらずいまは漏り止んでいるのは、何か他の原因による漏水と考えられる。三階では一月程前、三人目の赤ん坊が誕生した。赤ん坊の入浴はダイニングキッチンの板の間でおこなわれているが、すぐ上の女の子もまだ三歳とちょっとだ。役に立つどころか、おそらく傍で入浴の妨害をすることだろう。とにかく三階の主婦は大変である。タライの湯をこぼさない方がふしぎなくらいだ。事実、ダイニングキッチンには、かなりの量の湯がすでにこぼされている。

「この目で実さいに見たんですから」と妻はいった。「ニスが剝げてるだけじゃなくて、板じゅうがすっかりケバ立っちゃってるんですから」

「上って見てきたのか？」

「きょうは上らないわよ」

それから妻は男に向って、わが家のダイニングキッチンの板敷きの手入れの良さを、少しばかり自慢した。確かに男が腰を降ろしている椅子の下の板張りは、ケバ立ってはいなかった。かなりまだらになってはいるが、ニスも完全に剝げ切ってはいない。しかしどこかに一個所、踏むとぴくりと凹む一部があった。これは妻の手入れとは無関係であろうが、トイレットと洗面所の間の板張りにも、同じような個所が確かにあった。男は絶え間なしにその板の凹みを意識し続けてきたわけではない。ただ同時に、その個所を意識的に避けて歩くわけでもないため、たまたまそこを踏みつけざるを得ない。そしてその度に、凹みを意識するだけだ。

凹みの意識？　それとも意識の凹みだろうか？　いずれにせよ、鉄筋コンクリート建造物の内部における、男の住居の板張りのある個所とある個所は、踏めば必ずぴくりと凹むのだった。そして男が、その度にそれを意識せざるを得ないのは、なにしろそこは男の住居だからだ。そこ以外に住むべきところのない、住居だった。

すべての欲求を満足させる完璧な住居に住むことは、よろこばしいことと考えられる。またそのような住居を唯一つといわず、同時に幾つも所有することは、更によろこばしいことであろう。しかしながらそのためには、何か他の方面における努力が要求された。男がその方面における努力を怠っている以上、この住居以外の住居が男に考えられるだろうか？　もちろん男には考えられなかった。したがってこだわらずにはいられない。たとえ男がこの住居において死にたいとは考えていないとしても、あの黒こげになった3DKとまったく同じ北向きの四畳半において、男が死なないとは断言できないからだ。そして、たとえ、あたかも3DKの焼却炉のようなその住居の一室で男が死ぬとしても、その一室は少なくとも死ぬまでは、男にとって安眠すべき場所といわなければならないからだ。安眠できる場所とは、そこで仮に死んでも仕方がない場所といえるのではあるまいか。住居とは、人間にとってそのような意味での安眠の場所というべきではないだろうか？　とにかく安眠こそは、住居に対する男のまず第一の願いだった。そしてこの場所以外の他の住居を求める努力を怠る以上、安眠は他ならぬこの住居において求められなければならないはずだ。

水漏りに関する調査および修理を依頼すべく、男は自ら団地駅前にある公団事務所へ出かけて行った。

しかしながら結果は余りよろこばしいものであったとはいえない。むしろ事態はそのために混乱したとさえいえるのではないだろうか？　少なくとも男には何が何だかわからなくなってしまった。住宅公団の職員二名が訪ねてきたとき、水漏れはもちろん止っていた。ダイニングキッチンの天井のヒビも、もう乾いていた。男が公団の事務所へ出かけて行ってから、数日後だった。四日？　あるいは五、六日経っていただろうか？　とにかくその間に水漏れはなかったからだ。公団の職員は中年の方が背広姿で、やや若い方は事務服のようなジャンパーだった。二人とも物腰は柔かだった。靴を脱いで玄関から上ってくる態度などは、少々遠慮がちとさえいえるほどだった。何故だろうか？

もっとも、丁寧だったのは事務所の受付けの場合も同様だった。男の説明をきき終えると、その受付けの女事務員は、一枚のメモ用紙を男の目の下へ置いてからいった。

「大変ヘタな図で申訳ないのですが」

そしてボールペンで、そこに風呂場の略図を書きはじめたのだった。確かに女事務員の略図はうまいとはいえなかったようだ。というより、男にはそこに描かれたものが風呂場であるということだけしか、わからなかったといえる。要するに、洗濯機で使用した水を風呂場に排水する場合、それが何らかの理由によって床にこぼれることがしばしばあり得る。女事務員の説明が、洗濯機のホースと風呂場の排水口に敷かれたまるい鉄製の網皿との関係であることは、確かだ。そしてその両者の関係は、三階の風呂場の場合であると同時に、また男自身の住居における場合でもあるはずだった。男にもそれはわかった。三階の風呂場は、その真下に当る二階の風呂場とまったくの同形だからだ。もちろん男は三階の風呂へ入ったことはない。のぞいて見たことさえないわけであったが、女事務員によってメモ用紙に描き出されているのは、他ならぬ三階の風呂場の略図だ。したがってそれは、当然、男自身の住居である二階の風呂場の略図でもあったのである。もしそうでなければ、そもそも女事務員の略図による説明自体が意味をなさなくなるはずだからだ。すなわち男は、まだ見たこともない他人の住居の略図によって、男自身の住居を説明されていたのだった。そしてこの場合、逆もまた真なりであって、男は他ならぬ男自身の住居の略図によって、まだ見たこともない他人の住居を説明されていたわけだ。女事務員の説明にはいささかの混乱も見出せなかった。彼女にとっては、二階も三階も同じだったからだ。彼女は明快そのものだったといえる。三階の風呂場はすなわち二階の風呂場だった。唯一つだけ必要な区別は、おそらく二階から三階へ向っては、水は漏らないということだろう。男にもそれはわかった。ただ、女事務員の内部で明快に結びついているような形においては、二階と三階の風呂場とが、男の内部においては容易に結びつくことができない。

しかも水が漏ってきたのは、風呂場ではなくダイニングキッチンの天井からだ。三階の水はいったいどのような通路をたどって、男の住居へ流れ落ちてきたのだろう？　洗濯機、ゴムホース、排水、風呂場、まるい鉄製の網皿、ダイニングキッチン……それらのものは、いったいどのように結びついているのだろう？　それらのものを結びつけているのは、もはや暗闇の中の迷路であるとしか考えられない。要するに何故、水が漏ってきたのかわからなかった。にもかかわらず男が、なおも執拗に説明を求めなかったのは、結局は受付けの女事務員の態度が予想に反して丁寧だったからだ。

たまたま丁寧な女事務員に当ったのだろうか？　それとも公団の方針なのだろうか？　とにかく男が、三階の家庭の事情までつい話す気になったのも、そのために他ならない。すなわち、三階では一月程前に三人目の赤ん坊が誕生したこと、上の女の子はまだ三歳ちょっとでいろいろと大変であるに違いないこと、そのためこちらとしても直接の交渉はできれば遠慮したいこと、等々である。

「人間関係というのは、お互いにむずかしいものですわね」

結局、男はコピーの取れる申込み用紙に必要な事項を書き込み、女事務員がボールペンでメモ用紙に書いた風呂場の略図とともに、その控えを受取って帰ってきた。もちろん妻に見せるためだ。できれば階上の主婦にもその略図を見せて説明して欲しいという公団の女事務員の伝言も、男は妻に伝えた。しかしながら、いったい何がわかったというのだろう？　何かはっきりしたことが一つでもあるだろうか？　女事務員がボールペンでメモ用紙に書いて寄越した風呂場の略図を、妻が階上の主婦に見せたかどうか、男はべつに確かめてはいない。なにしろ男からその略図を受取ったとき、妻ははじめ紙片を横にして眺め、次に縦に持ち代え、もう一度横にし直しただけで、黙ってダイニングキッチンのテーブルの上に放り出してしまったからだ。女事務員が丁寧だと考えたのは、男の弱さだろうか？　妻の態度は、その問いに対する無言の解答であるとも考えられる。

それとも鉄筋コンクリート建造物の内部において、縦に積み重なって生きる生活においては、階上と階下との関係はそのように生やさしいものではあり得ないという意味だろうか。確かに男が妻に手渡したものは、メモ用紙にボールペンで書かれた風呂場の略図に過ぎない。しかも女事務員が自らいっていた通り、決してうまく描かれてもいなかった。そんなもの一枚で果たして何が解決するだろうか？　しかし解決の役に立たないのは、それが単なるメモ用紙だからとはいえない。風呂場の略図がうまく描かれていないためでもない。実さい、住宅公団の係員二名は、何事かの解決のためにやって来たはずだった。にもかかわらず何も解決はしなかったからだ。

ただ、背広を着た中年男も、事務服姿の若い方も、物腰は丁寧だった。男の妻から事情をきき終ると、事務服の若い方は三階の主婦のところへ昇ってゆき、残った背広姿の中年の方は、風呂場のドアのところへ行ってしゃがみ込んだ。

「ははあ、お宅さんの場合はコンクリートですね」

そういって背広姿の係員は、うしろからついて行った男を、しゃがみ込んだまま見上げた。

「え？」

「つまり、この部分なんですが」と係員は、中指で軽く二、三度、風呂場の敷居の部分をたたいて見せた。「この部分が木でできている場合もあるわけですよ。この団地でもそのケースがたぶんあるはずですが、木の場合ですとどうしても、コンクリートよりも何らかの形で風呂場の水がしみ込んで下へ漏れる可能性が大きくなります」

「ははあ……なるほど」

しかしながらそのとき男は、背広姿の係員が中指で軽くたたいて見せたものが、あたかも三階の風呂場の敷居ででもあるかのように、天井を見上げた。もちろんそこには天井以外の何ものも見えなかった。ヒビさえもなかった。しかしそのとき、三階の主婦のところへ昇っていった事務服の方の係員が、男の見上げている天井の真上で、風呂場の敷居について解説をおこなっていなかったとは、断言できない。そしてそれは、背広姿の係員が軽くたたいたあと、そのまま中指を当てがっている部分と、まったく同じ風呂場の敷居なのだ。色も同じだろうか？　男は、通常はそこに敷居があることとさえ意識しないにもかかわらず、しかも蹴躓《けつまず》くことなくまたぎ続けてきた、コンクリートの敷居を見下した。それは、スノコを剝がされてむき出しになった風呂場の床と、ほとんど同一のコンクリート色だ。男たちがここに居住しはじめてから七年目の現在、その色はある当然の理由によって、いくぶんかは変色したのかも知れない。男はしゃがみ込んでいる係員の背後から、身をかがめて同じように中指で敷居に触れてみた。濡れていない敷居は、ひやりとする冷たさでもなかった。男はすぐに中指を離した。しかしそれは、しゃがみ込んでいた係員がそのとき、立ちあがろうとしたからだった。

「木の敷居に当るか、コンクリートに当るか、これは運不運というより仕方がないんですが」

そのまま立ち上がった係員は、男にいった。


運不運？　男は運についていては、もはや考えないことにしていた。なにしろそれは、運だからだ。しかし男は、不運についてはしばしば考え込まざるを得なかった。むしろ絶え間なく考え続けさせられてきたとさえいえる。なにしろ男はこの団地に、二十三回目にようやく当選しているからだ。もちろんこれは、住居に関しての話だ。またクジ運の場合に関してでもある。しかし男が、自らの住居としての団地をはじめて意識したとき、男はまだ独身者だった。結婚してからもその不運は続いた。小学校三年生になる長男が生れてからも、なおも続いた。つまり男にはその不運が、いつまでも際限なく続くように思われたわけだ。いったい、いつまで続くのだろう？　同時に団地は、東京から次第に遠くへ遠くへと離れて行った。はじめ男は、住むべき団地をできる限り都心に近い位置に求めていた。当然の話だ。しかしながらそれは、次第に遠ざかりはじめた。独身者であった男はその間に妻帯者となり、やがて男の家族は長男を加えた三名となった。いったい、どこまで遠ざかってゆくのだろう？　つまり男が、すでにそれを考えることなしには生きてゆくことのできなくなっていた不運は、時間において際限もなく続くばかりでなく、空間においてもまた、無限に、果てしなく、どこまでも遠ざかりながら広がりはじめていたのである。まず川を越えた。それから田圃を越え、畑を越えたはずだ。それら田園の次には当然の結果として林や森を越え、おそらく越えなかったのは海だけではなかったかと考えられる。

しかしながら、そのようにして落選に落選を重ねたあげく、ようやく団地に居住しはじめた男の意識は、むしろ海そのものに結びついていたといえる。いつまでも、どこまでも際限なく続く海の上から、不意に見も知らぬ陸地に流れ着いたとしか思えなかったからだ。そういえば窓のついた鉄筋コンクリート建造物である団地の四階建て一棟は、陸地に坐礁したまま動かなくなった、一隻の船体のように見える。とりわけ日暮れとともに、窓にかけられたそれぞれのカーテンの色合いを通して電灯の光が洩れはじめるとき、そう見えるようだ。とはいえ、それが他ならぬ男たちの住居であることに変りはなかった。唯一つの住居であり、そこにしか男の住居はない。それに男は、実はほとんど満足してさえいたのだった。棟と棟との間に作られている芝生のほぼ中央の位置に立って、男はしばしばそのような新しい住居の外観を、つくづく眺めることもあった。そしてあるときなど、次のような詩の断片のごときものを、ひとりごとのようにつぶやいたりしてみたほどだ。

〈汝、夜の暗闇に向って船出しようとする、われらの住居よ……〉

もちろんこの船からはいかなる敵に向っても攻撃はできない。しかし防禦に関しては、ほぼ完璧といえるのではあるまいか。落雷、地震、放火、台風、洪水、その他外部から加えられるほとんどの攻撃に対して、その防禦性は充分であろうと考えられる。ただし、まったく予想もつかぬ攻撃というものも、確かにあり得る。しかしながら、もしそのような外部からの攻撃に対してこの住居が、最後まで男を絶対に守り切ることができると断言はできないとしても、それをこの住居の欠陥として挙げることはできないはずだ。少なくとも、その攻撃が加えられる前にはできない。なにしろそれは予想もつかないからだ。予想もつかない以上、それが果たしてどのようなものであるかを、想像するわけにもゆかないのではないか。それも確かに、不安に似たものであるには違いない。そして不安とは、漠然としたものであることも事実だ。

しかしながら、まったく想像することさえ不可能な不安などというものがあるだろうか？　男にはわからなかった。あっても無くても、どちらでもよかったともいえる。少なくとも男はその新しい住居の外観を、おそらく想像できる限りのあらゆる外部の攻撃から、男自身を守ってくれるものとして眺める楽しみを味わっていたといえるからだ。そのほとんど安らぎと名づけてもよい楽しみが、かつて男の住居であったモルタル造り二階建てのアパートとの比較の上に成り立っていたことは、いうまでもあるまい。とにかく雲泥の差だ。つまり、かつて男の住居における不安は、余りにも容易に想像でき過ぎるものばかりだったのである。しかも男はその不安な住居において、果たしていつまで、そしてどこまで際限なく続くのかわからない不運とともに、生きてきたのだった。

もちろん人間の住居における優劣が、その防禦性の面でのみ論じられてよいとは、考えられない。専ら防禦するためにのみ、ありとあらゆる工夫をこらして構築された、古い時代における城の場合でさえそうだ。城を守るのは人間ではあったが、城によって守られる人間たちは、とにかくその城の内部に居住しなければならないからだ。ましてやここは団地だった。外部からの攻撃に対する防禦性の完璧さと同時に、そこに求められるものが内部における平和であるのはもちろんである。そして住居の内部における平和とは、まず第一に安眠を意味するものであることは、いうまでもあるまい。しかし男にとって新しい住居はその点に関してもまず申し分ないといってよかった。つまり、ほとんど安らぎと名づけてもさしつかえないと考えられる楽しみは、単に外側から眺める場合だけではなく、その内部においても男はそれを得ることができたのである。安眠のために欠かすことのできない風呂場はもちろん、二人の子供たちのために当てがった南向きの四畳半と、男が眠るための北向きの四畳半との間に位置している六畳の部屋には、ほとんどベッドと呼べるくらいにゆったりしたソファーを置くことができたからだ。

男はしばしばそのソファーの上にごろりと寝転がった。暇さえあれば、といった方がよいかも知れない。ただしそのように男が仰向けに寝転がるのは、必ずしもそこで安眠するためばかりだったとはいえない。むしろそのソファーの上に身を横たえて天井を見上げているときの男は、ある種の不安のようなものを抱きはじめている場合が多かったとさえいえる。天井が白いせいだろうか？それとも問題の、あの予想もつかぬ外部からの攻撃に対する不安だろうか？　しかしながらそのとき男を襲っているものが、もし仮に、まるで想像することさえ不可能な不安であったとしても、まだ現在までのところソファーの上は平和だった。なにしろ男は、必ずしも安眠するためにそこへ身を横たえたわけではなかったにもかかわらず、ほとんどの場合、結果としては仰向けの姿勢で眠り込んでしまっていたからだ。六畳間の天井には、傷痕のようなヒビはなかった。したがってソファーに寝そべった男は、いまだ天井によって傷つけられることはなかったのである。

そのような男をとつぜん傷つけたものは、いうまでもなくダイニングキッチンの天井の傷だ。三階からの水を男の住居に漏らしはじめたヒビ割れだった。しかし本当にそれは三階の水だろうか？そうだとすればそれはいかなる水であるか。住宅公団の係員二名は、その調査のために訪れたわけだ。そして事務服を着た若い方の係員は、わざわざ三階の主婦のところへ昇って行った。間もなく彼は戻ってきた。それから背広姿の係員に何かをほんの少し報告したようすだ。

きき終ると背広姿の係員がいった。

「恐れ入りますが、ここへ認め印をひとつお願いします」

男は係員が差し出した一枚の薄い紙片を受け取った。そしてすぐに、それは男が公団事務所で女事務員に手渡してきた、調査および修理に関する申込書であることに気づいた。しかし他ならぬ男自身の字で書き込まれた男の姓名の下の方の空欄には、鉛筆で次のように書き加えられていた。〈原因いまだ不明。当分の間観察調査を続行〉——背広姿の係員によって書かれたと思われるその文字を眺めながら、男はちょっと迷ったようだ。どこに認め印を捺《お》すべきだろう？ あくまでも書かれたことばの意味を重視するならば、男が認め印を捺すべき位置は、〈不明〉あるいは〈続行〉の文字の真上以外にはあり得ないと考えられる。しかしながら男は結局、どこにも印を捺さぬまま紙片とともに認め印を係員に渡した。背広姿の係員は、あっという間にそれを捺し終って、認め印を男の手に返した。そのため男にはどこに捺されたのかわからなかった。

二名の係員が男の住居から立ち去ったあと、男にわかったことは、どうやら男の住居においては、ダイニングキッチンの天井が最も低い部分となっているらしいということだけだ。しかもそれは、公団当局からではなく、激しくブザーの音をたてて入ってきた、ペンキ塗り替えの職人によって知らされたのである。公団の係員があらわれた日から数日後だった。四日？ あるいは五、六日が経過していたのかも知れない。とにかく一日じゅう雨が降り続いていた日の翌日、三名の作業員はやってきて、またたく間に男の住居内を新聞紙だらけにした。もちろん新聞紙は男の妻が、玄関脇の物置きから取り出して渡したものだ。新聞紙を敷き終るや否や、三名の作業員たちはその上を飛び石のように伝ってたちまち男の住居内の三つの部屋に分れ、ものもいわずに、窓の外の鉄製の手摺りにやすりを当てはじめた。思うに彼らは、皆一様に腹を立てていたのだ。いうまでもなく、前日雨が降り続いたためだが、およそ三十分間の作業を終えた彼らが立ち去ったあとの男の住居内の鉄という鉄は、すべて一瞬にして赤く錆ついたように見えた。各部屋の窓の手摺り、ベランダの手摺りはもちろん、この住居における唯一つの外部への通路であるドアの内側も、作業員たちが振ったペンキの刷毛によって染め変えられていた。三名の作業員たちは確かに腹を立ててはいたが、決して男の住居を傷《いた》めつけるためにあらわれたわけではない。彼らは突如として侵入してきた外敵などではなかった。作業の目的は、まさにその逆だった。そのことはすでに、男にはよくわかっている。このペンキ塗り替えの作業は、なにも今回がはじめてではなかったからだ。

何度目だろうか？

男は妻にたずねてみた。

「一昨年からですよ」

と妻は答えた。

「だから、今年で三度目ね」

一昨年といえば、男たちがこの団地に居住しはじめてから五年目だった。つまりその頃から男の住居における鉄製の手摺りも、ドアも、少しずつ錆びはじめていたわけだ。三名の作業員たちの作業服は、彼らがぶらさげているペンキ鑵と同じ色に染まっていた。彼らはいかにも自由に、手摺りの上にまたがったり、その外側へ身を乗り出したりしていた。それは手摺りの錆びはじめている部分を発見するためだ。そしてその部分にだけやすりをかけた。決して手摺り全体にかけるのではない。そのために手摺りは、どうしようもなく受け身にまわっているように見える。つまり手摺りは、一方的に検査されているわけだ。せめて全体にやすりをかけられるのであったならば、たとえ敗北的ではあるにしても対等であり得たのではなかろうか。しかしながらやすりは、作業員たちの目的に従って自由自在に動く手脚と目によって発見された、錆びはじめている部分にのみかけられたのである。もちろんやすりは摩擦音をたてた。それは、いわゆる鋸《のこぎり》の目立てのような音ではない。なにしろ、他ならぬ男の住居の手摺りに、時間とともに少しずつ近づいてきて、いまやすでにその一部となっている錆を抹殺する音だったからだ。果してこれを何と呼ぶべきだろう？　住居に対する攻撃だろうか？　それとも住居そのものの防衛だろうか？　この問いに対する答えはすでに決っている。もちろん後者だ。にもかかわらず男の意識を、ある種の混乱に誘い込んだのは、ペンキの色だった。ペンキはいうまでもなく錆び止め用だ。しかしながらそれは、もうこれ以上は、いかなる時間をもってしても、到底錆びることのできないところまで赤く錆び切った鉄そっくりの色だったのである。したがって三名の作業員と男との関係は、その色を間に挾む以上、敵対的なものであったといわなければならない。そしてその関係は、そのとき三歳半になる長女が泣きながら表から戻ってこなければ、そのままの形で残されたと考えられる。しかし関係はこわれやすいものだ。それともこの場合、関係はもともと作業員と男との間にあったのではなく、男と色にのみあったと考えるべきだろうか？

男の意識と赤錆色の関係？　とにかく、泣きながら戻ってきた長女は、着て行ったジャンパーをどこかに脱ぎ忘れてきたのだった。男もそのジャンパーの色は知っている。薄いブルーだった。

「ブルー？」

と赤錆色のペンキ罐をさげた作業員の一人がいった。男が妻と話しているダイニングキッチンへ、ベランダからちょうど戻ってきたわけだ。

「いまベランダから、何か青いものが見えたようだね」

「あら！」

「遊園地の前の、ポプラの樹にひっかかっていましたよ、何か」

妻は早速ベランダへ降りて行った。しかしブルーのジャンパーを発見することはできなかったようだ。にもかかわらず、作業員がいった通りの場所に、長女のジャンパーはあったのである。男は長女をつれて、カボチャ公園へ出かけて行った。コンクリート製のカボチャが二つ並んでいる遊園地だ。緑色のやや大型の方も、黄色い小型の方も、すでに色は剝げ落ちている。そのためにかえって本物のように汚れても見えるわけだが、子供たちはその上に登ったり、くり抜かれている穴へもぐり込んだりして遊ぶのだった。薄いブルーのジャンパーは、その遊園地の前の通路脇のポプラの樹の柵にかかっていた。ベランダから眺めた妻が、それを発見できなかった理由は、男にはすぐわかった。ペンキ塗り替えの作業員は、手摺りの錆を発見する目的のために、その自由自在に動く手脚によってベランダの手摺りにまたがったとき、それを発見したにちがいないからである。とにかくそのブルーのジャンパーによって平和は甦った。

作業員に対して男は礼をのべた。そしてその謝意のしるしとして、ハイライト二個が妻から発見者である作業員の手に渡された。あいにく買い置きが二個しかなかったためであるが、敵対的なものであったかに見えた男の意識と赤錆色との関係は、そのような形でこわされたわけだ。

「水漏れがしたようだね、奥さん」

と作業員の一人は、ハイライトの礼をいったあと、ダイニングキッチンの天井の傷を見上げながらいった。

「この家じゅうで、ここが一番へこんでるわけだね」
そのとき男は、腰をおろしていたダイニングキッチンの椅子から立ちあがった。何ものかの中指によって、いきなり頭の真上を押されたような気がしたからだ。

いったい何ものの中指だろう？　これは当然の疑問だともいえる。そのとき男の頭の真上を中指で押したものは、誰もいなかった。もちろんペンキ塗り替えの作業員でもない。彼は天井の傷を見上げていただけだ。しかもその右手には、長女が脱ぎ忘れてきた薄いブルーのジャンパーを、ベランダの手摺りにまたがりながら発見したお礼に、男の妻から渡された二個のハイライトが握られていた。そして左手には、例の赤錆色のペンキ罐がぶらさがっていたからだ。しかしながら男がそのとき、いきなりぐいと押されたような気持ちになったのは確かだった。

男は自分の右手の中指を一本だけぴんと立てて、暫くそれを見続けていた。はじめは爪の方を眺め、それから裏返しにして指の腹の方を眺めた。そこには指紋が認められた。しかし男は指紋を見つめていたわけではない。指紋に関する知識は男にはほとんど皆無だった。したがって興味の持ちようもなかった。男はその部分に今度は親指の腹を当てがった。二本の指は、指を鳴らすときの形になったが、男はべつに指を鳴らすつもりではなかった。二本の指の腹を、二、三度押しつけただけですぐに離し、今度は、比較的弾力に富んだ中指の腹で目の前の坐机の一角をぐいと押した。男はそのようにして、ある晩一匹の虫を殺したのである。

名前のわからない黒い小さな虫だ。蟻のように見えるが、蟻ではなかった。しかし男はその虫を、その晩はじめて見たわけではない。実は妻から、虫の名をたずねられたことがあったような気がする。夕食のあとで、妻は二人の子供たちがこぼした食べもののかけらを、ダイニングキッチン用の小さな床帚《ゆかぼうき》で拾い集めていたようすだ。

「この虫なんだけど」

と、妻はしゃがみ込んで床を見つめている男にいった。

「もうだいぶ前から、このあたりをうろうろしているのよ」

男はその虫をずっと前から知っているような気がした。しかし名前はわからなかった。虫はダイニングキッチンの床の上を、流し台から屑籠の方へ向って、斜めに横断しようとしていた。赤と白のまだらに塗られたポリエチレン製の屑籠で、その真上に電話を載せた棚があった。つまり、発見されたのはちょうど三階から水が漏ってきた、天井の傷の真下あたりだ。しかしながら男は、そのことのために特別な関心をそそられたわけではない。たまたま虫はその位置を這っているとき、男に発見されたに過ぎないのではないか。つまり男はまだ、虫を話題に持ち出した妻に対しても冷淡だったわけだ。虫ぐらいどこにでもいるはずだった。しかも場所は台所なのだ。

「どうだい？」

と男は子供部屋の勉強机に向っている長男に話しかけた。

「この虫の名前を、先生にきいてみたらどうかね」

長男は男のそばにきて、床の上の虫をのぞき込んだ。

「ゴキブリの子供か孫じゃないの、これ」

「ゴキブリ?」

と流し台に向っていた妻がふり返った。

「まさか!」

「とにかく明日、学校へ持って行ってみたらどうだ?」

「こんな虫、くだらないよ、お父さん」

「しかしだね、誰にも名前がわからないんだぜ」

「それじゃあ、こうすればいいんじゃない」

「何だ、それは?」

「紙ネンドだよ」

そう答えるのとほとんど同時に、長男は手に持っていた白っぽい塊で、床の上の虫を圧《お》し潰した。虫の姿は見えなくなった。白っぽい紙ネンドの塊は、ちょうど男の拳くらいの大きさだったからだ。この場合、潰された黒い虫と拳大の紙ネンドの塊の関係は、どのくらいのものになるだろうか? その重量、その大きさにおいて、例えばこの四階建て鉄筋コンクリート建造物と男との関係くらいだろうか? もちろんこれは単純な比較だ。しかしとにかく一匹の虫を、長男の白っぽい紙ネンドはものの見事に圧殺した。平たくなった紙ネンドの底には、ダイニングキッチンの床板の目跡が凸型についていた。そしてその一点に、虫は黒い斑のような形で認められた。圧殺というより、むしろ吸い込んだというべきだろうか? 何かの間違いで餅の底にくっついた黒ゴマの一粒のようにも見える。いずれにせよ、長男の掌の中でその紙ネンドが、二、三度おむすびのように握り直されるか、あるいは何かの怪獣の形に変形されたときには、おそらくその無名の一匹の虫は、単なる黒い一点でさえあり得なくなっているはずだった。名前などはもはや問題ではない。解体？　消滅？　要するに、何もかもが、一切無くなってしまうからである。存在そのもの、というより、いったいそんな存在があったのかどうかを、疑う余地さえそこには存在し得なくなるはずだった。つまり、誰の目にも、虫はまるっきり見えなくなってしまうわけだ。

このようにしてその無名の、黒い一匹の虫は紙ネンドになるものと考えられる。もちろん紙ネンドの、一部である。一部？　もはや虫は、紙ネンド無しには考えられない。なにしろそれは紙ネンドの一部になったからだが、一方、紙ネンド自体はどういうことになるのだろう？　果たして、いまやその一部となった虫無しに、考えられるだろうか、考えられないはずだ。つまり紙ネンドに解け込んだ虫がその一部となったように、紙ネンドもまた虫の一部となったのである。そのような形において長男の白っぽい紙ネンドと無名の黒い一匹の虫は、結びついたわけだ。結びついていると は、そういうことではあるまいか。もちろん男はそのとき、自分と結びついているもののことを考えたのだった。あたかも長男の紙ネンドと虫のような形において、男と結びついているものはいったい何だろう？　その場合に男はまだ、自分を虫の立場に置いて考えることもできたのである。

しかしながら男は、やがてそのような立場を放棄しなければならなかった。蟻のように見える黒い虫は、水道の蛇口のやや下の方から、男の住居へ侵入してくるらしいことを、妻によって知らされたからだ。蛇口はステンレス流し台に向って突出しているのであるが、その鉄管が埋め込まれている白壁と、流し台とが接触しているあたりに亀裂が生じていたのである。虫はそこから這い出してくるらしかった。そして紙ネンドは、そこを塞ぐために妻が買い求めたのだった。白っぽい色が選ばれたのは、そこが白壁であったためと考えられる。男が流し台の前に立って見たとき、白壁の傷はすでに長男のものと同じ色の紙ネンドで塞がれていた。それは、やや形のくずれた歯ぐきの石膏のようにも見える。しかし果たしてその程度の防禦で充分だろうか？　それとも、そこにおいておこなわれることもまたやはり紙ネンドと虫との、結びつきであると呼ぶべきであるのか、どうか。男は考えかけたが、すぐに答えは出てこなかった。それどころではなかったのである。そのとき男にはっきりとわかったのは、男と虫とは結びついてはいない、ということだけだ。もはや男は、虫の立場に立つことは許されなかった。それが男の住居の内部へ、外部から侵入してくるものであると判明した以上、当然のことといわなければなるまい。しかも虫が侵入する場所は、他ならぬ男の住居において新たに発見された、いわば新しい傷口だったからである。

北向きの四畳半の坐机の上に這いあがってきた一匹の黒い虫を、男が中指の腹で押し潰したのは、それから数日後のある夜更けだった。何日目であったのか、男はとくに数えてみようともしなかったのであるが、重要なことはその後毎晩、男は坐机の上で同類の虫を殺し続けたことだ。つまり虫は、その後毎晩、男の坐机の上にあらわれはじめたのである。虫を殺すのは、男にとって極めて簡単なことだった。それは殺戮の方法において容易だったためばかりでなく、なによりもその理由が男にとって明確であったからだと考えられる。要するに男は、いささかも躊躇することなく、自分よりも遥かに弱いものを、最も理に叶った方法によって殺すことができたわけだ。

はじめ男は右手の中指の腹で、這ってくる虫の頭の真上を強く押して、潰した。しかし間もなくマッチ棒を用いるようになった。ただこの場合は、虫の頭ではなく胴の部分を狙うのだった。武器が中指の腹よりも細い分だけ、できる限り大きく太い目標を選ぶのは当然だからだ。それでもなお命中率は、中指の腹に較べて良かったとはいいえない。にもかかわらず男が、その後ずっとマッチ棒の武器を用い続けているのは、ある晩、虫の死骸の脇に放り出されていたマッチ棒が、あたかも強敵を突き倒した豪槍のように見えたからだ。その発見は、いわば偶然であったともいえる。拡げられた一枚のちり紙の上に、たまたま男が耳掃除に使用したマッチ棒と、虫の死骸とが並んでいただけだった。しかし男はその発見をしたとき、すぐさま虫の死骸を仰向けにすると、その顎のあたりにマッチ棒を頭の方から突き立ててみた。もちろん死骸は動かなかった。しかしながらそうしてみると、マッチ棒はちり紙の上にただ転がっていたときよりも、一そう槍らしく見えた。しかも仰向けにされたその無名の虫の、二本の触角は、あたかも高名な敵将の冑《かぶと》の、由緒ある鍬形《くわがた》ででもあるかのようだ。

頭の大きさに較べて、少々触角が大き過ぎるのではないだろうか？　しかしこの疑問も決して男の満足の度合いを小さくするものではなかった。何によらず、不釣り合いに大きなある部分が、必ずしも全体の威厳をそこなうものであると考えるのは間違っている。一匹の虫といえども同じことだ。そしてこの場合、虫の威厳の度合いは、すなわちそれを殺す男の満足の度合いに比例していたといえる。その発見以来ずっと男が、その殺戮方法を用い続けているのが何よりの証拠ではあるまいか。まず男は坐机の上を這ってくる虫の、胴のあたりに狙いを定め、マッチ棒をほぼ垂直におろした。狙いはほとんど狂わなかった。虫は這う速度を早めることはあっても、まったく予想もしない方向へ、突然向きを変えることはできないらしいからだ。それに、決して群れてはあらわれない。一匹ずつ這ってくるのが常だった。

この虫に関する知識らしい知識を、男はほとんど持っていなかったといえる。名前に限らず、時間とともにいかなる変身をとげるものかもわからなかった。小さいのは幼虫であるためなのか、それとも、そもそも蟻のように小さい虫であるのか。羽はあるのか無いのか。それともあとから生えてきて、そのときは空中を飛びまわることさえできるのか、どうか。あるいは現在通り、永久にただ這いまわっているだけの虫だろうか？　要するに何ひとつ男は知らなかった。また知ろうともしなかったのは、そのような知識が殺戮のために是非とも必要であるとは考えられなかったからだ。とにかく狙いをはずさないために必要な、歩行上の習性さえわかれば充分だった。それともうひとつだけ重要なのは、胴の部分を余り強く突き過ぎないことだ。もしも虫がそのために潰れてしまったのでは、そのあと仰向けにして、顎の下に止めを刺す楽しみが失われてしまうのである。虫を生きたままの形において葬るためのそのような配慮は、同時に虫の威厳とも無関係ではなかった。しかしながら虫を潰してしまう方法を男が避けた最大の理由は、なんといっても、虫との結びつきを、男が極度に拒絶したためといわなければならない。なにしろそれは、そもそも虫を殺戮する理由でもあったからだ。

いかなることがあっても、虫と坐机とを結びつけるわけにはゆかない。もしも余りに強く押し過ぎて虫を潰してしまったならば、あの紙ネンドとの場合のように、虫はその一部と化すことによって、坐机と結びつかないとは断言できないのである。そのような結びつきを男は最もおそれたわけだ。坐机と男とは、互いにその一部であることによって、結びついている。それ無しには一日たりとも、男は自分というものを考えることができないからだが、虫に関してはまさしく逆だった。男はそれ無しに考えられる住居を、いまや希んでいたからである。

男の坐机は、どこにでもあるような、極く平凡なテーブルに過ぎない。色もありふれたコゲ茶色だった。もちろん抽出《ひきだ》しの類もついていないが、いまやその坐机は、文字通り戦場となったわけだ。

そして男は毎晩、その戦いの場に臨んだ。すなわち、坐椅子に腰をおろして机に左手で頬杖をつき、虫があらわれてくるのを待つのである。右手を自由にしておくのは、いうまでもなくマッチ棒を駆使するためであり、また坐机の上に真新しい原稿用紙が拡げられているのは、そこに這いあがってきたところを狙って攻撃するためだった。なにしろ坐机の色はコゲ茶色だからだ。その色が黒い虫のために、カモフラージュの役割りを果すことは、大いに考えられたのである。つまりこの場合原稿用紙は、何も原稿用紙ではなくともよかった。何ごとかをそこに書きつけるためではなく、虫と戦う男のためにそれは拡げられていたからだ。黒い虫の姿をはっきりと浮き出すことのできる、真白い紙であればよいわけだった。男はそのようにして毎晩待ち続けた。つまり戦い続けたわけでもあったが、それは毎晩、虫もまた戦場に姿をあらわしたからだ。しかも習慣通り、一匹ずつ間を置いてだった。

一晩に何匹平均くらいだろうか？　男は数えてみたわけではなかった。ただ、少なくとも男が坐机の前で目ざめている間は、あたかも待ち続けている男を退屈させないためにとでもいったような間合いをもって、虫が男の前にあらわれてきたのだというふうにはいえる。もちろん男は、待っているうちに眠くなってくることもあった。しかしそれは、虫のせいであるとはいえない。要するに虫は、待っている限り出現した。そのために男は、しばしば虫から待たされているような形になったわけだ。

しかしながら虫はいったいどこからあらわれてくるのだろう？　なにしろ男の部屋はダイニングキッチンではないからだ。男の坐机は、北向きの四畳半の北向きの窓の下の壁際に押しつけられるようにして、据えつけられている。そこからダイニングキッチンへの通路は二通りあった。一つは真うしろの襖をあけて一旦あのソファーの置かれている六畳間に入り、そこから隣のダイニングキッチンへ出るものであり、他の一つは、すぐさまこの住居の出口であるドアへ通じる板の間へ、左手の襖をあけて出る通路だ。その板の間はドアの他に、風呂場、洗面所、トイレットへの通路でもあったが、同時にダイニングキッチンへも通じるという意味において、男の住居内における最も重要な部分であるといわなければならない。もちろん板の間とダイニングキッチンの間には仕切りがついていた。横に開けたてする木製のドアであるが、寒い季節以外は、ほとんど開かれたままのことが多かったようだ。このように男の住居内における通路は、至って明快なものだった。

迷路こそはあらゆる建築の華である、などといったのはいったいどこの詩人だろう？

男の住居にそのようなものは、どこにも無かった。しかしそのために、まったく欠陥が無かったということにはならない。例えば誰にでもすぐ思い当るのは、入口の鉄製の扉だ。それは男の住居への入口でもあるが、同時にその内部から外部へ通じる、唯一の通路でもある。外部への出口と、内部への入口を一つの扉が兼用していること自体は、べつに問題とはいえない。外部と内部が、すぐ隣り合わせに身をすり寄せ合っているのでなければ、もともと扉など存在するはずもないからである。したがって、男の住居における欠陥を、その通路に関していえば、内部と外部とを結ぶべきドアが、唯一つしか作られていないことではないかと考えられる。外部から侵入してくるものと、内部から逃走しなければならないものとの通路が、同一であるばかりか唯一であるというのは、明らかに不都合であるといわなければなるまい。

もちろんこの場合、まったく正反対の解釈も成り立つ。防禦すなわち内部における平和の面から考えるならば、外部から何ものかが侵入し得る通路は、文句無しに唯一つであることが希ましいからだ。この解釈にしたがってゆけば、唯一つしかない鉄製の扉は、欠陥とはいえなくなる。要するに最も防禦し易く作られた住居は、敵の侵入からは最も逃走し難い住居ということなのだ。

例えば男の住居のドアには、内側に鎖がつけられていた。もちろん用心のためだ。見知らぬ訪問者に対して内部の居住者は、まず小さなのぞき窓から確かめてみる。いわゆる臆病窓だ。しかしいまさら臆病を恥じてもはじまるまい。問題は生命の危険だった。逃亡する場合においては、おそらく犬でさえ恥をしのんで走るだろうからだ。然るにドアの内側に取りつけられた鎖が、もはや防禦の役に立たなくなった場合にはどうなるだろう？　臆病窓によって安全が確かめられたあと、入居を許可されたものがとつぜん侵入者に変化することがないとは断言できない。状況はたちまちにして変化するものであるということの、一つの実例を考えているわけだ。つまり、ドアの内側の鎖はもともと、外部からの侵入者のためにかけられていた。したがってその後も鎖はそれが使用される本来の目的において、何ら変化したわけではない。変ったのは状況であり、その変化は侵入者が、住居内に侵入したあと、その鎖をふたたび彼自身のためにかけ直すことによって、起こるのである。そのとき防禦のためであった鎖は、もはやたちまちにして危険にまき込まれた居住者の逃走を妨害する鎖となった。そのようにして追いつめられた居住者が、ついにベランダから地上へ飛び降りることは、生命の危険を意味しないだろうか？　用心のためにこそ生命の危険をおかす必要もある、という文句はやはり真実であるといわなければなるまい。なにしろ、男の住居に関してもその通りだといえるからだ。

少なくとも住居の内部に、居住するものにとってはそうだった。逃走に際しての危険と困難に対する配慮さえ怠らなければ、防禦はすべて住居そのものに委せておけばよいからだった。しかしそのような住居によって防禦されている平和のために、男は住居そのものの安泰および危険を失念してはいなかっただろうか？　男は住居によって自分が防禦されることのみを考え過ぎてはいなかったか、どうか。すなわち、住居そのものの防禦を考えてみるべきではなかったか、という意味なのだ。

住居そのものの防禦？　この問いは難問だった。男にはいまだに、坐机の上に毎晩這いあがってくる無名の黒い虫が、いったいどこから侵入してくるのか、まったく見当もつかなかったからだ。もちろん徹底的に調べ尽すことは不可能ではあるまい。男の坐机の左側の壁際には二つの洋だんすが並んでいた。右側は押入れになっているわけだが、それら左右の洋だんすおよび押入れと坐机との間の畳の上には、いろいろなものが積み重なって置かれていた。高さはほぼ坐机と同じくらいで、おそらくは紙類の堆積であったが、そのうち明らかに書物と考えられるもの以外は、もはや何ものであるのか男にもわからなくなっているのだった。また明らかに書物であることだけは判明するものの場合も、その書名まで男が記憶しているものは、数えるほどに過ぎなかったはずだ。要するに何年かの間そこに置かれっ放しだった。そしておそらく、時間とともにその堆積は、少しずつ畳の表面を隠して行ったものと考えられるが、もはや覆い隠す畳の表面がなくなった以上、次第に上へ上へと積みあげられざるを得なかったのである。

男がその堆積を、あえてこわそうとしなかったのは何故だろう？　つまり男は、それをこわすことによって、その堆積が何ものであるかを知ろうとしなかったわけだ。そのために男は、その堆積を放置した。解体することはすなわち、その堆積を知ることだからだ。その作業を男は放棄し続けていたのである。

徹底的な調査？　虫は男の坐机の左端から右へ向って這ってくるのが常だった。したがって男は、差し当ってその左側の堆積を解体すればよかったわけだ。もちろんそれだけではすまないかも知れない。少なくとも徹底的な調査とはいえないだろう。しかし徹底的な調査に、少なくとも手を着けたことにはなるはずだった。にもかかわらず男は、依然としてその堆積を放置し続けていた。男はその堆積を解体することによって、何ごとかを知ることをおそれたのだろうか？　しかしダイニングキッチンの天井の傷に関しては、男はわざわざ公団事務所まで、調査を依頼に出かけたのである。公団の女事務員は丁寧だった。調査にあらわれた二名の係員の物腰も柔かだった。そのうち一名は三階の主婦のところへ昇ってゆき、男は風呂場の敷居についての説明もきいた。そして男は認め印を捺し、二名の係員は立ち去った。しかしその調査によって、何かが明らかにされただろうか？　男には何一つよくわからなかった。

いったい男は、認め印によって何を認めたのだろう？　思うに、それは、調査による解決の不可能をではなかったかと考えられる。つまり男は知ることをおそれたのではない。外部から侵入してくるものとの関係においては、もはや調査あるいは交渉による解決は希むべきではあるまいことを、知ったのである。つまり残された方法は次の通りだ。

すなわち男の内なる悟性によるか、それとも外へ向う一方的な圧力によるか？　〈悟性〉、然らずんば、〈圧力〉！　たとえ男が調査あるいは交渉による解決の不可能を知ったとしても、外部そのものとの関係を完全に放棄することが、男に許されたわけではないからだ。水漏れの場合も、虫の場合も同じだった。

もちろん男が考え続けていたのは、虫の通路だ。しかしながらその通路は、暗闇の中の迷路だった。そしてその迷路の果てに、虫が男の住居に侵入するために必要な、住居の傷口があるはずだった。その傷口は見えなかった。どこにあるのかもわからない。しかし虫は男の部屋へ向って毎晩侵入してきているのだ。そしてそれが、ダイニングキッチンの天井の傷からでもなく、また、できそこないの歯ぐきの石膏のような白っぽい紙ネンドで、すでに塞がれている流し台の前の白壁の傷口からでもないとすれば、男の目には見えない第三の傷口からであることは確かだ。

いったいどこにあるのだろう？　紙類の堆積には何一つ変化は見られなかった。しかし男は、どこからともなく発せられるその問いがきこえる度に、左右両脇の堆積に挟まれた坐机の前で、ただじっと両目をつぶってみるだけだった。とにかくそうしている間は、果たしていつ発見されるのか見当もつかない第三の傷口が、目をつぶった男の、意識の迷路の暗闇の向うに見えたからだ。

R県の社会教育課からはその後、電話はかかってこなかった。はじめの電話がかかってから何日くらい経ったのだろう？　男にはすでにわからなくなっていた。確か一週間までは数えたようだが、そのあとは数えなくなっていたのである。つまり男が二度目の電話を気にしていたのは、はじめの一週間だけだった。たとえレポートは無期限であるとはいえ、何らかの形で二度目の電話はかかってくるのではあるまいか。なにしろ男は、その間じゅう絶え間なく住居について考え続けていたといえるからだ。少なくともその内部に関して男は、ありとあらゆる問題を考え抜いたといえる。ほとんど表にも出なかった。男が、その唯一の外部への通路である鉄製の扉を通るのは、一日に三度、それもほんの短い間隔で往復するだけだった。三度のうち二度は、ただドアを出て、二階から一階までコンクリート階段を降りてゆくだけだったからだ。階段の昇り口にあるスチール製のポストへ、午後配達される郵便物と、夕刊を取りにゆくためだった。あとの一度は、焼却炉へ屑籠を持って出かけるわけだが、これは第一回の電話によって、とつぜん男が指名されてからはじめた習慣といえる。そこが、住居の内部と最も密接に関係している外部ではないかと考えたからだ。つまり住居の内部を考えるためには、是非とも知るべき外部だった。

ブロック塀で囲まれたR団地の焼却炉は、一棟おきの偶数番号四階建ての端に設置されていた。したがって、奇数番号棟の居住者である男は、棟と棟の間の芝生を横断するか、あるいは正規の舗装道路を迂回するとしても、とにかくそれだけの距離を焼却炉まで歩くことになるわけであるが、男がそこに発見したのは、外部というよりも、内部の廃墟だ。すなわち、ベッド、テレビ、洗濯機、茶簞笥、テーブル、椅子……等々。つまり住居の内部にあるもののすべてが、そこには放り出され、あるいは積み重ねられていた。少なくともそれらは、内部にあるべきベッドであり、かつて内部にあったテレビだからだ。

その発見以来、もう一つ新しく男の身についた習慣は、午前十一時の起床だった。起きあがると男はまず、坐机の脇の屑籠をさげてダイニングキッチンへあらわれ、その中に貯ったものを、電話機の下のポリエチレン製の屑籠に移した。それからちょっと子供部屋をのぞいた。もし長男の勉強机の下のブリキ製の屑籠にも何かが貯っていれば、それも一しょにまとめて焼却炉へ出かけてゆくわけであるが、その時間を十一時過ぎと決めたのは、十二時を過ぎると公団の清掃車があらわれるからだ。

清掃車？　あるいは埋葬車と呼ぶべきかも知れない。とにかく一台の大型トラックが焼却炉の脇に横づけになった。もちろんそこに放り出され、積み重ねられて氾濫しつつある、内部のあらゆる廃物をどこかへ運び去るためだった。いったいどこへ葬るのだろう？　とにかく、男が出かけてゆく十一時から十二時までの焼却炉は、一日のうちで最も内部の廃墟としての本質を露わにしていたのである。本質だけでなく同時にその時間においては、その場所の実態と全貌がさらけ出されていたといえる。男はほとんどの場合、そこで一、二度唾を吐いた。あるとき男の吐いた唾は、一匹のドブネズミの頭上に落ちた。にもかかわらずそのドブネズミは、男の足元にあった扇風機のそばを、動こうともしないようすだ。もちろんネズミは死体ではなかった。しかも一匹だけではなかったのである。そのとき男の目に入ったものだけでも、そうだった。いったい猫は何をしているのだろう？　この場合はしかし、何を？　ではなく、どこに？　というべきかも知れない。公団の規定によって居住者たちは、猫を飼うことを禁じられているからだ。鉄筋コンクリート建造物である公団の住居においては、ネズミは絶対にその内部へは侵入できない、と考えるからだろうか？　しかし現実には、頭上に唾を吐きかけられても動こうともしないネズミが、すでにいたのだ。何か予想もつかぬ危険がとつぜんふりかかってこないと、誰に断言できるだろう？　少なくとも、どのような予想もつかぬ事態が発生したとしても、誰にも文句はいえないことだけは確かだった。

　考えることに疲れると、男は六畳間のソファーにごろりと仰向けの姿勢で寝転がった。そしてそのまま、暫くの間眠り込むこともしばしばであったが、一日の主要な時間をこのようにして過ごす男の生活を、何か特殊なものであるかのごとくに考えるわけにはゆかない。神経の疲労、消耗の度合いを例にとってみても、それははっきりするのではあるまいか。住居のために男が日夜費し続けている神経の疲労、消耗の度合いは、決して少な過ぎるとはいえない。不安においてもまた然りであるが、果たしてそのような男とは別の、他のいかなる生活が、それ以下の神経の疲労、消耗の度合いで成り立つだろうか？　それ以下の不安を抱くことなしに過ごすことのできる、他のいかなる生活が想像できるだろうか？　要するに男が日夜このような形で費し続けている神経の疲労、消耗の度合いは、決して他の生活に較べて、特別なものであるとはいえないのである。それに伴う当然の不安も、男以外の他の生活の場合と特に異っているとは考えられない。R団地に居住する七千世帯から選ばれた七十名の報告者の中に、男が加えられていることを見ても、男の生活が何ら特殊なものでないことは明らかなはずだ。

確かに男が、極端に住居の内部にとじこもり過ぎているのではないか、ということはいえる。男もそのことをぜんぜん考えてみないわけではなかった。実さい、とつぜんの電話で報告者に指名されたあと、どこかを訪問してみようかと幾度か考えたのも事実だ。妻に相談すれば、R団地の中にも、男が訪問することのできる家庭は何軒かはあるはずだった。しかしながら男は、妻に相談するのは取り止めにした。したがって、結局はどこをも訪問しなかった。団地である以上、他の家庭を訪問しても同じではないかと思い直したからだ。要するに住居に関する限り、男は常に他人の住居の内部にいるようなものだった。それに何より、男は住居の内部のすべてを、すでに知り尽してしまったといえるだろうか？　ダイニングキッチンの天井の傷からはその後、水は漏らなかったようだ。赤錆色のペンキで錆び止めされた手摺りも、いまは元通りにダークグリーンのペンキで上塗りを済まされている。しかしながら名前のわからない黒い虫が、男の部屋に侵入してくる通路は、いまだにわかってはいなかった。つまり男の住居における、目に見えない第三の傷は、依然として坐机の前で両目をつぶったときの、男の意識の迷路の暗闇の向うに見えるだけだ。

はっきりしていることは、唯一つだった。住居はすでに男の一部だ。同時にもちろん、男は住居の一部でもある以上、一日たりとも男が住居を離れて自分を考えることなどできないはずだ。そのようにして男は、日夜、住居とともに生活していた。そしてその住居が傷つきはじめているいま、どうして男だけが傷つかないまま生きていられようか。なにしろ男は、そのような形において住居と結びついていたからだ。

R団地において七十名の報告者に指名された居住者のうち、受諾の名乗りをあげたものは一人もいなかった。少なくとも誰にもわからなかった。しかしそのことは男にとって、べつだんふしぎなことであったとはいえない。受諾の名乗りこそあげなかったが、男はもはや指名を受諾していたからだ。そして、そのとつぜんの電話による指名を男に受諾させたものが、住居と男とを結びつけている傷であることも、男にはすでにわかっていた。二度目の電話はかかってこなかったようだ。しかしながら男にとっては、もはや電話の必要は無かったともいえる。もちろん報告書はまだ一行も書かれてはいないが、期限などはもともとなかったわけだからだ。

（「文藝」一九七〇年八月号）

結びつかぬもの

窓側の乗客がお茶で火傷を負ったのは、横川駅で買い求めた釜飯弁当を食べはじめたときだ。男の方はふつうの幕の内だった。男は旅行好きとはいえない人間だ。旅行嫌い？　それとも旅行の不得手な人間というべきだろうか？　しかしながら男もその駅の名物弁当を知らなかったわけではない。したがってホームへ降りてゆくにはいったが、釜飯弁当売場のまわりは余りの人だかりであったため、諦めたのだった。諦めた男が列車に戻ろうとすると、向うから売りにきた幕の内弁当屋に出会った。

窓側の乗客が釜飯弁当とお茶を買い求めて席に戻ってきたとき、男はすでに食べはじめていた。それは横川の幕の内ですか？　とは窓側の乗客は訊ねなかった。男が逆に何かを訊ねたいような気持ちになったのはおそらくそのためと考えられるが、そのまま幕の内を食べ続けた。旅行と名の付くものをほとんどしない人間であるにもかかわらず、男は通常駅弁と呼ばれる幕の内弁当を好んだ。それともあるいは、男が余りにも旅行をしないせいだろうか？　男は動かしていた割箸を一旦停止させて弁当箱の中へ突っ込み、足元に置いていたお茶の瓶を右手で持ちあげて、戻ってきた乗客を窓側の席へ通した。列車はまだ発車していなかった。何々式とか呼ばれる機関車に取り代えているのだろう。何式だろう？　その機関車とレールの模型を男はこの駅のホームの改札口附近で見たことがあった。にもかかわらずその名称をすでに忘れてしまっているのは、男がやはり旅行好きとはいえない人間であることの証拠とも考えられる。実さい幕の内を食べているときも男は機関車のことは忘れていた。弁当がまずかったからではない。もちろんうまかったからでもない。あとどのくらい眠さに耐えなければならないだろうか？　上野駅で乗車したときから男はそのことばかり考え続けてきたといえるからだ。

機関車の取り代えが終り、列車が発車して窓側の乗客が釜飯弁当を食べはじめたとき、男はすでに幕の内を食べ終っていた。男は食べがらを紐でくくると座席の下へ落とすべきかどうか、ちょっと迷った。グリーン車にはトラッシュ・ボックスが備えつけられていることに気づいたからだ。男は席から立ち上った。どうせ眠さには耐えなければならないのだ。男はちらりと窓側の乗客の方をうかがった。それから左手に幕の内の食べがらを持ち、右手に足元のお茶の瓶をぶらさげると、走っている列車の通路を出口の方へ歩きはじめた。半透明のポリエチレン製のお茶瓶だった。トラッシュ・ボックスはグリーン車のドアを出た、洗面所の近くにあるはずだった。しかしながら男はそこへお茶を飲むために出かけるのではない。さし当ってお茶の瓶をどこへ置くべきか考えつかなかったからだ。窓際には男の茶瓶を載せる余地は見当らなかった。すなわち、窓側の乗客のお茶、釜飯弁当のまるいざらざらした素焼の蓋、喫茶店用の小型マッチ箱に似ている香物皿、手帳らしきものとその上に重ねられた煙草ケース……それらのものが一列に並べられていたのである。それらはあたかもきちんと、あるべきものがあるべき場所に整理された他人の家の棚のように見えた。

幕の内の食べがらをトラッシュ・ボックスに投げ込んだあと、男はお茶の瓶を洗面所の棚に載せ、紙コップで冷たい飲料水を三杯たて続けに飲んだ。それからトイレットに入り、ふたたびお茶の瓶をぶらさげて指定席に戻ってきた。着席した男は一旦ポリエチレンの茶瓶を、もとの通り足元に置いた。しかしすぐに針金の部分に右の人さし指をひっかけ、そのまま右肘を肘掛けにもたせかける姿勢をとった。コーラの空罐が一個、通路を転がってきて男の右足にぶつかったからだ。右の人さし指に茶瓶をぶらさげたまま、男は足を使ってコーラの空罐をシートの下へ押しやった。そのすぐあとに、窓側の乗客のお茶がこぼれた。汽車が登り坂にさしかかったためだ。

「最近の駅弁のお茶はぬる加減だったんだがなあ」

と窓側の乗客はいった。そのことばを発する前に彼は何かいっただろうか？　煙草ケース、香物皿、釜飯弁当の蓋などとともに窓際に並べられていた茶瓶が倒れたとき、短い叫び声が彼の口から洩れたのは確かだ。しかしながら叫び声、あるいは悲鳴というには余りにも小さな声だった。おそらくそれは彼がたまたま釜飯の一口を頬張っていたためばかりではなく、このような場合に努めて冷静に振舞うことのできる人間であったためと考えられる。特に汽車の中ではそうなのではあるまいか。窓側の乗客は男より十歳ばかり年長者に見える。そしてそれ以上に、数倍あるいは数十倍、男よりも旅行慣れしているように見えたからだ。つまり彼は旅と結びついた人間だった。すなわち列車は彼の一部であり、同時に彼はその列車の一部だった。窓側の乗客はそのような形において、旅と結びついていたのである。

座席の前、つまり前列のシートの背に取りつけられた小物入れの網袋。そこには彼が先刻まで眺めていた住宅設計図集と時刻表が差し込まれている。また幾つかの角度に変化する脚台には、靴下をはいた足が載せられていた。それから網棚、手帳や煙草ケースその他が整然と一列に並べられている窓際および通路。それらすべてのものと彼との結びつきを、男はすでに充分知らされていた。窓側の乗客と男とを隔てているのは、他ならぬその結びつきだったといえるわけだ。

窓側の乗客のお茶は、男のシャツの左腕とズボンのポケットのあたりを少し濡らした。左の手の甲には二、三滴の飛沫がかかった。男は腹を立てるべきだったろうか？　熱い！　と表現しなければならない程の時間ではなかった。時間？　もちろん熱さの感覚が走り過ぎる時間だ。当った瞬間にそれはもはやどこかへはね返って、見当らなかった。熱い水滴（？）ではなく、ほんの飛沫であったが、腹を立てる理由にならないとはいえないからだ。また、少々であるとはいえこぼれたお茶は、シャツの左腕とズボンのポケットのあたりを濡らしたにもかかわらず、窓側の乗客は次のように感想をのべたからだ。

「しかし、人間の皮膚なんて弱いもんですなあ」

一旦釜飯を中断した彼は、食器を合わせた両膝の上に載せ、ハンカチで手の甲と手首のあたりをおさえていた。いわば、当然の仕草だ。しかしながらそのとき窓側の乗客がのべた感想に対して、男に次のような返事をさせたものは何だろう？

「いや、お湯にあっちゃあかないませんよ」

「そう……」

窓側の乗客はちらりと男の顔をのぞき、口を歪めてちょっと笑った。安心したのだろうか？　しかし彼は、あたかもいま見せた自分の小さな笑いがそうではなかったことを男に知らせようとでもするかのように、ただちに腰をかがめて足元のボストンバッグのチャックを開いた。男はほとんど反射的に頭上の網棚を見上げていた。そこにも確か男自身の二つのボストンバッグとともに、彼の荷物が載せられているはずだったからだ。網棚に載せられていたのは、四角い中型の旅行鞄と包装紙にくるまれて重ねられた土産物らしい箱類だった。要するに汽車の中で当座は必要としないものだ。窓側の乗客と旅との結びつきはそこにも明らかにあらわれていた。しかしながら男がそのとき網棚をふり仰いだのは、すでに充分知らされ尽されたそのような結びつきを、あらためて確認しようとしたためではない。窓側の乗客のボストンバッグが、腰をかがめただけですぐに手のとどく場所に置かれていたことに、おどろきをおぼえたためだ。立ちあがって網棚から降ろしたのでない以上、それははじめからその位置に置かれていたはずだった。男は一つ、小さな溜息をついた。男が網棚から目を戻すと、すでに窓側の乗客はボストンバッグから取り出したらしいチューブ入りの薬を手の甲に塗りはじめていたからだ。何という男だ！　そのとき車掌がうしろから通路を通り過ぎていった。検札ではないらしい。

「薬を持ち合わせておられてよかったですね」

と男は通り過ぎてゆく車掌のうしろ姿を見送りながらいった。そして、もし窓側の乗客が大火傷をしたのであれば、あの車掌に頼めばよかったわけだ、と気づいたようだ。大火傷？　いや、もし彼がボストンバッグの中にいかなる薬をも用意していなかったならば、だ。すると男はとつぜん、通路を過ぎ去ってゆく車掌に声をかけて呼びとめたい欲望にかられた。もしもし、隣の方がお茶をこぼして手に火傷をされたのですが、何か薬の用意はありませんか？

「車掌を呼びましょうか？」

と取り出した薬を塗っている窓側の乗客に、男はいった。

「何か、火傷用の薬が用意されているはずですよ」

「車掌？」

と窓側の乗客はきき返した。しかしそのままていねいに薬を塗り続けた。

「お湯の火傷は痛みますからね」

「火傷には、このキシロが一番です」

結局これが、窓側の乗客の最後の返事だったようだ。返事？　男はちょっと考え迷った。なにしろお茶をこぼしたのは窓側の乗客だったからだ。

「横川駅を発車したとたん、急に登り坂になりましたからね」

と男は、お茶をこぼした乗客の、きちんと合わされた両膝の上に載せられたままになっている釜飯を、ちょっとのぞき込むようなつもりでいった。しかし釜飯の蓋は、ぴたりと閉じられていて、中身は見えなかった。いったいいつの間に閉じられたのだろう!?　男にはわからなかった。しかしながら釜飯の蓋によって示された拒絶の意味は明白だった。

火傷？　登り坂？　そのようなものによって、この列車、この座席と窓側の乗客との結びつきは消滅するものではない。この結びつきをもし破壊したければ試みてみるがよい。合わされた両膝の上に載せられた釜飯弁当の蓋は、あたかもそのような窓側の乗客の意志のごとく、ぴたりと閉じられ、男との結びつきを拒絶していたのである。

「ずい分急な登り坂だったんですね」

と男は閉じられている釜飯弁当の蓋を見ながらもう一度話しかけた。

「なにしろコーラの空罐が転がってきたんですから」

男はそういってふたたび釜飯弁当の、閉じられている蓋を見つめた。まるいざらざらした素焼の蓋だ。とつぜん男はその蓋に手をのばしたい欲望にかられた。もちろん閉じられている蓋を開くためだ。そのとき男が求めたものは何だろう？　窓側の乗客との結びつきだろうか？　あるいはあたかもその蓋と釜の部分のごとく、窓側の乗客が分かちがたく結びついている何ものかの破壊だろうか？　男はその左手の欲望に耐えようとした。なにしろ右手にはさっきからポリエチレンの茶瓶がぶらさがったままだからだ。そのことに気づいたとき、男はまるで恥でもかかされたように、にわかに顔じゅうが火照るのをおぼえた。恥？　そうではなく、男が顔面にとつぜんおぼえた火照りはおそらく、眠気のためではないかと考えられる。男は窓側の乗客との結びつきに気を奪われ、そのために肝じんの眠気を忘れ果てていたのだ。そのとき男が何よりも求めていたのは、他ならぬ眠りとの結びつきだった。男は昨夜ほとんど眠っていないからだ。にもかかわらず男はそれを忘れかけていた。その忘れられた眠りの逆襲だった。

そもそも男が第一義的に結びつくべきであったところの眠りを、男に忘れ果てさせたものは何だろう？　男は三たび、釜飯弁当の、まるいざらざらした素焼の蓋を見つめた。窓側の乗客は旅行者用の小さな革製のケースに、塗り終ったチューブ入りの薬を仕舞い込むところだった。したがって両膝の上にきちんと載せられた釜飯弁当の蓋は、やがて間もなく、その彼の手によって開かれるであろう。

男が窓側の乗客に話しかけたのは誤解からだった。指定席の座席をまちがえたのだ。

六号車10—C。

それが男の着席すべき指定席の番号だった。東京駅始発の特急列車が上野駅のプラットホームに到着するや否や、男は六号車に乗り込んだ。男はあわてていたわけではない。なにしろ男が立っているのは、もはや全席指定のグリーン車の通路だったからだ。男はただ、一刻も早く腰をおろしたいだけだった。両腕にぶらさがっているボストンバッグもろとも、われとわが身を指定された位置に放り出したかっただけだ。

10―C、10―C、10―C……

Cのつく座席が通路の向って左側であることはすぐにわかった。しかしながら男は、男のために指定されている10―Cの座席が、当然窓側にあるべきものとはじめから信じ込んでいたわけではない。ABCDの座席は通路の両側に、二つずつ設けられているわけだからだ。にもかかわらず男が、あたかも列車内のすべてを知り尽している車掌ででもあるかのように、いきなり窓側の乗客に向って次のように話しかけたのは何故だろう?

「おそれ入りますがその席を替っていただけませんか?」

誤解? それとも錯覚と呼ぶべきだろうか? いずれにせよ男はまちがえたわけだ。実さい、何かのまちがいででもなければ、そのときの男は到底他人に話しかけるような状態ではなかったと考えられる。上野駅のプラットホームにたどり着いたとき、男はほとんど吐きそうだった。男は二日酔であり、その当然の結果としての睡眠不足であったが、何かの病気ではないかと考え込まずにはいられなかったほどだ。八月半ばの炎天下の午後だった。しかも男の両腕には二個のボストンバッグがぶらさがっていた。もちろん中身はすべて必要なものばかりだ。したがって男は、それら二個のボストンバッグとともに行動しなければならない。男はボストンバッグから逃げ出すわけにはゆかなかった。両腕にぶらさがるその重荷に、耐え抜かねばならぬ。二個のボストンバッグを放り出すときは、すなわち男自身をも放り出すときでなければならないはずだ。

上野駅までの地下鉄の中で、男はひと眠りするつもりだった。ふつうならばそれは当然可能な時間だったからだ。にもかかわらず男は坐ることさえできなかった。夏休みなのだ。団地駅から上野までは地下鉄で約三十分だった。男は電車の進行方向に向って左側のシートの、ドア寄りの座席の前に立っていた。日ごろから男は、地下鉄に乗り込むとまずその座席を目で捜すのが常だった。進行方向に向って左側のシートの右端。それとも左端だろうか？　その座席に着席したものにとっては右端であり、その前の吊り革につかまって見おろしているそのときの男にとっては左端に当る。そこに着席したものはその右腕を彎曲した鉄製の手摺りにもたせかけることができる。要するに、居眠りをするには最も適した座席なのだ。

男の左手は吊り革にぶらさがり、男の右手にはボストンバッグがぶらさがっていた。もう一個のボストンバッグは右脚の足元に置かれていた。座席ばかりでなく網棚の上にもまったく余裕は見当らなかったからだ。男の目の下には父親らしき男が坐っていた。男が最も着席したかった席だ。父親らしき男は、そこに着席して居眠りをするときの男と同じように、右腕を彎曲した鉄製の手摺りに預けていた。しかしながら彼は眠ってはいなかった。眠るどころか父親は傍の子供のために注意深く醒めていたといえる。まずその左膝は垂直に立てられており、靴の爪先は床に置かれた男のボストンバッグがそれ以上座席の方へ侵入しないよう、しっかりと床上でボストンバッグに対峙されていた。それは滑り止めの楔《くさび》のように何かを防禦していた。地下鉄の車輌は確かにときどき横揺れした。したがって床上のボストンバッグがずれることは大いにあり得ることだ。男の右手にぶらさがった方は、更に揺れが大きいはずだった。父親の左手が軽く握られた形で膝のあたりに置かれているのは、その揺れのためにとつぜん襲ってくるボストンバッグの攻撃から、左隣の子供の顔面を守るためと考えられる。つまり父親は男が居眠りをしたいと希《のぞ》んでいた座席において、醒めているのだった。そのような父親によって注意深く衛《まも》られている男の子は、おそらく小学生だろう。一年生か二年生。子供は両親に挟まれていた。母親は膝の上で子供用の麦藁帽子と女ものの鍔広の白い帽子を重ねていたが、その目はやはり男のボストンバッグに注がれていた。三人は海へ出かけるのだろう。男も子供を妻との間に挟んでこの電車に乗ることはあった。これからもまた乗るであろうが、男の場合、子供は二人だった。小学校三年の長男と間もなく四歳になる長女だった。しかしながら男はそのとき、このように注意深く醒めていただろうか?

男は思わず前歯を喰いしばった。思わず? あるいは男は、もうずっと前から前歯を喰いしばっていたことにそのときようやく気づいただけかも知れない。いずれにせよ男はそのとき、右腕に間もなく四歳になる長女の重みを感じたのだった。ぶらさがってくるもの。男が団地の二階から出発するとき長男の姿は見えなかった。夏休みの水泳教室に出かけたという。お父さんが出かけるというのに、と妻はいった。男はその妻のことばを無視するように、故意に口をあけてあくびをした。

眠い! しかしながら男は起きて出発しなければならない。妻とともにバス停留所まで送ってきた長女は、男の腕にぶらさがった。男はポパイのように腕を曲げて、長女をそこにぶらさがらせた。妻は顔見知りの団地の主婦に頭をさげていた。ご旅行? ええ。お忙しそうですわね。お父ちゃんお土産買ってきてちょうだいね。男は前歯をかたく喰いしばった。こんどは意識してそうしたのだった。間もなく四歳になる長女と右腕のボストンバッグとは果してどちらが重いだろう? ボストンバッグの中身は一週間分の衣類下着類の着換えだった。その他何冊かの書物および薬類の小瓶等であったが、どうしてこれ程までに重たく感じるのだろう？

上野駅は次第に近づいていた。あと二駅くらいだろう。つまり男はすでに二十数分間、ボストンバッグをぶらさげたまま歯を喰いしばり続けていたことになる。もちろん男は無言だった。にもかかわらず男の顎はあたかも二十数分の間他人と喋り続けでもしたかのように、だるく重たくこわばっていた。睡眠不足とこの顎のだるさとが無関係でないことは確かだ。

男が半病人のようになったのはいつごろからだろう？　男にははっきりわからなかった。もう何年も以前からだったような気もする。つまりそれを思い起こすためには、過去と呼ぶべきさまざまな時間の堆積を、あたかも積みあげられた古いがらくたの山から何かを捜し出すようなやり方で解体せずには思い起こせないような気もすると同時に、つい昨夜からそうなったのではあるまいかというふうにも考えられる。男はそのことをどうしても考え抜いてみようとは思わなかった。ただ現在の自分をいかにも半病人と呼ぶにふさわしい人間と考えただけだ。

半病人的人間？　男は決して病人ではない。病人が両手にボストンバッグをさげて歩くだろうか!?　地下鉄をおりると、大衆食堂、中華そば店、理髪店その他の臭いの混り合ったむし暑い通路が続いた。男は歯を喰いしばってその通路を歩かなければならない。地下鉄を降りたところが、すなわち通路の内部である以上、そうする以外にその通路の外へ出る方法は見出せなかったからだ。男は両腕にぶらさがるボストンバッグの重みとともに、通路を脱出すべく通路を歩かなければならなかった。

男は急がなければならなかった。べつだん急ぎたいわけではなかったのであるが、そうする必要が男にはあったからだ。

男は上野駅から特急列車に乗る必要があった。そして定刻に発車するその列車の中で男が着席すべき座席はすでに決定されていた。男は発車時刻までに、その定められた座席に着席しなければならないからだ。

男に見えるのは、ただ地下道の汚れた敷石だけだった。しかしながらそこには生きている人間の脚が絶え間なく動き続けていた。死んでいるものは誰もいない。身を投げ出しているものの姿も見えなかった。通路の中では誰も彼もが歩いているかさもなければ何かを食べているようすだ。理髪店だけは別かも知れない。通路の中の理髪店へ男は確か一度入ったおぼえがあった。あのときも男は眠りを求めていたのではあるまいか。居眠りをする場所としての理髪店の調髪台。思えばそれは極楽浄土みたいなものだ。もっとも、果してその通路の中の理髪店が極楽浄土であったか、どうか。入口と書かれた扉から入った男は、前金を払うと下足札のような紙片を手渡され、またたく間に別の出口からふたたび通路に出てこなければならなかったような気もする。なんという床屋だ！　それともあのときもやはりある時間とある時間との挾み撃ちの中で、あわただしく鬚を剃っただけだったせいだろうか？　もしそのとき理髪店自体が、あたかも通路の一部ででもあるかのように感じられたとすれば、あるいはそのためだったとも考えられる。しかしながら、いずれにせよそのときは理髪店の中へ、少なくとも足を踏み入れる余裕だけはあったわけだ。

とつぜん激しい子供の泣き声が男の耳に入ってきた。もちろん通路の中ではそれまでも何かのもの音がしていなかったわけではない。理髪店や大衆食堂や中華そば店等の臭いのように、さまざまな騒音もまた混り合っていたはずである。その中に男の足音も混っていた。それはおそらく灰皿の縁へ這い上ろうとして身をもがいている一匹の黒い小虫の足摺りの音のようなものだったろう。確かに通路は少しずつ昇り勾配になりかけていたが、男はその通路の舗装された敷石を落伍寸前の登山者のようにあえぎながら登り続けていたからだ。子供の泣き声はそのような男の耳にとつぜんとび込んできたのである。子供の姿は見えなかった。また母親の姿が見えないのも、男に見えるものがただ自分の足下だけである以上、当然のことといえるが、泣き声が女の子らしいことは男にもわかった。しかし何故泣いているのかはわからなかった。

何故だろう？　あやうく男は両手をボストンバッグから離しそうになった。お昼寝したくないよう！　眠たくないよう！　と繰り返しながらある日の午後、泣き喚いていた長女の泣き声をとつぜん思い出したからだ。お昼寝したくないよう！　眠たくないよう！

長女は泣きながら地団駄を踏んだ。そのとき妻は男の顔へ目をやってから、長女に気づかぬよう横を向いておかしそうに笑った。妻は両手を口に当てて笑っていた。もちろん長女が本気で、全力をふり絞って泣き声をあげているからであったが、男は笑い出さなかった。羨ましさの余り笑い出すことができなかったからだ。羨ましい？　あるいは余りにも信じ難かったためかも知れない。地下道の中の女児の泣き声はなおも続いた。何という滑稽なる衝撃だろう！　しかしながら男が、そのときとつぜん男と眠りとの結びつきを何ものかによって妨害されでもしたような憎悪をおぼえたのは事実だった。妨害？　確かに男と眠りとの結びつきは妨害されていなかったとはいえない。両腕にボストンバッグをぶらさげた男は、すでに眠っているわけにはゆかないにもかかわらず、眠りとの結びつきを求める男の欲望はいまだ断ち切られてはいなかったからだ。

そもそもこのような生活がいつからはじめられたのだろう？　いったい男はいつからこのような生き方を続けてきたのだろう？　少なくともそれは、男がこの地下道に入り込む前から続いていることは確かだった。男は前歯を喰いしばった。何という眠い地下道だろう！　しかしながら男はその地下道を通り抜けなければならない。しかもそれは、他ならぬ男と眠りとの結びつきを妨害している男自身とともに、だった。男が地下道を通り抜けなければならないのは、上野駅を定刻に発車する特急列車に乗るためであったが、その列車の指定席券を買い求めたのは男自身だったからだ。三たび、地下道の中で女児の泣き声がきこえた。男はこんどは両目をかたくつぶった。するとあたかも涙のようにその両目から汗が流れ落ちた。お昼寝したくないよう！　眠たくないよう！　しかしながら男は両手で耳を塞ぐわけにはゆかなかった。何という眠い地下道だろう！　男は両腕にぶらさがっているボストンバッグの手を、力まかせに握りしめた。あたかも飢えた人間が空の食器を摑むように！

しかしながら男は、果して眠りに飢えてきた人間といえるだろうか？　この問いは単なる男の内部における自問だけとはいえなかったようだ。

「お前さんにとって眠いということは、何か特別な意味合いを持つものなのかね？」

そう男は、昨夜も知人の一人から問われたばかりだったからだ。

「特別な意味合い？」

「そうだろうじゃないか。お前さんがあたかもジョークのように連発する、眠い眠い、というその眠気は、例えばチェホフの小説の主題とはまったくちがった意味を持っているわけだろうからね」

「確かに『ねむい』という短篇があったな」

「読んでいないのかね？」

「読むことは読んだような気がするんだが」

「要するにチェホフの『ねむい』の眠気は、飢えだよ。あの、夜通し泣き続ける赤児を絞め殺して眠りこける子守女の、飢えとしての眠気だということができる。その飢えを癒すために赤児を絞め殺した子守は、つまり赤児を食べてしまったのと同じことなんだからな」

「まことにチェホフらしい凄味のきいた話だな」

「傑作だよ、もちろん。ところでおれの質問の意味はわかったんだろう？」

「わかった」

「じゃあ答えをきかせてもらおうか」

「答えは君にまかせる。なにしろこのおれを眠り男と名づけたのは君だからな」

「それじゃあ何だ？　本気で、ジョークのつもりでいってるわけじゃないだろうからな」

「まさか！　ただおれの眠い眠いは、チェホフのように明晰な形では表現できない、という意味ですよ」

「なんだ。お前さん、チェホフに向って皮肉をいっているつもりかね？」

「まさか！　仮にもし皮肉をいったとしても、チェホフ程はっきりした皮肉は、もはや成りたたんだろう。そんなことはもちろんできない」

「ふーん。一度医者に見てもらったらどうだ？」

「蛇というのは冬の間じゅう眠りっ放しなのかね？」

「蛇も蛙も、眠るのは冬の間だけさ。いまごろ眠っている奴はどこにもいない」

　男は昨夜、どのくらい眠っただろう？　男は昨夜、蛙の鳴き声をきかなかった。男の住んでいる団地はかつて田圃だった。つまり蛙たちの棲家だったわけであるが、蛙たちはコンクリートによって隈なく舗装された縦横千二百メートルの団地の外側へ締め出されたわけだ。やがて彼らはさらに追いつめられてゆくことだろう。なにしろ現在の蛙たちは、団地へ向って田圃の向う側から徐々に接近してきつつある新興建売住宅街との挾み撃ちにあった形の田圃の中で鳴いているからだ。男の住んでいる団地の人口は約二万人だった。果して蛙とどちらが多いだろうか？　夏の間じゅう男は、その蛙たちの鳴き声をきき、蛙たちが鳴きやむころ、男も眠りにつくのが常であったが、昨夜その声をきかなかったのは、知人と夜通し酒を飲んでしまったからだ。

　重大な用件は何もなかった。翌日、旅行へ出発することを忘れていたわけでもない。知人と酒を飲む約束をしたのは、むしろ翌日から約一週間旅行をするというのが理由だったとさえ考えられるからだ。チェホフの話のあとは蛇の話になった。男を眠り男と名づけた知人は蛇にくわしい人間だった。あるいは男が知人と酒を飲んだのはそのためだったと考えるべきだろうか？　理由は翌日からの旅行ではなく、何日か前、男がたまたま蛇に出会ったためだったかも知れない。何日くらい前だっただろう？　男は団地の北側の田圃道で蛇に出会った。しかも二匹だ。男は稲の生えていない田圃に立てられた立札の前に立ち止っていた。

〈稲作調整実施田〉？　その下に面積と許可番号をあらわすらしい数字が記入されていた。男がその種の立札を見たのははじめてだった。しかしながら稲の生えていない田圃に立てられたその立札の意味を理解するのは、さほど困難なことではあるまい。男は新聞記事に極めてうとい人間だった。乱視のせいだろうか？　男は確かに乱視だった。しかしながらそれが男と、他の日本人たちとを明瞭に区分する特性であるとは考えられない。男は相当に強度の近視および乱視の眼鏡をかけてはいたが、それはいわばどこにでもありふれた日本人の男の顔だ。したがって男は、ほとんどの場合、乱視であることはもちろん眼鏡をかけていることさえ忘れて生きているのだった。乱視であることが、新聞記事に極めてうとい理由であるとは考えられなかった。実さい男は、明らかに乱視と思われる眼鏡をかけているにもかかわらず電車の中や、食事の最中でさえも新聞記事を読むことをやめない人間に対して、劣等感に似たものをおぼえたことさえあったからだ。劣等感？　それとも嫌悪と呼ぶべきだろうか？　おそらくは両者の結びついたものではあるまいか。なにしろ男が新聞記事および新聞記事と分かちがたく結びついた人間に対して抱いているものは、ほとんど憎悪と呼ぶにふさわしい感情だったからだ。

新聞記事との結びつき？　もはや新聞記事なくしては一日たりとも生きていることを確かめることのできない生活。他ならぬ生活そのものが新聞記事の一部であり、同時に新聞記事がその生活の一部であるような生活。そのような形において新聞記事との結びつきを、男が憎悪しているのは事実だ。しかしながらそのような新聞記事との結びつきを、誰に打ち破ることが許されようか？　男は電車の吊り革にぶらさがった姿勢で新聞記事を読み耽っている他人の足を、憎悪の余り踏みつけることはできない。また、食事中もなおかつ新聞記事を読み続けることのできる他人の眼鏡を、力まかせにたたき落とすことも、男には許されないはずである。男に許されているものは果して何だろう？　おそらく、眠りではないかと考えられる。つまり男は、憎悪の余り眠るわけだ。地下鉄電車に乗り込むや否や、右肘を預けて眠り込むことのできる座席を何よりもまず目で捜す習慣を男が身につけたのも、そのために他ならない。すべては眠るためだった。他人が読み続けている新聞を破ることによって新聞記事との結びつきを破壊することが許されない以上、それ以外に男の取るべ

き方法があっただろうか⁉

男は新聞記事にうとい人間だ。しかしながらそのために男が自由であったとは、決していえない。新聞記事と分かちがたく結びつかずには一日たりとも過ごせない生活を憎悪していたにもかかわらず、男は日本じゅうに食べるものがあり余り、氾濫している時代であることを知らずにはいられなかったからだ。〈稲作調整実施田〉？　要するに稲作を当分見合わせている田圃だった。いつまで稲作を見合わせるのだろう？　もちろん男にはわからなかった。今年だけかも知れないし、ふたたびこの田圃において稲作はおこなわれないとも考えられる。団地の方へ向って、蛙たちの鳴いている田圃を挾み撃ちにしながら徐々に接近しつつある青い屋根、赤い屋根の新興建売住宅街が、この田圃まで広がってきたとしてもべつだんふしぎとはいえないからだ。

しかしそのとき〈稲作調整実施田〉の中から這い上ってきた一匹目の蛇の頭上めがけて、男がとっさの一撃を加えたのは何故だろう？　挾み撃ちにあっている蛙たちのためだろうか？　男が細い枯枝を右手に持っていたのは、まったくの偶然だった。縦横千二百メートル四方のマンモス団地と新興建売住宅街との挾み撃ちにあっている田圃に、蛇が出現することを果して誰が予測できようか！　実さい、この田圃で男が蛇に出会ったのははじめてだった。男がこの団地に住みはじめてそろそろ七年になるが、話に聞いたこともなかった。団地と田圃の間を流れている幅二メートル程のどぶ川ではアメリカザリガニ、どじょう、小鮒《こぶな》などが釣れるらしかった。日曜日には親子連れで釣糸を垂れている団地の住人たちの姿も見られたし、男の長男は二年程前、そのどぶ川にすべり落ちて誰かに助けられたことがあった。深さは小学校一年生だった長男の、顎くらいまであるらしい。どぶ川のくさい水で全身を濡らして帰ってきた長男からきいてわかったわけだが、その長男も蛇の話をしたことはなかった。したがって男は、拾ったことさえ忘れていた細い枯枝を、たまたま右手に持っていたに過ぎない。いつ、どこで拾ったのだろう？　もちろん何の枝かも男にはわからなかった。太さは柳の鞭くらいで、先が二股に分かれている。長さは二尺前後と考えられるが、そのような枯枝の一撃で蛇が動かなくなるとは、男は考えていなかった。つまりそのとき男が振りおろした枯枝がぽきりと折れ、蛇は悠々逃げ去ったとしても、男は腹を立てはしなかったであろう。腹を立てる筋合いでもなかった。また続いてあらわれた二匹目に向っても、同じようなとっさの一撃を加えることはなかったと考えられる。

「どんな蛇だ？」

と蛇に詳しい知人はいった。

「はじめの奴は一尺五寸くらい。二匹目のはそうだな、一メートルくらい。あとで考えたことだが、おそらくあれは親子の蛇じゃないかな」

「体は？」

「ふつうの色だ。つまり、ふつうのとかげみたい。そうだな、背の方が茶色と黒のまだら状で、腹は白い。ただね、横腹のところにちょうど鎧の縫い目みたいな、×印の線が入っていたよ」

「ふーん、縞蛇だな。しかし殺したというのは作り話だろう？」

「おれは、何もヤマタノオロチを退治したなどといってるわけじゃないよ」

「嘘つけ。そんな眠り目で蛇が殺せるものか。出会ったことだけは本当らしいが」

「暑中見舞いにでもぶらさげてゆけば、信用したかな？」

「縞蛇なんてまずくて喰えんよ」

「どんな蛇なら喰えるのかね？」

「眠り男にはまず喰える蛇なんぞ殺せないべ」

「どうしても信用しないのか？」

「ああ」

男はその蛇にくわしい知人に向って、それまで一度も嘘をいわなかったわけではない。ひとつひとつの嘘をお互いに責め合い、罰し合わなければならないような二人の関係ではなかったからだ。事実、男は二匹の蛇をいずれも枯枝の一撃で仕止めたのではなかった。しかしながら一匹目の小さい方の場合、男の一撃がその脳天に命中したのは事実だ。蛇は稲の生えていない〈稲作調整実施田〉から畔道へ這い上りかけたまま、への字型になって動かなかった。男は二、三度枯枝で突いて見た。それから蛇を枯枝の股にひっかけて歩きはじめた。

男が蛇に出会ったのはいったい何年ぶりのことだろう？　おそらくそれは、日本が戦争に敗けてからはじめてのことではないかと考えられる。二十五年ぶり？　もしそうであるならば、男は日本ではじめて蛇に出会ったことになるわけだった。男は敗戦の翌年、北朝鮮から帰国してきた日本人だったからだ。そのとき男は中学一年だった。現在の男は三十八歳である。もちろんその二十五年間に、男は蛇を見なかったわけではない。動物園の大錦蛇も見たし、街頭に立つ香具師《やし》の腕に巻きついた蛇も見た。見たばかりではなく男は次のような体験さえしている。中学二年生か三年生だった男は街頭の香具師から頭がさえるという薬を一瓶買ったのだった。輪になった人だかりの中央に香具師が立っていて、その前にハブを入れた木箱とモルモットの檻が置かれていた。香具師は全身を真黒い革の衣服で包んでいた。黒革ジャンパーに黒革の乗馬ズボン、黒革の手袋、それに黒革の長靴であったが、片脚は鉄の義足だった。ハブに咬まれて切断したのだと香具師は説明した。香具師の左手の指には二本の試験管が挾まれていた。両方ともモルモットの血液を入れたものだが、赤く澄んだ方は健康なモルモットの血、毒物色に黒く濁った方はハブに咬まれたモルモットの血だという。右手には一本のステッキが握られており、香具師はときどきそのステッキの先で木箱の蓋をあけては中のハブを釣りあげて見物人たちに見せた。木箱の中に何匹のハブが入っているのだろう？ 見物人たちにはわからなかった。蝶番《ちようつがい》式の蓋はばたんと音をたてて開き、またばたんと音をたてて閉じられた。問題はハブの毒のおそろしさとその猛毒を消すハブの血の特効性だった。ハブに咬まれてその猛毒がまわり、黒く濁ったモルモットの血に、一滴、二滴、ハブの生血から作られた特効液が垂らされる。香具師は二本の試験管を地面の上の台に立てた。十秒、二十秒、三十秒。場所はこの箱崎八幡宮の境内のど真ン前、向いの浜にはおそれ多くも亀山上皇と日蓮上人の銅像が立っております、さあ、お立会い！ やがて黒革ずくめの香具師がステッキで指し示している二本の試験管の血液の色は、みるみる左右の区別を無くしてゆき、妙薬の一、二滴を垂らし落とされた黒い悪魔の血は、たちまちもとの真紅の純血に戻っていた。奇蹟はさらに続けられた。黒革ずくめの香具師は、見物人の中の若い女性の頬からあっという間にホクロを取り除き、人垣の中にしゃがみ込んでいた足萎えの脚を伸ばしたからだ。いずれも妙薬の二、三滴を垂らされた脱脂綿の一擦りだった。若い女性の頬のホクロの場合は、きゃっ！ という短い悲鳴とともに、あたかも飯粒か何かのように、脱脂綿を持つ香具師の指先によって摘み取られたのである。香具師の前へ抱えられるようにして引き出された足萎えの方も、悲鳴をあげた。それから何ごとかを喚き立てた。縮んでいる方の脚をいきなり引っ張られ、香具師の手によって股裂きにされたからであったが、そのようにして発見された患部に妙薬で湿めされた脱脂綿の一擦りが走るや否や、足萎えはその場に自力で立ちあがり、ふしぎそうに頭を左右に振りながらもとの人垣の中へ歩いて戻っていった。それはあたかも催眠術をとかれた人間のようにも見える。中学二年生か三年生だった男はすでに単なる見物人ではあり得なかった。

男はハブの妙薬にいったい何を求めたのだろう？　男は足萎えでもなく、頬にホクロもなかった。しかしながら黒革ずくめの香具師の前で、もはや男の頭脳はすでに麻痺していた。つまり香具師は男の頭上に、その香具師たる本領を恣《ほし》いままに発揮し尽していたのだ。どうも頭がさえない、頭が重くて試験勉強に身が入らないという学生諸君は、両耳たぶのうしろ、あるいは両のこめかみのあたりを、例の脱脂綿で一擦りすればよろしい。一瞬カッと顔面が火照るが、それはハブの血が濃いためであって、一瞬の火照りが去るや否や、たちまちにして頭はさえ渡ってくるというのだった。男はおそらく未成年者の性欲にうちひしがれていたものと考えられる。頭がさえないのはそのためではなかろうか？　そしてほとんどの未成年者とまったく同じように、そのうち克ちがたい欲望との戦いのために、男もまた日夜悩み頭を痛めていたのである。黒革ずくめの香具師のことばは、あたかもハブの猛毒のように男の全身を麻痺させ、その思考力を停止させた。したがって小さなガラス瓶が香具師の手から見物人たちに売られはじめたとき、もし男に一寸の躊躇を与えたものがあるとすれば、それは金五十円也という値段に過ぎなかったと考えられる。五十円？　それとも百円だったろうか？　いずれにせよその後も男は長い間、未成年のうち克ちがたい欲望との戦いに、日夜頭を痛め続けた。妙薬の効果は一向にあらわれなかったからだ。あたかも修得した*exhaust*という英単語は、男をして一そうその脱力感にうちひしがれた自画像を描かせるのに役立ったものといえる。男は買い求めた小瓶の中身を規定通り数滴脱脂綿に垂らし、机の前でそっと両耳たぶのうしろおよび両こめかみのあたりに擦り込んだのだった。男は両目を大きく見開き、その効果を待った。ハブの血がもたらす一瞬のカッとする火照り。その火照りを待ちながら、小さなシャボン玉水の瓶に似た容器を見つめていたのだ。しかしながら男の両耳たぶのうしろ側および両こめかみのあたりには、ちょうど石鹼水のような冷んやりした泡立ちの感触が残されただけだ。

日本の蛇といえば、男は蛇にくわしい知人から何度か蛇料理屋へ連れてゆかれた。新橋駅の近くの小さな店だ。五十過ぎのおかみさんと板前がやっており、亭主の方は蝮酒《まむしざけ》の製造会社に関係しているという。昨夜も男はその店で蛇にくわしい知人と待ち合わせたのだった。腰をおろしているカウンターの目の前で、天井から釣るされた鉤にひっかけられたまま、俎《まないた》の上で頭を切り離される蛇を男は見ていた。

「おい、物事一切、本当に知るということはそいつを食べることだよ」

と蛇にくわしい知人は蝮酒を飲んでいる男にいった。

「蛇を喰わないうちは、お前さんはまだ蛇を知らんということだな」

「そうかも知れんが、知らなくても蛇は殺せたよ」

〈稲作調整実施田〉と書かれた立札のある田圃の中から這い上ってきた蛇は、実さい男が日本で出会ったはじめての蛇かも知れなかった。おそらく男と一対一で出会った、飼われていないはじめての蛇であろう。そしてその蛇を男は殺した。しかも二匹だった。二匹目の蛇に出会ったのは、男が偶然にも手にしていた枯枝の一撃で動かなくなった一匹目の蛇を、枯枝の股にひっかけてほんの十数メートルほど歩いた地点である。〈稲作調整実施田〉にはもはや蛇のための蛙はいなかったのかも知れない。なにしろ二匹目の蛇も、一匹目と同じくその稲の無い〈稲作調整実施田〉から這い上り、畔道を越えて向い側の稲のある田圃の方へ渡ろうとしていたと考えられるからだ。男はまさかそこでふたたび蛇に出会おうとは思いもかけなかった。なにしろわずか十数メートル離れた地点で、二十五年以上ぶりの蛇に出会ったばかりなのだ。しかし二匹目の蛇はゆっくりと男の前方に這い上ってきた。一撃のもとに仕止めた一匹目の蛇をぶらさげた枯枝を、男は水平に持って歩いていた。したがって二匹目の蛇は、枯枝の股を通してあたかも自ら狙撃銃の照準の中へ入り込んできた目標物のように、見えたのだった。結果として男は、まるで二匹目の蛇を発見しようとでもするような歩き方をしていたわけだ。しかしながら発見した蛇を、男はただちに攻撃しようとは考えなかった。たまたま蛇が男に気づくよりも早く、男が蛇を発見しやすい姿勢で歩いていたのは、枯枝を水平に持つことによって股にぶらさげた一匹目の蛇をずり落とさないようにするためであったに過ぎない。それに二匹目が一匹目よりはるかに大型であることは一目でわかった。二匹が親子ではあるまいかと考えついたのは殺したあとになってからだ。

大丈夫だろうか？　もちろん男は立ち止った。この枯枝で大丈夫だろうか？　男は畔道の両側をうかがった。左側は幅一尺程の溝をへだてて稲のある水田であり、右手は稲の無い調整実施田で、十数メートル手前で男が眺めていたものと同じ立札が見えた。立札は調整実施田の両端に立てられているらしかった。何か木刀のようなものはないだろうか？　それとも下駄で頭を踏みつけてみるか！

男は北朝鮮の蛇は何匹か殺したおぼえがあった。いずれも小学校の遠足の帰り道だ。男はそのことを何度か妻に話したようだ。男の妻は蛇嫌いだった。しかし蛇嫌いとは現実にはいったいどういうものだろう？　趣味として蛇を飼うわけにはゆかないというのであれば、それは男も同じだった。男が住んでいる団地の中にも、そのような種類の蛇愛好家はおそらくいないと考えられる。蛇にくわしい男の知人も、蛇を飼い慣らしているわけではない。もちろん見世物小屋の女や、奇術師あるいは大道香具師のように、一身同体のごとく蛇と戯れるわけでもない。ただ、蛇にくわしい知人は蛇を食べるのに対して、男は蛇を食べる気にはなれなかった。しかしながら男は蛇嫌いという人間ではない。食べることは認識することだ。すなわち蛇を食べない男に蛇はわからないと知人はいった。しかしながら男は蛇にくわしい人間ではない。蛇にくわしい知人のように、蛇を知る必要もなかった。蛇嫌いの妻はときどき蛇の夢を見るらしかった。蛇嫌いとは何ぞや？　という男の質問に対しては、ただとにかく気味悪く恐ろしいのだ、と妻は答えた。妻はフロイトを知らないのだろうか？　男は故意にそのことは訊ねなかった。知っているとしても、知らずにいっているとしても、それを知ることが男にとって興ざめであることに変りはなかったからだ。しかしながら男は、その場合、妻との結びつきを考えないわけにはゆかなかった。この妻との結びつきは果して何だろう？　そして、故意にフロイトを持ち出さなかった男が、蛇の夢を見たという蛇嫌いの妻に、北朝鮮で殺した蛇の話を何度も話したのはおそらくそのためであろうと考えられる。話しながら男は、殺した蛇を巻きつけた棒切れを手にして、遠足の山道を降りてゆく小学生だった男自身の姿がありありと描き出されることにふしぎな快感をおぼえた。確かにそれは満足に似たものだった。ほとんどの場合、男は話の途中で煙草をつけて一服した。話しながら男はしばしば涙をこぼしそうになったからだ。何故だろう？　聞いている妻はときどき本気で気味悪がっている表情を見せた。もちろん男の煙草の喫《す》い方にも気づかなかったはずだ。なにしろそのために男は涙をこぼしそうになったのではあるまいか、と考えられるからだ。男は冷静を装っていた。煙草の一服もその手段に他ならなかったが、もしも妻がそのとき男の蛇殺しを疑っていることが男にわかっていれば、男は冷静を装う必要もなく、冷静そのものであることができたはずだからだ。妻は蛇殺しに関する限り男を疑ってはいなかった。小学生の男は棒切れに蛇の死骸を巻きつけて山道を降りて行った。あるときは落葉松の小枝に、剝がされた蛇の皮だけが通されていることもあった。男は何回くらいそのようにして山道を降りたのだろう？　とにかく二十五年以上前の男は、少なくとも蛇を殺したことのある小学生だった。殺した蛇の皮を剝ぐことまではできたわけだ。

しかしながら男が殺したのは北朝鮮の蛇だった。しかもそれは二十五年以上も前の記憶に過ぎない。単なる男の空想ではないだろうか？　あるいはまったくの空想ではないとしても、蛇は男が殺したのではないかも知れない。殺したのは一人ではなく、多勢で寄ってたかって殺した奴を、男はただ棒の先に巻きつけて山道を降りて行っただけではあるまいか。誰かが剝いで捨てていった皮を、男は拾って落葉松の小枝に通したのではないかとも考えられる。男が絶対にそのような子供でなかったとは、断言できないからだ。空想か記憶か？　あるいはどこからが空想で、どこまでが記憶か？　それとも小学生だった男は、遠足の帰り途で拾った蛇の皮を落葉松の小枝に突き通しているとき、すでにその蛇を自らの手で打ち殺した空想を抱きはじめていたのだとも考えられる。北朝鮮での男のことは誰も知らない。なにしろいまや外国となった海の向うの半島の話だ。地の果て程の遠さではないが、船や飛行機で自由に行き来することができない。しかしながら男はまだ三十八歳だ。二十五年余り以前の記憶を自然に失う年齢とはいえないだろう。にもかかわらず男の記憶が甚だあいまいであるのは、どこにも証人が見当らないためと考えられる。

果して記憶というものに証人が必要だろうか？　おそらく必要ではないであろう。もし仮に必要であったとしても、現在日本で生きている男のまわりには田中満も中島潤一郎も山口圓も真壁真一も見当らないのだった。彼らは男とともに遠足に出かけた小学校の同級生だ。いわば蛇殺しの目撃者であるはずだった。田中満は歯医者の三男坊だ。中島潤一郎は製材所の養子、山口圓は十二人兄弟の末弟で、生まれたときからすでに叔父さんと呼ばれていた。真壁真一は薬局の長男。一銭銅貨はげのある中島だけが元山商業に入り、田中、山口、真壁は敗戦の年に男と一しょに元山中学に入学した。蛇殺しは男の記憶か、それとも空想に過ぎないのか。いったい男の蛇殺しの証人たちはどこで生きているのだろう？　男は彼らを、あらゆる手段を尽して捜し求めようとしたことはなかった。というよりもむしろほとんど忘れて暮していたとさえいえる。新聞の訊ね人欄に投書したこともなかった。しかしながら北朝鮮における男の過去が記憶という形でぴったりと現在の男に結びつかないのは、おそらく彼ら蛇殺しの証人たちが現在日本で生きている男と結びついた存在ではないためと考えられる。

男がふいに涙をこぼしそうになるのは、あるいはそのためだったのだろうか？　北朝鮮の蛇を殺した男を疑わなかった妻との結びつきからではなく、明らかに記憶と名づけられるものによって、いま日本に生きている男と北朝鮮で蛇を殺した男とが結びつかぬために、男は妻の前で冷静さを装わずにはいられない程、冷静さを失っていたのだろうか？　男は自問してみたが、明快な解答は得られなかった。しかしながら男が蛇嫌いの妻に向って蛇殺しの話をしながら、満足に似た快感をおぼえていたのも事実だ。男は演技をしたことになるのだろうか？　涙は、その自作自演による興奮の賜《たまもの》として、男の目の裏側からこみあげそうになったのだろうか？

いずれにせよ男はそのような話を、蛇にくわしい知人に向ってはしなかった。昨夜、男は蛇にくわしい知人と酒を飲んだ。しかも明け方まで飲み、蛇を殺した話をすることはしたが、知人は男の蛇殺しを頭から信用しようとしなかったからだ。しかしながら男が、そのことのために不愉快だったとはいえない。不満さえおぼえなかった。何故だろう？　蛇にくわしい知人との結びつきを男は求めていたのではなかったためと考えられる。確かに男は二匹目の蛇をも枯枝の一撃で仕止めたのではなかった。下駄でその頭を踏みつけたのでもなく、枯枝と、〈稲作調整実施田〉と書かれた板のついた角棒とで、蛇をめった打ちにしたのだった。〈稲作調整実施田〉の立札は思ったよりも容易に引き抜けた。まず男は、一匹目の死骸のぶらさがっている枯枝を左手に持ち代え、右手で引き抜いた立札用の角棒で、畔道を横断しようとして一文字になった蛇の胴体を一撃した。角棒は蛇のほぼ中央部に命中したようすだ。男は続けてもう一度ふりおろした。しかしそのとき角棒は男の手を離れて畔道に落ちた。したがって横一文字の蛇の上に、角棒はちょうど十字架のように交わったのである。とっさに男はその交叉するあたりを下駄で踏みつけた。そして左手の枯枝を右手に持ちかえ、角棒の下敷きになった蛇の上半身を力一ぱい打った。

五、六回も打っただろうか？　やがて蛇は動かなくなった。男は踏みつけていた下駄を離し、角棒を拾いあげた。〈稲作調整実施田〉と書かれた板切れは見当らなかった。何処へ落ちたのだろう？　しかし男はあたりを捜してみようとは考えなかった。角棒だけをもとの位置に突きさすと、男は二匹の死骸を枯枝の股にぶらさげて歩きはじめた。すると反対側の稲のある田圃の端に、行方不明になっていた板切れがひっかかっているのが見えた。来年はその田圃におそらく〈稲作調整実施田〉の立札が立てられるだろう。そしてそれは、ちょうどそのころ完成するであろうところの、青い屋根か赤い屋根かの建売住宅の、玄関の真正面に見えるかも知れない。あるいは家はすぐに建てられるのではなく、〈稲作調整実施田〉の立札を当分立てたまま、時間とともに地代が昂騰するのを待つつもりだろうか？　それが百姓の考え方かも知れない。いずれにせよ団地と新興建売住宅街との挾み撃ちによって、蛙たちの棲むべき田圃が次第に消滅しつつあるのは事実だ。彼らはたとえ冬眠期間中といえども、もはや安眠をむさぼるわけにはゆかなくなるだろう。いつ頭上からコンクリートを流し込まれるかわかったものではないからだ。しかしながら男は、そのような蛙たちのために蛇を殺したわけではなかった。

「血は出たのか？」

と蛇にくわしい知人は男にたずねた。

「どうだったかなあ」

と男は答えた。男は血のことは忘れていたようすだ。さすがは蛇にくわしい知人だった。男はちょっと考え込んだ。大きい方の口には少しばかり血がにじんでいたような気もする。小さい方に関しては思い当らなかった。実さい、何故死んだのかわからないような姿で枯枝の股にぶらさがっていたのだ。しかしながら枯枝をほぼ水平に持っている男の左手首には、いかにも死体らしい重みが加えられていた。二匹は親子ではないだろうか？　一尺五寸くらいと約一メートル、胴まわりは親の方が約二倍くらいだ、と男は散歩から戻って妻に話した。妻はまさに身慄いせんばかりだった。団地の北側の、新興建売住宅街との挾み撃ちにあっている田圃のあたりは、妻も何度か散歩したことがあったからだ。太田さんの近くじゃあないかしら、と妻はいった。太田？　それは二年程前、男たちと同じ団地の棟から新興建売住宅街へ引越していった家族だった。千田さんもそうだわ。男はダイニングキッチンで冷した麦茶を飲みながら、ちょっと笑った。太田に千田か。そのうち多田さんがあのあたりに家を買うのじゃないかね。多田さん？　いや、田圃に縁のある名前というだけの話さ。千田家は建売ではなく、同じ地域にではあるが土地を買って自分の家を建てたのだという。

いずれにせよ、すでに七年目の団地にはそのような風潮が目立ちはじめているらしかった。小さくとも玄関と庭のある住居。自分だけの巣穴づくり。男の妻もそのような風潮にまったく無関心であったとはいえない。確かに子供も七年分大きくなったはずだ。やがて彼らは3DKの住居の一部屋を独占せずにはおかないだろう。また七年前にはそこにいなかった子供が存在しているばかりか、いまや堂々とピアノの音を響かせているのも自然だ。休日には朝から一斉にピアノが音をたてはじめた。誰もその騒音をとがめることはできない。なにしろ騒音は団地そのものから発生していると考えられるからだ。つまり誰もがその住居から騒音を奏でているのだった。そのために鉄筋コンクリート五階建ての一棟は、それ自体が一個の騒音装置のようだ。音をたてていない窓を指さすことがいったい誰にできようか！　それは吹いているハーモニカの四十八穴の中から、音をたてていない穴を捜し出すより困難なことと考えられる。

二階にある男の住居は、それ自体が五階建ての鉄筋コンクリート建造物の内部において上下左右から挟まれていたが、挟まれているのは男の住居だけではなく五階建ての棟自体でもあったといえる。しかしながら同時にその棟は、それ自体を挟み撃ちにしている前後の棟を挟む役割から免れるわけにはゆかない。つまりそれぞれの棟は互いに挟まれ合っていた。また同時に挟み合っていた。そして互いに音を出しあっているのだった。したがって音は、もはや憤りの対象とはなり得ないといわなければならない。もはや音は、ただ単に男の外側から鳴り響いてくるとはいえないからだ。

腹を立てない方法はただ一つだった。それは自らも騒音を発することだ。実さい、間もなく四歳になる男の長女も、やがてとつぜん男の頭の真うしろからピアノの音を鳴り響かせはじめないとは、断言できなかった。

蛇が出るんじゃあとてもあのへんに家を造る気にはなれないわ、と蛇嫌いの妻はいった。そんなことは無関係だろう、と男は答えた。そうだろう？　なにしろ出会ったのは七年間にたった二匹だ。あるいは仮に二十四だったとしても、それが二百匹に増えてゆくとは考えられない。増えてゆくのは〈稲作調整実施田〉であり、やがてそこに建ち並ぶ新興住宅街の青い屋根、赤い屋根だからだ。そのうち、その附近一帯の住人たちは、かつてはそこを棲家としていた蛙たちを、水槽に入れて金魚のように部屋の中で飼いはじめるかも知れない。まさか！　とにかくそのような場所をもはや蛇は這いまわったりはしないだろう、という意味だ。でもやっぱり気味が悪いわ、と妻はいった。男ははじめから田圃の中の新興住宅街へ住居を造ることなど考えても見なかった。もともと田圃だったこの団地から新しい田圃の方へ移動して何になろうか？　住居に関しては、たまたまこの団地に流れ着いているだけだと考えるだけで、男には充分だった。問題は蛇であって、団地の北側に建築されつつある新興住宅街ではなかった。

それにしても蛇はふつう血を流さずに死ぬものだろうか？　男はどうしてもその血の色を、はっきりと思い浮べることができなかった。妻は男の蛇殺しをはじめから疑ってはいなかったと考えられる。しかしながら血のことは、一言も男にたずねなかった。

「お前さんは蛇を殺してはいないよ」

と蛇にくわしい知人はいった。

「どうしてかね？」

「仮にだな、お前さんがいうように、団地の田圃で出会った蛇を棒切れで打ったとしても、その蛇は死んではいないな」

男は枯枝の股に二匹の死骸をぶらさげたまま、どのくらい田圃道を歩いただろう？　はじめ男はその死骸をぶらさげたまま自宅へ帰りたいと考えたようだ。男は満足だった。団地の子供たちはまちがいなく男のまわりに群がってくるだろう。歯医者の三男坊の田中満のように。一銭銅貨ハゲのある中島潤一郎のように。十二人兄弟の末弟だった山口圓のように。薬局の長男の真壁真一のように。二匹の蛇の死骸をぶら下げた男は実さいには誰にも出会わなかった。男は団地の中へは入って行かなかった。そのまま、団地の真裏を東京都心へ向って走り抜けているバイパスの方へ歩いてゆき、二匹の死骸を歩道橋の手前の幅一メートル程の溝際に生えている低い木の枝にぶらさげて帰ってきたからだ。しかしながらそのために男の満足の度合いが薄れたとはいえない。男が出会ったのは日本で初めての蛇だった。日本へ帰国した男が二十五年目に初めて一対一で向い合った日本の蛇である。したがって男がおぼえた満足は、北朝鮮の蛇を殺した男と、現在の日本で生きている男とが、日本の蛇を殺すことによってはじめて結びついたための満足であったと考えられる。

「ぼくの蛇と君の蛇とは、どうやら結びつかないようだな」

と男は蛇にくわしい知人にいった。

「おれはただ、お前さんに蛇が殺せるわけはない、といっているだけさ。翌日、その蛇の死体を見に行ったのか？」

「行ったよ」

「とっくに逃げていただろうが」

「枝にはぶらさがっていなかった」

「それじゃあ溝にでも落っこっていたかね？」

「いや。見当らなかったな」

「それ見ろ！　眠り男に殺されるような蛇は、蛇じゃないよ。蛇とはいえない」

「じゃあ何だね？」

「せいぜい、みみずじゃないかな」

「蛇は死んだふりもできるものかね？」

要するに男の蛇と、蛇にくわしい知人の蛇とは結びつかないものだった。しかしながら結びつかないのは果して蛇だけだろうか？


釜飯弁当を食べ終った窓側の乗客は、やがてそれを買い求めたときの状態に復元しはじめた。すなわち、何かが終り、何かがはじまったわけだ。まず窓際に置かれていたまるいざらざらした素焼の蓋を、もと通りにかぶせた。それから簡単な絵柄のついた四角い紙をその上に載せ、きちんと十文字に紐をかけた。結び目はちょうど蓋の中央部にできたようだ。次に窓側の乗客は喫茶店用の小型マッチ箱に似た香物皿にも蓋をして、輪ゴムをかけた。使用された割箸もまた、もとの鞘に収められた。したがってそれらのものを十文字に交叉した紐の結び目に挟み込むと、釜飯弁当は横川駅で買い求めたときと寸分違わぬ形において再現されたのである。

復元作業を完了した窓側の乗客は、紐の結び目に指をかけた。目の高さに持ちあげて眺めるためだ。家へ持って帰るつもりだろうか？　男は先刻、幕の内弁当の食べがらを放り込んできたトラッシュ・ボックスの内部を想像してみた。トラッシュ・ボックスは金属製だった。したがってそこへ放り込まれた場合、釜飯弁当の食べがらは音をたてるばかりでなく、壊れるおそれも充分にあった。あるいは壊れないとすれば、トラッシュ・ボックスは横川駅を過ぎたあたりから氾濫しはじめるのではないかと考えられる。それは積み上げられたシャレコウベのようなものだろうか？　窓側の乗客はあたかも骨壺を安置するように、復元した釜飯弁当を足元に置いた。釜飯弁当の場合、家へ持ち帰る帰らないにかかわらず、トラッシュ・ボックスには放り込まない習慣が乗客の間で実行されているのかも知れない。窓側の乗客は爪楊子を使いはじめた。釜飯弁当の細部で復元されなかったのは、その爪楊子だけだ。

爪楊子が終ると、窓側の乗客は煙草に火をつけ、すぐ前のシートの背に取りつけられている網製の小物入れから取り出した住宅設計図集を拡げた。つまり復元されたのは、釜飯弁当だけではなかったわけだ。

「おそれ入りますがその席を替っていただけませんか？」

上野駅で六号車に乗り込んだ男が、はじめてそう話しかけたときも、窓側の乗客は同じ住宅設計図集を拡げていたからだ。設計者だろうか？　それともマイホームのためだろうか？　しかしながら窓側の乗客は、そのいずれであるより先に、まず男にとって一人の妨害者であったといわなければならない。ボストンバッグもろとも、一刻も早く所定の位置にわれとわが身を投げ出すべく乗り込んできた男は、そのとき眠気と憎悪の塊だったといえる。六号車に乗り込むや否や、10—C、10—Cと呪文のように唱えながら、男は通路を歩いてきた。にもかかわらずその座席は、すでに住宅設計図を拡げている乗客によって占拠されていたからだ。もちろん窓側の乗客に声をかけたのは男の誤解だった。あるいは錯覚と呼ぶべきかも知れない。しかしながら、いずれにせよ窓側の乗客はそのような妨害者として、まず男の前にあらわれたわけだ。すなわち、男と眠りとの結びつきを妨害する者、だった！

「10―C？」

と窓側の乗客は設計図集を眺めていた目を立っている男へ向けた。それからすぐに、隣の空席の方へ視線をおろした。

「10―Cなら、ここでしょう」

「しかし、ここは六号車でしょう？」

「六号車です」

男は両腕にぶらさがっているボストンバッグを握りしめた。窓側の乗客の目は早くもふたたび設計図集に戻されたようだ。おいおい！　そこのマイホームづくりのモグラモチ野郎！　いい年喰いやがって、ガキみたいに窓側にちゃっかり坐り込みやがって！　しかしながら男は、もう一度だけ、ボストンバッグの重みと、眠気と、憎悪とが入り混った吐気に耐えながら、ベテラン車掌のようにおだやかな口調でいった。

「わたしの座席は、六号車の10―Cなんですけど」

「ですから、10―Cは内側ですよ」

「内側？」

男は、窓側の乗客が目でさし示した窓と窓の間へ目を移動させた。

「そこのプレートに表示されている通りです」

「すると、あなたが坐っている座席は?」

「こちら? 窓側です」

「つまり、そちらですね?」

「そちらが、内側です」

男はともかく、一旦両腕のボストンバッグを空いている方の座席に放り出した。それは男が立っている通路側の席だった。それともボストンバッグだけは網棚へあげるべきだろうか? この車輛が六号車にまちがいない以上、男が着席すべき位置は、窓側の乗客によってすでに占拠されている座席か、でなければ空いている通路側の座席かのいずれかであることだけは確かだからだ。男はシャツのポケットから煙草を取り出して、一本くわえた。それからズボンのポケットに手を突っ込むとマッチ箱よりも先にハンカチを取り出した。

「すると、この外側の席が内側というわけですか?」

一旦くわえていた煙草を口からはずして、ハンカチで汗をふき終った男は、住宅設計図集を眺めている窓側の乗客にたずねた。

「わたしが坐っている座席は10―Dです」

そういうと窓側の乗客は、はじめて指ではっきりと、窓と窓の間にはりつけられた小さなプレートを差し示した。〈10―D〉〈窓側〉〈*WINDOW*〉。

そのとき発車のベルの音が鳴り響いた。したがってボストンバッグを網棚に積み込んだ男が所定の位置に着席したのは、すでに列車が発車したあとからだった。もちろん着席する前に、男は自分の誤解を詫びた。

「どうも失礼いたしました」

そういって男は、窓側の乗客に頭をさげた。しかしながら窓側の乗客が腹を立てなかったのは何故だろう？　彼にとって男は妨害者だったはずだからだ。実さい、男も妨害者であると信じ込んでいた間は、窓側の乗客に腹を立て続けていたからだ。あるいは彼もまた腹を立てていたのかも知れない。この田舎者のオタンコナス野郎！　くやしかったら行列作って自由席に乗りゃいいんだ。しかしながら窓側の乗客は腰をおろした男に次のように話しかけたのだった。

「この表示はまちがえやすいかも知れませんな」

男はあらためて窓と窓の間に貼りつけられた座席指定のプレートに目を注いだ。軽金属製のバッジのようなプレートだった。〈10―C〉〈内側〉〈*AISLE*〉。それが男のために指定された座席の表示だった。

〈*AISLE*〉？　男はちょっと考え込んだが、その単語の意味はわからなかった。しかしながら混乱の原因が、その意味不明の英単語にあったとは考えられない。〈10―D〉が〈窓側〉であり〈*WINDOW*〉である以上〈10―C〉が窓側であり得ないことだけは確かだからだ。したがって問題は〈内側〉だった。男は果して窓側の乗客の〈内側〉に着席しているのだろうか？　男は右側の通路を見た。男はその通路を通って、この席へ到着したのだった。なにしろそれは通路だからだ。男はプラットホームから六号車に乗り込んだ。すなわち列車の外側から内部へ入り、通路伝いに歩いてきた男は、〈10―C〉〈内側〉の表示を見つけ立ち止った。そのとき、男の目に入った乗客が、窓側にではなく、もしも〈10―C〉の座席にまちがえて着席していたとしたら、男は果してその乗客に声をかけなかっただろうか？　おそらくかけずにはいられなかったと考えられる。

「どうも、前を失礼！」

男はそのとき、土俵下の砂かぶりの観客の前を通過するときの力士のように、軽く手刀を切る仕草をしたかも知れない。どうも、どうも。通路側の乗客は軽く足を浮かせて、男を奥の座席へ通すだろう。通路側の乗客は必ずしも愉快とはいえないだろう。しかし止むを得ないことだ。列車の外側から入ってきたものが、通路側の席よりもより内側へ通るためにはそうする外に方法はないはずだからだ。

男はなおも通路を見続けた。果してこの通路なしに、窓側の乗客は列車の外側へ出ることができるだろうか？　そしてその通路側には男が着席している以上、窓側の乗客にとって男はその外側にいなければならないはずだ。つまり男が着席している〈10―C〉〈内側〉と名づけられた座席は、窓側の乗客の外側だった。

もちろん男には〈*AISLE*〉の意味がわからなかった。しかしながら、〈*WINDOW*〉の意味はわかっていた。にもかかわらず男がまちがえて窓側の乗客に話しかけたのは、〈*AISLE*〉も〈*WINDOW*〉も、男の目には入らなかったためと考えられる。もちろん〈窓側〉も見えなかった。見えたのはただ、〈10―C〉〈内側〉だけだった。10―C、10―Cと呪文のように口の中で唱えながら、男は通路を歩いてきたからだ。そう唱えることだけが、両腕にぶらさがるボストンバッグの重みに耐える方法でもあるかのように！　それとも男はただただ眠かっただけなのだろうか？　あるいはそうかも知れなかった。そしてもしそうであるならば、男をして窓側の乗客に話しかけさせたものは、他ならぬ男自身の眠気だった。男が求めていたものは、列車との結びつきではなく、眠りとの結びつきだったわけだ。あるいは男は、眠りとの結びつきを求める余り、列車との結びつきを忘れていたといえる。

「この表記法は、おそらくアメリカ式を取り入れているんだと思いますね。わたしはべつに汽車に詳しくはありませんけど、この表記法なら、アメリカ人はまごつかなくてもよいでしょうから」

「はあ……」

と答えてから、男はもう一度〈*AISLE*〉のプレートに目をやった。その意味がわからない以上、〈アメリカ式〉に対して感想ののべようもなかったからだ。もちろん眠かったためというわけにもゆかない。〈*AISLE*〉の意味がわからないのは、眠さのためではなかったからだ。

「問題はこの〈内側〉という表記でしょうな。しかし、確かに問題ではあるけれども、まちがいだともいえないでしょうね」

そういって窓側の乗客は、拡げていた住宅設計図集を男に差し示した。男はのぞき込んだ。見開き頁の左側は男にもすぐわかった。そこには小ぎれいな二階建住宅の完成図が描かれていた。しかしながら窓側の乗客が指さしているのは右側頁であり、それは左側頁に描かれている住宅を真上から見た平面図だ。それとも鳥瞰図というのだろうか？　男にはその両者の区別がよくわからなかった。

「何か、建築関係のお仕事ですか？」

「これは、まあ一般住宅の図面ですがね、一つの建造物として考えた場合、一応、列車の車輛と同じだともいえますよ、ね」

「窓はどこに当るわけですか？」

「建造物というものは、つまり壁によって囲まれた空間、ということですな、まあ簡単にいえばね。そう、これが壁で、窓はここと ここ。入口がここで、通路はこういうぐあいに通っているわけです」

「通路?」

「まあ、ふつうの住宅の場合、廊下と考えてよいでしょう」

「なるほど……」

「ところで、あなたは現在、どこに坐っていると思いますか?」

「はあ?」

「つまりですな、この住宅において、内側と呼ばれるべきは、どの部分に当るかということです」

男は軽いめまいをおぼえた。もちろん窓側の乗客の質問がむずかし過ぎたためではない。事実、男は拡げられた住宅設計図集の右頁に描かれた平面図のほぼ中央部附近を、窓側の乗客の質問に対する忠実なる解答として、指さしていた。そうです、そうです、という窓側の乗客の声もきこえた。建造物の内部における外側とは、それを構築している壁により近い部分をさす。つまり、内側とは、その反対の部分に当るわけです。いうまでもなく、窓は壁を離れては考えられません。

「したがって、窓側は、内側ではあり得ないわけですからね」

「ベランダはどの部分に当るのでしょう?」

「え?」

と窓側の乗客は設計図からちょっと顔を離した。しかしながらそれは、男のことばがきき取れなかったためとは考えられない。

「もちろん、この図面の場合ですけど。いまちょっと団地のベランダを思い出したものですから」

「団地？」

「この図面は、平面図ですね？」

「そうです」

「平面図というのは、下から見上げた場合もやはり平面図といえるわけでしょう？」

そのとき窓側の乗客の小さな欠伸に男が気づかなかったのは、見おろしている平面図の上に、是非ともベランダの位置を確かめようとしていたためではない。そのとき男の目に映っていたものは、もはや平面図ではなかったとさえいえる。男はふたたび軽いめまいをおぼえていたからだ。それはあたかも真上から見おろしている平面図を、いきなり真下からふり仰がされでもしたような、混乱だった。混乱の原因は何だろう？　もちろん男には不明だったが、平面図を見おろしていた男がおぼえた軽いめまいが、何かに似ていたのは確かだ。

ある日曜日の、何時ごろだったろう？　眠っていた男は玄関のブザーの音で起こされたのだった。玄関の鉄製の扉を開く前に男は、どなたですか？　と声をかけた。あら、奥さんはお留守ですか？　と女の声が返ってきた。当り前じゃないか！　留守でなければ男が起こされる必要はなかったのだ。とつぜん眠りとの結びつきを断ち切られた男は憎悪の塊だった。しかしながら男はドアを開かないわけにはゆかなかった。ブザーを鳴らしたのは何かのセールスマンではなく、三階の主婦だったからだ。タオルの寝巻き姿のままドアを押した男を見て、三階の主婦は開きかけたドアの影に隠れるようにした。三階の主婦は買物に出かけ鍵を落としてきたのだという。彼女が男の玄関のブザーを押した意味は眠り目の男にもほぼ了解できた。男の住居のベランダから三階のベランダへ登ることはできるからだ。ベランダ側のガラス戸の内鍵さえあいていれば、そこから住居内へ入ることができる。ベランダの手摺りのペンキを塗り替えにきた職人が、そのようにして五階のベランダまで登って行ったのを男は見上げたことがあった。しかしながら男がめまいをおぼえたのは、そのときではない。

男は寝巻きを半ズボンにはき替えて階段を降りて行った。寝巻きのまま三階のベランダへ登り切る自信はなかったからだ。それとも三階の主婦は自分で登ってゆくつもりだったのだろうか？冷蔵庫の上の置時計を見ると十二時十五、六分前だった。男の妻も長女を連れて散歩か買物に出かけているにちがいなかった。男は三階の主婦にそう説明した。十二時になれば妻は戻ってくるはずだった。すると三階の主婦は、奥さんが戻られるまで下の芝生で待っています、といい残してあわただしく階段を降りて行ったからだ。それとも男の寝巻き姿におどろいたのだろうか？まさか寝巻き姿のままの男一人だけの住居へ、三階の主婦が上り込むわけにはゆかないのは確かだ。三階の主婦が自ら登ってゆくとすれば、男は二階のベランダに立って、下からその足元を支えるくらいの手助けはすべきだろう。男はまだ眠りとの結びつきを完全に諦めてはいなかったが、とはいえ両目をつぶったまま三階のベランダへ登ってゆく主婦の足元を支えることはできない。いずれにせよ寝巻きのままでは済まされなかった。

しかしながら半ズボンにアロハシャツをひっかけた男が下駄ばきで階段を降りてゆくと、棟と棟の間の芝生に三階の夫があぐらをかいていたのだった。三階の夫は、足を投げ出した女児と向い合いになり、手で芝生をもてあそんでいた。面喰った男が声をかけると、三階の主婦はもう一度マーケットのあたりへ鍵を捜しに出かけたのだという。何という亭主だ！　男はその夫に何といって声をかけたのだったろう？　とにかく直接話しかけたのは、それがはじめてだったようだ。階段ですれ違った場合、黙って互いに頭をさげ合うだけで、七年の間、二階と三階に重なり合って暮してきたのだった。しかしながらそれはもはや、ふしぎなこととはいえない。なにしろそのように暮してきたのは、七日間ではなくすでに七年間だったからだ。そしてそれは三階対二階だけの関係ではなかった。

三階の夫は芝生から起ちあがると、ズボンの尻のあたりを片手で軽くはたきながら、男の方へ頭をさげた。男は二、三歩芝生の方へ歩み寄って、どの部屋の窓があいているのかをたずねたのであるが、男が軽いめまいをおぼえたのはそのあとだったと考えられる。男はＦ27号棟の二階の階段を降りてきたのであるから、Ｆ27号棟を背にして立っていた。向い側はＦ28号棟であり、三階の夫はその両棟の間の芝生に立って、男と向い合っていた。つまりＦ27号棟に向い合っていたわけだ。したがって男は、彼がズボンの尻のあたりを手で払いながら頭をさげ、芝生の中を二、三歩男の方へ歩み寄ってきたとき、すでに首を廻してＦ27号棟の三階の窓のあたりへ目を移していたのだった。そこには北向きの四畳半の窓が見える。一階から五階まで皆同じ窓だ。それら縦に重なった五つの窓を区別させるものは、おそらくカーテンの色だけだろう。夏の間はめ込まれている網戸もまた同じだった。男の目はまず二階の窓に止った。いまだカーテンがかけられているのはそこだけだった。男はその部屋で眠っているところを三階の主婦に起こされたわけだ。その他の階の窓は開け放されていた。

男は三階の窓を眺めはじめた。それはいうまでもなく、薄いグリーンのカーテンがいまだかけられたままになっている二階の窓の真上だった。三階の夫もあの四畳半で眠るのだろうか？　男のすぐそばで何か答えた三階の夫の声が男にきこえた。男が軽いめまいをおぼえたのは、三階の窓を眺めていた首を、その声の方へちょっと廻したときだった。三階の夫が男に指さして見せているのは、F28号棟のベランダだったからだ。あそこなんです。あそこの鍵はあけっ放しですから。男のすぐそばでそういっているのは三階の夫だった。にもかかわらず彼の指がさし示しているのはF28号棟の三階のベランダだった。男は混乱に陥った。とつぜん目の前に後頭部が写し出された合せ鏡的混乱？　F28号棟の三階のベランダには、洗濯物を干している主婦の姿が見えた。それとも見られているのはこちらだろうか？　挾み撃ち？　確かに男は挾まれていた。男を挾んで向い合っているのは、F28号棟の南側の壁面とF27号棟の北側の壁面だった。しかしながらその両面は、形も大きさもまったく同じ五階建て鉄筋コンクリート建造物の、表と裏だった。つまりそのとき男が指さされていたF28号棟の南半面は、他ならぬF27号棟の南半面でもあった。いまや男を挾んでいるのは、したがってF27号棟そのものだったわけだ。

軽いめまいはすでに去っていた。しかしながら男は、男の住居のベランダ伝いに登りはじめた三階の夫を下から見上げているとき、とつぜん顔面にはげしい火照りをおぼえた。男はふたたび眠りとの結びつきを断たれた憎悪の塊となりながら、登ってゆく三階の夫の足元を支えていたのだ。

男はなお暫くの間、窓側の乗客が拡げている住宅設計図集の平面図に目を落としていた。しかしながら平面図と男との結びつきは、ようやく断ち切られようとしていた。男の目はもはや平面図の〈内側〉も〈窓側〉も写してはいなかった。通路も見えなかった。もちろん軽いめまいもおぼえなかった。〈*WINDOW*〉とも〈*AISLE*〉とも〈アメリカ式〉とも、男はすでに結びつきを失っていた。そしてそれらすべてのものとの結びつきを男に示し続けてきたところの窓側の乗客との結びつきも、ついに横川駅を過ぎて間もなく、消滅しつつあったのである。

釜飯弁当を食べ終った窓側の乗客は、相変らず住宅設計図集を眺め続けていた。しかしながらあの火傷事件以後、窓側の乗客は沈黙していた。

「火傷には、このキシロが一番です」

その返事を最後として、二人の結びつきは断たれていたのだ。何ごとかがすでに終り、何ごとかはすでにはじまっているのだった。窓側の乗客の火傷はもう痛まないのだろうか？　痛むかも知れないし、痛まないかもしれない。いずれにせよ窓側の乗客の火傷もすでに終ったことだ。もし痛み続けているとすれば、それは痛みはじめたのであり、窓側の乗客はその痛みに耐えはじめているはずだった。当然の話だ。彼は痛みに耐え続けるべきであろう！　痛むのか、痛まないのか？　男はたずねてみようとは考えなかった。男が求めているものは、もはや窓側の乗客との結びつきではなかったからだ。そもそも窓側の乗客との結びつきは、男の誤解にはじまったのだった。誤解？　錯覚？　いずれにせよ、そのようにしてはじまったのであり、同時にもはや終ろうとしているものだ。〈窓側〉も〈内側〉も〈*WINDOW*〉も〈*AISLE*〉も通路も、横川駅を過ぎて走り続けてゆく列車そのものも、すべて然りだった。男の蛇殺しを最後まで信じようとしなかった蛇にくわしい知人も、男は思い出さなかった。

しかしながらそのような男にとって、すでに終りつつあるものに代ってはじまるべきものは、果して何だろう？　すなわち誤解に似た錯覚、あるいは錯覚に似た誤解によってはじまった偽りの結びつきに代るべき、真の結びつきとは何だろう？　いうまでもなくそれは眠りであろうと考えられる。すでに過ぎ去った軽いめまいに代って、男がおぼえはじめていたのは顔じゅうに拡がる火照りだったからだ。その火照りは眠りとの結びつきを断たれた男の憎悪であり、同時に眠りとの結びつきを求める、うち克ちがたい男の願望だった。しかしながらいまや、男が耐えなければならないものもまた、他ならぬ眠りとの結びつきだったといわなければならない。なにしろ列車はすでに横川駅を走り過ぎていたからだ。男は次の駅で下車しなければならない。男がこの列車に乗り込んだのは、他ならぬそこへ到着するためだったからだ。あと三十分？　あるいは二十分だろうか？　しかしながら男の右手には、横川駅で買い求めたポリエチレン製の茶瓶がぶらさがったままだった。残された時間を仮にまどろむとしても、果して右手に茶瓶をぶらさげたまま居眠りすることが可能だろうか!?

男は前歯を喰いしばった。顔じゅうに拡がりはじめている火照りの中から、とつぜん長女の泣き声がきこえてきたからだ。お昼寝したくないよう！　眠たくないよう！

（「海」一九七〇年十一月号）

疑問符で終る話

とにかく被害者にだけはならないことだ。なにがなんでも被害者にだけはなるべきではない。そのためにはあのテレビ屋を、絶対に玄関で喰い止めるべきだ。いかなることがあっても、それ以上わが家へ足を踏み入れさせてはならぬ。男はいまだ枕に頭を載せたままだった。しかしながらブザーを鳴らして玄関へ入ってきたものが、例のテレビ屋であることはすでにわかっていた。

「そうねえ、これで五度目ですものねえ」

という妻の声で了解したわけだ。五度目？　男は電話棚のメモ用紙の脇に置かれていた、テレビ屋の名刺を思い出した。それがどことなく威圧的な名刺であったことも、同時に思い出された。右肩に社名がゴチック体で大きく印刷されており、名前も何々コータローといった具合いの、セールスマンらしからぬ三字名だった。いったいどういう顔つきの男だろう？　男は枕から頭を持ちあげ、ふとんの上に上半身を起こした。

「どうも奥さん、恐縮です」

という声が玄関からきこえた。男は思わずふんと鼻で笑った。調子のいいこといいやがって。こちらにはぜんぶつつ抜けなんだからな。実さい、男の寝ている北側の四畳半と玄関とは、襖ひとつで接しているのだった。間には、電気洗濯機の置かれている畳一枚ほどの板張りがあるだけだ。男は玄関の方へ足をむけてふとんを敷いていた。北側が窓であるから、東枕で寝ていたわけだ。ただし男は、すでにふとんの上に上半身を起こしていた。したがって、襖によって遮られてはいたが、玄関でこちらを向いて立っているにちがいないテレビ屋の男と、襖を隔てて向き合う形になっていたわけだ。

男がそのような姿勢で、玄関の応対をきくのははじめてではない。男の住居においては、いかなる外部からの訪問者も、その玄関以外から出入りすることはできないからだ。勝手口もなければ、裏木戸もない。鉄筋コンクリート五階建ての二階に宙吊りになっている以上、それは当然の話だった。内部から外部へのそれは唯一つの出口であり、同時に外部から内部への唯一の入口だった。薄いブルーのエナメルで塗られた鉄製のドア。新聞、テレビ、牛乳、保険その他のセールスマンはもちろん、家庭訪問にあらわれる小学校三年生の長男の組担任も、すべてそこを通ってしか男の住居へ入ることはできない。畳半分ほどのコンクリートの玄関。そこはいわば男の住居における関所であり、港であり、最前線基地でもあったわけだ。

男は敷ぶとんの下で伸ばしていた両足をあぐらに組み換えた。とつぜん目の前の襖を開いて、テレビ屋が顔を突き出しそうな気がしたからだ。とんでもない話だ。まだ顔を見たこともないテレビ屋は、玄関で妻にあいさつをしているところではないか。ダイニングキッチンからは、テレビ漫画の音がきこえた。男はあぐらをかいたまま手を伸ばして、窓際に置かれた坐机の上から煙草を取り寄せた。そのようなとき男の腕は、あたかもナマケモノのように伸びるのだった。ナマケモノ？しかしながら男の四肢は決して、ナマケモノのように自由ではなかった。伸縮自在というわけにははゆかない。捻られたために肩か、あるいは首筋のどこかの骨が、小さな音をたてたからだ。明らかに運動不足だった。何という不健康なナマケモノだろう！　それとも肩をこらせたナマケモノだろうか？　しかし男は決して、一年じゅうただただ、ふとんの上にあぐらをかいていればよいという人間ではなかった。したがって、たとえどのような憧れを抱いたとしても、到底オブローモフにはなれない存在だった。そもそも団地に、オブローモフなどというものが存在し得るだろうか!?　一人の下僕さえ持たぬオブローモフ。下僕はおろか、男はこの地上にただの一平方メートルの地面さえ所有してはいない。もちろん男だけではなかった。団地とは何ぞや？　団地とは、毎週月曜日から土曜まで電車に乗って出稼ぎにゆく、土地なき通勤者の巣穴だからだ。しかしながら、そのような巣穴の住人の一人である男が、ナマケモノとして名高いロシアの地主に、しばしば憧れを抱いたのも、そのために他ならない。憧れの論理とは、そもそもそのようなものではあるまいか。

鉄筋コンクリート五階建ての団地の二階の、北向きの四畳半のふとんの上にあぐらをかいた男は、ふたたび肩の骨を鳴らして腕を伸ばした。後肢で枝にぶらさがったまま、前方の木の葉を取って食べるべく前肢を伸ばすナマケモノのように！　煙草の次は灰皿だった。それから最後にマッチを取り寄せて、ようやく火をつけた。しかしそのように苦心して一つ一つ取り寄せた煙草であったにもかかわらず、男はすぐに吐気をもよおした。男はあたかも、現実に目の前の襖からテレビ屋の顔があらわれでもしたかのように、顔をしかめ、煙草をもみ消した。

まだ二日酔を続けているのだろうか？　確かに男は二日酔だった。いったい何時だろうか？　子供たちの夕食はすでに済んだようすだ。しかしテレビ漫画を見ている以上、まだ八時を過ぎたわけではあるまいと考えられる。ポパイだろうか？　ムーミンだろうか？　日曜日だった。それだけは男にもはっきりしていた。なにしろ男は、土曜日の夜から夜通し酒を飲み、日曜日の朝陽が昇るころ、泥酔状態で帰宅する悪癖をいまだに改めることができなかったからだ。いまだに？　そうだ。〈ビール二本あるいは水割り五杯！〉と書きつけた便箋を、男が北向きの四畳半の壁にセロテープで貼りつけたのは、その年の正月元日であったにもかかわらずである。

毎週土曜日には必ず、というわけではなかった。しかし月のうち二、三度はそうなったようだ。アルコール中毒だろうか？　しかし男は、毎晩飲まずにはいられないという質ではなかった。いわゆる晩酌の習慣もない。したがって月に二、三度、日曜日の朝陽が昇るころ男が泥酔状態で帰宅することは、さほど致命的な悪癖であるとは考えられない。男は世の中に顔や名前を知られている存在ではなかった。しかしながらまず人並みに働いており、妻と二人の子供を養っている三十八歳の無名の男だ。仕事は男の義務だった。その義務を放棄しない以上、酒を飲んで悪い理由はどこにもあろうはずはなかった。男は悪徳漢でもなければ、破滅漢でもない。ごくふつうの酔っ払いに過ぎない。その酩酊状態に関する限り、いっそ模範的とさえ呼んでもよいのではあるまいか。乗り込んだタクシーの運転手に向って、行き先を告げるや否や眠り込んでしまい、東京都心から千円札一枚で十円玉二、三個の釣銭が来る距離にある団地へ到着してゆり起こされるまで眠り続ける男は、まちがっても酔っ払い運転などする気遣いはなかったからだ。もちろんマイカー族ではない。強いて名づければ、ハーフ・カー族とでも呼ぶべきだろうか？　男にとって車とは、すなわち眠るべき座席であり、運転台のある前半部分に関して男はまったく無関心だったからだ。

もちろん泥酔は、美徳とはいえない。健康的でないことも確かだ。しかしながら人間にとって健康とはいったい何だろう？　三度三度の食事と規則正しい脱糞だろうか？　その連続としての長寿だろうか？

「例えば、放屁だ」

と男はあるとき妻に語った。やはり朝陽が昇るころ帰宅した日曜日の、夜だった。不健康のためにわざわざ金を払う酔っ払いの気持ちがわからないという説はまことに合理的ではあるが、それでは女性が人前では何がなんでもおならを我慢するのは何故だろう？　某雑誌で読んだ産婦人科医の話によれば、女性の盲腸炎の原因は、ほとんどそのためだというではないか。その説は、男に初耳だった。しかしおそらく事実はそうであろうと考えられる。なにしろ談話を発表しているのは、専門の産婦人科医だからだ。

「でもね、おれはその医者の説には反対だよ」

と男はいった。なぜならばその医者は、女性はすべて、健康を欲するならばすべからく自由に放屁すべし、と説いていたからである。時間も場所も気にする必要はない！　健康なくして何の女性美ですか、というわけだ。

「もちろん健康第一主義は、医師としては正論だ」

したがって、我慢と盲腸炎との関係を指摘、解説することはまちがいではない。あるいはそれは、医師として、特に産婦人科の医師としての、義務であるとさえいえるかも知れない。しかしながら、「だから自由に」という結論は果して医師として正当だろうか？　越権行為とはいえないだろうか？　もはやそこからは、一人の人間の生き方の問題にかかわるものと考えられるからだ。義務か？　越権か？　この紙一重の分かれ目が問題なのだ。

「披露宴の席上で、ついそそうをしたばっかりに、自殺したという花嫁の逸話は知っているだろう？」

そのとき妻は笑い出さなかったようだ。何故だろうか？　三面鏡の前で、ヘアピンを口にくわえていたためだろうか？　男は湯上りだった。バスタオルを背中にひっかけて、ソファーで煙草をふかしていた。

「その話は、有名だわね」

「つまり、そういうことなんだよ」

「でも、その場合は、お仲人さんに責任があるということになってるんじゃあないかしら？」

「子供は？」

「え？」

「もう寝ちゃったんだろうな」

「その場合は、お仲人さんが、代りに一言恥をかけばよいことになってるんじゃないかしら？」

「それは、一つの教訓話としてだろう？」

「あたしは、そういうふうにきいてましたけど」

「おれは何も、仲人心得帖をいってるわけじゃないよ。問題はなぜ我慢をするかだ。盲腸炎の予防よりも、つまり健康よりも、大事なものが、ある場合にはある、ということです。要するに、パンのみに非ず！　人間の価値は健康だけにあるわけじゃないということなんだ」

男はソファーから立ちあがり、バスタオルを背中にひっかけたまま、六畳の部屋を歩きまわった。喋りながら興奮したためだ。自分の吐いたことばに、思いがけない熱っぽさを男は感じた。おれたちはマジメな夫婦だ！　二人の子供たちがすでに寝静まった時間に、何というマジメな問題を論じ合っていることだろう！

「え、そうじゃありませんかね？」

男はコイル状のもので頭を凸凹にした妻のうしろから、三面鏡をのぞき込んだ。何とも快い脱水状態だった。入浴の結果として、男はようやく、アルコールによる二日酔の呪縛から解き放たれようとしていたのである。それにしても何時間ぶりのことだろう？　男は幸福な喉の渇きをおぼえた。

「アイスクリームは？」

「冷蔵庫ですよ」

と妻は三面鏡に向ったまま答えた。

「もうどろどろになってると思いますけど」

ダイニングキッチンの冷蔵庫の上に置かれた小型時計は、すでに十時をまわっていた。男はドアをあけ、製氷室からアイスクリームを取り出した。ボール紙の箱に手を触れたとき、妻のいう通り、このアイスクリームは溶けかけているのが、男にもわかった。男はちょっと不愉快になった。何だ、このアイスクリームは！　蓋をとりはずすと、内側にくっついて溶けた分だけ、円形の表面が凹んでいた。男は掌に力を加えた。すると柔かくなったボール紙容器の円形の表面は、あたかも被害者の表情のごとく歪んだ。被害者？　確かにアイスクリームは被害者かも知れない。溶けたのはおそらく旧式な冷蔵庫のせいだからだ。溶けたのはわたしのせいじゃありませんよ！　フリーザーの付いていない、十年前の冷蔵庫のせいだ。十年前？　それは男が妻と結婚した年だった。そのとき冷蔵庫は、もちろん新品だった。そして最新型だった。男はダイニングキッチンから、隣の部屋の三面鏡の前にいる妻の気配をうかがった。冷蔵庫のドアが最近ひどく重たくなっているのを思い出したからだ。まるで男が子供のころ父親が使っていた金庫の鉄製の部厚い扉のようだ。番号を合わせて右へ二回、そして次に左へ三回まわすダイヤル式の鍵。もちろん男には金庫の扉をあけることはできなかった。中をのぞくことも禁じられていた。しかし重そうな扉だった。冷蔵庫のドアも重くなった。磁石のせいだろうか？　男は冷蔵庫の皮膚を眺めた。その艶《つや》を失ったクリーム色の皮膚には、テレビ漫画のシールが絆創膏のように貼られていた。サインはV。タイガー・マスク。アイスクリームが溶けたのはまちがいなくこの冷蔵庫のせいだ。だとすればこの冷蔵庫は加害者だろうか？

「あの冷蔵庫ももうダメだな」

と男は溶けたアイスクリームを舐めながらいった。

「見ろ！　こういう状態だ」

男は妻のうしろから、三面鏡にアイスクリームの箱を傾けて写して見せた。しかしながら、溶けはじめていたとはいえアイスクリームは甘露だった。脱水状態を呈している男の五臓六腑にとって、それはあたかも乾燥し切った海綿にしみ透る水のように快かった。とつぜん男は空腹をおぼえた。朝陽の昇るころ泥酔状態で帰宅してから、男は何も食べていなかった。食べるどころではなかったのである。

「もうそろそろ何か着たら」

と妻は三面鏡に写っている男の裸体に向っていった。

「アイスクリームが溶けたのは、何も冷蔵庫のせいだけじゃあないんですからね！」

「だって、フリーザーつきじゃあないんだろう？」

「あたしがいっているのは、時間ですよ!」

「時間?」

「せめて、夕食の時間までに起きあがれる状態になっていれば、アイスクリームだって、そんなに溶けはしないんですから。十年間でダメになったのは、何も冷蔵庫だけじゃないんじゃないですか?」

被害者にならないためには、男の住居にとって関所であり、港であり、最前線基地であるところの玄関における戦いにまず勝つ必要があった。男には勝つ自信があっただろうか? ある日とつぜんテレビの調子がおかしくなった。四、五日前だったろうか? 男が表から帰ってくると、玄関まで狂った音声がきこえてきた。何時だったろうか? 男の家庭では八時までで子供用のテレビは打ち切ることに決めていたから、おそらく八時前であったと考えられる。すでに夕食を済ませたらしい長男は、子供部屋の勉強机の椅子をうしろ向きにして、狂った音声を発するテレビの漫画を見ていた。テレビはダイニングキッチンに置かれていた。子供部屋とダイニングキッチンの仕切りはカーテンであるが、子供たちが寝るまでそれはあけられていた。いったい何の漫画だったのだろう? というのは、その番組名がわかったとたん、何もかも明らかになるということでもある。何月何日何曜日の何時。すべてがわかってしまうわけだ。もちろん男は、そのときの漫画の題名は忘れた。ポパイ? ムーミン?

男は黙って食事をはじめた。しかし実さいは長男をどなりつけたかったのだ。そのキチガイテレビを切ってしまえ! 実さい気が狂いそうな音声だった。にもかかわらず男がどなりつけなかったのは、テレビが狂ったのはそのときがはじめてではなかったからだ。原因は至って明白だった。テレビもまた冷蔵庫と同じく、すでに十年経っていたのだ。子供は小学校三年生の長男が八歳、長女は満四歳とちょっとだった。子供たちよりもテレビの方が古いわけだ。

男は冷蔵庫の上の置時計を見た。あと十分少々で八時だった。とにかく八時まで我慢しよう。もう十分の我慢だ。怒らない！　怒らない‼　怒らない!!!　男は掌に出した消化剤の粒を、できるだけゆっくり数えはじめた。

「ひとーつ、ふたーつ、みぃーつ」

と長女が傍にきて声を出した。

「よーつ、いつつ！」

男は掌の上から五粒だけを瓶の蓋に移して、長女に与えた。それから残りの十数粒を一気に口の中へ放り込むと、夕刊を読んでいる妻に向って、「水！」といった。妻は椅子に腰をおろしたまま流しの方へ向きを変え、コップに汲んだ水を男に渡した。そして黙ってまた夕刊を読み続けた。男はいわゆる水も汲まない亭主ではなかった。にもかかわらずそのときわざわざ妻に声をかけたのは、もともと妻がテレビ嫌いであることを知っていたからだ。

テレビ嫌い？　確かに妻はほとんどテレビを見なかった。昼間の主婦番組も見ないらしい。何故だろうか？　もちろん男は妻にたずねてみたが、そんな暇はないから、という返事だ。暇？　まあ子供が中学生にでもなれば出来るかも知れない、という。それではテレビ嫌いというわけではないのか？　すると、それは実さいに暇をもて余すようになってみなければわからない、という返事だった。あるいは妻は子供嫌いなのではあるまいか？　テレビ嫌いと子供嫌い。この両者は結びつくものだろうか？　それとも飛躍のし過ぎだろうか？　しかしながら男はその関係を、徹底的に追求してみたわけではなかった。それこそ暇がなかったからだ。実さい、テレビに限らず、結婚してから十年の間に、何もかも一切合財を妻と語り尽したわけではなかった。とにかく現実には、テレビもあり、子供も二人存在しているわけだ。

そしてそのテレビは相変らず狂ったような音声を発し続けていた。八時まで、あと五分だった。あるいはその間じゅう、最も叫び出したかったのは、男よりもむしろ妻だったのかも知れない。そのキチガイテレビを切ってしまえ！　しかし妻は叫び出さなかった。男も叫び出さなかったが、男の忍耐はこの場合、却って妻を苦しめたとも考えられる。男は妻のために叫び出すべきではなかったろうか？　しかし結局、現実に叫び声を発したのは長男だった。消化剤をのみ終って、テーブルの前から立ち上った男が、テレビの調節器に手を触れたからだ。

「お父さん、よせよ！」

と長男は悲鳴に似た叫び声をあげた。

「どうせこのテレビは、狂っちゃってるんだから！」

確かに長男のいう通りだった。男が調節器をまわすと、狂ったような音声は正常にもどったが、映像の方はたちまち、あたかも長男の泣面のように歪んでしまっていたからだ。

男の住居の玄関にテレビ屋があらわれたのは、いうまでもなくそのキチガイテレビのためだった。一度目は修理のためだった。長男が悲鳴に似た叫び声をあげた翌日、妻が電話で頼んだからだ。二度目からはもちろん新しいテレビを売りつけるための訪問だった。三度、四度そして五度！　瀕死の老衰者を見舞う棺桶屋のようにテレビ屋は男の家庭を訪問し続けたわけだ。

この十年間に、テレビの修理屋を呼んだのは何度くらいだろう？　もちろんはじめてではなかった。はじめて修理屋を呼んだのは、長男が三歳か四歳のときだ。当時テレビは、まだダイニングキッチンに移されていなかった。六畳間の箪笥の上に載せられており、男はソファーにもたれてそれを見ていた。妻はそのとき、ソファーで何をしていたのだろう？　もはや男は、まだ長女が生れる以前の妻の姿を生ま生ましく思い浮かべることは、ほとんどなくなっているようであるが、少なくとも当時、男は長男を膝に抱いてテレビを見ることがあったらしい。そのような写真がアルバムに残っているからだ。ソファーにもたれた男は、やや顎を前方へ突き出している。その膝の上で、男と同一方向へ視線を向けている長男は、一歳だろうか？　二歳だろうか？　その写真には確か妻も写っていた。そのとき妻が手にしていたものは、雑誌だったろうか？　毛糸の編物だろうか？　それとも男はその写真の中で、妻と同じ毛糸のセーターを着込んでいたのかも知れない。それは妻自身が編んだものであり、そのようなこともあることはあったわけだ。

もちろんテレビは、キチガイテレビではなかった。なにしろ相手は大人だけだ。したがって、いまだテレビは一個の家具に類するものとして取扱われていたと考えられる。しかしやがてテレビの修理屋があらわれはじめた。まずチャンネルが合わなくなった。依然としてテレビは六畳間の箪笥の上に置かれてはいたが、サイドテーブルを踏み台にした長男が、ダイヤルを狂わせたのだ。それからスピーカーが故障し、ブラウン管も取り換えた。そして長女が満二歳になったとき、テレビは六畳間の箪笥の上からダイニングキッチンへ置き換えられた。すなわち、もはやテレビは家具の一種ではなく、子供たちの玩具として放出されたわけだ。長女はマジックインクで、画面のカバーガラスに落書きをした。長男は、容赦なく胴体の部分を張りとばした。

「あたしはもう捨ててしまおうかと思うんだけど」

とはじめ妻はいった。長男が悲鳴に似た叫び声をあげた晩のことだ。

「どういう意味かね？」

「もうテレビは置かないことにするのよ」

「まさか、そういうわけにもゆかんだろう」

「どうしてなの？」

「どうしても、こうしてもないよ。先だっての日曜日の父親参観日でも、専ら話題はテレビと漫画本なんだからね」

「百害あって一利無しだわ。夕食はまじめに食べないし、ヘンなことばはおぼえるし、目にだって良くないわよ」

「その通りだ。しかし、困りものだからこそ、どういうふうに対処すべきかを考えざるを得ないわけだ」

「だから、あんなもの置かない方針に決めるのよ」

「そうはいかんだろ。第一、父兄の中にはテレビ会社に勤めてる奴もいるんだぜ」

「もちろん、うちだけの方針ですよ。泰男はそれに、もう剣道の練習にも通ってるんだし」

「剣道の試合だって、テレビで放送するぞ。それに、悪いものは、何もテレビだけじゃないよ。世の中そのものを変えるわけにはゆかんから、いろいろ考えてもいるわけだからな」

「本当に捨ててしまったら、どうかしら？　泣くかしら？」

「拾ってくるんじゃないか」

男はそのとき焼却炉に捨てられたテレビを想像した。ブロック塀で囲われた焼却炉は、男の住んでいる団地では奇数号棟の端に設置されていたが、そこはいわば団地の廃墟だった。燃えるものを焼き捨てると同時に、そのブロック塀の囲いの内側は、ありとあらゆる燃えない物を廃棄する場所でもあったからだ。小は使用済みのポリエチレン容器、箱形の白い発泡スチロールから、大はテレビ、冷蔵庫まで。要するに団地の内部において使用されているもののすべてが、そこには捨てられていたのである。実さいそれは、氾濫した団地のハラワタのように見える。内部にあってそこに無いものは何一つなかったからだ。あるとき男は、公団のネズミ色の作業服を着た労務員が、芝生で捨てられたダブルベッドを解体しているのを目撃した。裏返しにしたダブルベッドに足をかけて金槌をふるっている労務員のまわりには、たちまち子供たちが群がった。ハラワタのようにはみ出しかけているスプリングを、奪い合うためと考えられる。

結局のところキチガイテレビは捨てられなかった。そして男は、妻から次のような報告を受けた。まず、キチガイテレビの修理代は千五百円であったこと。ただし、テレビ屋はそれを受け取らずに帰った。年末までに新しいテレビを購入すれば、千五百円の修理代はサービスとして無料にして置くという理由からでもある。

「年末？」

と男はきき返した。すでに十二月だったからだ。それに、とにかく修理されたテレビは、キチガイじみた音声を発してはいなかったからでもある。

「それとも、カラーテレビのことか？」

「もちろん、それもあるんですけどね」

要するに男のうちのテレビは、すでに寿命である。したがって一応修理はするけれども、この次同じような症状を呈した場合は、もはや修理によって恢復させる自信はテレビ屋にもない、というわけだ。

「ブラウン管か？　それともスピーカーかな？」

どうもそうではないようだ、と妻は答えた。もちろん男には、わからなかった。テレビ屋にさえ修理できないものが、男にはわからないのは当然の話だ。カラーテレビか？　千五百円か？

「要するに、そういうことだな？」

もちろん付随的な問題は、他にも幾つかないわけではなかった。例えば、向う二週間はカラーテレビの無料貸出し期間中であること。この貸出しは買う買わないとはまったく無関係であり、また、子供のいたずら等による少々の破損に対しても一切弁償は不要であること。目下売出し中である新製品カタログの中から、好みの型を自由に撰んで遠慮なく申込んでいただきたい。さらに、いうまでもないことであるが、テレビ屋である以上、カラーばかりではなく白黒も取り揃えているのはもちろんである。

あるいはまだ他に、何か条件のようなものがつけ加えられていたかも知れない。しかし問題は、これから現実にはじまろうとしている、玄関における戦いだった。なにしろテレビ屋は、五度目の挑戦を試みようとしているのである。とにかくご主人から直接お話をうかがいたい、というわけだ。妻は何故そのような申入れを断わらなかったのだろう？　いまのところ買う気がないと答えると、必ず支払いは月賦で結構ですといってくるのはまったく失礼な話だ、と妻は真剣な顔で憤慨していた。

「そういってやればいいじゃないか」

わたしがあなたのセールスに協力できないのは、経済的な理由からではない。わたしはもともとテレビ嫌いだ。テレビはもう、このキチガイテレビでたくさんである。目下このキチガイテレビを焼却炉に捨てる日を毎日待ち続けているのであって、カラーテレビなどとんでもない話だ。

「それを、こちらにいわせること自体が、失礼だと思うのよ」

「しかし、テレビ屋はこちらに腹を立てさせるために、そういってるわけじゃあない」

テレビを売るためにいっているわけだ。いうまでもない話だった。そもそもテレビとは何だろう？　一個の四角い電気製品である。そしてテレビ屋とは、その四角い電気製品を売る人間であって、それ以上でもなければそれ以下でもない。要するにこちらは、それを買うか買わないかであって、腹を立てる必要などはどこにもないのである。なにしろ、テレビにしてもテレビ屋にしても、べつに男や妻に腹を立てさせるために存在しているわけでは決してないからだ。そうではないだろうか？

もちろん腹の立つようなテレビ番組はある。腹が立って腹が立って、そのままテレビをベランダから下の芝生へ投げ捨てたくなるようなテレビ番組があるのも、確かだ。その腹立ちをいったい誰に押しとどめることができようか！　実さい、誰かがベランダから芝生へテレビを投げ捨てたとしても、誰にも文句をいう筋合いはないのである。その衝動をいったい誰に否定する権利があるだろうか！　断じて、断じてあるまいと考えられる。テレビを投げ捨てる場合だけではない。たとえ、腹を立てた男がテレビとともにこの団地の屋上からコンクリート舗装道路めがけて飛び降り自殺を遂げたとしても、話はまったく同様であろう。しかしながら、果してそのテレビ番組は、男に腹を立てさせるために制作されたのだろうか？　それほどまでに腹を立てた男をして、テレビとともに屋上から飛び降り自殺をさせるために、放送されたといえるだろうか？　これまた答えは「ノー！」であろう。断じて、断じて、「ノー！」であろうと考えられる。男が飛び降りるべく登った団地の、鉄筋コンクリート五階建ての屋上には、その五階建て鉄筋コンクリート建造物の内部に居住する世帯数と同じ数の、テレビアンテナが立てられているからだ。カラー用もあれば白黒用もある。両者はどのくらいの割合いだろうか？　半々？　それとも四分六分で現在のところはまだ白黒優勢というところだろうか？　しかし、そのような比率はいま問題ではない。問題はいったい何だろう？　いうまでもなくテレビに腹を立てた男だった。問題はいったい何だろう？　いうまでもなくテレビに腹を立てた男だった。

く、テレビを抱えて屋上に昇ってきた男だった。しかしながら同時に、男をしてそれほどまでに腹を立てさせたテレビは、断じて男に腹を立てさせるために存在するわけではないことだった。決してそのために製造されたものではない。そのために販売されたものでは、決してなかった。なにしろ、男がまさにテレビもろとも屋上から舗装道路へと落下した瞬間、ある家庭のダイニングキッチンのテレビの前では、悲鳴ではなく笑い声が起こらないとは限らないからだ。抱腹絶倒するものがあらわれないとは、断言できないからである。

「そしてこの場合、もちろんカラー、白黒の違いは問題じゃない」

「いったい、どちらなの？」

「だから、どちらでも関係ない、といってるわけだ」

「買うんですか、買わないんですか？」

「なんだかテレビ屋みたいな口調じゃないか」

「テレビ屋みたいなのは、あなたじゃありませんか！」

「おれはただ、誤解もまた止むを得ない、ということをいってるだけだ。こちらのつもりが、テレビ屋に通じなくとも仕方ないだろう？　テレビ屋コータロー氏は、なにもうちへテレビ論をやりにあらわれたわけじゃない。三度も四度もね。要するに名刺を持って玄関へあらわれるのは、テレビを売るためだからね。ましてや、テレビ嫌いの一人の主婦を憤慨させるためにではない」

「カラーなんですか？　それとも千五百円なんですか？」

「いま、この団地じゃあ半々くらいかな？」

「テレビ屋の話じゃあ、もう少し多いみたいだけど」

男は団地の屋上を想像してみた。それから焼却炉に捨てられたわが家の白黒テレビを想像してみた。そしてやがて結論を出した。結論？　もちろんその場の結論だった。しかしながら妻と男とにとっては、きわめて現実的な結論である。

「おれは味方だよ。いうまでもない話だけどね」

「味方？」

「だって、テレビ屋に向って、この家の主人が主婦と異る意見をのべるわけにはゆかんじゃないか」

「とにかく、テレビ屋さんとの応対はお委せします。向うでも是非そうしたいと、うるさくて仕方がありませんから」

しかしテレビ屋を、果して敵と呼ぶべきだろうか？

玄関にテレビ屋を待たせて妻が起こしにやってきたとき、男はすぐにふとんから起きあがった。起きあがったばかりではない。自分から寝巻きの上にどてらを羽織ると、六畳間との境の襖をあけて立っている妻を押しのけるようにして、そのまま玄関へ出て行こうとした。男は妻が呼びにあらわれるのを、いまや遅しと待ち構えていたのだろうか？　もちろん男は、妻がテレビ屋と玄関で応対している間じゅう、とつぜんテレビ屋の顔が突き出されるのではあるまいかと睨み続けていた、正面の襖から出て行こうとしたのではない。公団住宅の３ＤＫの住居においては、男が寝ていた四畳半から玄関へ向う通路は、もう一つあった。すなわち、妻が男を起こしにあらわれた通路であるが、六畳間を抜けてダイニングキッチンへ出たところで、男は一旦立ち止った。何もあわてる必要はあるまい。結論はすでに出ているからだ。

男は四畳半に引き返した。妻はまだ、男を起こしにきたときと同じ場所に立ったままだった。

「何か？」

「帯を出してもらおうかな」

男は妻が取り出した黒い兵児帯《へこおび》を自分でぐるぐるとまきつけた。それから枕元に置かれたままになっていた煙草とマッチを取りあげ、どてらの懐に仕舞って、そのまま懐手をした。さて、いよいよ戦闘開始か！　しかし男は、ダイニングキッチンで一旦、懐手をはずした。水道の水を飲むためだった。アリナミンは？　まさか！　それほどの敵とは考えられない。敵？　男は思わず笑い出しそうになった。あるいは男の顔は、すでに笑い出していたのかも知れない。テレビ屋は、玄関へあらわれた男の顔を見るや否や、まずにやりと笑ったからだ。

つまり男は笑われたわけだ。しかしアタッシェ・ケースをさげたテレビ屋は、笑いに来たわけではないだろう。笑うために、わざわざ日曜日の夜八時近くにもなって、男の家の玄関先へあらわれたわけではないはずである。この家の主人に面会を求めてあらわれたはずだった。男は、顔から笑いを消すために軽く咳払いをした。相手に笑わせないためにはそうすべきだと考えたからだ。

「留守中に何度も見えられたそうですが」

と男は懐手をしたまままいった。テレビ屋はすでに笑ってはいなかった。

「はあ、是非ともご主人にお目にかかりたいと思いまして」

男は差し出された名刺を受け取った。しかしほとんど目もくれないまま、ふたたび懐手になった。

「ただしね、もうすでに結論は出てるんだよね」

「結論？」

「そう。家内の考え方はすでにあなたもきいたと思いますから」

と男は懐手をした右手でテレビ屋の名刺をもてあそびながら、いった。黒目の大きい、長顔だった。色は浅黒い方だ。ダイニングキッチンからテレビの音がきこえた。顔の長いコータロー？

「そう、そう、おい！」

と男はダイニングキッチンの方へ声をかけた。不意にキチガイテレビの修理代を思い出したからだ。

「はあ？」

と妻がダイニングキッチンの木製の戸をあけて顔を出した。

「修理代の千五百円。うっかり忘れるところだったよ」

「ほんとでしたわ！」

妻が顔をひっ込めたとき、男は自分の思いつきに満足していた。思いつき？　あるいは大発見といってもよかった。現実は常に、このような結末をもって終るべきではあるまいか。実さい男は、そのとき二日酔のあらゆる呪縛から、ようやく解き放たれたような気持ちになったほどだ。

男はちらりと風呂場のドアへ目をやった。板敷きの洗面所を挟んで、トイレットのドアと風呂場のドアが向い合っている。色柄の違う四本のバスタオルが、二本ずつ二段にかけられていた。妻と二人の子供はすでに入浴を済ませたらしい。三本のバスタオルの、湿り気を帯びた皺の寄り具合いでそれがわかった。男は風呂好きな人間だ。二日酔常習者のせいだろうか？　確かに二日酔と男の入浴とは、切り離し難く結びついていた。悪い汗だ！　二日酔は悪い汗だ！　男はひとり言をいいながら浴槽の中で耐え忍び、耐えられる限りの数を数えた。ガスの火は半開き程度にしておいた。全開のままでは、悪い汗を搾り出す前に男の方が参ってしまうからだ。三百秒？　それとも二百五十くらいが限度だろうか？　男は浴槽の中で首を動かして、錆のようにこびりついている壁のシミや天井のヒビ割れなどを眺めまわした。いずれも、一秒間でも長く浴槽の中で耐えるためだ。

壁も天井も、もともとは白く塗られたコンクリート造りだった。しかし現在ではすでに、水蒸気とともに立ち昇る男たちの垢によって、全体が肌色に変色している。悪い汗のせいもあるはずだった。風呂場はドアをのぞいて三方がそのような壁に囲まれており、北側に小さな縦長の窓が一つだけあった。確かにそれは、二日酔常習者にとっては、きわめてふさわしい悔悛の部屋であろうと考えられる。男がそこで流そうとしている悪い汗は、悔悛者の涙といえないだろうか？　しかも男は、その涙を一滴でも多く流すために、歯を喰いしばって耐え忍んでいるのだ。「無無明亦《むむみょうやく》、無無明《むむみょう》尽《じん》！」「絶対矛盾的自己同一！」あと十秒！　あと五秒!!　あと一秒!!!　もはや男の目には何ものも見えなかった。あたかも悔悛の涙にかきくれた罪人のように、男の目は噴出しはじめた悪い汗によって塞がれてしまったからだ。男は悲鳴に似た唸り声を発して浴槽をとび出すと、犬のように大きく開いた口から犬のように舌を出し、犬のように大きな息づかいをしながら、ゴムホースの水を体じゅうに浴びせかけた。犬のように？　確かに男は、そのとき犬のように満足をおぼえた。しかしながらそれは、あたかも犬になったような満足だろうか？　それとも、犬のような真似をすることの満足だろうか？　ともかく男はそのような動作を二度ないし三度繰り返した。すると悪い汗は、これもまた、あたかもやがて乾きはじめる悔悛の涙のごとく、次第に男の体内を離れはじめたようすだ。

しかしながら男はまた、子供たちとともに入浴することも、決して嫌いな父親ではなかった。それればかりか、妻は風呂場において子供たちを泣かせ過ぎるのではあるまいか、という批判に似た考えささえ、内心抱いていたのである。批判の根拠は、もちろん自信だった。要するに泣かせないことだ。子供を入浴させる要訣はそれに尽きる、と男は考えていた。泣き喚かせながらであれば、誰にだって子供の頭を洗うことはできるだろう。どうしても必要止むを得なければ、縛りつけることだってできるからだ。両手を縛りあげて、浴槽の中で溺れさせることだって、不可能ではあるまい。子供とは、そんなものだ。どう抵抗してみたところで、大人にかなう敵ではない。だからこそ、泣かさずに子供を入浴させることは困難でもあり、同時に是非ともそうすべき方法が必要というわけではあるまいか。これが入浴に関する男の論理だった。論理？　もちろん男はその論理のために子供たちとともに入浴していたわけではない。しかし男は、可能な限り自己の論理に忠実であろうとは努めていた。たとえ入浴といえども、である。泣き喚く子供をひっぱたいて、頭からシャンプーをふり注ぎ、むりやり髪洗いをするやり方は、男の論理に反していた。そのような場合、男は洗髪を水鉄砲に切り換えた。水鉄砲の一つは、虎の形をしていた。もう一箇の方は何だろうか？　緑色と白のまだらで、蛇のようでもあり、河童のようにも見える。メイド・イン・ホンコンのマーク付きであるが、果してホンコンに河童がいるだろうか？　男にはよくわからなかった。とにかく男は、そのいずれかを手にしてさっさと浴槽に入った。子供たちに強制する必要はないのである。目標は洗い場を隔てた壁につるされたタライの底だった。青いポリエチレン製のタライの底にできている同心円のくぼみは、まるで水鉄砲の的のために作られたもののようだ。照準距離は約一メートル半。仰角は約四十度？　男は浴槽の中から狙いをつけて撃ちはじめた。金ダライの、はじけるような音がきこえないのが残念だった。しかしそこには、男をふしぎに夢中にさせる何ものかがあった。何だろうか？　男はすぐに一つのアメリカ映画を思い浮かべた。夢想の中でただちにさまざまな英雄に早変りする男。ダニー・ケイ主演の天然色映画だ。早射ちマック？　抜き射ちサム？　それとも左利きの拳銃ビリー・ザ・キッドだろうか？

実弾を撃った経験は男にはなかった。日本が戦争に敗けたとき、中学一年生だったからだ。しかし男の手にも、三八式歩兵銃の重みの記憶は残っていた。武器欠乏の折柄、教練用はすでに木銃に切り換えられていたが、弾丸の込め方は男も知っていた。おぼえたのは小学校何年生のときだろうか？　町の近くで野戦演習があると、男の家にも数人の兵隊が宿泊した。家の前に組み立てられた小銃の数が、そこに宿泊する兵隊の人員だった。それはまた子供たちの自慢でもある。男もその数を自慢にしたが、その数はもちろん忘れた。将校も泊ったはずだ。男の父親は予備役の陸軍歩兵中尉で、町の在郷軍人分会長をしていたからだ。しかし、男の記憶は次の三つだ。すなわち、軍服と軍服色のカレーライスと三八式歩兵銃、だった。軍服色？　確かに軍服とカレーライスはよく似合った。兵隊たちはあぐらをかいてカレーライスを食べ終ると、三八式をかついで演習に出かけて行った。男たち小学生は南山《なんざん》へ兵隊たちの実弾射撃演習を見学に出かけた。南山？　南山は、日本が戦争に敗けるまで男たちが住んでいた北朝鮮の、町のはずれの山だ。風呂の中で水鉄砲射撃をはじめると、男はしばしば南山を思い浮かべた。南山の裏側の丘陵地帯は、実弾射撃場としてまたとない場所だった。広々としてなだらかであるばかりでなく、そこには、墓標のない朝鮮人墓地の土まんじゅうが、あたかも敵のトーチカのように、果てしなく累々と続いていたからだ。

男の家に宿泊した兵隊は射撃の名手だっただろうか？　兵隊たちは三、四名ずつ伏せの姿勢で遥かかなたの標的へ三八式歩兵銃の狙いを定めた。そして一発ずつ実弾を発射した。一人で何発撃つことになっているのだろうか？　男にはもちろんわからなかった。しかし撃つのは、あくまでも一発ずつだった。一発撃ち終ると射撃兵は、伏せの姿勢から左脇腹を下にして、体を捻って銃桿を動かし、ふたたび目標へ狙いを定めた。やがて鋭さと鈍さの入り混った命中音とともに、射撃兵に注がれていた男たちの目は、遥かかなたの標的に移される。同心円の描かれた標的が、くるりと一回転した。命中？　不命中？　白旗が振られれば命中だった。真中に命中した場合は三本、次は二本、一本の順だった。不命中の場合は、マッチ棒のお化けのようなものが振られた。

男はメイド・イン・ホンコン印の虎型水鉄砲で、ポリエチレン製の青いタライの底を狙い続けた。狙撃そのものに何かひとを酔わせる魔的な力がひそんでいるのだろうか？　それともそのとき男がおぼえていたのは、意外にも衰えを見せていない指先の運動神経に対する満足感だろうか？　意外にも！　三十八歳の二日酔常習者であるにもかかわらず！　子供たちは、浴槽へ入ってきて男の水鉄砲射撃を真似る場合もあり、真似ない場合もあった。真似た場合、それを餌にして男は、子供の洗髪を成功させることが多かった。しかしながらたとえ子供が真似をしなかったとしても、それは男の論理に矛盾があったためとはいえないだろう。それは論理の矛盾ではなく、その場合の男は、水鉄砲に夢中のあまり、論理そのものをすでに忘れ果てていたからだ。

男は街のサウナ風呂にもときどき出かけた。一時は中毒患者のように通い続けたこともあった。何か特別な理由があったのだろうか？　男はちょっと考え込んだ。家庭不和とか、仕事上の鬱憤とか、健康上の不安とか。その他に何か？　生きている人間として、どうしても耐え忍ばなければならない苦痛と悲哀。生きている以上、おそらく免れることのできない欲望と不満。あるいは恥辱と弱さ。そういった諸々の悩みに起因する具体的な何ごとかが、そのときあったのだろうか？　そのとき？　つまり男が一時、中毒患者のごとくサウナ風呂へ通い続けたときだ。男はちょっと考えたが、すぐには思い当らなかった。しかしそれは、男の過去にそのような諸々の悩みが、まったく無かったからではない。ただそのとき思い浮かばなかっただけだ。

なにしろサウナ風呂の記憶は、いまアタッシェ・ケースを手にしたテレビ屋を、ようやく玄関から撃退することに成功しかけた男にとって、爽快感以外の何ものでもなかったからである。悪い汗に満ち満ちたわれとわが身を、摂氏百十度の熱の拷問にかけた直後の水風呂！　まるで音がきこえるようだ！　そのあと襲ってくる、放心したような脱水状態と喉の渇き。一服吸い込んだ煙草の、目のくらむようなニコチンの刺戟。そしてあたかも、砂漠の中に突如出現したような、アイスクリーム！

男は思わず笑いを浮かべた。ブザーを鳴らして玄関へ入ってきたテレビ屋に対して、被害者にだけはなるべきではない、などと考えた男は、まるで嘘のようだ。

「いや、ゆうべ少々飲み過ぎましてね」

と男は懐手をしたどてらの中で、テレビ屋の名刺をもてあそびながらいった。

「二日酔には、やはり風呂が一番ですよ。サウナ風呂が最高ですね。しかし、団地に住んでいると、ときどき不意に銭湯が恋しくなりますなあ。案外、みんなそう思ってるんじゃないですか。なにしろこの団地も、もう七年ですからねえ。便利は便利でも、なんといってもこの風呂場は狭いから！ しかし、これだけのマンモス団地の周辺に、どうして一軒も銭湯ができないんだろう？ みんな、憧れていると思いますよ、ほんとに。それに駅の向う側は、新興建売住宅街でしょう、もちろん内風呂付きなんでしょうけどね、銭湯は銭湯でまた別ですからねえ。どうですか、一つ？ お宅の社長さんあたりに話を持ちかけてみたら？ もちろんテレビ屋さんも儲かるでしょうがね」

しかし男の上機嫌なお喋りも、そのあとは続かなかった。相手が笑い出さなかったからだ。もちろんテレビ屋は、笑うために男の玄関へあらわれたわけではない。男と向い合っているのも、笑うためではなかった。もし笑ったとしても、それはテレビを売るためと考えられる。他ならぬそのために、テレビ屋は男と向き合っていたからだ。当然の話だった。にもかかわらず男がそのとき、あたかも食事中に小石を噛んだような表情を見せたのは何故だろう？ 男はテレビ屋の笑いを、期待していたからだ。しかしテレビ屋は笑わなかった。笑わなかったばかりではない。そのとき男が認めたのは、薄いブルーのエナメルで塗られた鉄製のドアを背にして立っている、アタッシェ・ケースをさげた一人の、他人だった。その運命も、また価値観も、男とは何らかかわり合いを持たぬ一人の他人と、男はとつぜん向い合っていたのである。

「おい」

と男は、懐手をしたどてらの中で、テレビ屋の名刺を握りしめながら、声を出した。男は誰を呼んだのだろう？　妻だろうか？　それとも玄関のドアを背にして男と向い合っている、他人だろうか？

「おい！」

そのとき、他人は一歩男の方へ足を踏み出したようだ。

「その結論というのは、お宅さんの結論でしょう？」

「はあ？」

とダイニングキッチンの木製の戸をあけて、妻が顔を出した。

「千五百円！」

と男は妻の顔に向っていった。

「もう、お話はお済みになったの？」

「そう、結論ははじめから出ているんだ」

「わたしはねえ、そんなものをいただくために、わざわざご主人にお会いしたわけじゃあ、ありません」

「そんなもの？」

「つまり、お客さんの結論ですよ」

「だからさ、結論ははじめから出てるといったでしょう」

「いかがでしょうかね、ご主人？」

「おい、千五百円！」

と男は、どてらの内側で握りしめている掌に力を込めながら、三たびダイニングキッチンへ声をかけた。

「はい、ただいま」

「いかがでしょうかね、奥さん？」

とテレビ屋は、男のうしろにあらわれた妻に向って、同じことばを繰り返した。

「え？」

「修理代はこの際、半額にさせていただきますから」

男は思わず前歯を喰いしばった。このキチガイテレビ屋奴！　しかし男は、被害者にだけはなりたくなかった。そのためには怒らないことだ。被害者にならないためには、断じて、断じて腹を立ててはならない。テレビ屋がこの玄関にあらわれたのは、何も男に腹を立てさせるためではないからだ。怒らない！　怒らない!!　怒らない!!!

「結論は出たんじゃあなかったんですの？」

「はい。ご主人から充分にうかがったところです」

「それで？」

「はい。今日は、そうですね、今夜はもう夜分ですし、これで失礼させていただきますが、修理代は七百五十円で結構です。ええ、これは勉強させていただきます。お宅さんの結論はうかがいましたが、まだこちらの結論は出しておりませんから」

もちろん妻は、男の顔をうかがった。男はもう一度前歯を喰いしばり、どてらの内側で掌に力を入れた。

「まあ、とにかく……」

そういうことにして置こう。そのとき男に必要なことは、とにかくテレビ屋を、笑ってこの玄関から送り出すことだと考えられたからだ。テレビ屋は決して、男を立腹させるために存在しているのではないはずである。笑って！　笑って!!　笑って!!!

妻は七百五十円を支払った。テレビ屋はそれを受け取り、一礼して玄関のドアの外側へ消えた。男はようやく懐手を解いた。テレビ屋の名刺は男の右の掌の中で、縦、横そして斜めに握り潰されていた。そこに印刷された文字は、当然の結果として、もはや判読できなかった。コータローだろうか？　ケンタローだろうか？

（「文學界」一九七一年三月号）

挾み撃ち

1

　ある日のことである。わたしはとつぜん一羽の鳥を思い出した。しかし、鳥とはいっても早起き鳥のことだ。ジ・アーリィ・バード・キャッチズ・ア・ウォーム。早起き鳥は虫をつかまえる。早起きは三文の得。わたしは、お茶の水の橋の上に立っていた。夕方だった。たぶん六時ちょっと前だろう。

　国電お茶の水駅前は混み合っていた。あのゆるい勾配のある狭いアスファルト地帯は、まことに落ち着かない。改札口から出てきた場合も、その逆の場合も、じっとそこに立ち止ることができない場所だ。実際、誰も立ち止らない。スタンドの新聞、週刊誌を受け取るのも歩きながら、ヘルメットをつけた学生諸君からビラを受け取るのもまた、歩きながらである。

　幾つか並んでいる公衆電話のあたり、それからバスとタクシー乗場。もちろん橋の上も混んでいる。それにしてもお茶の水とは、また何と優雅な駅名であろうか！　お茶の水！　ここは学生たちの交叉点だ。確か何年か前、この附近一帯を大学生たちが占拠しようとした。解放区というものを作ろうと、ヘルメットをかぶり、タオルで顔を覆い、手に手に棒を持寄って警視庁機動隊と衝突した。しかし彼らは間もなくその計画を諦めざるを得なかった。車道へ出て遊んではいけない。道路上での陣取りは違反である。ましてや手造りの火炎瓶ふう発火物を投げることなど許されるはずもない、というわけだった。つまり、まことに優雅な駅名を持つこのお茶の水界隈は、解放区とはならなかった。しかしそこが、依然として大学生たちの交叉点であることに変りはない。

橋は国電の線路を跨いでいる。この橋は何という名の橋だろう？　お茶の水橋？　たぶんそうだろう。しかしわたしは、立っている橋のほぼ中央の位置からわざわざそれを確かめに歩き出したいというほどの人間ではなかった。ただ、ある日のこと、その橋の上に立っていたにもかかわらず、橋の名前を知らなかったことに気づいただけである。

とつぜん、白鬚橋《しらひげばし》の名が口をついて出てきた。吾妻橋、駒形橋、それから……源森橋？　もちろんいずれも『濹東綺譚』である。イサーキエフスキー橋。これはゴーゴリの『鼻』である。ある朝とつぜん、朝食のパンの中から出現した八等官コワリョーフの鼻を、床屋のヤーコヴレヴィチがぼろ布に包んでおそるおそる捨てに行く橋である。確かに橋にも名前は必要だろう。できるだけ警官に出会わないように横丁から裏道を選んで寺島町へ通う荷風が、名前も知らない〈ある橋〉を渡ったのでは、面白くない。床屋のヤーコヴレヴィチもまた、警官の目をおそれている。なにしろ彼がぼろ布に包んでこっそりポケットにかくしているのは、おそれおおくも八等官の鼻だったからだ。そしてそのような彼が、ようやくの思いでぼろ布に包んだ鼻を捨てることのできた橋は、やはりネヴァ河にかかったイサーキエフスキー橋でなくてはならないだろう。ペテルブルグの〈ある橋〉では面白くないはずである。

橋ばかりではない。寺島町界隈に出没する男たちの習慣に従うためわざと帽子をかぶらず、庭掃除用のズボンに女物のチビた古下駄をはいた荷風が歩き抜ける横丁や路地にも、すべて名前がついている。どのように狭い無名の路地にも、名前があるのである。少なくとも彼は知っていたはずだ。もし本当に無名の路地であったとしても、彼だけはその名を知っているように、読む者には思われるのである。そのことは、ぼろ布に包んだ鼻をポケットに隠した床屋の場合も同様だった。なんと羨ましい小説だろうか！　実はわたしも、ああいうふうに橋や横丁や路地の名前を書いてみたいものだ。自分の小説の至るところに、あのような名前を散りばめてみたいと願わずにはいられないのである。

しかし現実には、わたしは自分がその上に立っている橋の名前さえわからない有様だった。一つにはこれは、わたしが田舎者のせいだ。田舎者？　左様、ひとまずここではそうして置くことにしよう。実際わたしはこの橋に限らず、白鬚橋も吾妻橋も駒形橋も源森橋も、知らない。渡ったことがないのではなく、たぶん渡っていながら、知らないのである。もちろんこれはわたしのせいだ。わたしの個人的な理由によってそうなのである。しかし同時に東京そのものがわたしを混乱に陥れていることも確かだろう。早い話、川の無い橋が無数に架けられている。道路のこちら側から向う側へ渡るために架けられたあの無数の歩道橋に、ひとつひとつ名前をつけたらいったいどうなるのだろう？　もちろんそれらの名前を全部、片っ端からおぼえ込む人間も出てくるはずである。意地ででも暗記してやるぞ、という人間も出てくるには違いない。しかしそのような橋の名前を荷風は小説に書き込むであろうか？　歩道橋を渡って寺島町界隈へ通う荷風の姿などは考えることができない。つまりわたしがいうまでもなく、荷風の橋は、もう書けないのである。少なくともわたしには、それを模倣する資格がない。川ばかりでなく、名前もつけられない無数の橋が、東京じゅうに氾濫したのである。

しかしいまさら愚痴をこぼしてみてもはじまる話ではない。こんな名前も無いような橋など、誰が渡れるものか、というわけにもゆかない。自動車の波を手足でかき分けることができぬ以上、誰もが名前も無い橋を渡らずには生きてゆくことができないわけだ。もちろんこれはべつだんわたしの新発見ではない。常識である。それに、何もかも一緒くたにして論じるのは、やはり誤りというものだろう。川も名前もない橋が東京じゅうに氾濫したとはいえ、現にわたしが立っている橋には、何か名前がつけられているはずだからである。その橋の上でわたしは、たまたま橋の名前を忘れているに過ぎない。しかしわたしはその橋の上で、とつぜん早起き鳥を思い出した。そこで、この橋をいま早起き鳥橋と呼ぶことに決めても大して罪にはならないだろう。

橋の上から大学バスが出る。実は一度だけわたしもそのバスに乗ったのだった。ちょうど二十年前のことだ。わたしはそのバスに乗って早起き鳥の試験を受けに出かけたのである。それ以来わたしは、二度とふたたびそのバスに乗っていない。乗る必要がなくなったからだ。

次の和文を英訳せよ。《早起きは三文の得》

その解答欄にわたしは書き込むことができなかった。ジ・アーリィ・バード・キャッチズ・ア・ウォーム。早起き鳥は虫をつかまえる。まったく情ないくらい単純な話だ。しかし諸君、人生とはまさしくそのように単純で、ごまかしの利かないものなのである！　もっともわたしが、「諸君」

などと呼びかけてみたところで、誰かが「ハイ！」などと返事をするわけではない。もちろんこの橋の上にただ立っているだけの男の人生など、現在の諸君の人生とは何のかかわり合いも持たぬはずだ。いったいわたしは何者であるのか、一向に諸君にはわかっていないからである。ただ、もしも、いったいこのわたしが何者であるのか、ほんの一瞬間だけ通りすがりの諸君に興味を抱かせるものがあったとすれば、それはわたしの外套のせいだ。

とはいっても、べつだん人眼を引くような奇抜な外套ではない。一口でいえば、まことに平凡な外套である。しかし、その平凡過ぎるところが、あるいは誰かの目を引くことになるのかも知れない。いまどきわが国の首都東京においては、このように平凡な外套を着用する習慣はなくなってしまったからである。いったいいつごろからそうなったのだろう？　どうもわたしにははっきりしない。誰か服飾専門の研究家とか、デパートの売場主任とかにたずねてみればはっきりするかも知れないが、一般人の常識としては、ビルというビルが暖房完備となったこと。そのビルからビルへの往来はこれも暖房完備の自動車ですること。またその上に加えて、日本が戦争に敗けて以来、年々東京の冬は暖かくなってきて、例えば二・二六事件のような雪は最早や降らなくなってしまった。大略そういった見方がゆきとどいているようである。

多くの人々が外套に代って着用しはじめたものを、何と呼んでいるのか、わたしは詳しくない。もうずいぶん以前、トレンチ・コートとかいう、腰のあたりにベルトのついた上張りが流行した。また、スリー・シーズン・コートという名前も一時耳にしたような気がする。しかしいずれもだいぶ前の話であるから、もちろん現在のはやりではないはずである。そして、いま多くの人々が着用している外套に代るものの名前をわたしは知らない。わかっているのはただ、それが外套ではないことだけである。

ところで、いささか唐突ではあるが、寒さというものと痔疾とはいかなる関係を有するのだろう？　幸いにしてわたしはこの持病に煩わされていないが、わたしの周囲には、この病気に悩んでいる男性が少なくない。ある推理作家は、レインコート製造販売会社から口説き落とされて、テレビの画面に宣伝出演したほどの容姿の持ち主であるが、彼も痔疾だ。これは小説家には大敵である。彼なども一時は、猟銃自殺をとげたアメリカの作家を真似て、立ったまま原稿を書こうと考えてみたらしいが、結局そうもゆかなかった。なにしろ先方は横書きであるのに対してこちらは縦書きだし、それに、アメリカの作家の場合はタイプライターである。止むを得ず彼は、子供用の浮き袋をもう一まわり小さくしたような、ドーナツ形の座ぶとんを使用し、外出のときも放さず持ち歩いていたようであるが、ある日ついに、彼自身の表現によれば「福神漬の瓶」くらいのものを、手術して取り出したという話だった。その他、ある大きな出版社の労働組合の委員長、ぱらりと額に落ちかかる髪を優雅な手つきでかきあげる仕草のよく似合うフランス文学者など、いうまでもないことだが、この病気と容貌とは何の関係もなさそうである。たぶんこれは、女性の場合も同様であろう。

それでは寒さとの関係があるのだろうか？　というのは、ご存知のごとく、ゴーゴリの『外套』の主人公アカーキー・アカーキエヴィチ・バシマチキンは痔持ちだからである。そしてそれは、北国の首都ペテルブルグの気候のせいだということになっているからである。もっともアカーキーの痔疾と『外套』の物語とは、いかなる関係をも持っていない。アカーキーはペテルブルグのある官庁に勤める万年九等官である。書類の筆写が彼の仕事だ。いや、それは仕事以上のものだった。彼にはお気に入りの文字が幾つかあった。それはロシア文字のアルファベットの中の幾つかであるが、書類の中にその文字を発見した彼は、無上の喜びをおぼえるのである。時間が足りなくなると、自分のアパートへ書類を持ち帰って、気に入るまで清書を繰返す。それが彼の人生のすべてだった。なにしろアカーキーは、すでに五十歳を過ぎているにもかかわらず、独身者で、安アパートの住人だったからだ。

ただ、悩みのたねは、ぼろぼろになった外套だった。最早やそれは、ペテルブルグの寒風から彼の身を守る役目を果すことができない。役所の連中は、その外套《シニエーリ》を上張り《カポート》と呼んで笑いものにしていた。この格下げは、いわば人間から猿に転落したようなものだろう。しかしアカーキーを絶望させたのは、そのような仲間たちから受けた格下げではなくて、仕立屋のペトローヴィチのことばだった。この外套にはもう針がかかりませんぜ。ペトローヴィチはそう宣告したのである。

しかしその仕立屋の宣告は、アカーキーの人生に、まったく思いがけない新しい夢を与える結果にもなったようだ。アカーキーは、アパートで茶を飲むことをやめた。新しい外套を作るための節約である。洗濯物も注文には出さない。電灯もつけない。必要な場合は家主の婆さんの部屋の片隅を使わせてもらう。道路を歩くときは、できるだけ足を持ちあげるようにする。靴底をすりへらさないためであった。しかしそのような耐乏生活が、アカーキーにとっては、苦痛ではないばかりか、新しい生き甲斐とさえなったのである。彼はあたかも婚約者が、花嫁を迎える日を指折り数えて待つように、新しい外套を夢見つつ暮したわけだ。

したがってその新しい外套が、でき上ったその日に何者かによって強奪されたとき、最早や彼が生きる希望を失ったことは、当然といえるであろう。決して大袈裟であるとはいえない。なにしろ外套が人生そのものだった。新しい外套を着用して勤めに出かけたとき、一旦猿に格下げされた彼の外套とともに、彼自身もまた、ようやく復権したのである。しかし、あっという間に、外套は何者かによって剝ぎ取られた。彼は役所の連中のすすめに従って、ある「有力な人物」のところへ請願に出かける。しかし、一喝されて、その場に倒れる。そして数日後アパートの自室で息を引き取ったが、間もなくペテルブルグじゅうに、夜な夜なアカーキーの幽霊が出没するという噂が、拡まった。なんでもその幽霊は、通行人の着ている外套を片っ端から剝ぎ取るという噂である。もちろん「有力な人物」も狙われた。しかし、「有力な人物」が襲われたあと、ぴたりと幽霊は出なくなった。何故だろうか？　たぶん「有力な人物」の外套が幽霊の体にぴったり合ったのだろう、とゴーゴリは書いている。

しかしわたしがこの早起き鳥橋の上に立っているのは、通行人の誰かに『外套』の物語を語りかけるためではない。わたしは山川という男を、この橋の上で待っているのである。わたしは六時にこの橋の上で彼と会う約束をした。もっとも、それにしたところで、通行人たちとは何のかかわり合いも持たぬことだろう。わたしは平凡な外套を着た一人の四十歳の男に過ぎない。ある日のこと平凡な外套を着た四十歳の男が、橋の上を通りかかる。いうまでもなく、橋というものはこちら側から向う側へ、あるいは向う側からこちら側へ渡るものだ。しかしその男が、とつぜん橋の中央附近で立ち止らないとは断言できない。何故？　もちろん本人にもわからないが、とつぜん橋の真中あたりで彼は両脚の運動を中止してしまったわけだ。そういう人間が絶対にいないとは断言できまい。あたかも、生まれてからこのかた、ただ歩き廻ることとしか考えなかった人間が、とつぜん、人間には立ち止るということもできるのだ、と気づきでもしたかのように、ある日のこと通りかかった橋の上で、立ち止る。あるいはわたしも、そのような一人の男に見えるかも知れないのである。

そう見えたとしても一向に差し支えはないわけだ。

たぶん人々は、やや平凡過ぎるわたしの外套にも注目はしないだろう。アカーキー・アカーキエヴィチは、その夢みるような新しい外套の襟に、猫の皮をつけた。残念ながら貂《てん》の皮は買えなかったが、猫の皮は遠目には貂に見えるからだった。わたしの外套の襟には、もちろん貂の皮はついていない。海豹《あざらし》の皮も洗熊の皮も猫の皮もついていない。色もグレイとブルーの中間色系統の、きわめておとなしいものだ。しかし材質は上等の純毛で、オーダーメイドではないが、英国製である。

わたしは、決して着るものにうるさい人間ではない。外套以外は背広もシャツも靴も、もちろん国産品である。背広は仕立てものだが、それは、決して美的要求からではない。わたしの上体は、どうやら右側へ歪んでいるらしい。ある仕立屋にいわせると、捩《ねじ》れている。弓でも引いてるんですか、というわけだったが、上体が捩れるほど弓を引いたおぼえはない。つまり、原因ははっきりしないが、そんなわけで、既製服を着ると、傾いたハンガーに洋服を吊したように見えるらしい。見えるだけでなく、何とも居心地が悪いのである。いわゆる右肩が下っているというのではない。右肩が下へではなく、うしろへ捩れているのである。でなければ左肩の方が前へ捩れているのか。いずれにしても、捩れているわけだ。しかし、上着はまだいい。問題はズボンだ。あの、斜めにポケットを貼りつけたようなズボンをはいて歩くのはきわめて困難である。脚が短いせいだろうか？わたしの身長は五尺四寸である。足の文数《もんすう》は十文半だ。これこそまさに、既製服のために出来上ったような体格といえるのではなかろうか。にもかかわらず、あの股上の浅い既製のズボンをはくと、歩行困難を来すのである。ズボンをはいた、という心地がしない。何かを腰のあたりから吊している心地で、どうにも落ち着かない。

着るものに決してうるさい人間ではないにもかかわらず、わたしが背広だけは仕立てることにしているのは、そのためであるが、作ったのは結婚してから十二年の間に、六着か七着というところだろう。しかもその六着だか七着だかを、いずれもいまだに着続けているのである。外套の方は何着だろうか？　たぶん十二年間に三着だった。それは多い方か、少ない方か、わたしにはわからない。おそらく多くはない方だろう。しかしわたしは、トレンチ・コートとかスリー・シーズン・コートとかには見向きもせず、ただただ平凡な外套のみにこだわってきた。四年や五年は保つ丈夫な材質のものを選んだ理由も、他ならぬそのためだった。外套、外套、外套、外套である。あたかもアカーキーの幽霊のように、わたしは外套にこだわってきた。

幸いなことは、わたしの妻がこのわたしのこだわりに対して、反対しなかったことだ。たぶん彼女は、わたしが北朝鮮という寒い地方で育った人間であるため、そのように外套を懐しがるのだろうと解釈したに違いない。口に出してそういったわけではないが、わたしはそう勝手に彼女の気持ちを解釈している。そしてそれは、当らずといえども遠からず、であろうとこれもまた勝手に考えているわけだ。

ここは朝鮮北端の
二百里余りの鴨緑江
渡れば広漠、南満州
……………………
酷寒零下三十余度
四月半ばに雪消えて

夏は水沸く、百度余ぞ

とつぜん『朝鮮北境警備の歌』が口をついて出てきたが、とにかく妻がわたしの外套に反対しなかったことは、幸いだった。もちろん反対されても、わたしは外套を着ることにこだわり続けたはずである。ただしそうなった場合には、わたしは妻にまで意地を張りながら外套を着ることになっただろうからだ。いま着ている外套を買い求めたのはいつだろう？　もう三、四年前になるだろうが、わたしは妻と一緒にデパートへ出かけて行った。もちろん二人の子供も一緒だった。長男はいま十歳、長女は五歳である。このあたりアカーキーとはまるで違っているわけだ。アカーキーは、仕立屋のペトローヴィチが住んでいる建物の裏階段を昇って行く。洗濯物の水でびしょびしょに濡れ、目を突き刺すようなウオトカの臭気がすっかりしみ込んでしまっている階段である。ところが一方わたしの方は、あたかも吾こそはデパートの王者なのだ、とでもいわぬばかりに、ぴかぴかに磨きあげられた真鍮《しんちゅう》の手摺りのついた、階段である。あるいは階段ではなく、エスカレーターであったかも知れないが、いずれにせよアカーキーは一人、こちらは親子四人連れだった。それに何より、わたしはお茶を飲む金まで倹約して、外套を買い求めたのではない。電灯料を節約して、親子四人が暗闇の中で何ヵ月間か夕食を続けたわけでもなかった。あるいはわたしの妻は、わたしの外套のために何ヵ月かの間、夕食のおかず代くらいは細工をしたかも知れない。しかし、わたしの靴底にまでは、目を光らせてはいなかったようだ。

もっとも、わたしが外套にこだわることに妻が反対しなかったのは幸いであったが、そのためにわたしは、結局わたしが外套にこだわる本当の理由を、とうとういままで彼女に話すことを忘れてしまっていたのである。嘘ではない。すっかり忘れていたのである。つまり話す必要がなかったからだ。もちろん、夫婦だからといって、何から何まで包み隠さず打明け話をしなければならないとは限るまい。少なくともわたしは過去十二年間、その考え方で結婚生活を続けてきたが、特に支障はなかったようだ。山川のように離婚もせずに今日まで来ている。左様、山川は離婚者である。もちろんここでは、離婚の良し悪しが問題なのではない。単なる事実をいっているだけだ。問題は離婚の良し悪しではなく、ある考え方の一つの実例としてのわたしの場合であるが、その考え方の実現のために、わたしは特別の努力を払ったわけではない。というより、むしろその考え方以外の方法は、わたしには到底不可能だった。なにしろ、打明けようにも、告白しようにも、忘れてしまっていることが多過ぎたからだ。

それに、いかなる手段方法を用いても、一切合財を思い出さなければならないのだ、という思想もわたしにはなかった。忘れているものまで思い出して打明け話をしたり、告白したりすることをわたしに強いる、宗教もなかった。そして離婚もしなかったのである。要するに無い無い尽しであるが、あるいはそのようなわたしの生き方自体に、何か重大な問題があるのかも知れない。しかしわたしがこの橋に来たのは、それが重大な問題であるか否かを考えるためではなかった。何が何でもその点に関して、この橋の上で決着をつけるためではない。もちろん早起き鳥を思い出すためにわざわざやって来たわけでもない。わたしがこの橋の上に立っているのは、山川と待ち合わせるためだった。ところがとつぜん、わたしが思い出したものは早起き鳥だったわけだ。それればかりではない。わたしはついに、この橋が「お金の水橋」であったことまで思い出したのである。

わたしが生れてはじめてこの橋の上にやってきたとき、この橋の名前は「お金の水橋」だった。二十年前のことである。確かライオンという筆名を持ったさる高名な流行作家の、新聞連載小説のモデルとして、この橋は登場していた。九州筑前の田舎町の新制高校生であったわたしは、たまたまその連載小説を読んでいた。そしてライオン氏が小説の中で命名した「お金の水橋」を、滑稽にもその橋の実名とばかり思い込んでいたのである。何という滑稽な田舎高校生だったことか！　しかし、橋の下はライオン氏が書いた通りの眺めだった。東だろうか？　西だろうか？　まったく文字通り西も東もわからない田舎者であったが、国鉄お茶の水駅から地下鉄お茶の水駅の方へ向って右側の手摺りから眺めおろすと、濁った水流を挾んで右側が国電のプラットホームだ。もちろん当時はまだ赤い地下鉄は走っていなかった。その代り、濁った水流を挾んで左側の土手には、ライオン氏の小説に書かれていた通りの、バタ屋部落が見えたのである。何不自由のない暮しをしているサラリーマンが、ある日とつぜん家出をする。その彼が自由を求めて転り込んだのが、「お金の水橋」下のバタ屋部落だった。なるほどこれが「お金の水橋」下のバタ屋部落か！　わたしは外套のポケットに両手を突込んだまま、眺めおろした。外套？　左様、カーキ色の旧陸軍歩兵用の外套だった。わたしはその外套を着て、九州筑前の田舎町から上京した。早起き鳥の試験を受けるために東京へ出て来たのである。

わたしの頭髪は五分刈に毛が生えたようなものだった。七三にせよ四分六分にせよ、分けるにはまだまだ何ヵ月かの時間が必要だった。その頭に田舎高校の学生帽が載っていた。帽子には白線が三本縫いつけられている。上の一本だけが下の二本よりも細目であるのが、特徴だった。眼鏡は真丸い書生眼鏡である。蔓は耳のうしろに巻きついていた。わたしはやがて「お金の水橋」の上からバスに乗って、早起き鳥の試験場へ向った。早起きは三文の得。ジ・アーリィ・バード・キャッチズ・ア・ウォーム。早起き鳥は虫をつかまえる。しかしわたしは、早起き鳥をつかまえることができなかった。

わたしは外套のポケットから煙草を取り出し、口にくわえた。それから使い終ったマッチを橋の下へ落とした。ライオン氏によって書かれた「お金の水橋」下のバタ屋部落はもう見えない。しかし、ちょうど地上に姿をあらわした赤い地下鉄が見えた。たぶん向う側が川上なのだろう。そこにもう一つ橋があって、そのコンクリートの橋桁《はしげた》のあたりに、一定の時間的間隔をもって地下鉄電車が浮き上って来る。しかし電車の全体は見えない。見えるのは三輛、それとも四輛か？　頭はすでに地中に突込み、尻尾の方はまだ地上にあらわれていない。カーキ色の旧陸軍歩兵の外套を着たわたしが、早起き鳥試験を受けに来たときには、まだ見えなかった赤い地下鉄である。

2

あの外套はいったいどこに消え失せたのだろう？　いったい、いつわたしの目の前から姿を消したのだろうか？　このとつぜんの疑問が、その日わたしを早起きさせたのだった。

このとつぜんの早起きについて、何かもっともらしい理由を考える必要があるだろうか？　例えば、わたしの職業を露文和訳者だとする。わたしは目下、新しいゴーゴリ全集のために、『外套』を翻訳中だ。そのわたしがある日とつぜん、あのカーキ色の旧陸軍歩兵用の外套を思い出す。あの外套はいったいどこへ消え失せたのだろう？　いったい、いつわたしの目の前から姿を消したのだろうか？　そしてわたしは、とつぜん早起きをして、家をとび出して行く。これなら辻褄が合っている。

あるいはまた、こういうことも考えられるだろう。わたしはある団地に住んでいる、まことに平凡なサラリーマンである。毎朝、電車で勤め先へ通っている。その今年四十歳になる一人の平凡なサラリーマンが、ある日とつぜん、満員電車の中で、二十年前の外套を思い出す。あの旧陸軍歩兵の外套はいったいどこへ消え失せたのだろう？　いったい、いつわたしの目の前から姿を消したのだろうか？　わたしはとつぜん、満員電車の人波を全力でかき分けかき分け、次の駅のプラットホームへ転がり出る。そして会社とは反対方向の電車にとび乗ると、失われた外套の行方を捜し求めて行く。これもまた、まことにもっともらしい話である。いかにも小説の主人公らしい。

しかしながら幸か不幸か、わたしは目下『外套』を翻訳中の露文和訳者ではない。また、確かに四十歳の男であり、団地の片隅にも住んではいるが、毎朝通勤電車で通うサラリーマンでもなかった。したがって、もっともらしい、辻褄の合った小説の主人公には、どちらかといえば不向きな人間かも知れない。しかし、わたしに限らず、世の中には必ずしも素姓のよくわからない人間が、誰の周辺にも必ず存在しているものだ。現にあなたの周辺にだって、そのような人間はいるはずである。職業も年齢も家庭の事情も、毎月の収入もわからない。そういう男が、毎日、あなたの隣にもいるはずである。プラットホームで煙草を吸っているかも知れないし、あわただしそうに音をたてて、駅そばをすすり込んでいるかも知れない。あるいは映画館の中であなたの隣に腰をおろして、西洋ものの ポルノグラフィーに腹を立てているかも知れないのである。実際、毎日のように歩道橋の上ですれ違う人間のうち、あなたはその何人の素姓を知っているだろうか？　そしてあなたは、何人の人間から果して知られていることだろう？　東京はあなたの会社ではない。あなたの大学でもない。もちろん行きつけの酒場でもない。そして同時に、そのことは決して不都合なことではないのである。

わたしは、毎朝早起きをしているサラリーマンではなかった。毎晩毎晩、あたかも団地の不寝番《ねずばん》ででもあるかのように、五階建ての団地の３ＤＫの片隅で、夜通し仕事机にへばりついている人間である。もちろん誰かに不寝番を頼まれたわけではない。自分で勝手にそうしているわけだ。わたしはゴーゴリの『外套』を翻訳中の露文和訳者でもない。しかし、あのカーキ色の旧陸軍歩兵の外套を着て、九州筑前の田舎町から東京へ出て来て以来ずっと二十年の間、外套、外套、外套と考え続けてきた人間だった。たとえ真似であっても構わない。何としてでも、わたしの『外套』を書きたいものだと、考え続けて来た人間だった。つまりわたしは、わたしである。言葉本来の意味における、わたしである。

にもかかわらず、わたしはあの外套の行方をどうしても思い出すことができない。というより、その行方不明となった外套の行方を、考えてみること自体を忘れていたのだった。いったいわたしは、いままで何を考えてきたのだろう？　もちろん生きている以上、さまざまなことを考えてはきた。あの外套の行方を考えることを忘れていたのは、たぶんそのためだろう。これは大いなる矛盾である。しかし、なにしろ外套、外套、外套と考えるだけでは、生きてゆくことができなかったからだ。当然のことだが、矛盾がわたしを生きながらえさせたのである。

ともかくわたしは、ある日とつぜん早起きをした。このとつぜんの早起きについて、最早や何か説明を加える必要はないだろう。わたしに限らず、誰にでもこのようなある日は、あるはずだからである。ある日とつぜん何事かが起るのであり、それは必ずしもわたしたちの誰もが予定を立てていた通りの生活であるとは限らない。あるいは待ち望み、あるいは夢見たり、またあるときは不安におののきながら予感していたような出来事ばかりとは、限らないだろう。ある日とつぜん何事かが起る。ということは、何が起るのかわからないわけだ。実際、生きている以上、何が起っても止むを得ないだろうし、どんなことだって起らないとは断言できない。そしてそれが何故起ったのかは、更にもっとわからないのである。

はっきりしていることは唯一つ、わたしの外套は何ものかによって強奪されたのではないことだった。新調したばかりの外套を強奪されたアカーキー・アカーキエヴィチの場合は、まず現場近くにぼうーっと灯のともっている交番へ出かける。そこには戟《ほこ》にもたれかかるようにして一人の巡査が立っていたが、彼は明日、分署長のところへ行った方がいい、という。すごすごと下宿へ戻ると、下宿の主婦は、分署長ではラチが明かないから、直接、区の警察署長のところへ行った方がよい、という。アカーキーは翌朝早起きをして、警察署長のところへ出かけて行った。しかし、「寝ている」という返事。十時にもう一度出かけた。まだ「寝ている」。仕方なく十一時にまた出かけた。すると今度は、「警察署長殿はご不在です」。それでもアカーキーは四度目の訪問でようやく警察署長に面会できた。四度目は昼食時に出かけたのである。しかし結果は面会しなかったのと同じようなものだった。警察署長が興味を示したのは、奪われた外套よりも、アカーキーの夜の素行の方だったからだ。どこかあやしげな家へ立寄り、そこへあがっていたのじゃないか？　結局アカーキーはその日一日を棒に振ってしまった。勤めを休んだのは生まれてはじめてのことだった。翌日彼は、役所の連中にすすめられて、さる「有力な人物」のところへ直訴に出かける。そして、一喝されその場に倒れたわけであるが、わたしの場合は、まずどこへ出かけるべきだろう？

もちろんそれは警察ではない。「有力な人物」？　これも無関係である。わたしはふとんから起きあがると、寝巻の上にどてらをひっかけた。そして、隣の四畳半へ行って、仕事机の上から煙草の袋を取りあげ、一本を抜き取って口にくわえた。しかし、思い直して元に戻した。仕事机の上の、山盛りになっている灰皿が見えたからだ。前日の不寝番は午前三時までだった。わたしの喉は、その間吸い続けた煙草のために、たぶん煤だらけの煙突のようになっているはずである。その喉を通って、空っぽの胃袋の中へ真先に侵入して行くものがまたもや煙草の煙であることだけは、何としてでも防止しなければならない。たとえコップ一杯の水でもよい。わたしは、仕事部屋の四畳半から、ダイニングキッチンへ入って行った。

ダイニングキッチンでは、小学校五年生の長男と幼稚園の長女と妻の三人が食事をしていた。ちょうどそういう時間だったのである。

「あら」

「お早よう！」

「お父さん、お早よう！」

と、妻、長男、長女が、口ぐちにいった。

「お早ようございます」

とわたしは答えた。朝のテレビ番組の画面の下の方に時間が出ている。七時三十六分だった。テレビは食器戸棚の上に載っている。わたしはその真正面の椅子に腰をおろした。わたしの定位置である。食事中に子供たちがテレビに熱中しないためだ。

「いま学校は何時に始っているのかな？」

とわたしは長男にたずねた。

「八時半だよ」

「幼稚園は？」

「九時！」

子供たちと一緒に朝食のテーブルにつくことは、まったく久しぶりだった。しかし、一緒に食事はできなかった。わたしの食べるものは、無かったからだ。妻と子供たちは、朝はパン食である。わたしはパンはほとんど食べない。それに、ぜんぜん時間外だった。不寝番の朝食は、ふつう早くて十一時、遅いときは午後二時である。わたしは、長女の皿からトーストをむしって、一口食べた。

「あら、また寝るんじゃないんですか？」

「いや、子供たちが出かけてからでいいよ」

「昨夜、電話で誰かと約束してたみたいね」

「山川か。あれは六時だけど」

「お父さん、こんなに朝早くどっか行くとこあるの？」

と長女がたずねた。

「ああ」

「どこ？」

「いいところ、だ」

「デパート？」

「バカだなあ。お父さんがデパートなんか行くわけないじゃないか」

と長男がいった。

「で、何時ですか、お出かけは?」

「そうだな、九時にするか」

そういってからわたしは、新聞を持ってトイレットに入った。そうやって朝刊を読むのも久しぶりだ。一月ぶり? いやもっとかも知れない。最近は不寝番続きで、ほとんど朝刊を読まなくなった。起きて食事をしながらわたしは妻にその日の朝刊の模様をたずねる。何か変った事件があったか、どうか。誰か「有力な人物」が死ななかったか、どうか。そういうことに不精な習慣が身についてしまった。戦争、殺人、幼児誘拐、暴動、飛行機事故、学生騒動、性犯罪その他。何かめぼしい事件があったかどうか、妻にたずねてみて、あった場合にだけ自分でその部分を読むわけだ。

この不精な習慣は、眼のせいもあった。どうして新聞の記事というものは、ああいう配列になっているのだろう? 飯を食いながら新聞を読む人間の気が知れない。誰かが発明したのだろうが、ひどく眼が疲れる。乱視がひどくなっているのか? あるいは不寝番のせいか? それとも四十歳のせいだろうか? 一度検眼しなければなるまい。ただし、今日は駄目だ。

わたしは白い馬蹄型の洋式便器に腰をおろして、ぱらぱらと朝刊をめくった。大した事件はなさそうだ。もちろん一面には、何人かの「有力な人物」たちの顔が出ていた。それから、グァム島のジャングルの中に二十八年間も一人で潜伏していた、もと日本兵。彼の人気はまだ衰えないらしい。名古屋で早くも洋服の仕立屋をはじめた。もちろん外套も作るのだろう。おどろいたことに、今度は結婚するらしい。まったくおそるべき人物である。次なる大戦に備えて、ジャングル生活の体験を手記にしたいと帰還したとき語っていたが、原稿の方は出来たのだろうか? もし出来上れば、それこそロビンソン・クルーソー以上の、世界的超ベストセラーになるのだろうが、手記よりも結婚の方が先になるようだ。少しばかり惜しいのではないか。結婚はたぶん、手記にはマイナスだろう。それとも、出版社の狙いは反対だろうか？　奇蹟人間の性的体験も手記にさせようということかも知れない。

さて、九時に家を出て、まずどこへ出かけるべきか？　ちらりと新聞の片隅の「たずね人」欄が目に入った。新聞社？　わたしはその欄に掲載された外套の記事を想像してみた。しかし写真は、わたしの顔だろうか？　それでは意味があるまい。旧陸軍歩兵の外套を着たわたし。これならば幾らか意味はわかる。わたしは「たずね人」欄の文案を考えてみた。

《この写真にあるカーキ色の旧陸軍歩兵用外套の行方を捜しています。昭和二十七、八年ごろ買い取るかまたはその他の方法で入手された方はご一報下さい。すでに現物が無くなっていてもお礼は致します。電話番号——赤木》

まあ、こんなところだろう。アカーキー・アカーキエヴィチの場合は、新聞社には出かけなかった。新聞社へ出かけて行ったのは、鼻をなくした八等官のコワリョーフである。彼は行方不明になった鼻を捜している旨の案内広告を出したいと頼み込むが、「鼻」とはまた変った名前の人物ですな、とからかわれてすごすご帰ってくる。当時のペテルブルグの新聞社にも常識はあったわけだ。わたしの外套の場合はどうだろうか？　しかしそのとき、あの外套を着た写真は一枚もなかったことに、わたしは気づいた。あの外套に限らず、あの一年間、わたしはいかなる写真も撮らなかったのではなかろうか。早起き鳥試験に失敗してからの一年間だ。つまり浪人時代である。

昭和二十七年三月から昭和二十八年五月までの一年余りを、わたしは少しばかり変った名前の町で過ごした。埼玉県の蕨《わらび》町だ。いまは市になっているのかも知れないが、当時は北足立郡蕨町だった。濁ったどぶの多い町だ。したがって蚊の多い町だった。旧中仙道沿いの、いかにもさびれた町である。わたしが中学、高校の六年間を過ごした筑前の田舎町よりもずっと田舎だ。にもかかわらず、早起き鳥試験に失敗したあと、わたしは筑前には帰らなかった。夏休みのころちょっと帰ったが、せいぜい二週間くらいだろう。何故だろうか？　もちろん理由はいろいろとあったはずだが、いまはそれを思い出している場合ではなさそうだ。とつぜん二人の女性の顔が、わたしの前に浮び上ってきたからである。

一人は蕨町の下宿の小母さんだった。そしてもう一人は、その下宿から百メートルくらい離れた、質屋の小母さんである。二人とももう六十歳を過ぎただろうか？　しかし、わたしにとってその顔はまさに、迷える巡礼の前にとつぜん出現した弘法大師のようなものだった。わたしは、あわただしく音をたてて新聞をたたんだ。そして、あたかも京浜東北線の電車がすでに蕨駅へ到着でもしたかのように、馬蹄型の便器から腰をあげ、トイレットのドアをとび出した。

このようにしてわたしの行先は決った。失われた外套の行方を求める巡礼の、第一の目的地は決定したのである。

「何か事件ありましたか？」

「あった、あった」

「グァム島？」

「え？」

とわたしは思わず妻にきき返した。「グァム島」が「外套」にきこえたからだ。

「横井さん、結婚するらしいわね」

「あ、あの兵隊さんでしょ？」

とテレビを見ていた長女が口を出した。長男の方はすでに出かけたようだ。わたしも急がなければならない。わたしは大急ぎで着替えをした。どてらのままでは髭が剃れない。わたしは大急ぎで顔を洗い、大急ぎで髭を剃り落とした。それから大急ぎで朝食を済ませた。

「誰かと待合せ？」

「いや、一人だ」

「ずいぶんあわててるから」

「六時までに巡礼を済ませにゃいかんから」

「巡礼？」

「いや、何個所か見て廻る必要があるんだ」

「そりゃまた、珍しいわね」

「なにしろ二十年ぶりだからな」

「ま、お天気もいいようだから、たまに運動はいいわよ」

これ以上、妻と何か話をしただろうか？　あるいは夕食のことくらいは話したかも知れない。夕食は要らない。山川のことは妻も知っている。ただし、夜遅くにかけて来る電話だけだ。実際、かかっては迷惑なときにも何度かかかってきた。もちろん酔っている。夕方待ち合わせる相手としては余りいい相手とはいえない。たぶん妻はそう思っているだろう。いつもならば、出がけにひとくさり山川談義をするところだ。離婚者である彼の近況である。わたしは徹底的に面白おかしく山川を肴《さかな》にすることができた。わたしと妻との会話の中では、彼は終始一貫、ピエロの存在だった。そうすることが、いわばわたしの弁解だった。その程度の代償は止むを得ないだろう。彼と会えば、まず間違いなく朝帰りだったからだ。しかしいまは、そんな余裕はまったくなかった。「巡礼」についてももう話さなかった。のんびりしていると、またまた迷路へ踏み込んでしまうかも知れない。弘法大師の導きの顔を見失ってはならない。巡礼の持ち物はきわめて簡単だった。外套のポケットに入る小型メモ帖とボールペン一本である。

家を出て、団地内循環バスの停留所へ向う途中、背中の方から声がかかった。

「お父ちゃーん！」

三、四人連れで幼稚園へ向っていた長女を、わたしは気づかずに追い越してしまったらしい。

団地駅からわたしは、まず東武線の電車で北千住へ出た。埼玉県内の交通はまことに不便だ。たぶん旧街道のせいだろう。わたしが住んでいるのは、世帯数七千を数えるマンモス団地であるが、そこはもと草加《そうか》宿のはずれの田圃だった。行く春や鳥啼き魚の目は泪。前途三千里の思いをはせつつ、奥の細道への旅路についた芭蕉が、北千住から歩いて最初にたどり着いた旧日光街道の宿場町である。その古い宿場町はずれの田圃のど真中に出現したマンモス団地のために、東武線には新しく団地駅ができた。現在はその線路に地下鉄日比谷線が乗り入れて、直通で上野、銀座、六本木を経て目黒へ出ることができる。ところが、同じ埼玉県内の浦和、川口、蕨へ出るには、一旦東京へ出なければならない。もちろんバスは通っている。しかし、一時間に一便あるかないかだ。旧日光街道の草加宿と、旧中仙道沿いの蕨宿との交通は、かくのごとく不便である。すべての道は江戸へ通ず。参勤交代にはその方が何かと好都合だったのかも知れない。確かにいまでも、一旦上野へ出て京浜東北線に乗る方が早いようだ。

団地駅からの電車は、坐れなかった。まだ通勤者の時間が終り切っていなかったのだろう。わたしは九時の予定よりも幾らか早目に家を出たことになる。わたしは最初に入って来た黄色い車体に赤線入りの東武電車に乗った。地下鉄電車の方は、銀色の車体である。赤線入り電車も最近はだいぶ新しくなったが、ときたま車輛の端に便所つきという旧式のやつに乗り合わせることもあった。銀色の方がやはり乗り心地はよい。しかし、草加宿から蕨宿への巡礼には、赤線入りの旧式電車の方がふさわしいのかも知れない。乗り換え、乗り継ぎながら行くべきなのだ。

北千住では、始発の銀色電車がホームの反対側に待っていた。こちらはガラガラで、わたしが乗り込むと軽く手前へ車体がかしいだのがわかったくらいだ。それにしても、生まれてはじめて九州筑前の田舎町から出てきたわたしが、最初に住みついたところが中仙道沿いの蕨宿。そして二十年後のいま住んでいるところが日光街道沿いの草加宿、というのはいかなる因縁によるものだろうか？　もちろんわたしは、蕨から草加へ一直線に移動したわけではない。わたしが中仙道から日光街道へ至る経路は、山手線以上に迂回している。草加宿はずれの田圃のど真中に、まるで蜃気楼のように出現したマンモス団地に住みはじめてやがて十年だった。いま十歳になる長男が生まれて暫くしてから、たまたま抽せんに当ったのである。一言でいえば、わたしは漂着した。東京都内はもちろん、都下、神奈川、千葉、各地方の団地へ、わたしはほとんど手当り次第に申込みを続けていたからである。草加を特に希望したわけではなかった。希望する理由もなかった。

例えばガリバー旅行記のようなものだ。ガリバーは確かに好奇心の強い男だった。語学、文学、歴史その他世界じゅうの未知なる人間生活に関して何でも知りたがる知識欲を持ってはいたが、決して探検家ではない。彼は余り裕福ではない医者である。彼が船に乗り込むのは、生活のためだ。

生活のために、故郷に妻子を残して、『羚羊《かもしか》』号の船医となった。そして『羚羊』号は、もちろん小人国をめざしたのではない。一六九九年九月五日、ウィリアム・プリチャード船長指揮の下にブリストルを出航、東印度へ向ったのだった。にもかかわらず、ガリバーは小人国に漂着したのである。はじめから探検家として小人国をめざしたわけではなかった。そこが、いかにも人生らしいところだ。彼は、世にも不思議な小人たちを、発見しようと勇んで母国を出たのではない。むしろ、海岸に漂着して気を失っているところを、小人たちに発見される。彼は小人たちとの出遇いを、自分で選んだわけではなかった。たまたま漂着したところで、まったく予想もしなかった他人たちとめぐり合ったのである。団地だって、同じことだ。

わたしはガラガラの銀色電車の中で、外套のポケットから小型メモ帖を取り出した。そして第一ページ目に、「昭和二十七年三月──→二十八年五月、埼玉県蕨町」と書きつけた。そこから草加宿へたどり着くまでに、わたしはどのような迂回路をたどったのだろう？　わたしは思わず溜息をついた。芭蕉ではないが、まさに前途三千里の思いである。わたしはメモ帖の次のページをめくって、そこにこんどは東京都内の電車路線図を書いてみた。まず山手環状線。その右側に接線を引いて京浜東北線。山手線の真中を抜ける中央線。それから、池袋─赤羽間の赤羽線。秋葉原から千葉方面へ向う総武線。

路線はまだ必要である。私鉄では、五反田─蒲田間の池上線。そして西武新宿線と西武池袋線。それからいま乗っている地下鉄日比谷線および東武線。

わたしは次に、その路線略図に駅名を記入しはじめた。その結果、銀色電車が上野へ到着するまでに出来上ったのが、次のようなものだ。

◉京浜東北線・蕨（S27・3〜S28・5）——◉赤羽線・板橋（S28・6〜約一ヵ月。滝野川郵便局裏。二階）——◉西武新宿線・鷺の宮（S28・7〜約一ヵ月。麦畑の中を歩く）——◉中央線・四谷（S28・8〜約三ヵ月。四谷税務署近く）——◉山手線・高田馬場（S28・11〜約一年。早稲田松竹裏と諏訪神社近くの魚屋の隣の一軒家の二ヵ所）——◉中央線・荻窪（S29・10又は11から約半年。荻窪一丁目バス停先左折・二階二畳半？）——◉池上線・雪が谷大塚（S30・4又は5から約一年。雪ヶ谷映画館近く）——◉中央線・西荻窪（S31・3又は4から約半年。西荻と荻窪の中間あたり）——◉山手線・高田馬場（S31・10ごろからS32・3まで。戸塚二丁目ロータリー渡り左折、次に右折、路地）——◉京浜東北線・王子（S33・3〜約二ヵ月。飛鳥山公園の下を通ってかなり歩く）——◉総武線・新小岩（S33・5〜約半年。東口商店街右折、新道左折、次右折。荒川土手？近く）——◉池上線・荏原中延（S33暮あたりからS35・9まで。延山小学校裏）——◉西武池袋線・椎名町（S35・9〜約一年）——◉中央線・東中野（S36・10〜S37・12）——◉東武線（地下鉄日比谷線）・現在の団地（S37・12〜）——？

　やれやれ！　まったくとんだ矢立のはじめである。いったい何ヵ所あるのだろう？　わたしは①から番号をふってみた。いま住んでいる団地が、⑮である。これが、蕨宿から草加宿へたどりつくまでの十年間にわたしがたどった迂回路だった。九州筑前の田舎町から出てきたわたしが、さまよい歩いた迷路だった。遍路歴程だった。生きてきた時間と空間だった。カタツムリのように動いた軌跡だった。

ボールペンで書き込まれた小型メモ帖の一ページからは、無数の人間の顔がのぞいている。駅名と駅名の間には、それら男や女たちの顔が、あたかも枕木のようにぎっしりと挾まっている。しかしわたしは、彼らの顔にここでは眼を向けたくない。いまはその迷路の暗闇から、わたしの方を見ている彼ら男や女たちの口を封じて置かなければならぬ。また、彼らに語りかけようとするわたし自身の口も、封じて置かなければならない。もし万一、わたしがいま彼らのうちの誰か一人に向って口を開いたら最後、駅名と駅名の間にあたかも枕木のようにぎっしりと挾まってひしめき合っている彼らは、一斉に立ちあがってわたしの記憶の中で氾濫し、たちまちにしてわたしの計画をめちゃめちゃにしてしまうだろうからだ。

一切注釈を省いて、場所と日付以外には誰の名前も、もちろん妻や子供たちも、メモ帖に書き込まなかったのは、そのためだった。もちろんわたしは、いずれそのうちには、メモ帖に書き込まれた場所から場所をひとつひとつ、虱潰しに巡礼したくなるはずである。そして駅名と駅名との間に、枕木のようにぎっしりと挾まっている男や女たちと、ふたたびかかわり合いを持つことになるのだろう。この地図をたよりに、記憶の迷路めぐりをはじめるはずだ。それは同時に、地獄めぐりでもあるだろう。左様、第一番札所から第十五番札所まで、迂回路をめぐり歩く記憶地獄の遍路である。それは果して、いつのことになるのだろうか？　もちろん皆目わからない。なにしろ、まだわたしは上野の手前だからだ。第一番札所にも至っていないのである。

とにかくいまは、あの外套である。カーキ色の旧陸軍歩兵用外套は、いったい、いつどこで消え失せてしまったのか？　このとつぜんの疑問のために、わたしは早起きしたのだった。そして電車に乗ったのである。とにかく蕨だ。蕨へ向って急がねばならぬ。わたしは小型メモ帖のページを閉じて、外套のポケットにしまい込んだ。電車が停った。やっと上野だ。

3

わたしは上野から京浜東北線に乗った。電車はすいていた。九州筑前の田舎町から出てきたわたしが、東京ではじめて乗ったのも京浜東北線だった。二十年前の三月のある日、電車はかなり混んでいた。夕方の退勤時間だったのかも知れない。そのころ博多から東京まで、急行寝台車でほぼ二十四時間だった。わたしは詰襟の学生服の上にカーキ色の旧陸軍歩兵の外套というでたちで、吊革につかまっていた。左手には茶色の大型ボストンバッグがぶらさがっていた。さすがに、あの白線帽はかぶらなかった。生真面目に三本の白線を縫いつけた、その田舎者の象徴は、ボストンバッグの中に仕舞い込まれていた。

わたしの荷物は、ボストンバッグの他にもう一つ、風呂敷包みである。包みの中は、銘菓ひよこ、鶴の子まんじゅう、にわかせんべい、ぼんたん漬けの箱が合計四箇であったが、その包みの方は、東京駅のプラットホームまでわたしを出迎えてくれた、古賀の右手にぶらさがっている。学生服姿の古賀は、急行寝台車から降りたわたしに近づいて来て、いきなり「おす!」といった。彼は外套を着ていない。素足に下駄ばきだった。両手の拳を軽く握った、明らかに空手式の挨拶である。髪の毛はざんばら。頬骨がやや高く、その左側に小さな傷跡が見えた。眼の色は黒でなく、はっきりした鳶色だった。

それが果して九州出身者の骨相の典型であるのかどうか、わからない。少しばかり頬骨が高いような気もする。しかし、古賀という姓はまぎれもなく九州土着のものだった。九州の中でも特に福岡県、佐賀県である。日本じゅうでもおそらく、その二県だけではなかろうか。わたしが通算六年間通った筑前の中学、高校にも多かった。一クラスに必ず一人か二人はいたようだ。教師にもいた。とにかく古賀は九州独特の姓の一つといえるだろう。そして、その古賀がぶらさげている風呂敷包みの中身も、九州の代表的な菓子類だった。もちろん蕨への手土産である。

わたしの行先は、古賀の兄夫婦のところだった。彼らは蕨のある屋敷の離れを借りているということである。もちろん話だけで、古賀の兄という人物をわたしは知らなかった。古賀弟とも、東京駅のプラットホームが初対面だった。親戚でもない。母方の親戚筋に当る「吾妻のおじさん」からの紹介で、わたしは古賀兄のところへ行くことになったわけだ。「吾妻のおじさん」は、わたしにとって伯父でもないし、叔父でもない。たぶんわたしの母の従兄といったところだろう。母の旧姓と同じ姓であるから、それほど遠い関係ではないと考えられるが、正確なつながりをわたしは知らないままだ。わたしたちは、彼を「吾妻のおじさん」と呼んでいる。吾妻という料亭の主人だったからだ。

一方、古賀兄の方は、某省勤めの公務員であるが、戦争が終って復員してきたあと、ご多分に洩れず田舎で政治青年の一人となった。共産党員ではなかった。いってみれば、甚だ穏健な民主主義者になったらしい。特攻隊帰りの桶屋の息子、ピンポンの選手で国体にも出場した下駄屋の娘、予科練帰りのシジミ屋の息子、煙草屋の看板娘たちが軒並み共産党員になった当時の雰囲気からすれば、古賀兄の場合はむしろ珍しかったといえるかも知れない。拓大出身のせいだろうか？

わたしの兄も、『アカハタ』を読んでいた。わたしより三歳年上である。すぐ近所に住んでいた町役場の収入役の長男が、ぶらりぶらりと下駄ばきで『アカハタ』を配って歩いていた。わたしの兄よりも二つ三つ年上だった。黒い太縁眼鏡をかけて、髪は長髪でオールバック。夏はランニングに下駄ばきで、ほとんど割箸だけになっているアイスキャンデーをしゃぶりながら配っている。もちろんわたしも顔見知りだった。東京の美術学校へ一年ばかり通っていたが、体をこわして帰って来たらしい。彼の妹が高校でわたしと同級だった。

わたしが住んでいたのは、戦争中は将校町と呼ばれた一角だった。三里ばかり離れたところに陸軍の大刀洗《たちあらい》飛行場と高射砲連隊があって、そこの将校の家族たちが住んでいたらしい。らしい、というのは、わたしは敗戦の翌年に北朝鮮からそこへ引揚げてきたからである。母方の祖母と伯母の家族が住んでいる家へ転がり込んだわけだ。町名はもちろん変っていた。将校の家族たちもすでにいなかった。戦後は、中学、高校の教師が多かったようだ。国漢系が三人、物理、生物、英語、図工、書道、と囲りは教師だらけだった。隣は地歴の教師。母の兄に当る伯父はすでに死亡していたが、彼も兄やわたしが卒業した県立中学の物理、数学の教師だった。伯母も、同じ町の県立高女の国漢教師である。

もと将校町は、筑前の田舎町の中では落ち着いた住宅街といえた。伯母の家族との同居とはいえ、北朝鮮からの引揚者にはもったいないような場所だった。赤煉瓦造りの門があり、座敷の両側には幅一間の廊下と縁側があり、小さいながら野菜を作れる程度の庭もあった。学校へも走れば一分である。もっとも借家で、家主はブラジルだかハワイだかから帰って来たという老夫婦だった。わたしは、兄と中学の同級だった九大生に誘われて、一度だけ町の公民館でおこなわれた共産党の読書会に出席した。『共産党宣言』である。しかし一度だけでやめてしまった。レコード・コンサートにも誘われたが行かなかった。町にただ一軒あったダンスホールは、小さな木造平屋だった。そこの経営者夫婦も共産党員だったらしい。レコード・コンサートは、そのダンスホールで、毎月一回開かれるということだった。わたしの兄は、どうやら、もとピンポン選手だった下駄屋の娘に熱くなっていたようすだ。わたしを誘った九大生は、煙草屋の一人娘と恋仲らしかった。特攻隊帰りの桶屋はどうか？　予科練帰りのシジミ屋はどうか？　『アカハタ』配達係の収入役の息子はどうか？　わたしは『共産党宣言』そのものよりも、読書会のそのような雰囲気になじめなかった。嫉妬？　あるいはそういうものだったのかも知れない。わたしは、同じ将校町に住んでいる「大佐の娘」に憧れ、道ですれ違うと真赤になっていたが、まったくどうすることもできなかったからである。彼女の家族だけが、もと将校町時代からの居残り組だった。玄関の向って右側には木札が掲げられていた。故陸軍歩兵大佐×××遺族宅。彼女はわたしと同級だった。

ところで古賀兄の政治活動というのは、地方選挙の運動員として、自分の支持する候補者の選挙事務所の手伝いをするといったものだったようだ。彼が料亭吾妻に出入りするようになったのも、そんなことからだろう。吾妻のおじさんは、商売仇である料亭水仙閣の主人と争って勝ち、町長になった。社会党公認で立ったのは、ライバルの水仙閣の方が自由党公認であったため対抗したものらしい。それ以上の理由があったとは考えられないが、そういえば色白の小柄な人物で、眼鏡をかけると、その鼻髭との釣り合いといい、どことなく「グズ」と渾名《あだな》された当時の社会党党首に似ているようでもあった。

日当をもらえるというので、わたしは二人ほど同級生を誘って、選挙の手伝いに出かけた。確か高校一年のときだ。選挙事務所は、町の目抜き通りの大きな酒屋だった。娘は評判の美人で、確かに女優の誰かに似ていた。すでに男女共学になっていたから、彼女はわたしの一年上級生で、バスケットボールの選手だった。どういうわけか、バスケットボールの選手には美人が多かったようだ。そのブルーマー姿はエロティックであった。たったいまモンペを脱いだばかり！　いわば、そんなまぶしさだった。酒屋の娘は、選挙事務所ではワンピース姿でかいがいしく酒肴の世話をしていた。しかし、そのことでわたしと親しくなるというようなことは、もちろんなかった。わたしと二人の同級生は、ときどき宣伝車の小型トラックから脱走しては、メガホンを持ったまま学校の先の丸山公園へ登って行った。そして、忠霊塔前の広場に寝転っていた。

そのときも古賀兄は、たぶん選挙事務所に出入りしていたはずである。まだ某省の公務員になる前だったのだろう。しかし、紹介されたわけではなかった。彼の話が出て来たのは、上京の三月くらい前になってからだ。わたしは吾妻のおじさんには黙って上京するつもりだった。もし大学の法学部に入るのなら東京での面倒を見てやろうじゃないか。彼はわたしの母にそういったらしい。わたしが高校三年になって間もなくのころだ。法学部を卒業すれば、県会議員か弁護士くらいにはなれると考えられたのだろう。その程度にはわたしも親戚内で評価されていたわけだ。そしてうまくゆけばわたしを養子にするつもりだったらしい。吾妻のおじさんの一人娘は婿養子を取っていたが、子供ができなかったからである。しかしその法学部を小癪にも言下に断ったのは、わたしだった。若気の至りである。わたしが黙って上京しようとしたのはそのためだった。しかし現実にはそういうわけにもゆかなかったのである。

古賀兄とわたしとのかかわり合いはざっとこのようなものだった。そして、生まれてはじめて上京したわたしが、東京駅から乗った電車が山手線でもなく、中央線でもなく、京浜東北線であったのも、以上のようなわけからだったのである。田舎者には誰にもつきものの事情というものだろう。

「先輩のおやじさんは、軍人やったそうですな」

と、手土産の風呂敷包みをぶらさげた古賀弟が話しかけてきた。「先輩」が彼の口癖だった。年齢の上下には無関係に使用されるらしい。彼についてわたしは何もきいていなかった。電車の中ではじめて、いろいろと本人からきいたわけだ。彼はわたしの兄と同年である。兄夫婦のところに同居して、紅陵大学へ通っているということだったが、わたしはその大学を知らなかった。一方、彼は吾妻のことは何も知らないらしい。旧制中学の途中から海軍関係の通信学校のようなところを志願し、船に乗っていたという。戦争が終ってからも漁船やら貨物船やらに乗っていたが、昨年、検定を受けて大学に入った。拓大出身の兄にすすめられたためらしいが、紅陵大学がもとの拓殖大学であったことを、わたしはそのとき知ったのである。拓大の名は戦後マッカーサーによって追放され、紅陵大学という優雅な呼び名に変ったわけだ。もちろん彼は、わたしの志望校についてもたずねた。わたしは、止むを得ず、二葉亭四迷がロシア語を学んだ昔の外国語学校の名前を告げた。しかし彼は、知らないらしかった。そのため学校の話はすぐに終った。

「先輩」という呼称は、紅陵大学空手部の習慣らしい。挨拶は「おす！」である。これはわたしには、ほとんど気にならなかった。しかし「先輩」の方はいささか気になる。何故だろうか？　たぶん、「先輩」が「シェンパイ」だったためだ。「筑前」は「チクジェン」であって、「チクゼン」ではないのである。北朝鮮で生れ、中学一年まで植民地日本語で生活してきたわたしには、この「チクジェン」訛《なま》りが欠落している。もちろん六年間の中学、高校生活の間に、わたしはほとんど完全に筑前ことばを習得した。喧嘩もできるし、猥談もできる。しかし「ジェンジェン」だけは、ぜんぜん駄目だった。古賀弟の「先輩」が気になったのはそのためだった。つまりわたしは、「チクジェン」訛りを持たない、九州筑前の田舎者だったわけだ。

「おやじは、職業軍人ではなかったです」

とわたしは答えた。

「しかし戦死されたとでしょう？」

「戦病死ということになっとります。公報では」

「階級は何だったですか？」

「歩兵中尉です」

「士官学校出身ですか？」

「いいえ。一年志願です」

「ああ、一年志願ですか」

「一人息子だったんで、それで少尉になって帰ってきて商売をやっとったんですが、何かで一度応召して、中尉になっていたようでした」

「そんなら、ポツダム大尉ですな」

そのときとつぜん、旧陸軍歩兵の外套がわたしの眼に入って来た。わたしはおどろいて吊革の左右へ眼を配った。しかし、そのような外套を着た人物は、電車の中に見当らなかった。わたしの目にとつぜん入った旧陸軍歩兵の外套は、わたし自身のものだったのである。古賀弟がわたしの父親の話を持ち出したのも、はじめから外套のせいだったのだろうか？

「ずいぶん混む電車ですね」

とわたしは、外套を意識しながらいった。

「今日は、競艇と競輪ですたい」

「競艇と競輪の客ですか?」

「川口でどっと降りるものは、競艇。大宮まで行くのは、競輪ですよ」

そういえば乗客たちは、手に手に小型新聞を握りしめていたような気もする。しかし、そうだとすれば、二十年前にわたしが東京へ到着したのは、夕方ではなかったわけだ。

「先輩の兄貴は、何をしとられるですか?」

と古賀弟がたずねた。

「米軍キャンプに勤めとります」

「ほう。板付《いたづけ》ですか?」

「いいえ、香椎《かしい》の方です」

「ほう。香椎のキャンプですか」

それから古賀弟は、ちょっと間を置き、ずばりとこうたずねた。

「先輩は、その兄貴からの仕送りでやっていかれるとですか?」

「さあ……」

実際わたしには、まったく見当がつかなかった。いったいどういうことになるのだろう? もちろん早起き鳥試験の結果は、そのときわからなかった。ただ、わたしは漠然とながら合格するに違いないと考えていたようだ。わたしは愚かにも、当時おこなわれていた進学適性検査の成績を過信していたのである。その点数を基にした第一次選考にはパスしていた。にもかかわらず、不思議なことに、その先のことはまるで考えてもいなかった。将校町から、走って一分の高校へでも通うつもりだったのだろうか？　まさか！　しかし実際にたずねられてみると、これという確答はできなかった。

もっとも、下宿代、部屋代の相場くらいは、早稲田大学に入った先輩からきいて知っていた。二食の賄《まかない》付きで五、六千円。ただし、それは二人相部屋で、一人ならば約千円から二千円のプラス。もし金が無いのであれば、賄付きよりも三畳間くらいを借りて、食べるものは安上りに考えた方がよい。学生食堂、外食券食堂、自炊と方法はいろいろある。最も安い食物は、学生食堂の、かけそば十三円である。奨学資金は月二千円だが、うまくゆけば、三千円の特別奨学生になることもできる。私立の場合は、奨学金をもらってもほとんどを月謝に当てなければならないが、国立ならば月五百円であるから、三千円もらえば余りで部屋代は充分出せるのではなかろうか。学生寮に入れば、もっと安いだろう。もちろんアルバイトはいろいろある。自分はいまある運動に従事しているためアルバイトをする暇はないが、各大学の学生生活協同組合、九段の学徒援護会などへ行けば、アルバイトや部屋を斡旋《あっせん》してくれる。夕食付きの家庭教師というのもある。もちろん、たまには自分のところへ食いに来てもよい。月に何日かくらいならば面倒を見てやる。まあ餓死はしないだろう。

早稲田大学に入った先輩の忠告は、大略そういったものだった。彼が従事している運動というのは、ゼンガクレンと呼ばれるものらしかったが、話の様子では、そのような運動に従事しなければ、餓死しない程度のアルバイトをすることはできそうであった。とにかくあとは行って見てからである。

わたしは先輩から得た知識を母と兄に伝えた。

「それは誰の話かいね？」

と兄はたずねた。わたしは先輩の名前を告げた。旧制中学で兄よりも一年後輩だった。

「あいつはそれで何をやっとるんかね？」

「早稲田のフランス文学科たい」

とわたしも筑前ことばで答えた。学生運動のことは、いわなかった。

「ふうん。いまさら早稲田文学でもなかろうがね」

「とにかく自分の眼で、はっきりした様子ば見て来て、報告しなさい」

と母がいった。

「だいたいお前、おれがアメ公から幾らぐらいもらいよるか、知っとるとや？」

「さあ、知らん」

「そうやろう。しかしまあ、そんくらいのんびりかまえとる方が、ええかも知れん。なあ、お母さん」

「とにかく、吾妻のおじさんの話も自分で断っとるとやけん、仕様のなかかたい」

確かにそれは、若気の至りであったようだ。わたしはそのとき、ゴーゴリの『外套』は読んで知っていた。たぶん春陽堂文庫だろう。ざらざら紙の文庫本だった。しかし、ゴーゴリが、ウクライナの田舎から露都ペテルブルグへ上京する前後の模様までは知らなかった。

一八二八年（十九歳）八月、ネージンの七年制高等学校を卒業。一旦帰郷するが、十二月、友人ダニレフスキーとともに、「裁判官」になるという年来の夢を実現しようとの希望に燃えて、首都ペテルブルグに向かう。

一八二九年（二十歳）官途につくため奔走するが果さず、最後の望みを託して、ネージン時代に書いた田園叙事詩『ガンツ・キュヘルガルテン』を、ヴェー・アローフの筆名で出版するが、酷評を受ける結果となった。幻滅と失望から外国旅行（北ドイツ）に出かけ、九月に帰国。十一月、ブルガーリンの斡旋で内務省等の下級官吏となる。

もちろんわたしはゴーゴリではない。『外套』も『鼻』も『狂人日記』も『ネフスキー大通り』も『検察官』も『死せる魂』も、わたしにはない。たぶん、わたしが追いつけるのは、あと二年のちに、四十二歳で死んだゴーゴリと同じ年齢に達することくらいだろう。しかし、それにしても、彼の上京の目的が「裁判官」になるためであったとは！　もちろん百何十年も昔だ。それに、ロシアの話である。しかし、やはりわたしは、それもこれもわかった上でなおかつ、彼の年譜にこだわらずにはいられない気持だ。

一八〇九年（文化六年）三月二十日（日付はすべて旧ロシア暦。三月二十日は新暦四月一日に当る）、ウクライナのポルタワ県ミルゴロド郡ボリシーエ・ソローチンツィ村に、父ワシーリー・アファナーシエヴィチ（小地主貴族の退役中尉）、母マリヤ・イワーノヴナの長男として生まれる。

一八一八年（九歳）弟イワンとともにポルタワの郡立小学校に入学。翌年夏、弟は高熱のために急死、強いショックを受ける。

一八二一年（十二歳）八月に創立されたネージンの七年制高等学校に入学。在学中文学や演劇につよい関心をもつようになり、同好の仲間たちと回覧雑誌を出したり素人芝居を上演したりした。

一八二五年（十六歳）父ワシーリー病死。

この、退役中尉であった「父の死亡」と「裁判官」志望とは、何かかかわりを持つのだろうか？

法学部へ入るんなら東京の面倒を見ようじゃないか。彼にも、吾妻のおじさん的な存在が、あったのだろうか？　もちろん、わたしの場合とは違うだろう。彼の家は、ウクライナのポルタワ県ミルゴロド郡ボリシーエ・ソローチンツィ村の小地主だった。たぶん、五、六十人の農奴を抱えていたはずである。

「父の死亡」もわたしの場合とは、意味が違う。その父親が「退役中尉」であったのに至っては、まったく子供欺しみたいな偶然の一致に過ぎない。そして、やはり何といったって、百何十年も昔の、しかもロシアの話なのである。しかし、にもかかわらず、わたしが彼の「裁判官」志願を知らなかった事実は、やはり小さなことではなかった。なにしろ二十年前のわたしは、その、他ならぬ百何十年も昔のロシア人に憧れて、九州筑前の田舎町から東京へ出てきた人間だったからである。

彼はわたしにとって、単なる百何十年も昔のロシア人ではなかった。また単なる、十九世紀ロシアの《偉大なる作家》でもない。《ロシア文学の母》でもないし、《リアリズムの始祖》でもなかった。いわば、わたしの運命だった。つまりわたしにとって、一八二八年にネージン高等学校を卒業して首都ペテルブルグへ出かけて行った彼は、すなわち二十年前に筑前の田舎町から東京へ出てきたわたしに当るわけだった。ただわたしは、肝腎なことを知らなかっただけだ。

わたしは、彼が「裁判官」志望であったことを知らなかった。二十年前のわたしが、もしそれを知っていたらどうだろうか？　もちろんこれは、まことに幼稚な仮定に過ぎない。しかし、たぶんわたしは、吾妻のおじさんの話を、受け入れたのではなかろうか。もっとも、そのような運命によって、仮に法学部へ入学したとしても、弁護士にはならなかっただろう。県会議員にもならなかったはずだ。いや、おそらくそのいずれにも、わたしはなれなかっただろう。なにしろわたしは、

「裁判官」を志望して首都へ出かけたにもかかわらずそうなることの出来なかった彼に憧れて、上京するわけだったからだ。

旧陸軍歩兵の外套は、五尺四寸のわたしに少し大き過ぎた。そのカーキ色の外套をわたしがはじめて見たのは、いつだったろうか？　たぶん、わたしが早起き鳥試験を受けるべく上京する前日だった。そして、それがわたしの上京用の外套であることを、わたしが知ったのもそのときである。試しに袖を通したわたしを見て、母はいかにもおかしそうに笑いはじめた。裾も、袖もダブダブだったからだ。

「こりゃあ、外套のお化けやな」

兄は肘枕で横になったまま、苦笑していた。そのときわたしが、その「外套のお化け」をいきなり畳の上に脱ぎ棄てなかったのは、兄のためだ。兄は米軍香椎キャンプのウオッチマンだった。時計男、すなわち夜通し起きている人間。その日は、たぶん夜勤明けだったのだろう。ジープと同じ色をした駐留軍労務者用の制服が、六畳間の鴨居からぶらさがっていた。蓋のついた大きな胸ポケットの上に、ブリキ製のバッジがついている。シビリアン・ガードの横文字。民間警備員ということだろう。民警。しかし、兄はいったい何を警備するのだろうか？　米軍キャンプ内のアメリカ人家族たちだろうか？　それともキャンプめがけて群ってくるパンパンガールたちだろうか？　わたしは兄から、民警の話はほとんどきかなかった。あるいは母には、話していたのかも知れない。仕事中は、民警もヘルメットをかぶるのだろうか？　警棒のようなものを持っているのだろうか？　警棒、ヘルメットは、少なくとも自宅には持ち帰らなかった。しかし兄は、ジープ色の米軍民警の制服を着て、旧将校町の家から通勤していた。

「裾を二寸ばかりあげて、そうやね、袖は一寸五分ばかり詰めたらよかろうかね」

母は何も道具を使わずに、目分量でそういった。わたしはようやく「外套のお化け」を脱いだ。そのカーキ色の旧陸軍歩兵の外套と、鴨居にぶらさがっているジープ色の米軍民警の制服と、果してどちらが旧将校町にはふさわしかっただろうか？　いずれにせよ、敗戦国民の一家を絵に描いたようなものであることには、違いなかった。

「日本人にしちゃあ体格のよか方ばい。この外套のちょうどよか男は」

と母は、こんどは竹尺を使いながらいった。

「ま、なんじゃないか。お前は、子供のときから兵隊になりたがりよったとやけん、よかやないか」

兄は、肘枕で横になったまま、わたしにいった。確かに兄のいう通りだった。子供のときから兵隊になりたがっていたわたしには、まことにふさわしい外套ではないか、というわけだ。わたしには何ひとつ、いい返すことばはなかった。

「お前は忘れてしもうたかも知れんが、あのときお前が取ったとは、おもちゃの剣ばい」

兄がとつぜん持ち出したのは、四十年前の話だ。つまりわたしは、満一歳になっていなかった。それとも、あれは満一歳の誕生日の行事だったか？　座敷の仏壇の前の畳の上にいろいろな物が並べられる。算盤、物指、硯、ノート、絵本、ハーモニカ、クレヨン、鉤尺、筆入れ、おもちゃのラッパ、太鼓、手毬、戦車、自動車、機関車、鉄砲、剣。もっといろいろあったかも知れない。徳利、盃もあったようだ。

わたしは曽祖父の膝に抱かれている。曽祖父のうしろには、祖母と父と母が坐っている。その他、たぶん親戚のものたちも、この無邪気な行事を見物に来る習慣だったのだろう。大叔父、大叔母、叔父、叔母、それにイトコたち。仏壇の上からは写真が見物している。祖父、曽祖母、それから《両陛下の御真影》だった。それら一族郎党環視の中で、わたしは何を掴み取るか？　畳の上を這って行った一歳の子供が最初に右手で掴んだ品物によって、その子の将来を占うという大人たちの遊びだった。適性、職業ばかりとは限らない。徳利、盃を掴めばすなわち、左利きというわけだろう。そしてわたしは、おもちゃの剣を掴んだというわけだった。

しかしそのとき、兄はどこにいたのだろう？　曽祖父の膝の間から這い出して行ったわたしが、おもちゃの剣を掴む場面を、兄はどこから見物していたのだろうか？　もちろんわたしには思い出せない。もちろん思い出せないのは、そのことだけではなかった。一歳の記憶を主張しようという気持など、わたしには毛頭ない。わたしの記憶は、したがって誕生日の物取り行事そのものの記憶ではなく、そのことを繰返し繰返し何度もきかされてきた記憶である。お前が取ったとは、おもちゃの剣ばい。

ぼくは軍人大好きだ
いまに大きくなったなら
勲章つけて剣さげて
お馬に乗ってハイドウドウ！
「そうやねえ、お父さんがよういいよったろうが。和男と違うて、次男は体も軽いし、声もよう通るけん軍人がよかろう。号令かけるのに向いた声やて、いいよったもんな」

と母は、カーキ色の外套の裾に縫上げをつけながら、いった。たぶん、そういうことだったのだろう。和男は兄、次男はわたしである。兄は、小学校三年から眼鏡をかけた。あるいは母の遺伝かも知れない。ひどい近視だ。懸垂は五、六回どまりだった。わたしは、十五回は平気だった。猿になれば、二十回は出来た。顔を真赤にして、歯をむき出した猿である。実際、木登りも得意だった。裏庭の倉庫の屋根から屋根へととび移った。梯子はまったく不用だった。要するに兵隊向きだったのだろう。

結局、兄は中学四年生で敗戦を迎えるまで、軍関係の学校に入らなかった。はじめから問題にならない視力だったらしい。一度、主計学校という話をちょっと耳にしたことがあったが、受験はしなかったようだ。兄は兄で、そのような中学生活は決して居心地のよいものではなかっただろう。しかしわたしも、勝手に肩身の狭い思いをしたのだった。わたしの考えでは、主計将校などは軍人のうちに入らなかった。もっとも、わたしがこうして四十歳の現在まで生きながらえることができたのは、陸軍幼年学校受験に反対した母のお蔭であったかも知れない。

日本が戦争に敗けた年の四月、わたしは北朝鮮の元山中学に入学した。それは一言でいえば、晴耕雨読的な中学生活だった。すなわち晴天の日には松の根掘り、雨が降れば授業である。その年の幼年学校入試は、八月だった。試験は、師団司令部のあった羅南でおこなわれる。わたしのいた一年三組からも数名志望者が出ていた。もちろんわたしもその一人だった。しかし母は受験に反対した。父は応召して大邱司令部にいた。もっとも、連絡将校と呼ばれる任務で、あちこち動きまわっていたらしい。お父さんに手紙を出しているが、まだ返事がない。連絡を取りにくい状態にある、というのが、反対の理由だった。しかし、来年の試験までには必ず連絡が取れるだろう。だからもう一年待ちなさい。

母の本心はわからなかった。いまでもはっきりとはわからないままだ。しかし、一年三組の級友数名が幼年学校受験のために出発したとき、羅南はもはや幼年学校どころではなくなっていた。ソ連参戦前後の、具体的な戦闘の模様は詳しく知らない。しかし、羅南、清津方面からの難民は、毎日、無蓋貨車や有蓋貨車に鈴成りになって南下してきた。幼年学校受験のために出かけて行った一年三組の級友の消息は、八月十五日までわからなかった。それ以後のことは、なおさらわからない。

わたしは確かに、母のお蔭で命拾いをした。もし羅南で命までは落とさなかったにしても、敗戦後の北朝鮮で家族と生き別れくらいにはなっただろう。わたしが幼年学校を志望した理由は、単純明快なものだった。どうせ軍人になるなら、少なくとも父親よりは上級の将校になりたいと考えたからだ。予備役の歩兵中尉だった父親を不満に思っていたわけではない。むしろ、逆であった。名誉ある中尉の息子だからこそ、士官学校出の佐官になるべきなのだ、というわけである。そうしようとしない兄は、中尉である父の息子としての態度にもとるものではなかろうか。将校の息子として、恥ずべき生き方ではなかろうか。滑稽にもわたしは、士官学校出の大佐である自分が、一年志願の予備役中尉である父親に向って、直立不動の姿勢で挙手の礼をする場面を、空想していたのである。

「これは、将校の外套じゃなかろう？　お母さん」

「さあ、どうやろうか」

「お父さんのやつは、胸のボタンが二列やったろうが」

「そうやったかいね」

母は、この外套をいったいどこから手に入れてきたのだろう？　古着ではなかった。カーキ色の外套は、将校用ではなかったが、真新しかった。しかしわたしは、何もたずねなかった。これ以上何かをいえば、何かが起るに決っている。なにしろ母は、父の着ていた将校用外套と、兵卒用外套との区別をすでに忘れているのである。たぶん、そんな区別は犬にでも喰われればいい、という気持だったはずだ。そして、母がそう考えるのは、まことに当然のことといえた。

「しかし、生地はええのを使うとるよ」

と母はいった。

「もったいない話ばい。あんなバカみたいな戦争に、人間も品物もみいんな持って行かれたとやからね」

外套の裾は、母の手によって縮められていた。やがて、その兵卒用の外套は、五尺四寸のわたしにぴったりの外套になるのだろう。わたしは黙って外套を見ていた。実際、何ともいえない、不思議な気持だ。兄はそれを見破ったらしい。肘枕で横になったまま兄は、鴨居にぶらさがっている米軍民警の制服を、顎で示した。

「お前、その外套がいやなら、これば着て行ったらどうや?」

たぶん兄は、こういいたかったのだろう。お前まだ親父のことを考えているのか? そんなものは早く忘れろ。親父が何だ!

4

赤羽を出て、荒川の鉄橋を渡ると、川口である。二十年前はその次が、蕨だった。しかしいまは、間に西川口駅が挾まってしまったのだろう。確かに京浜東北線の川口―蕨間は長かった。四分以上かかっていたような気がする。

蕨駅も変った。一言でいえば、大きくなった。ホームからの階段を、いかにもサラリーマン夫人らしい女性が女の子の手を引いて登って行く。おそらく蕨という土地には、何のゆかりも持たぬサラリーマンの奥さんだろう。彼女はどこで生まれたのか？　そしてどこで育ったのか？　もちろん、わかるはずはなかった。しかしいまは蕨に住んでいる。たぶん夫の勤務の都合だろう。団地か？　社宅か？　借家か？　それとも建売か？　いずれにせよ、川口と蕨の間に、西川口という駅ができたのは、彼女たちのような家族が激増したために違いなかった。つまり蕨駅もわたしの住んでいる団地駅と似たようなものになったわけだ。

駅前も変った。駅前商店街通りの入口には、左側にも右側にも、ビルが建っている。わたしが生まれてはじめて、古賀弟とともにこの駅へ着いたころは、駅前に輪タクが停っていてもおかしくないくらいだった。駅の便所は、外に建っていた。その便所の右手に、沖電気の古い木造の工場が何棟か見えた。あるいは倉庫だったのかも知れない。その沖電気は見えなくなっている。代りに建っているのは何だろう？　どうも、はっきりしない。はっきりわかったのは沖電気がなくなったことだけである。その他は、あたり全体が変貌したため、もと沖電気の場所さえはっきりとはわからなかった。

駅前商店街通り入口の右側の一角は、ごちゃごちゃした飲み屋街だった。飲み屋街？　いや、飲み屋小路だ。横丁というほどのものでもなかった。早起き鳥試験に失敗してからの一年間、わたしはそこでときどき酒を飲んだ。古賀弟と一緒に出かけたこともある。飲むのは二級酒か焼酎かトリスだった。その飲み屋小路であるとき、何かちょっとしたトラブルがあったような気がする。しかし、何が起きたのであったか、思い出せない。客とのいさかいか、勘定のことか？　女のことか？　それらしい女は、その小路にもいたようだ。四、五人の客で満員になってしまうちっぽけな店に、二人以上の女性がいる場合は、まずその種のあいまいな存在と考えてよかった。その種のトラブルだったのだろうか？　どうもやはり思い出せない。ただ、その飲み屋小路に、何度かあの外套を着て行ったことは確かだ。

トラブルは何か、外套にかかわり合いを持っていたのだろうか？　例えば、それを着ていたわたしに、酔客の誰かが因縁をつけてきたとか。また例えば、飲み代が不足して、外套を形にとられたとか。その際、わたしの外套の値打ちをめぐって何かが起った、とかいう具合いにである。そのような何かが、決してその小路で起らなかったとは、断言できない。第一に、それはいかにもありそうなことであるし、なにしろわたしは、自らの手でその外套をしばしば質屋へ運び込んでいたからだった。左様、下宿から百メートルほど離れた中村質店である。したがってわたしは、外套がいかほどの現金に化けることが出来るかを、知っていた。いさかいがあったとすれば、その質店における外套の値段を、飲み屋小路の女は認めようとしなかったためであろう。

わたしは、駅前商店街通りを、旧中仙道に向って歩きはじめた。その前に、飲み屋小路のあたりをのぞいて見ようかと思わぬではなかった。しかし、表側から一見したところ、そのあたりにはやはりビルが建っていた。飲み屋小路は、そのビルの地下にでも潜ってしまったのか？　あるいはビルは表側だけで、裏へ廻れば相変らずのあいまいな狭い店が、以前通りにあるのかも知れない。ビルの裏へ廻ってみようか？　しかし、何といってもまだ、午前十時である。いや、それよりも、とにかく二十年前の下宿をまず訪ねなければならない。それが第一義の目的だった。そこがわたしの巡礼の、第一番札所である。蕨宿まで、わざわざ早起きをしてやってきたのは、二十年前の駅前飲み屋小路のあとを見物するためではなかった。

たまたま、駅前で思い出しただけに過ぎない。そこで何か、ちょっとしたトラブルが起きたような気がしただけだ。もちろん大したトラブルではあるまい。いったい何事が起ったのか、思い出せないのがその証拠ではなかろうか。例えば、ある晩その飲み屋小路の暗がりで何ものかに外套を剝ぎ取られた、とでもいうのであれば、思い出すまいとしても思い出さずにはいられないだろうからだ。

アカーキー・アカーキエヴィチの場合とは違うのである。彼の外套は、新調したばかりだった。襟には猫の皮がついている。彼がそれを奪われたのは、課長補佐の家で催された夜会からの帰り途だ。彼の外套の新調を祝して、という名目で開かれた夜会だった。本当は、役所の連中はアカーキーに外套新調の夜会を開いて、ひとつ自分たちを招待すべきではなかろうかといい出したのであるが、もちろん出来ないことを知っての、悪ふざけに過ぎない。そこで課長補佐が、アカーキーに代って自宅へ部下たちを招待したわけだが、実は、わざわざアカーキーのためだったのではなく、ちょうどその日が「名の日のお祝い」に当っていたのである。

二十年前のある晩、蕨駅前の飲み屋小路から出てきたわたしと、課長補佐宅の夜会からの帰り途であったアカーキーとに共通していたのは、両者ともアルコール分を摂取していたことくらいだろう。アカーキーは、夜食に出された野菜サラダ、犢《こうし》の冷肉、パイ、ピロシキをごちそうになり、シャンパンを二杯飲んだ。仲間たちから無理に飲まされたのである。つまり彼は酔っていた。日ごろは、シャンパンは愚か毎日のお茶さえも、考えながら飲んでいた人間なのだ。また、お茶は飲まなくともウオトカは飲む、という種類のロシア人でもなかった。シャンパン二杯で酔っても不思議ではあるまい。その証拠に彼は、とつぜん、通りかかった一人の女性のあとを追って走り出そうとさえしたのである。

ところでわたしは二十年前のある晩、蕨駅前の飲み屋小路で何杯の焼酎を飲んだわけだろう？いま仮に、適量のコップ三杯を一杯上廻る四杯を飲んだとしてみよう。酩酊の度合いとしては、シャンパン二杯のアカーキーの場合と、これでほぼ同等と考えてよいだろう。そのときわたしの前を、一人の女性が通りかかったか、どうか？　しかし、もし通りかかったのだとすれば、おそらくわたしも、アカーキーと同じように、とつぜん彼女のあとを追って走り出そうとしたはずである。蕨駅前の飲み屋小路でコップ四杯の焼酎を飲んで出てきた、二十年前のある晩のわたしが、アカーキーよりも幸福な人間であったとは考えられないからだ。断じて、断じて考えられない。

何故？　しかし理由などいまさら考える必要はないだろう。わたしは九州筑前の田舎町から出てきた人間だった。そして早起き鳥試験に失敗した人間だった。そのわたしが、コップ四杯の焼酎に酔ったのである。カーキ色の旧陸軍歩兵の外套を着て、夜更けにとつぜん、通りかかった見知らぬ一人の女性のあとを追って行くのである。この上、更に何か、理由が必要だろうか？　無いはずである。わたしは女のあとをつけはじめた。まったく長い長い駅前商店街通りの一本道だ。しかもほとんど直線である。道の両側の商店は、もちろんすでに戸を閉めていた。わたしと女との距離は三十メートルくらいだろうか？　たぶん最終電車から降りてきたのだろう。女は外套の襟を立てていた。しかし色まではっきりしなかった。とつぜん女の姿が、はっきりと前方に浮きあがった。街灯の下にさしかかったのだ。ショルダーバッグをかけている。やがて彼女の姿は、ふたたびはっきり見えなくなった。街灯から次の街灯までの間隔は、百メートルくらいだろうか？　また女が街灯の下にさしかかった。両手は外套のポケットの中らしい。女は振り返らなかった。足の速度も変らなかった。わたしとの間隔も変らなかった。いったいどこまで行くのだろう？　中仙道まで真直ぐ出るのだろうか？　そのときまた、女が街灯の下にさしかかった。ベレー帽をかぶっている！　学生だろうか？　女給だろうか？　あるいは女給のアルバイトをしている学生だろうか？　それとも『ネフスキー大通り』で、ピスカリョーフがあとをつけて行ったような女だろうか？　まさか！

ピスカリョーフはペテルブルグの貧乏な無名画家だった。その彼がある晩、ネフスキー大通りですれ違った女性は、黒髪《ブリユネツト》だった。彼はとつぜん、彼女のあとをつけはじめた。《天からまっすぐにネフスキー大通りへ落ちてきて、どこかわからないところへ去ってゆくように思われるこの美女が、どこに住いを持っているのかを見とどけたかった》からだ。

ピスカリョーフの心臓は爆発寸前である。目の前のものはすべて、霧の中のようにかすみ、天と地とは、まさに転倒せんばかりだ。

《——歩道は足の下を走り、馬を走らせている箱馬車も動いてはいないように思われた。橋はのびて、そのアーチの頂上で砕け、家は屋根を下にして立ち、見張小屋は彼に向って倒れかかり、見張り番の持った戟は、看板の金文字や絵に描いた鋏といっしょに、彼の睫毛の真上でぴかぴかしているように思われた》

ブリュネットはやがて、四階建ての中に消える。彼はその階段をかけ上って行く。しかしそこは、淫売婦たちの部屋であった。ピスカリョーフは、おどろきの余りアパートへ逃げ帰った。彼は阿片中毒患者になった。幻覚の中に、自分の貞淑な妻となっているブリュネットが現われるからだ。彼は、ペルシャ人から阿片を買い求めるために、裸体画を画いた。やがて阿片が彼の脳髄を破壊した。ピスカリョーフはパレットナイフで喉を裂いて死んでしまう。

そしてわたしは、最早や蕨のピスカリョーフだった。幾つ目かの街灯が彼女のベレー帽を照らし出したとき、そうなったのである。いや、そうではない。わたしが蕨のピスカリョーフではなくて、女が蕨のブリュネットだった。そうあって欲しかった。いまやわたしには、女が、学生であるよりも、女給であるよりも、また女給をしているアルバイト女子学生であるよりも、ピスカリョーフを絶望させたようなブリュネットであることの方を望んだ。是非ともそうであって欲しい。わたしにはその方が希望が持てた。いや、そうであってくれなければ、希望は持てない。

そのとき、とつぜん女が立ち止った。長い長い一直線の商店街通りから、ただ一本だけ右へ折れ込む道があった。駅前から旧中仙道へ出るまでの、ちょうど中間あたりだ。右へ折れ込む道は、蕨神社の境内へ通じており、そこを抜ければ、狭いどぶ川を渡ってわたしの下宿の裏門へたどり着く。距離的にいえばむしろ近道だろう。しかし、裏門は夕方には閉じられてしまう。もっともすでに、表門でさえ、たぶんよじ登ることになる時間だった。しかし、女がそこを曲るのであれば、もちろんわたしも曲るつもりだ。わたしは、ピスカリョーフではなかった。彼のように、わたしは逃げ出さないだろう。女が立ち止ったのは、その近道の方へ折れ込む角の、街灯の下だった。女はヨウコさんに似ているだろうか、いないだろうか？　ヨウコさんは、わたしがそのとき知っていた唯一人の娼婦だった。九州筑前の田舎町から一里ばかり歩いたところにいる、娼婦である。同時にわたしの知っている唯一人の女だった。したがってわたしは、ピスカリョーフのように逃げ出す必要はなかった。逃げるどころかわたしは、あわてて女の方へかけ出そうとしたのである。街灯の下の女が、とつぜん振り返ったからだ。しかしそのとき、かけ出そうとしたわたしの外套の肩口を、何者かが摑んでうしろへ引き戻した。同時に耳元で鋭く笛が鳴った。

「信号が見えないのかね⁉」

わたしは、まったく予期せぬところで足止めを喰った。わたしの外套の肩口を摑んで引き戻したのは、白いヘルメットをかぶった交通整理の警官である。笛を吹いたのも彼にちがいなかった。わたしは、現実を了解した。確かに信号は赤だった。車はわたしの左右から走ってきて、信号の前で交錯している。これでは警官でなくとも、わたしを引き戻したくなるはずだった。

「どうもすみません」

とわたしは、頭をさげる代りに髪の毛をかきあげる仕草をした。

「しかし、これが中仙道でしょうか？」

「中仙道？」

「ええ」

「どこへ行くのかね？」

「わたしは、実は……」

「いや」

「え？」

「これは、バイパスですよ」

「そうですか。どうも、二十年ぶりに訪ねてきたものですから」

「詳しい路線は、交番の方でたずねて下さい」

「じゃあ中仙道は、この先を行けば突き当るわけですね？」

「突き当る？」

と、白ヘルメットの警官は首を捻《ひね》った。わたしも首を捻ったまま、バイパスを横断した。信号が変り、最早や彼と話しているわけにはゆかなかったからだ。二十年前に、バイパスはもちろんなかった。駅前から中仙道へ至る道は、いかなる道路とも交叉しない長い真直ぐな一本道だった。そしてそれは、ちょうどT字型に中仙道に衝突するのであって、交わるのではない。また、突き抜けるのでもなかった。

それとも、いま横断してきたバイパスが中仙道だったのだろうか？　わたしはなおも、首を捻ったまま歩き続けた。しかしバイパスはやはり新しくできたものだったようだ。間もなくわたしは、蕨神社の境内の方へ折れ込む近道の入口へさしかかったのである。二十年前のある晩、駅前の飲み屋小路から出てきたわたしがあとをつけて行った女が、とつぜん立ち止って振り返った場所だ。

もちろん、外套の襟を立てたベレー帽の女の姿がそこにあるはずはなかった。女子大生だろうか？　女給だろうか？　それともネフスキー大通りでピスカリョーフがあとをつけて行ったブリュネットと同じ女性だったのか？　わたしは外套の襟を立てたベレー帽の女がブリュネット的女性であることを願った。しかし結局、正体不明のままだった。街灯の下に立ち止ったばかりか、彼女がとつぜんわたしを振り返ったのは、事実だ。わたしは思わず駈け出そうとしたが、辛うじてその足を押しとどめ、外套のポケットから煙草を取り出したのだった。そしてあたかも、煙草はくわえてみたがマッチが見当らない男の役を演じる三文役者のように、もぞもぞと外套の中で手を動かしなから女に近づいて行ったのである。

　確かにそれは下手くそな演技だ。しかしわたしの知る限りにおいては、それは一つの合図であった。また、誰何《すいか》の方法でもある。

「ちょっと火を貸して下さらない？」

　その反対というわけだった。外套の襟を立てたベレー帽の女が、「ブリュネット」でさえあってくれれば、すべてはそれで通じるはずだ。演技の巧拙は、彼女にとって問題外であるはずだった。

「もう少しリアルに出来ないものか知ら？」

　よもや、そのような返答をきくことはあるまい。そして事実、そうであった。もちろんわたしも、気は使った。可能な限り、型通りにならぬよう、紋切型の三文役者にならぬよう気を使ったのである。つまり、この夜更けにわたしが貴女に声をかけるのは、他ならぬ煙草の火を借りたいためだ。そしてその火は、何かの合図とかきっかけではなく、目的なのです。いわんや貴女を誰何するためのものなどではない。わたしが酩酊しているのは、ご覧の通りだ。したがってわたしはそれを隠そうとは思わない。そうです、わたしは飲んできました。ええ、ええ、情無いことに、たった一人でです。しかも、こんな誰も知らない、蕨駅前マーケットの飲み屋でです。つまらんことです。滑稽なことです。早起き鳥試験に落っこっちゃって、夜更し、自棄《やけ》酒というわけですからね。しかし、誰も知らないという点では、お互い様かも知れない。わたしは日本以外の外国の地名も幾らかは知っているが、蕨だのゼンマイだのといった地名は、ぜんぜん知らなかった。ところがそんな蕨だかゼンマイだかモヤシだか知らないような町で、わたしはまったく誰にも知られていない人間なのですから。もちろんわたしが、何者でもないからです。わたしには、いかなる身分証明書もありません。高校生でもなければ大学生でもない。予備校というところにも通っていない。会社員でもなければ、工員でもなし、住み込みの新聞配達でもなければ、パチンコ店の店員でもありません。なにしろ、わたしがときどき出かけて行く駅前マーケットの飲み屋の女たちは、わたしが出た小学校の名前も、中学校の名前も、高校の名前も知りません。きいたこともない町にあるわけですから、当然のことといえるでしょう。つまりわたしは、きいたこともない町から出てきた、何者でもない人間というわけです。それにしても、あの質屋のおばさんは、うまいことをいったもんだ。彼女がわたしのことを、何と呼ぶと思いますか？「おにいさん」です。「しかし、おにいさん」「それじゃあ、おにいさん」というわけです。これにはまったく感心しました。あの質屋のおばさんの「おにいさん」をきく度に、実際自分が一人の「おにいさん」以外の何者でもないと、思い込まずにはいられない。もっとも彼女の「おにいさん」には独特の節がある。節？ アクセントかな？ これは何か、中仙道沿いの古い宿場町特有のいいまわしかも知れない。とにかくあの「おにいさん」は、不思議な「おにいさん」だ。そしてわたしは、その不思議な「おにいさん」に過ぎない。その不思議な「おにいさん」以外の何者でもあり得ないおにいさんです。それに、わたしは酔っています。しかしわたしがいま、とつぜん立ち止ってわたしの方を振り返った貴女に近づいて立ち止り、話しかけるのは、そのためではない。つまり、もちろん酔いのためではなくて、煙草のためだ。

「ところで、いま何時か知ら？」

と、外套の襟を立てたベレー帽の女はいった。わたしは、煙草に火をつけ終ったところだった。

「どうも、ありがとう」

と、わたしは彼女がショルダーバッグの蓋をあけて取り出したマッチを、彼女の方へ差し出した。

「あ、よかったら、煙草」

「わたし？」

「一本いかがですか」

女は、黙って首を振った。

「ひかりはダメですか？」

女は、また黙って首を振った。わたしは「ひかり」の箱とマッチを外套のポケットに仕舞い込んだ。

「寒いときは、煙草はダメね」

「あ、マッチか」

わたしは、ポケットに仕舞い込んだ彼女のマッチを取り出した。

「どうも」

「どうぞ。ありますから」

「あ、そうですか」

見ると、マッチのラベルにはベートーヴェンの顔があった。名曲と珈琲らんぶる。わたしはマッチの箱を裏返しにした。ベートーヴェンは片側だけだった。

「どうぞ。いま、何時でしたか知ら？」

これが、女の最後のことばだった。

「さあ、いったい何時になったんだろう？」

とわたしは答えた。そして、ベートーヴェンの顔を二本の指先でつまんで裏返しにした。それから、ゆっくりと煙草の煙を吐き出した。

「あの店を出たのが、十一時……」

そのとき、外套の襟を立てたベレー帽の女が歩きはじめた。これも、とつぜんの出来事だった。しかもその方向は、意外なものだった。女は、右へ折れ込む近道でもなく、中仙道の方へでもなく、蕨駅の方へ歩きはじめたのである。逆戻りだった。駅の時計を見るつもりだろうか？

「おい、おい！」

と、わたしはうしろから声をかけた。彼女は、ちらりと振り返った。それから左手を外套のポケットから抜き出し、腕時計をのぞき込んだようだ。

二十年前のある晩の出来事は、これで終りである。ベレー帽とわたしとの距離は、当然のことながら次第に大きくなっていった。そしてやがて、彼女の靴音もきこえなくなった。これは、わたしもまた歩きはじめたためであろう。往還を往く人の屐歯《げきし》！　もちろんわたしは、下駄ばきではなかった。しかし、そのような下駄の歯音が凍った響きを放ちそうな晩だったのである。わたしは最早や誰ともすれ違わなかった。誰のあとをもつけてはいなかった。犬にも出遇わなかった。そのまま真直ぐ中仙道に突き当り、右へ折れた。蕨郵便局の前を過ぎ、中村質店の前を過ぎた。もちろん格子戸の中は真暗だった。昼間であれば、そのあたりから右手に、一本の大きな欅《けやき》が見えてくる。酒屋の欅だ。大きな額縁入りの銘柄を掲げた古い酒屋だった。その酒屋と木造二階建てのお茶屋の間に、これも古い木の門が挟まっている。わたしはその門の前で立ち止った。門は閉じられていた。まずわたしは、閉じられた門をちょっと推した。しかし、すぐにやめて、こんどは右手の拳で、軽く敲《たた》いた。そしてこれも、すぐにやめた。午後十一時がこの門の門限だったからだ。余り敲くと、左隣のお茶屋が起きてくるのである。お茶の小売りをするお茶屋だった。お茶屋はわたしの家主ではなかった。お茶屋の二階建ては借家だった。一階でお茶屋を出している家族も、二階に住んでいる家族も、間借人たちだ。家主は、この門の奥の母屋に住んでいる。その母屋の端の三畳間がわたしの借りている塒《ねぐら》だった。

この門を入らなければ、わたしは塒へ帰ることができない。古賀兄弟は、もう就寝しただろうか？　あるいはまだ起きているのかも知れない。古賀兄弟が借りているのは、母屋の右手にある白壁土蔵脇の離れだった。四畳半と三畳、土間式になった台所、それに小さな板の間付きで、拓大生の古賀弟はその板の間住いである。しかし、いずれにしても門の奥だ。あるいはわたしが力一ぱい門を敲いて古賀弟を呼べば、彼は「おす！」とあらわれるかも知れない。ただし、その前に左隣のお茶屋の家族が目をさますだろう。いや、すでにわたしは、一度そのことで家主を通して苦情をいわれていたのである。したがって、門を敲くわけにはゆかない。僧は敲く月下の門。これは、だめということだった。然らば、僧は月下の門を推さねばならない。しかし、午後十一時を過ぎた門は、推しても開かないことになっているのである。要するに推敲《すいこう》いずれも、不可能というわけだった。

もちろんわたしは、僧ではなかった。したがって、推敲いずれも叶わなければ、一歩さがって考えてみることを許されたのである。その結果わたしは、まず旧陸軍歩兵の外套を脱ぎ、それを門の屋根に放り上げた。それからお茶屋とは反対側の、酒屋寄りの石垣に片足をかけ、あとは懸垂十五回の肘力に物をいわせてよじ登り、無事に門を越えることができたわけだ。

そのとき、わたしがのり越えた門の上に月がかかっていたか、どうか？　それは、はっきりしなかった。なにしろわたしは、門の向う側へとび降りるや否や、屋根に放り上げて置いた旧陸軍歩兵の外套を引きずりおろして頭からすっぽりとかぶり、足音を忍ばせて古賀兄弟の離れの前を通り抜け、三畳の塒へ潜り込んだからだ。実際、寒月を仰ぐ余裕などなかったのである。

はっきりしていることは、わたしの外套が無事であったということだった。街灯の下で立ち止ってわたしを振返ったベレー帽の女の正体は不明のままだ。しかし、まったく何もわからなかったわけではなかった。少なくとも、外套の襟を立てた彼女の欲したものがわたしの外套ではなく、腕時計らしかったことくらいはわたしにも想像できたからだ。彼女は果して「ブリュネット」だったのだろうか？　もちろんそうであったと断言はできない。ただ、もしそうであったのであれば、彼女はわたしのカーキ色の外套を、腕時計よりも安く値踏みしたわけだった。わたしが腕時計をつけておれば、最悪の場合わたしが無一文であったとしても、損にはならないと判断したのだろう。それともあのベレー帽の女は、「ブリュネット」としての自分の価値を、わたしの旧陸軍歩兵用外套プラス腕時計、と素早く眼で計算したのだろうか？　わたしに腕時計が無いと知るや、直ちに踵《きびす》を返したのはそのためだろうか？　まさか！

しかし、もし仮にそうであったとしても、それはあくまでも彼女の判断である。彼女が大急ぎで蕨駅の方向へ逆戻りしたのは、「ブリュネット」としての彼女の値段にふさわしい外套を求めてであったのかも知れない。ふたたび駅前マーケットの飲み屋小路の近くまで引き返し、そこから千鳥足で出てくる別な外套を着た男に、あとをつけさせるためであったとも考えられる。彼女の欲しがっていたのは、果してどのような外套だろうか？　黒貂？　海狸？　それとも遠眼には貂に見えるという猫皮の襟程度で満足したのだろうか？　もちろん、わたしにはわからない。たぶん彼女は、自分の価値にふさわしいと判断した外套を狙うだろうからである。

しかし、いずれにせよ、ベレー帽の彼女はまことに優雅な外套強盗であったといわなければなるまい。なにしろアカーキー・アカーキエヴィチを襲った強盗の場合は、いきなり暗がりからとび出してきて、二人がかりで外套を剝ぎ取って行ったのである。

《――いきなり、彼の目の前に、ほとんど鼻っ先に、なんだかこう、ひげを生やした人間らしいもののふたつの影が突っ立っているのが目についた――だが、彼はその正体をはっきり突きとめてみることさえもなしえなかった。目がくらくらっとして、胸がどきどきと打ちだした。「おい、その外套はこっちのもんだぞ！」と、一人が雷のような声で言って、さっと彼の襟がみをつかんだ。アカーキー・アカーキエヴィチは、「助けてくれ！」と、叫ぼうとした。と、そのときもう一人のほうが、役人の頭ほどもある拳を彼の口もとへ押しつけて、「さあ、声をたてるならたててみろ！」と、言ったのである。アカーキー・アカーキエヴィチは、彼の外套が剝ぎとられ、膝を足蹴《あしげ》にされ、そうして雪のなかへばったりあおむけざまに倒れたことまでは覚えていたが、それからさきのことは、もうなにひとつ覚えなかった》

二十年前のある晩、わたしの外套がもし万一、あの外套の襟を立てたベレー帽の女の手に渡っていたとしても、まさかアカーキーほどの恐怖を体験するようなことはなかったであろう。わたしに限ったことではない。あの晩、わたしに代って、ベレー帽の女にもし外套を剝がれた男があったとしても、まったく同様だろう。それに何より、わたしの外套は無事であった。同時に腕時計も無事であった。わたしの腕時計はあの晩、中村質店の蔵の中深く保管されていたからである。

しかし、これで何もかもすべて明らかになったわけではなかった。果して、二十年前のある晩とは、いったい何月何日のことだろうか？　それが肝じんなところだった。なにしろ、少なくともその日までは、あの外套はわたしの手許に無事だったわけだからだ。

◉京浜東北線・蕨（S27・3〜S28・5）

もちろんその間じゅう、外套を着ていたわけではない。まず（S27）を考えてみよう。わたしが早起き鳥試験を受けるために上京した三月、確かに、生まれてはじめて吹かれた関東の風は冷たかった。砂まじりの、黄色っぽい春さきの風だ。早起き鳥試験を受けたあとわたしは、はとバスで東京見物をした。それから、帝劇へエノケンのミュージカルを見物に出かけた。贋紫田舎源氏《にせむらさきいなかげんじ》？これたぶん、そんなふうなものだった。女優は誰だったのだろう？越路吹雪？笠置シヅ子？それは、どうもはっきりしないが、十二単《じゅうにひとえ》がくるりとうしろ向きになると、バタフライの紐だけ！確か、そのような趣向のミュージカル衣裳であった。何故わたしは帝劇へ出かけたのだろう？それは、もうわからない。たぶん、早稲田大学に合格した同級生に誘われたのだろう。あるいは、海上自衛隊員になった同級生の方の発案だったのかも知れない。いずれにせよ、わたしたちは三人で、贋紫田舎源氏を見物に出かけたのだった。三人は九州筑前の田舎町で中学、高校を通じて、六年間の同級生であった。

ただし、真赤な絨毯を敷いた帝劇の階段を、わたしはカーキ色の旧陸軍歩兵の外套を着て昇ったのか、どうか？　これも、最早やはっきりしない。時期的にいえば、着ていたことになるはずだった。生まれてはじめて吹かれた、関東の三月の風の冷たさ。砂まじりの、黄色っぽい春さきの風の記憶ではそうなるわけだ。しかし、あの二十年前のある晩の寒さは、やはり三月の肌ざわりではない。どうしても真冬だ。つまり（S27・3〜S28・5）の真冬である。

「というこことは……」

とわたしは、声に出して勘定した。

「昭和二十七年の、十二月と、昭和二十八年の、一月と二月か」

旧陸軍歩兵の外套は、少なくともそのときまでは、わたしの所有物であったわけだ。しかしそれにしても、何という単調で長い真直ぐな道であったことか！　この蕨駅から旧中仙道へ突き当るまでの一本道。もっともこれは、旧街道沿いの宿場町に共通のものであるのかも知れない。明治になって鉄道が敷かれた。しかしそれは、旧街道から遥かに遠く離れる場合がしばしばだったらしい。草加宿の場合も似たようなものだ。こちらは国鉄ではなくて私鉄であるが、草加駅から旧日光街道へ突き当る道は、同じような商店街に挾まれた一本道である。もちろんその長さは、蕨駅—中仙道とは比較にならない。せいぜい四分の一くらいだろう。蕨の場合は桁はずれだった。何か、特別に明治政府の怨みを買うような人物でも住んでいたのだろうか？　そのため鉄道は、故意に遥か遠くに敷かれ、旧街道は新しい時代から葬り去られたのではないのか。徹底的に滅ぼされたのではなかろうか。まったくそうとでも考えたくなるような、一本道だった。なにしろわたしは、あたかも二十年間ずっとこの道を歩きづめに歩かされでもしたような錯覚をおぼえたほどだ。

やれ、やれ！　わたしは思わず、溜息をついた。それから煙草に火をつけ、中仙道を右に折れて、蕨郵便局すなわち中村質店の方へ向って歩きはじめた。

5

石田家の門の前には自家用車が停っていた。息子の車だろうか？　それとも隣の酒屋の車だろうか？　二十年前、石田家の長男は浦和高校の二年生だった。二十年後のいま、彼はいったい何者になっているのだろう？　彼は長男で一人息子だった。下に、中学生と小学生の妹がいた。栄一に、孝子に、末娘は何子だったろうか？　父親は戦死。祖父は、蕨の村長さんか町長さんをしたことのある人物らしい。しかし、二十年前すでにいなかった。お婆さんの方は、元気だった。もと村長夫人にふさわしい威厳をもった白髪だった。町長よりも、やはり村長夫人の方がふさわしいようだ。おばさんは、いつもモンペをはいていた。もちろん、一年じゅうではなかったであろうが、わたしに残っている二十年前の彼女は、モンペ姿である。

一言でいえば、石田家は蕨の由緒正しい家柄である。たぶん地主でもあったのだろう。そして戦争が終ったあと落ちぶれたのも、たぶんそのために違いあるまい。二十年前の石田家では、誰も働いていなかった。おばさんはモンペをはいてはいたが、それは主婦であり寡婦でもある彼女のふだん着であったに過ぎない。べつに畑仕事をしているわけでもなかった。

屋敷内には、古い機《はた》小屋らしき木造平屋があり、そこを改造して一家族が住んでいた。それから白壁の土蔵脇の離れに古賀兄夫婦と古賀弟。表門脇の二階屋の一階でお茶屋を開いている家族と、二階だけを借りているもう一家族。そして、母屋の隅の三畳にいたわたし。以上が二十年前、石田家に月々の家賃あるいは間代を払っていた者たちである。わたしの間代は、月八百円だった。浦和高校の月謝は幾らだっただろうか？

門の前に停っているのは、黒い車だった。自動車の種類にはまことにうといわたしであるが、ぴかぴかの新車ではなかった。外車でもなさそうである。うしろの座席に、何かの動物の縫いぐるみが見えた。自家用車だろうと見当をつけたのは、そのためだったのかも知れない。わたしは、奥さんと子供をうしろの座席にのせて、車のハンドルを握っている石田家の長男の姿を想像してみた。もう彼も三十七、八歳の男だった。やあ、栄ちゃん！ 確か、栄ちゃんでしたよね？ ところで、あのころぼくが着ていた、あの外套をおぼえてますかね？ そう、ほら、カーキ色の昔の陸軍歩兵の外套ですよ。

しかし、もし彼が現在サラリーマンになっているのであれば、いまごろ家にいるはずはなかった。そしてたぶん、十中八、九、彼は大学を出てサラリーマンになっていることだろう。丸刈り頭の生真面目な高校生だった。東大を出て、どこかの省の高級官吏になっているのかも知れない。それもあり得ないことではなかろう。なにしろ出世をしなければならない立場に置かれている、石田家唯一人の男だった。落ちぶれた蕨の由緒正しい石田家の、希望の星だ。しかし、その石田家は、まだこの門の奥に存在するのだろうか？ 実はこの疑問は、とつぜんのものではなかった。草加宿を出るとき、わたしが名物の草加せんべいを手土産に持参しなかったのは、そのためだった。とにかく、門の内側へ入ってみよう！ それとも、まずお茶屋で確かめてみるべきだろうか？

わたしは車の向う側へ廻った。くぐり抜け式の、表の格子戸はそのままだった。しかし、お茶屋はもうやっていなかった。わたしはとつぜん、子供じみた考えにとらえられた。草加宿のはずれのマンモス団地を引き払って、この木造二階屋を借りて住んだらどうだろうか？ そして妻に、一階でお茶屋をやらせるというのはどうだろうか。

「ごめん下さい」

とわたしは、格子戸の内側へ向って声をかけた。返事はなかった。わたしは、ほっとした。何のために格子の内側へ向って声をかけたのかを、わたしは忘れそうになっていたからである。もちろんわたしは、旧中仙道沿いの適当な場所に、お茶屋を開業するための店舗探しに蕨を訪問したのではない。いったい何を躊躇する必要があるのだろう？　目的はあの外套の行方以外の何ものでもないではないか！　わたしは自分の、子供じみた気まぐれな空想を捨てた。そして今度は、黒い車の脇をすり抜けると、いきなり門の内側へ足を踏み入れたのだった。しかしわたしは、門を入ったところで立ち止った。ビニールサンダルをはいた若い主婦とはち合わせしそうになったからだ。主婦は二階屋の勝手口から出てきたらしい。

「あ、どうも、これは失礼しました」

とわたしは、ほとんど反射的にいった。むしろ、うろたえたのは、そのあと主婦の顔を見てからだろう。

「あ、あの」

「は？」

「えーと、孝子さん？」

しかしわたしは、急いで自分のことばを打ち消した。やはり間違いだったようだ。

「いや、これは、どうも失礼しました」

若い主婦は、どうやら極度に警戒心の強い女性ではないらしかった。彼女は、わたしの人相風態を露骨にあらためる眼つきにもならず、黙って門の外へ出ようとしかけたのである。したがってわたしは、そのまま屋敷の中へ入り込んでも構わなかったわけだ。そして自分の眼で、二十年後の石田家の模様を確かめればよかったはずだ。しかし、わたしは若い主婦を呼びとめるようにして、たずねた。どことなく、庭全体のようすが変化しているように見えたからだ。門を間違えたのだろうか？

「あの、じつは」

とわたしは、実際に自信を失った声でたずねた。

「この奥におられた……」

「は？」

「二十年ほど前になりますが……」

「石田さんですか？」

「やはり、石田さんですね？」

「は？」

「いや、その石田さんのお宅ですが」

「石田さんでしたら、この左側の家の、もう一つ奥の二階建ての家です」

「二階建て？」

「ずうっと入って行くと、表札が出てますから」

わたしが二十年前のおばさんに会ったのは、それからおよそ三十分後だった。もちろん、真直ぐに歩いて三十分かかったわけではない。ビニールサンダルばきの若い主婦は、わたしとの問答がすむと、門の方へ歩き出したが、すぐに足を止めた。わたしもまた、彼女のうしろから歩きはじめていたからである。立ち止った彼女は、わたしのことばを待っている感じだ。何かまたたずねられると考えたのだろう。しかしわたしは、ちょっと会釈をして、彼女よりも先に石田家の門を出て行った。彼女にたずねるべきことは、すでになかった。

果物か？　菓子類か？　わたしは手土産のことを考えていた。結局わたしは、せんべい屋に入った。もとお茶屋を開いていた二階屋の、すぐ左隣がせんべい屋だった。この店の開店をわたしはおぼえている。ちょうど二十年前に出来た店だ。石田家の人びとは、この店に好意を抱いていなかった。たぶん、もと石田家の家作であった家を買い取って、せんべい屋に改造してしまったためであろう。石田家としては、二十年前、せめて借家としてとどめて置きたかったその家作を、是非とも売らねばならぬ事情があったのだろう。

せんべい屋では、ずい分待たされた。二十分くらいだろうか？　はじめは立っていたが、ついにわたしは小さな木の腰かけに腰をおろし、煙草をつけた。そして、二十年前の開店を思い出したわけだ。ちょうど、せんべいが裏の工場で焼きあがる時間なのか？　店には小柄な婆さんが一人である。わたしの前に客は僅か二人だった。ところが僅か二人の客で二十分間である。わたしは少しばかり不愉快になった。せっかくの早起きがせんべい屋の店先で無駄にされてよいものだろうか。この店の開店に寄せた石田家の人びとの、二十年前の怨みをわたしが思い出したのも、あるいはそのせいだったかも知れない。

しかしわたしは、その怨みのせんべいを石田家への手土産にすることについては、べつだん矛盾を感じなかったようだ。むしろ、一刻も早くその包みをぶらさげて、石田家を訪れることだけを考えていた。せんべいを一つ一つ、数えながらボール箱に詰め合せ、蓋をして包み紙をかぶせ、平たい紐をきちんと十文字にかける婆さんの古風な手つきを、心静かに鑑賞するゆとりなどなかったわけだ。

しかしわたしは、何故それほどまでに急がなければならないのだろう？　石田家があの門の奥に現在も存在していることは、すでに確かめられたわけではないか。それにまだ時計は午前十一時ちょっと前だ。昼食どきまでに石田家を引き上げるとしても、一時間はたっぷりある。もし、それで時間が足りなければ、一旦辞去して、昼食後にもう一度訪ね直せばよいはずだった。わたしは、せんべい屋の小柄な婆さんの手によって包装され、十文字に紐をかけられた缶入りのあられの詰め合わせを受け取ると、今度は迷うことなく石田家の門をくぐった。

石田家の屋敷内は確かに変化していた。まず気づいたのは、全体が狭苦しくなった感じだ。何がどう変化したのだろうか？　何もかもが変化してしまったようだ。しかしわたしは、敢えて屋敷内の変化の一つ一つを無視するようにして、奥へ入って行った。そうしなければ、いつまで経っても石田家の玄関先へ到達することができないからだ。

ビニールサンダルばきの若い主婦がいった通り、石田家は二階建てだった。それはまあよい。二十年経てば、古い木造の平屋が何に変化していたところでおどろくには足りないだろう。しかし、考え込まざるを得なかったのは、玄関に取りつけられたインターホーンを発見したときだった。もちろんインターホーンが気に入らないというのではない。いったいわたしは、その四角い小型マイクに向って、何と名乗りをあげるべきだろうか？

「ごめん下さい」

それから、

「赤木と申しますが……」

と名前を告げる。さて、それから先が厄介だった。

「実は、わたしは、二十年ほど前にお宅に間借りをしていた、赤木ですが」

しかし、だからどうだというのだろう？　二十年前に間借りをしていた男が、何かのセールスマンにでもなったというのだろうか？　このインターホーンという装置は、確かに便利だ。名乗りをあげにくい訪問者を心理的にたじろがせるのである。この装置を通して訪問者は選別される。こんな装置を通してでは話が通じません。とにかく顔を出して下さい。じかにお目にかかれば、きっとわかっていただけます。必ずお互いに通じるはずです！　しかし、それでは通じないわけだ。あくまでもこの装置を通して、眼に見えない相手を納得させなければならないのである。それで通じなければ、それまでだった。玄関のドアを開かせることはできないのである。

「あの……」

と、いってわたしは髪の毛をちょっとかきあげた。留守電話よりもこちらの方がむずかしいようだ。名乗りをあげにくいせいかも知れない。わたしはどこの何者だろう？　草加の赤木だ。しかしそれでは通じるはずがなかった。

「あの、おばさんはご在宅でしょうか？　二十年前に、お宅の離れを借りていた古賀さんの紹介でお世話になっていた、赤木ですが」

どうやら、おばさんは留守らしかった。玄関に向って左側の縁先に、組立て式の子供用ブランコが立っている。三輪車もある。それとも、おばさんはもういないのだろうか？　確かに、インターホーンつきのこの二階建て石田家は、若返っている。もと村長夫人であった白髪のお婆さんも、モンペがふだん着だったおばさんも、すでに亡くなってしまったのだろうか？　そうであるならば、この家でわたしや古賀兄弟のことを知っているのは誰だろう？

「あの……」

と、三度わたしはインターホーンに口を近づけた。

「えーと、ご長男の栄一さんは、いまどちらへお勤めになっておられますか？　それとも……いや、栄一さんでなければ、孝子さんでも結構なんですが」

これで通じなければ、諦める他はあるまい。そこまではっきりすると、わたしは急に大きな心のゆとりを取り戻したようだ。わたしはインターホーンのそばを離れ、玄関のコンクリート製の階段をおりた。そして、石田家の庭を二十年ぶりに眺めたのである。

まず第一に失われたものは、井戸とポンプだった。二十年前の石田家の庭の中心は、トタン葺きの下の井戸とポンプだった。夏も冬も、洗面、洗濯はそのトタン屋根の下でおこなわれた。古賀兄弟の場合も同様だった。次に失われたものは、古賀兄弟が住んでいた白壁土蔵脇の離れだった。そのために土蔵は、焼け残ったビルのように、不安定に孤立して見える。側面の壁は、褪色して、汚れた年寄りの肌のようだ。二十年前、その壁は見えなかった。見えたのは、厚い鉄扉のある正面だけだった。向って左側の壁にほとんど接する形で、離れが建っていたからである。

にもかかわらず、庭全体が二十年前よりも狭く感じられるのは何故だろう？　井戸とポンプのあったあたりに低い柵が出来ていて、その向う側に一軒の家が建っているために違いない。結婚した孝子さんのために建てたのだろうか？　それとも借家か。いかにもマイホームふうの青い屋根瓦である。いま、石田家に間借りをするとすれば、幾らだろうか？　しかし、この新しい二階建ての家に、二十年前わたしが借りていたような三畳間は作られていないだろう。女中部屋？　あるいは下男部屋だったのかも知れない。門を入ると、古い石畳が、右隣の酒屋との境の土塀に沿って敷かれており、その突き当りが土蔵だった。左へ折れ、古賀兄弟の離れの前を通り抜けると、鉤の手になった母屋の広い縁側である。縁側の右手に、格子戸の入口があった。しかしわたしの塒であった三畳の入口は、縁側でもなければ、格子戸でもない。縁先をちょっと左に折れ、母屋に沿って右折した、西側の一番奥の別の入口から出入りするのである。ちょうど雨戸のような、横にあけたてする出入口で、上り口は畳一枚ほどの広さの土間であった。上ると、縁の無い畳が横敷きに三枚並んでいる。

この三畳間には、一年じゅう陽がささなかった。なにしろ鉤の手に建てられた広い木造平屋の、一番西側の部屋である。東側には幾つかの部屋が重なり合っており、西側に格子のはまった窓はあったが、のぞくと向う側は小さな鉄工所の仕事場だった。もとの機小屋を改造して住んでいる家族がやっている工場である。屑鉄で何かを作っているらしかった。朝から、それらの屑鉄が何かに作りかえられる音が、わたしの耳にきこえてきた。なにしろ、工場まで二、三メートルの距離であった。

そのため、縁先を左に折れ、母屋に沿って右折してこの三畳間の入口へ至る通路は、石田家の庭の中にできた路地のような具合いになっていたのである。実際、格子のはまった窓の下の地面には、苔が生えていた。しかし、このあたかも庭の中の路地であるかのような通路は、いわばわたしの専用道路だった。門限の十一時を過ぎて、表門をよじのぼって帰ったときでも、わたしは誰にも気づかれることなく、この通路を通って三畳の塒に潜り込むことができたのである。ただし、門をよじのぼる前に、小便だけは済ませて置く必要があった。もしもそれを忘れてよじのぼってしまったときは、門と土蔵の中間あたりで、素早く酒屋との境の土塀に向って、用を済ませなければならない。なにしろ、わたしが使用することになっていた便所は、古い純日本ふうの女便所だったからだ。たぶん、もとわたしと同じ三畳間住いだった女中が使っていた便所だろう。三畳間から母屋へ通じる、唯一枚の襖をあけると、半ば物置きのようになっている四畳半だった。ぷんと、湿った古い布類の臭いがする。女便所は、その四畳半に接して作られていたが、ある晩わたしは、つい立ったまま用を足し、翌日、白髪のお婆さんからまことに情ないお小言を頂戴したのだった。

「赤木さん、あのお便所はしゃがんで用を足すように作ってあるんですよ」

それは、あのベレー帽の女に出会った翌日であったか、どうか？　あるいはもっと、ずっと以前であったかも知れない。ただ、いずれにせよ、わたしが門限を過ぎた表門をよじのぼって、こっそりと三畳間に潜り込んだ翌日には違いなかった。そして、わたしは酒に酔っていたはずだ。表門をよじのぼらなければならなくなるのは、酒を飲んでいて門限に遅れてしまうからだった。それ以外に、夜の十一時過ぎまで、時間を潰す方法をわたしは知らなかったのである。もちろん川向うへ出かけることも、素面ではできなかった。川向う？　左様、両国橋を渡った、向う側である。わたしが、一人であの橋の向う側へ出かけるようになったのは、いったい、いつからだったろう？　すぐには思い出せなかった。しかし、川向うから終電車で帰ってきて、表門をよじのぼったことがあったことは、確かだ。その晩もわたしは、あの外套を着ていたであろうか？　これもすぐにはわからなかった。それとも、あの外套を中村質店に預けて、出かけたのだろうか？　いずれにせよ、少なくとも、あのベレー帽の女に出会った晩よりもあとであったことだけは確かだ。ベレー帽の女に出会った晩、わたしが知っていた唯一人の娼婦はヨウコさんだった。

「赤木さん、あのお便所はしゃがんで用を足すように作られているのですよ」

まさか！　あのお小言を頂戴したのが、川向うから帰ってきて門をよじのぼった翌日というわけではあるまい。しかしそれにしても、わたしはいったい誰に、川向うの亀戸《かめいど》三丁目の在りかを教わったのだろう？　『濹東綺譚』だろうか？　それとも、古賀弟からだろうか？

「もしもし……」

と、そのときわたしはうしろから女の声に呼びかけられた。振り返ると、石田家の玄関のドアが開いて、女性はそこに立っているのだった。インターホーンを通しておこなったわたしの自己紹介が、ようやく通じたらしい。わたしは、髪の毛に手をやりながら会釈し、一、二歩彼女の方へ歩み寄った。

「どうも、甚《はなは》だとつぜんで、申し訳なかったのですが」

わたしは、玄関へのコンクリートの踏み台に、片足だけをかけた姿勢で立ち止った。そして、十文字に紐をかけられている詰め合わせのあられの缶を、ちょっと持ち直した。しかし、玄関のドアをあけてわたしに呼びかけた女性の顔には、ぜんぜん見おぼえがなかった。

「それで……」

「あの、失礼ですけど、どちらの赤木さんでしょうか？」

「はあ、先ほど、このインターホーンで申し上げましたように、実は二十年ほど前ですが、こちらの石田さんのお宅に下宿をしていたものなんですけど」

「下宿？」

「はあ、下宿といいましても、つまり間借りをしていたわけです。部屋を借りて」

「さあ。しかし、そんな話は、わたしきいておりませんのですけど、ねえ」

「失礼ですが、あの、おばさんは……？」

「と、いいますと」

「あの、こちらの石田さんの、つまり、栄一さんのお母さんですが」

「母ですか？」

「ええ、そうです。いや、つい、おばさんと呼んでいたもんですから」

おばさんは、留守であった。しかし、わたしは希望を持った。まだ、元気でいることだけはわかったからだ。

「失礼ですが、あの、栄一さんの奥さまでいらっしゃる？」

「ええ、わたくしタカ子ですけど」

「孝子さん？」

「しかし、失礼ですけど、わたしには、赤木さんというお知合いは、ありません」

「はあ？」

「さきほど、インターホーンで、栄一さんかタカ子さんといわれましたので、ドアをおあけしたんです」

「ええ、なにしろ二十年ぶりのことですし、それにまったくとつぜんの訪問ですので、何といって説明してよいのか迷ってしまいましてね、それで、いろいろと、ご記憶に残っていそうなことを申し上げたようなわけだったんですが」

「しかし、でもねえ、失礼ですけど、タカ子という名前が出なければ、わたしもドアをあける必要はなかったんですけど、ねえ」

わたしはいつの間にか、一旦踏み台にかけていた片足をおろしていた。しかし、いうまでもなく、この問答には小さな喰い違いがあったのである。それはまことに、平凡であるばかりか、陳腐な喰い違いだった。つまり、タカ子違いだ。二十年前に中学生であった石田家の長女も孝子、そして、二十年後のその日わたしがはじめて出会った、石田家の長男栄一の奥さんもタカ子だった。この喰い違いは、間もなく明らかになった。どこか近くへ出かけていたらしいおばさんが、戻って来たからである。それはまさに、十文字に紐をかけられた手土産のあられを、わたしが彼女に手渡そうとしていたときだ。わたしは、タカ子さんとの問答をこれ以上続けることはかえって逆効果ではあるまいかと考え、ともかく、一旦その場は辞去しようと考えたのだった。

もちろん、もしおばさんがちょうどその場へ戻って来なくとも、やがてタカ子違い程度の喰い違いは明らかになっただろう。それは余りにも小さいばかりでなく、まことに平凡陳腐な喰い違いに過ぎない。いわば、子供欺しだった。しかし、この喰い違いにわたしがこだわらざるを得なかったのは、わたしがおばさんに会えたのは他ならぬ、その喰い違いのお蔭だったからだ。もし彼女が、タカ子さんでなかったならば、インターホーンを通して喋り続けたわたしの名のりは、彼女に通じなかっただろう。玄関のドアが開かれたのは、彼女もまたタカ子さんだったからである。そして、ドアが開かれなければ、わたしは十文字に紐をかけられたあられの包みを抱えたまま、やがて石田家の門を出なければならなかったはずだ。

何という平凡で陳腐な偶然の一致だろう！　しかし、これほど平凡陳腐な偶然の一致というものが、分別ざかりの四十男を救うこともあることはあるのである。絶対にあり得ないとは、断言できないわけだ。実際、わたしは救われたのだった。わたしはお蔭で、目的のおばさんに会うことができた。もちろん、この平凡陳腐な偶然の一致がなかったならば、何もかもすべてが絶望ということになるわけではなかった。わたしの早起きの意味が、全面的に、あっという間に、無意味に帰したというわけではない。確かにわたしは、一つの偶然に救われはした。そして、そのために偶然にも充分にこだわる価値のあることを強調しているわけであるが、しかし、だからといってすべてを偶然によって片附けようなどと考えているものではない。わたしは、それほど泰平無事に、この四十年間を生きのびてきた人間ではないのである。それほど幸運な人間ではなかった。

もし、二人のタカ子さんという偶然の一致がなかったならば、わたしは空しく、手土産のあられの包みを抱いたまま、石田家の門を出たであろう。そして、その手土産は、せんべい屋の婆さんの手によって十文字に紐をかけられたまま、中村質店へ運び込まれたものと考えられる。石田家のおばさんに会えない以上、外套の行方をたずねる巡礼の行先は、中村質店以外にはあり得ないからだ。したがって、もしあの平凡陳腐な偶然の一致がなかったとしても、わたしの早起きが、あっという間に無意味に帰すということはなかったのである。しかし、それにしても、何かが変化したことは確かだろう。その偶然の有無は、少なくともその日一日の物事の順序を変化させたはずだ。ただ十文字に紐をかけられたあられの包みの行方を変化させただけでは、ないはずだった。

6

「あーら！　赤木さんじゃないのお！」

と、どこかから戻って来たおばさんの声がきこえた。

「あら、それじゃ、やっぱり！」

と、タカ子さんがいった。わたしは、玄関の踏み台の下で、二人に挟まれた形になった。おばさんは、モンペ姿ではなかった。わたしは、二十年ぶりにおばさんに頭をさげた。そして、二十年ぶりの再会の挨拶をした。しかしそれは、ことばにしてみれば、当然のことながら、まことに平凡なものであった。

おばさんの頭には白毛が目立った。しかし、もと村長夫人のお婆さんほどではなかった。もちろん、顔も似ていない。少し奥眼で、頬骨が高く、眉が濃かった。その二十年前の寡婦の顔全体から緊張が解けて、やさしくなっている。もと村長夫人という感じもなかった。ちょうど六十くらいだろうか？　お婆さんの方は、どちらかといえば丸顔で、ぱっちりした二重瞼に小さな口元という顔立ちだった。その、若かりしころには優美であった部分が、二十年前にはそのまま威厳に変化していたわけだ。しかし、おばさんの顔を見たとき、わたしはお婆さんの存在をむしろ忘れていた。

「まあ、赤木さん、おあがんなさいねえ」

このおばさんの、おあがんなさいねえ、にはききおぼえがあった。尻上りである。甫高い声も変らなかった。

「ずいぶん立派な応接間ですね、おばさん」

確かに、一式揃った洋式の応接間だった。テーブル、深々とした肘掛椅子などは、まだ新しい。たぶん、三、四年前セットで揃えたのだろう。ピアノもある。H・E・ベイツの短篇『ザ・シップ』を思い出させる西洋の機帆船の模型。油絵も二枚かかっている。つまり応接間には、どこにも極端な趣味趣向は見当らなかった。ゴルフ、マージャンなどの紅白リボンのついた優勝カップ、記念牌の類も見当らない。たぶん石田家の長男は、そのようなものとかかわりを持たない生活者なのだろう。

その応接間でわたしは、石田家の人びとの二十年後の消息をきいた。まず、お婆さんは五年ほど前に死亡。七十八歳だった。しかしわたしは、仏壇にお線香はあげなかった。おばさんも、それをすすめなかった。

「お婆ちゃんが亡くなった翌年にねえ、あの古い家をこわしちゃったんですよ」

「はあ」

「何でも栄一はね、あの古い家を残すんだとかいって、はじめは修理の方を考えたんですけどねえ。いろいろ見積ってもらったら、新しく建てるよりもよけいにかかりそうだとかいうことでねえ」

長男はやはり浦和高校から東大の法学部に合格した。一年だけ浪人したらしい。卒業後は官庁勤めをせず、都市対抗野球で名高い大きな石油会社を選んだ。すでに十数年のサラリーマン生活である。奥さんは、先ほどわたしと問答をしたタカ子さん。子供は小学校三年、一年、四歳の三人だった。

「こんにちは!」

母親と一しょに応接間へあらわれた、四歳らしい女の子が、挨拶した。

「あ、こんにちは!」

「どうも、先ほどは本当に失礼致しました」

「いや、とんでもございません。こちらこそとつぜんで、本当に失礼致しました」

「いいえねえ、わたしぜんぜんお話をうかがってなかったもんですから」

と、タカ子さんは弁明した。そして、四歳の女の子に話しかけた。

「そうなんですよ、ママはね、このおじちゃんのこと、何にもパパからきいていなかったんだから」

おそらくその通りだろう。あの西側の隅の三畳間を、わたしのあと誰かが借りて住んだだろうか？　あるいは借りたかも知れなかった。しかし、タカ子さんが石田家に来たときは、たぶん物置きになっていたのだろう。それとも末娘の勉強部屋だろうか？　いずれにせよ、タカ子さんとは無関係だった。タカ子さんは、わたしを知って置く必要のない人間である。

「それで、どこに？」

「はあ」

とわたしは、おばさんの方を向いて、あいまいに笑った。わたしの口から答えた方がいいのだろうか？　タカ子さんの質問は、おばさんに対してであったのかも知れないからだ。

「なにしろ、浪人ちゅうだったもんですから」

とわたしは、ひとまず答えた。

「そうだねえ、何から話したらいいかねえ、赤木さん」

「浪人？」

タカ子さんは、なおもわたしの間借り生活に関心を示した。年齢が近いせいかも知れない。夫と同じ年くらいだろうか？　たぶんわたしより、二、三年下くらいだろう。

「ええ、わたしの田舎は福岡だものですから」

「そうだねえ、もう二十年前の話だものねえ」

「いや、わたしも、すっかり年を取りましたよ、おばさん」

「あら、赤木さん、いやだねえ。あたしなんかこそ、もうお婆さんだよねえ」

「奥さんは、どちらでいらっしゃいますか？」

「わたしの里ですか？」

「ええ」

「わたしは秩父の方ですけど」

「ああ、そうですか。それにしても、同じタカ子さんとは、ちょっと面喰いました。いや、お蔭でこちらは、助かったんですが」

わたしの間借り生活に対するタカ子さんの関心は、どうやら充分には満たされなかったようだ。話はそこから、長女の孝子さんの方へ移ったからである。彼女は、表門の左隣のお茶屋の二階を借りていた家族の長男と結婚したらしい。

「赤木さん、おぼえてますかねえ？」

「ええ、ときどき、見かけたようですが、話をしたことは、ありませんね。あのころは、すると大学生でしたか？」

「そう、あのころは都立大学の工学部へ行ってたんですよ。夜間部の方へ五年間通ってねえ、それでフランスへ行って、何でも高速道路工事の方のねえ、研究をしてきたんですねえ」

「そうですか。ずいぶん真面目そうな方だとは思っていましたけど」

「そうねえ、栄一もフランス語を習ったりしてましたねえ」

「なるほど、そういうわけで」

その長女は現在東京に、また次女の方は、横浜あたりに住んでいるという。二人とも、二人ずつの子持ちということだった。以上が、応接間できいた石田家の人びととの二十年後の消息のあらましである。そして今度は、わたしの方がたずねられる番であった。わたしは二十年間の概略を話した。大学、十年間の会社勤め、結婚、子供、草加の団地、退職、そして現在。しかしわたしの返答は、まことに要領を得ないものだった。少なくとも、石田家の長男や、長女の夫氏の場合のように鮮明な消息とはなり得なかったはずだ。なにしろわたしは、日曜日でもない日に、二十年前の下宿先を真昼間から訪問している男だったのである。

「草加にねえ、もう十年間もいたんですか、赤木さんが？」

「ええ、このおせんべいの草加ですよ」

と、わたしは応接間のテーブルに載せられた菓子皿から、草加せんべいを一枚つまみあげた。おばさんは、おかしそうに笑いはじめた。

「そんなに近いところにねえ、不思議だよねえ、まったく」

「本当に、つくづく不思議だなあと思うことがありますよ。なにしろ、生まれてはじめて九州から出てきたときが、この蕨でしょう。そして、二十年後のいま、十年間も住んでいるのが、同じ埼玉県の草加なんですからね」

「それで、それから蕨は、はじめてなんですか？」

と、タカ子さんがたずねた。

「ええ、まったく二十年ぶりです。浦和へは何度か県庁や何かに用事で行きましたが」

「それで、何か、今日はこちらにご用でも？」

「はあ、特に用事というわけじゃあないんですが、とつぜん何となく思い出しましてね。朝、ふだんならまだいまごろ起きるか起きないかの時間なんですが、とつぜん早起きをしてしまいまして」

「本当に赤木さんは宵っぱりだったよねえ、うちの栄一と同じで。あの古賀さんは早起きだったけどねえ」

「古賀さん？」

タカ子さんは、古賀兄弟のことも知らないらしかった。

「わたしと同郷の知人の方で、あの土蔵の隣の離れを借りていたひとです」

「そうですか。主人はそんなこと何も話してくれなかったものですから」

わたしはまた、おばさんの方をうかがって見た。おばさんは、両手で割った草加せんべいの一かけを口に入れるところだった。あるいは、古賀弟の早起きを思い出していたのかも知れない。拓大生古賀弟の早起きは、空手練習のためだった。

古賀弟の空手練習場は、石田家の表門と白壁土蔵とトタン屋根のある井戸端とを結ぶ三角地帯の、ほぼ中央部だった。彼は、そこに幅三十センチ、高さ一メートル余の板を打ち込み、荒縄を二重、三重に巻きつけた。彼の早起きは、何時だったのだろう？　公務員である古賀兄の出勤時刻は、七時四十分だった。したがって朝食は、七時過ぎである。もちろんわたしも、一緒だった。古賀兄夫妻の離れへ出かけて、食べるわけだ。食費は幾ら払っていたのだろう？　いまどうも思い出せないのであるが、古賀弟の空手練習は、その朝食前の三十分だった。

わたしはしばしば、その練習を見物した。古賀弟の発する気合いは、わたしの三畳間にもきこえてきた。その気合いで眼をさますことが多かったからだ。板に巻きつけられた荒縄には水が打たれている。そこをまず右の拳で突く。五回、十回、十五回！　次は左の拳で突く。五回、十回、十五回！　古賀弟の拳には血がにじんでいる。

「お早ようございます」

と、わたしは、井戸端から声をかける。

「おす！」

と、古賀弟は顎を引いて、一息入れる。次は手刀である。これも左右十五回ずつ。それから足蹴りである。もちろん素足だ。水を打った荒縄めがけて、気合いもろとも、爪先で蹴り上げる。今度は横向きになって、足の甲の外側で蹴りつけた。最後は高さ一メートル余の稽古板に向って、「おす！」と一礼する。

拓大生古賀弟の空手練習はそれで終った。拓大生？　左様、確かに拓大の名はまだ追放中であったが、彼の稽古着の襟には墨で「拓大」と右に、「古賀」と左に書かれていたのである。彼は、わたしには空手をすすめなかった。何故だろうか？

「先輩もやってみんですか？」

一度だけ彼はわたしにそういったことがあった。確か、茗荷谷《みょうがだに》の近くの丘の上にある彼の大学に「紅陵祭」を見物に出かけたときだ。何月だっただろうか？　わたしは古賀兄といっしょに見物に行った。日曜日か祭日だったのだろう。しかし、何を見物したのか、忘れてしまった。ただ、グラウンドの一隅の空手部室が、厩《うまや》のように見えたのをおぼえている。何故、厩なのだろうか？　よくわからない。臭いだろうか？　いや、そうではないだろう。掘立小屋のような部屋の壁には、稽古着がぶらさがっており、七、八名の部員たちが、床にあぐらをかいていたようである。その中に古賀弟の顔も見えた。

「おす！」

古賀兄は、部屋をのぞき込みながら声をかけた。

「おす！」

と、部屋の中から七、八名の声が重なり合って返って来た。古賀兄は、わたしを振り返って、にやりとした。古賀弟は立ちあがって部屋から出てきた。

「先輩もやってみんですか？」

とわたしにいったのは、たぶんそのときだった。わたしはたぶん、黙っていたのだろう。あるいは、うーんと唸ったかも知れない。古賀弟に答えたのは、古賀兄だった。

「バカらしか、ち！」

古賀兄はそこで、またわたしの方へにやりとして見せた。

「バカらしか、ち！」

古賀弟も、まったく同じことをいった。それから二、三度、ひとりでうなずいていた。わたしはそれからあとも、やはりしばしば古賀弟の早起き空手練習を見物した。しかし彼はわたしに空手をすすめなかった。あの古賀兄の、「バカらしか、ち！」のせいだろうか？

「バカらしか、ち！」は、いうまでもなく九州弁である。九州弁の中でも、筑前地方独特のことばだ。標準語への翻訳は、まことに困難である。困難というよりも、ほとんど不可能に近いだろう。もちろん問題は、最後の「ち！」である。この「ち！」にはまず強調の意味があった。しかしそれは、最も単純な意味だ。次にこの「ち！」には、無人称多数的な意味があった。すなわち、自明の理をあらわす。いまさらいうも愚か、というわけだった。またこの「ち！」には、自己を道化に仕立てるニュウァンスと、同時に相手に対する軽蔑のニュウァンスがあった。わたしに送った古賀兄の「にやり」は、このニュウアンスを顔であらわしたものであろう。

しかしわたしは、ここでひとつの筑前ことばを、何が何でも文法的に解釈しなければ気が済まないというわけではない。何が何でも標準語に、翻訳しなければ気が済まないというのでもない。もっともこの「ち！」を、可能な限り標準語に近づけてみることは、必ずしも無意味とはいえないだろう。

「何をバカバカしい！（この民主主義の世の中で）空手なんぞ本気でやってみようと考えるわけが無いではないか！（お前さんじゃああるまいし、ねえ、赤木君！）」

これで完璧というわけではない。しかし、誤訳でないことも確かだ。たぶん、八十五点くらいの意訳といえるだろう。古賀兄は、戦争中の拓大卒業生だった。そして古賀弟は、敗戦後のいまだ追放中の拓大空手部員だった。紅陵大学の丘の上は、荒涼としていた。傾斜した丘の上で、茶色っぽい校舎そのものが傾いて見えた。しかしわたしの精神も、決して安泰だったわけではない。

「バカらしか、ち！」

この、まことにニュウアンスに富んだ筑前ことばによって、古賀兄はわたしの空手論を代弁した。いうまでもなくそれは、古賀兄の好意であった。しかしわたしは、一方においては駐留軍のウオッチマンである兄から、こういわれた人間だった。

「お前は、子供のときから兵隊になりたがりよったとやけん、よかやないか」

また、こうもいわれた人間だった。

「あのときお前が取ったとは、おもちゃの剣ばい」

古賀弟がわたしに空手をすすめなかったのは、あの「バカらしか、ち!」のせいだ。それは、たぶん間違いなかった。彼は、香椎の米軍キャンプのウォッチマンであるわたしの兄と、同じ年だった。わたしの兄はアカハタを読んでいる。古賀弟は拓大空手部員だ。そしてわたしは、どちらでもない人間だった。カーキ色の旧陸軍歩兵の外套を着て、九州筑前の田舎町から上京して来た、もと陸軍幼年学校志望の人間だった。早起き鳥試験に落第した、学生でもなければサラリーマンでもなく、職工でもなければパチンコ屋の店員でもなく、住み込みの新聞配達でもない人間だった。いったいわたしは何者だろう? 実際、中村質店のおばさんのことば通り、まことにあいまいな一人の「おにいさん」だった。

「古賀さんの空手をどう思います?」

と、二十年前のある朝、石田家の長男は庭の井戸端でわたしにたずねた。黒い学生服のズボンにタオルをぶらさげていた。下駄のよく似合う高校生だった。たぶん、足が大きいのだろう。また、余り甲高の足には下駄は似合わない。彼はわたしよりも二寸くらい、そして古賀弟よりも一寸くらい、背が高かった。

「そうだねえ」

と、わたしは、水を打った荒縄めがけて拳突きをしている古賀弟を眺めた。わたしと石田家の長男は、井戸端に並んで空手練習を見物する形になった。

「古賀さんは、もう初段くらいですかね?」

「さあ、まだそこまではいっていないんじゃないかな」

「こないだ、ちょっとやってみたんですがね」

「栄ちゃんが？」

「ええ。夕方、ちょっとね、試しに」

「どうだったですか？」

「痛かったですね」

と彼は、右手の拳を固めて第一関節のあたりに目をやった。

「そりゃあ痛いだろうな」

「赤木さんは？」

「もちろん、やってみましたよ」

「どうでしたかね？」

「ぼくは、ぜんぜん痛くなかったですよ」

「どうしてです？」

「へ、へ、へ、へ……どうしてだと思う？」

「どこかで空手をやってたんでしょう、以前に？」

「いや、ぜんぜんやってないですよ。本物の空手を見たのは、古賀さんのがはじめてじゃないかな」

たぶん、そうだ。古賀弟の空手以前にわたしが見たのは、大道香具師《やし》ふうの瓦割りだった。彼らは稽古着ではなく、袴を着けていたようだ。長髪にはち巻きという恰好だった。重ねられる屋根瓦は三枚、五枚、七枚と次第に増えてゆく。香具師であるからには、何かを売っているわけだった。漢方薬？ 鍼灸《はりきゆう》あんまの急所図解書？ それとも何か暦の類だったか？ いざとなると、彼らがいったい何を売っていたのか、ぱっと思い出すことができない。屋根瓦に代って、地面には赤煉瓦が二枚、三枚と積み重ねられる場合もあった。浅草観音様の、向って右手の広場でわたしは何度かそれを見物した。しかし、わたしがはじめて見た瓦割りはどこでだろう？　筑前の田舎町の須賀神社の境内だろうか？　それとも安長寺の前の、祭に市《いち》の立つ広場だったか。いずれにせよ、あれも一種の空手に違いあるまい。彼らもやはり、最初は古賀弟のように練習したのだろうか？　幅三十センチ、高さ一メートル余の板に巻きつけた荒縄を、拳で突いたり、足で蹴ったりして練習に励んだのだろうか？　それとも、香具師には香具師の、最初からそのための別な養成所のようなものがあるのだろうか？　いや、やはりそうではあるまい。彼らが空手をはじめたのは、最初から香具師になるためではなかったはずだ。たぶんそれは、古賀弟の場合が決してそうではないのと、まったく同様であろう。おそらくそうであるはずである。拓大空手部が、大道香具師の養成所であろうはずはなかったからだ。しかし、それでは、古賀弟の空手の目的は何だろうか？　日本精神？　反共？　民主主義粉砕!?　それとも、そのような目的以外の、何かだろうか？　わたしはそれを古賀弟にたずねてみたことはなかった。

「じゃあ、何故です？」

と、石田家の長男はわたしにたずねた。

「え？」

「赤木さんは、何故、痛くなかったんです？」

「あ、そうか。それはですね」

とわたしは、見よう見真似でおぼえてしまった拳突きの恰好をしてみせた。

「つまり、あの板を突かなかったからです」

「しかし、やってみたんでしょう？」

「そう。突く真似はやったんですが、板の手前で、拳を止めたわけですよ」

「ふうん、何か意味がありそうな気がするけど、よくわかりませんね」

「いや、べつに栄ちゃんが考え込むほどの意味はないですよ」

「ふうん」

と石田家の長男は、首を捻って腕組みをした。

「じゃあね、栄ちゃんは古賀さんが空手をやっているのは、何故だと思う？」

「そうですねえ、スポーツじゃないんですかね」

「なるほど、スポーツか」

こんどはわたしが腕組みをする番だった。確かにそれは、頭のいい回答であった。単純明快である。そしてそれは、わたしに最も無縁なものであった。何故、単純明快になれないのだろう？　脳髄の問題だろうか？　あるいはそうかも知れなかった。実際、わたしの頭の中では、空手とスポーツとはどうしても結びつくことができなかったからだ。空手は、暴力だったのである。同時に、まことに矛盾した考えではあるが、空手は精神だったのである。暴力しからずんば精神、だった。そしてそれは、いずれも新制高校の教科書民主主義によって、否定された暴力ならびに精神であった。ボクシングはよい。それは国民体育大会高校生の部の、正式競技種目に入れられていた。しかし、剣道、柔道はいけない。それらは二十年前、まだ新制高校から追放されていた。空手はどうだったのだろう？　はっきりわからなかったが、わたしの頭の中では、同じく新制高校の教科書民主主義によって追放された、精神的暴力あるいは暴力的精神だったわけだ。

古賀弟の空手練習の目的は何であろうか？　そのようなまことに野暮な疑問をわたしが抱いたのは、そのためだった。わたしには浦和高校の優等生のような、明快な回答はできなかったのである。しかし、わたしの拳を、荒縄を巻きつけた板の手前で止めさせたものは、決して、新制高校の教科書民主主義への忠誠心ではなかった。ただわたしには、不思議だっただけだ。アカハタを読んでいる駐留軍キャンプのウオッチマンである兄と、同じ年である拓大空手部員の古賀弟との間に挟まれている自分が、何とも不思議なものに見えたのだった。その不思議さが、見よう見真似でおぼえてしまった拳突きの恰好から繰り出されたわたしの拳を、あの板の五寸手前で停止させたのである。

「お前は、子供のときから兵隊になりたがりよったとやけん、よかやないか」

それと、もうひとつ。

「バカらしか、ち！」

の挟み撃ちだった。何という滑稽な拳突きだろうか！　そしてその滑稽さは、石田家の長男とも無関係だった。この浦和高校の優等生に、その滑稽さを伝える方法があっただろうか？

「ぼくには、あのスポーツは無理みたいだな」

と、腕組みをした石田家の長男はいった。

「そうねえ、古賀さんの体格は、確かに空手向きかも知れないな」

とわたしは、ちょうど鶏の脚のような古賀弟の拳を思い出しながら、いった。実際、新制高校の教科書民主主義によって追放された空手は、いまだ追放中の「拓大」空手部によく似合ったようだ。

もちろんその後も、わたしは朝の井戸端で、何度も石田家の長男と顔を合わせた。そして彼は、学生ズボンにタオルをぶらさげ、腕組みをして古賀弟の空手練習を見ていた。しかし、長女の孝子さんと結婚したという都立大生とは、井戸端では一度も出会わなかった。表門の左隣の二階家に住んでいた彼は、井戸端で顔を洗わなかったからだろう。古賀弟の空手練習を見物に来たこともなかった。その、未来の工学士、そして未来の石田家の長女の夫氏は、空手というものを嫌悪していたのかも知れない。しかし、そのような人間がいることもまた、当然であろう。なにしろ、古賀弟の早起き空手練習が石田家から追放されなかったのは、おそらくお婆さんの耳が遠くなっていたせいであろうと考えられるからだ。そうでなければ、あの古賀弟の気合いには、当然、苦情が出たはずである。それともうひとつ、古賀弟の早起き空手練習が追放されなかった理由は、たぶん石田家の人びとがすべて早起きだったためであろう。

「あの古賀さんは、どうしてるんでしょうねえ?」

と、おばさんはいった。

「いや、実はぼくもいま彼のことを思い出していたところなんです」

「赤木さんも、知らないんですか?」

「ええ、こちらで別れて以来、ぜんぜん消息をききませんけど」

わたしが古賀兄弟とともに石田家の屋敷内で生活したのは、ちょうど満一年間だった。昭和二十七年の三月から、昭和二十八年の三月までだ。古賀兄が福岡の局の方へ転勤になったのである。そのとき古賀弟の方も、一しょに石田家の離れを出て行ったわけだ。拓大の学生寮に入るらしかった。わたしが石田家を出たのは、それから二ヵ月あとだった。その間、離れには誰もいなかったようだ。

「あのひとは、どういう仕事をしているんでしょうねえ?」

「さあ」

実際、わたしにも見当がつかなかった。拓大は結局、卒業したのだろうか？　そして空手は、いまも続けているのだろうか？　もちろん、わからない。しかし、もしいま古賀弟にとつぜん会うことができたならば、わたしが彼にたずねたいのは、空手ではなくて、あの外套のことだ。古賀弟は、旧陸軍歩兵の外套をおぼえているだろうか？　もちろん、おぼえているはずだった。彼と一しょに中村質店へ出かけて行き、あの外套を一枚の質札と八枚の百円札に変えて、蕨駅前の飲み屋小路へ出かけたこともあったからだ。左様、中村質店におけるわたしの外套の値段は、石田家の西の隅の三畳間の間代と同じだったのである。

「タカ子さん、お昼にはちょっと早いようだけど、何かおそばでも頼もうか知らねえ」

おばさんはわたしに、昼食をすすめた。しかしわたしは、それを辞退して、応接間の椅子から立ちあがった。

「いや、本当にまた、お邪魔致しますから、おばさん」

「そうですかあ」

「本当に、今度は、先にお電話をして、お邪魔させていただきます。栄一さんにも是非お会いしたいし、お休みのときに、必ずお電話致します」

「そうですねえ、栄一もきっと会いたがると思いますよねえ。本当に今日はとつぜんだったですものねえ」

「本当に、とつぜんで失礼致しました。今度はもう、皆さんお元気でいらっしゃることもわかりましたし。なにしろ、今日お目にかかるまでは、蕨の駅を降りてからも、ずっと歩きながら、何だかここにはもう誰もいないんじゃあなかろうか、なんて考えたりしていたんですから」

「あら、赤木さん、そんなことはありませんですよ。あたしたちは、蕨から移るところはないんだからねえ」

「はあ」

「もっとも赤木さんから、もう死んじゃったんじゃないかと思われても困らない年ですけどねえ」

「いや、いや、とんでもありませんよ、おばさん！」

とわたしは、笑いはじめたおばさんに向って、いった。

「おばさんがいなければ、ぼくが蕨へ出かけて来る意味はないわけですから」

「そういってもらうのはありがたいけどねえ」

「いや、本当に、そうなんです。今日も実は、とつぜんあの外套のことを思い出して、どうしてもおばさんにお会いしたいと思ったわけなんですよ」

「はあ？」

とおばさんは、一旦立ちあがっていた椅子へ腰をおろした。わたしも、いつの間にか腰をおろしていた。それとも、ふたたび腰をおろしていたのは、わたしの方が先だったのだろうか？　しかし、それは最早やどちらでもよいことだった。なにしろ話は、立話では済まされない問題だったからだ。

「おばさん、あのときの外套のことをおぼえておられますか？」

「ガイトウ？」

「そうです。あの外套のことをたずねられるひとは、まず、おばさんを措《お》いて他にはありませんからね」

「そういっていただくのは、ありがたいんだけどねえ、赤木さん」

「いや、実は……」

とわたしは、タカ子さんが応接間からいなくなっていることを確かめて、いった。

「いや、あのタカ子さんのおられる前では、やはりちょっといいにくかったんです。なにしろ二十年前のタカ子さんにとっては、まったくかかわりのない話ですからね」

「まったくねえ、不思議なもんですよねえ。二十年前にあのタカ子さんが、栄一の嫁になる人だなんて、まったく、どこにいるのか、影も形も知らなかったんだものねえ」

「いや、まったく、ぼくにしたところで、こうやってあれから二十年後に、あの外套のことでおばさんにお会いするなんて、まったく考えてもみなかったことですよ。そこで、是非とも、おばさんの記憶をお借りしたいわけなんですが」

しかし、おばさんの記憶はまったく思いがけない形で甦ったようだ。なにしろ彼女は、わたしの外套を、誰かわたしの友達と勘違いしたらしかったからである。

「そういえば、赤木さんところへときどきたずねてきたひとがいたようですよねえ」

「はあ？」

「あの狭い部屋に何度か泊っていったこともあったでしょう？」

「そうですねえ、えーと」

しかし、わたしが考え込んだのは、その友達の名前が思い出せなかったからではない。石田家の三畳間にわたしをたずねて来た人間は、久家くらいのものだ。筑前の田舎町の禅寺の三男坊で、わたしとは中学、高校六年間の同級生だった。わたしが考え込んだのは、もちろんおばさんの勘違いのためだ。その勘違いのために、とつぜん久家の存在が思い出されたためだった。

「あのお友達も、やっぱり浪人ちゅうだったんですかねえ？」

「そうです、そうです！」

と、わたしは思わず強調した。おばさんの勘違いは、一瞬にしてわたしを絶望的にさせた。しかし同時に、あっという間にわたしにまったく思いもかけなかった新しい希望を与えたのである。いうまでもなくそれは、わたしが忘れていた久家の存在だった。何故わたしは彼の存在を忘れ果てていたのだろう？　不思議といえば、実に不思議だ。

「いや、まったく、助かりました。実は、今日わたしがおばさんにおたずねしたかったのは、久家のことではなかったんです」

「古賀さん？」

「いいえ、古賀じゃなくて、久家です」

「その、クガさんというお友達も、古賀さんと同じように、いまの行く先がわからないんですかねえ？」

「いいえ、行く先がわからなくなっているのは、外套なんです。しかし……」

「ガイトウさん？　ずいぶん変ったお名前ですねえ。内藤さんならねえ、きいたことある名前だけどねえ」

「ええ、いや、実はその外套は、人間ではなくて、二十年前にわたしが着ていた、外套なんです。わたしが、はじめておばさんのお宅に着いたときに着ていた、兵隊の外套ですよ。カーキ色の、昔の日本の陸軍歩兵用の外套なんです。しかし……」

「あーら！　赤木さん、外套、外套っていうのは、オーバーのことですかねえ？」

「そうです、そうです、そのオーバーの外套のことだったんですよ、実は今日わたしが、おばさんにおたずねしたかったのは。その外套、いやそのオーバーは、いったい、いつ、どこへ消えてなくなったのだろうと、とつぜん考えましてね」

「赤木さんの？」

「ええ」

「その、オーバーの外套が、どこかへなくなっちゃったわけですか？」

「そういうことです」

「それは、いけませんねえ」

「いえ、もうその外套はいらないのです。もちろん、二十年前のものですから、影も形もなくなっていて、当然ですよね。ただ、その外套が、いったい、いつごろ、どこで、どういうふうにしてわたしのところからなくなったのか、それを……」

「それはいつごろの話です？」

「そうですね、たぶん二十年前だろうと思うんです。とにかく、わたしがこの蕨の、おばさんのお宅にいた間であることには間違いないと思いますから」

「うちにいたときですって！」

「ええ、そうです。まず、あの一年二ヵ月の間に間違いなかろうと、そう見当をつけたわけです」

「でも、ずいぶんと困った話ですねえ」

「いや、まったく、とりとめもない夢のような話で、本当は恥しいんですが、わたしが最後にあの外套を着ていたのは、いつごろだったんでしょうか。いや、もちろん、わたし自身の記憶がないのですから、あれなんですけど、わたしがあのカーキ色の外套を着ていたころの、何か漠然とした、どんな小さな記憶でもよろしいんですけど、何かおばさん、ございませんか？」

「さあねえ、二十年前の話ですからねえ、これはあたしなんかには、とてもややっこしい話ですよねえ」

「いや、本当に、どうも……」

「それで赤木さん、警察の方には届けたんですかねえ？」

「はあ？」

「もっともねえ、お友達じゃあ、相手が悪いですよねえ、赤木さん」

「いえ、あの……」

「でも、まあその古賀さんの居所がわかるといいけどねえ」

「ええ、古賀じゃなくて、久家なんですが」

「そうそう、久家さんでしたかねえ」

「いや、本当にどうもありがとうございました！」

とわたしは応接間の椅子から立ちあがって、おばさんに頭をさげた。もうこれ以上、おばさんに余計な心配をかけるべきではあるまいと考えたからだ。同時にわたしは、最早や石田家の応接間の肘掛椅子に、じっとしてはいられなかったのである。とにかく久家に会わなければならない。本当に何故わたしは、彼の存在を忘れていたのだろう？　一刻も早く久家に会って、彼の記憶を叩かなければならぬ。叩いて、叩いて、彼の記憶の奥からあの外套を引っ張り出さなければならないのである。

応接間を出たところで、わたしは思い出して、トイレットを借りた。新しい石田家のトイレットは完全な洋式だった。半開きになったビニールカーテンの向う側に、クリーム色のバスタブが見えた。使用後のペダルを押すと、真白い馬蹄型の便器に青い水が流れ出した。赤木さん、このお手洗いはしゃがんで用を足すように出来ているのですよ。それは亡くなった、石田家のお婆さんの声だった。つまりわたしは、二十年ぶりに訪れた石田家をまさに辞去しようとしたとき、トイレットの中であの白髪を思い出したわけだ。しかし、玄関へ戻ってきたわたしは、そのことをおばさんには話さなかった。わたしは急いでいたからである。二十年前のある晩、お婆さんから頂戴したまことに情ない苦情が、石田家の新しいトイレットの中でとつぜん思い出されたことを、おばさんに報告しているゆとりはなかった。それに、玄関にはタカ子さんも姿を見せた。

「どうも、失礼致しました。もう今度はお顔をおぼえましたから」

とタカ子さんは、いった。

「いや、こちらこそ本当にとつぜんで、失礼致しました。栄一さんにはくれぐれもよろしくお伝え下さい」

実際、わたしは彼女がタカ子さんであったことに感謝していた。玄関先での彼女との問答は正直なところ、必ずしも愉快であったとはいえない。しかし、彼女もまたタカ子さんであったという偶然の一致から生じた喰い違いのために、わたしは救われたのである。わたしがおばさんに会うことができたのは、その喰い違いのお蔭だった。

そしてわたしは、おばさんの勘違いに感謝していた。外套と内藤との勘違いにはいささか面喰ったが、おばさんの勘違いは、忘れていることが不思議であった久家の存在をわたしに思い出させたのである。不思議といえば、このように喰い違いや勘違いが偶然重なること自体も、確かに不思議だ。しかし、われわれの世の中には、このような喰い違いや勘違いによって支配されることのある日が、たぶんあるということであろう。どう考えても不思議だ、としか呼びようのないある日を、とつぜん体験することが決してないとは断言できないのである。

石田家の門を出たわたしは、もう一度せんべい屋に立寄って、先ほどと同じあられの詰合せを買った。待っている間にわたしは、手に持ったまま出てきた外套を着た。そして、せんべい屋を出ると、旧中仙道を中村質店へ向って歩きはじめた。生憎《あいに》く昼食どきにさしかかってはいたが、とにかくまず、行くだけ行ってみよう。もし昼食ちゅうであれば、こちらも何かを食べに出て、戻ればよい。それから久家の勤め先を訪ねることにしよう。しかし、中村質店のおばさんは、まだ生きているだろうか？

7

わたしが蕨駅から京浜東北線に乗ったのは、石田家の門を出てからおよそ四十分後だった。中村質店のおばさんが留守だったからだ。格子のくぐり戸を入って声をかけると、三十過ぎと思われる女性があらわれた。長男の嫁らしい。もちろんおばさんがいなければ話にはならないのであるが、インターホーンよりはこちらの方が、名のりをあげにくいわたしには、好都合であった。少なくとも喰い違いは生じなかった。タカ子さんとの場合のような、問答も不必要だったのである。

わたしはまず、二十年前に石田家に間借りをしていたものであることを告げ、それからおばさんの安否をたずねた。おばさんは今朝から、上野の親戚まで出かけたという。

「上野ですか?」

「はい」

「上野のどちらなんでしょうか?」

「はあ?」

「実は、わたしも上野へ行こうと思っているんです。お宅へお邪魔して、それから、上野へ行く予定にしていたわけですが、おばさんが上野へ出かけられたのであれば、わたしもこれから上野へ向うことになるわけです」

「どうも、せっかくお出でいただいたんですが、生憎くと母が留守で……」

「いや、これはどうも失礼しました。友人が上野の銀行に勤めてますので、そこへ出かけるわけなんですが、しかし、上野といっても広いですからね。まさか、上野駅でおばさんにばったり、なんてこともあり得ないでしょう。どうも、何だか立ち入ったことをおたずねしたようで、失礼しました」

そういってから、わたしはぶらさげたままにしていたあられの詰め合せに気づき、それを差し出した。もちろん、中村質店の長男の嫁らしい女性は、一応手土産を辞退した。しかし、詳しい事情はいずれおばさんに直接電話ででも説明するから、とにかく受け取って欲しい。それに、この包みをさげて友達の勤めている銀行へ出かけて行くのも何となく大儀である。そういって、わたしは彼女の手に手土産を渡した。すると、とつぜん彼女の態度が急変したようだ。

まず、上野の親戚へ出かけたおばさんは、午後三時過ぎには戻って来ることがわかった。

「もし、その時分でよろしかったら、必ずお会いできると思いますけど」

「そうですか。それは助かりました。えーと銀行の時間は、四時までですけど」

「いいえ、三時まででしょう。中のものは五時までですけど」

「ははあ、三時ですか。とにかく、大急ぎで上野の友達に会って、もう一度引き返して来ましょう。遅くとも四時には戻れると思いますから」

「あの、上野のお友達は、どちらの銀行でらっしゃいますか？」

わたしは、久家の勤めている銀行の名前を告げ、それからたずねた。

「どなたか、お知り合いでも？」

「はあ、実は主人も銀行の方へ勤めておりますもんですから」

「なるほど、そういうわけですか！」

つまり、彼女の態度を急変させたものは、手土産ではなくて、銀行だったわけだ。

「これはどうも、失礼しました」

「いいえ、とんでもございません。こちらこそいろいろおききしちゃって」

「それじゃあ、失礼ですけど、そのご主人はこちらのご長男で、確か、北海道大学へ行っておられた……」

わたしの予想は的中した。そして彼女の態度は、今度こそ本質的に急変したようである。わたしの前には、座ぶとんが出された。二十年前、わたしは中村質店の座ぶとんに腰をおろしたことがあっただろうか？　畳敷きの上《あが》り框《がまち》には何度も腰をおろした。しかし座ぶとんは出されなかったようだ。彼女が、わたしを座ぶとんに腰をおろさせようとしたのは、何故だろう？　いうまでもなく、わたしを引きとめたかったからだ。たぶん彼女は、二十年前の彼女の夫に関して、何ごとかをわたしが知っているものと考えたのであろう。わたしは先ほどの、タカ子さんを思い出した。彼女の場合も、まったく同様だったからだ。

「いや、ご主人のことは、おばさんよく話しておられましたよ」

確かに中村質店の長男は、おばさんの自慢の息子だったようだ。北大のことを彼女は、北海道の帝大と呼んでいた。早起き鳥試験に落第したわたしの耳に、それはまことに羨ましく響いた。なにしろ、今年合格したというところがなまなましかった。しかし、二十年前の中村質店の長男に関してわたしが知っているのは、それだけだった。果して彼が、北海道の帝大で何を学んでいたのかも知らない。もちろん、顔も見たことがなかった。

「お茶でも……」

と、もと北大生の妻は立ちあがりかけた。わたしは、それを辞退した。しかしそれは、二十年前の彼女の夫について、ほとんど語るべき何ものをも持たぬためではなかった。わたしは急いでいたからである。もっとも、北大を出た中村質店の長男が銀行員であるというのは、いささか意外であった。わたしは、一度も顔を見たことがないにもかかわらず、二十年前の北大生の将来を銀行員以外のものと、勝手に想像していたらしい。ボーイズ・ビー・アンビシャス！　のせいだろうか？　しかし、彼は中村質店の長男だった。銀行員になることは、したがって、必ずしもクラーク先生のことばにそむくことにはならないのかも知れない。

しかしわたしがお茶を辞退したのは、もちろん、わたしの自分勝手な想像と二十年後の現実とが喰い違っていたためではない。ウイリアム・クラークのことばとも、北海道大学とも、いかなる銀行とも無関係だ。とにかくわたしは急いでいた。実際、煙草に火をつけることさえ、忘れていたような状態である。もちろん座ぶとんにも腰をおろしていなかった。

わたしは、午後四時の再訪を約束して、中村質店のくぐり戸を出た。この間、およそ十分であろう。せんべい屋で待たされたのが、およそ十分。中村質店から蕨駅までが歩いておよそ十五、六分。京浜東北線の電車を待ったのが、四、五分。合計およそ四十分という勘定である。

わたしが上野で、中村質店のおばさんに行き会わなかったのは、いうまでもないことだろう。中村質店の長男が久家と同じ銀行員であったことも偶然。また、久家の勤め先である銀行と、たまたまその日の、中村質店のおばさんの外出先が同じく上野であったのも偶然だった。しかし、その上野でおばさんと偶然にもばったり出会うところまではゆかなかったわけだ。

わたしは上野駅の構内を出ると、すぐ眼の前の電話の家に入った。電話の家は混雑していた。昼休みのせいだろうか？　何十台かの電話機には、何十人かの人間がそれぞれの姿勢で取りすがって、何ごとかを話し込んでいる。わたしは眼と耳で、できるだけ早く話の終りそうな電話を物色した。通話時間制限になってから、早電話と長電話に男女の区別だけはなくなった。男がかけている電話も、女がかけている電話も、三分間待てばよいわけだ。したがって、ひとつの目安は、受話器を握っていない方の手だった。その手で手帖を開いているのは、そこに書き込まれた住所録を見ながら、次から次へとダイヤルするつもりの人間だからである。

しかしわたしは、待つよりも前に、まず電話番号を調べなければならなかった。なにしろ今日、久家に会うことはまったく考えていなかったからだ。久家の勤め先は、職業別電話帳ですぐに見つかった。わたしはそれを小型メモ帖に書き取ると、片手で煙草を吸っている男のうしろで、彼が話し終るのを待つことにした。それとも、電話より先にどこかで昼食をして来る方が能率的だろうか？　腕時計は、十二時四十五分だった。しかし結局わたしは、久家の勤め先のダイヤルを廻した。とにかくかけるだけかけてみよう。年賀状では確か上野支店企画室勤務であったが、その後約一月の間に転勤ということがなかったとはいえない。それに銀行という職場は、昼休み時間も別かもしれない。

久家は相変らず上野支店勤務だった。ただし、いまは席をはずしているという。昼食かどうかはわからなかった。銀行の交換手は、そういうことはいわないことになっているのだろうか？　わたしは、一時ごろもう一度かけ直すと伝言して、電話を切った。そして、電話の家を出ると、群がって信号を待っている集団に加わって、駅前のガード下の道路を横断した。さて、どこで何を食べればよいか？　当然、空腹をおぼえてよい時間だった。わたしは早起きをした。大急ぎで朝食を済ませ、家を出たのが九時前である。実際、わたしは空腹だった。カツ丼？　天丼？　それともカレーライスかラーメンで間に合わせるか。いずれにせよ、余りのんびりは出来なかった。一時ちょうどに席へ戻って来た久家が、ふたたびどこかへ出かけないとは限らないからである。しかし、わたしが立ち止ったのは、そば屋の前でもレストランの前でもなく、映画館の前だった。確か、信号は二度渡ったようだ。駅前のガード下の道路を横断、そこから右へ直角に横断すると、上野公園へ昇る石段がある。そこを昇って右へ行けば、西郷隆盛の銅像のある広場へ通じる。もちろんわたしは、昇らなかった。昇らずにそこを右折して、おのぼりさん相手の商店街の前を通り過ぎてきたものらしい。

映画館は三軒並んでいた。地下にもあるらしい。わたしは地下へ降りて行った。もちろん映画を見るためではない。食堂のようなものもあるらしかったからだ。確かにカウンターがあって、何人かの男たちが何かを食べているのが見えた。地下の通路に出来ているスナックだった。ドアもなければ、通路との境目もわからない。地下では、映画館のポスターと食堂のポスターが混り合っている。その他に十円銅貨を投入して動かすゲーム用の機械も置かれていた。ずらりと並んでいるのではなく、狭苦しい場所を利用して、ところどころに備えつけられているわけだ。

わたしは一枚のポスターの前に立ち止った。女は形通りに顎をあげ、上体をのけぞらせて、肘を曲げていた。腋毛が見える。女は女子高校生らしく、隣には、すでにスカートを脱ぎ終ったもう一人の女が、セーラー服を頭から脱ぎかけている。女子高校生の腋毛は魅力的だ。しかし、女は年齢不詳の顔つきだった。確かに若いには違いない。このポスターの女もたぶん本物の女子高校生に毛の生えたくらいの年齢だろう。にもかかわらず、年齢不詳の顔だった。ただ要するに、若いという顔である。おじさん、どう？　あたし若いでしょう！　つまり、ポスターの顔はそういった顔だ。まだそれでも彼女の場合は、腋毛があるだけましかも知れない。何故みんな腋毛を剃り落としてしまうのだろうか？　誰も文句をいわないのだろうか？

階段の途中にも同じポスターが貼られていた。いったいこの映画はどの映画館でやっているのだろう？　実際、混り合っていてよくわからない。地下からふたたび上って来てみても、それは同様だった。地下か地上かはもちろん、地上に並んでいる三つの映画館の区別さえ容易ではなかった。映画はたぶん、三本立てなのだろう。地上だけで九本である。それに地下が混り込んでいる。地下では地上のものが混り込んでいたのであるから、それはいわば当然だろう。いったいどの入口を入れば、どの映画が映っているのか？　あの腋毛のある女子高校生を上映しているのは、どの映画館だろう？

わたしは三軒の映画館の前を、歩いたり立ち止ったりした。結局、腋毛の女子高校生は一番手前の映画館だった。わたしは切符売場に貼り出された三本立ての時刻表をのぞいて見た。時刻表の下には、旧式の眼覚時計が置かれていた。一時五分前である。わたしは、急いで切符売場を離れた。しかしそれは、一時五分前であったためではない。残りの五分間で何かを食べ終え、午後一時ちょうどに久家へ電話をするためではなかった。時刻表の下に置かれていた旧式の眼覚時計を、確かどこかで見たような気がしたからだ。

いったい、どこで見たのだろう？　眼覚時計は、旧式であるとはいえ、文字盤の上に帽子をかぶせたような呼び鈴がついているほどのものではなかった。時は金なり！　その標語とともに、小学生だったわたしが時の記念日のポスターに描いた眼覚時計ほど古くはなかった。文字盤が円形で、青や赤の彩色がなく、二本の脚がついているといった程度の旧式加減だった。ディズニーの漫画とか、そういったものはもちろんない。しかしいったい、その眼覚時計をどこで見たおぼえがあるのだろうか？　腋毛の女子高校生の映画館でわたしは映画を見たことはなかった。もちろん、眼覚時計は、まことに平凡なものだ。どこの映画館の切符売場に置かれていても、べつだん不思議ではなかった。単なる、無意味な錯覚だろうか？　あるいはそうかも知れなかった。何か錯覚でも起さないことには、昼食もとらずにぼんやりと時間を過ごす意味がないではないか。それも確かだ。また、それが錯覚ではなくて、事実わたしにどこかでその眼覚を見たおぼえがあったのだとしても、だからどうというほどのものでもないはずではないか。そして、それも確かだった。しかし、そのときとつぜん鳴りはじめた眼覚時計の音は、そのいずれの思案をも覆したのだった。

眼覚時計は鳴り続けていた。いや、鳴っているのは、眼覚時計ではなかった。映画館の呼び鈴だった。呼び鈴？　左様、客を呼び集めるベルの音だ。そしてその音は、二十年前のわたしがこの映画館の前できいた音だった。切符売場の時刻表の下に置かれた旧式眼覚時計を見たのも、そのときだろうか？　果して二十年間、眼覚時計が動き続けるものか、どうか。もちろんそれはわからない。同時に最早や眼覚時計などどうでもよかった。果してそれが二十年前の眼覚時計か、どうか。少なくともそれを是が非でも確かめてみたいとは考えなかった。いずれにせよ、わたしが二十年前、時刻表の下に置かれた眼覚時計を見たのは、切符を買うためではなかったのである。

もちろん映画のポスターは、脇毛の女子高校生ではなかった。伴淳とアチャコの二等兵物語だった。映画館に飾られているのはポスターばかりではなかった。伴淳とアチャコの両二等兵は、おそらく彼ら自身よりも背の高いボール紙人形となって、映画館の両脇に立っていた。そして更に、そのボール紙の二等兵の前には、ボール紙の切り抜き人形よりも背の低い十数名の男たちが、ボール紙の二等兵とまったく同じ服装をして並んでいたのである。

黄色い星のついた戦闘帽。襟につけられた真赤に星一つの階級章はこの映画の象徴だった。そしてゲートルにどた靴。しかし彼が手にしているのは三八式歩兵銃でもなく、木銃でもなく、竹竿の先に縄を取りつけた火たたきだった。映画館のベルは鳴り続けていた。スピーカーから流れ出る二等兵物語の歌とベルの音は混り合った。

粋な上等兵にゃ及びもつかぬ
せめてなりたや星二つ

星の降る夜に褌《ふんどし》一つ
鳥毛逆立て捧げ銃《つつ》

十数名の二等兵たちは、そこで竹竿の火たたきによる捧げ銃をおこなった。映画館のベルはやはり鳴り続けていた。しかしわたしは映画館には入らなかった。入るわけにはゆかなかった。わたしもまた火たたきによる捧げ銃をおこなっている二等兵の一人だったからだ。

わたしが川向うの亀戸三丁目へ出かけて行ったのは、あの捧げ銃の晩だったのだろうか？　わたしは古賀弟にときどき英語を教えた。彼が紅陵大学のアルバイトをわたしに紹介してくれたのは、あるいはそのせいだったともいえるだろう。わたしはそのアルバイトの金で川向うへ出かけた。それにしても早起き鳥試験に落第したわたしが英語を教えるとは、滑稽な話だ。しかしわたしは、古賀弟からは感謝された。

「おす！　先輩のお蔭で今日の試験は満点ですばい」

前の晩、古賀弟はH・E・ベイツの短篇集を持ってわたしの三畳間にやって来た。『ザ・シップ』『エレファント・ネスト・イン・ア・ルーバーブ・トゥリー』『ミスター・モレンシー・アンド・ザ・ドッグ』。古賀弟の教科書には、『ザ・シップ』の中の見開きの二ページに鉛筆で鉤印がつけてあった。わたしはその部分を読み、まず横文字の上に読み仮名をつける。それからこんどは、横文字の下に、日本語訳をつけるのである。もちろんわたしの和訳は誤訳に満ちていたかも知れない。しかし古賀弟は、H・E・ベイツを持ってしばしばわたしの部屋へあらわれるようになった。

「おす！　先輩、ここからここまで、頼んます。来週の水曜まででよかですけん」

わたしは古賀弟の依頼を一度も断らなかった。それどころか、彼に頼んで彼と同じ教科書用の

Ｈ・Ｅ・ベイツ短篇集を買って来てもらったほどだ。わたしは辞書を引き引き、そこにある三つの短篇を読んだ。わたしがベイツの名を知っているのは、そのためである。もちろん読んだのは初めてだった。感謝しなければならないのは、むしろわたしの方だったかも知れない。ベイツを読んだのは、あとにも先にもそのときだけであったにもかかわらず、いまだに三つの短篇のことをわたしは忘れていないからだ。石田家の新しい応接間に飾られていた西洋の帆船の模型を見たときも、わたしはほとんど反射的に『ザ・シップ』を思い出した。あるいは、石田家だったからだろうか？　そうかも知れない。それにしても、Ｈ・Ｅ・ベイツと拓大空手部員とは、何という不思議な結びつきであったことだろうか！

しかし、わたしが蕨にとどまっていたのは、あるいはその不思議な結びつきのためかも知れなかった。古賀弟はわたしにときどきアルバイトを紹介してくれた。それはベイツのお蔭であったかも知れないからだ。少なくとも、早起き鳥試験に落第したわたしがそのまま蕨にとどまった理由の一つには違いなかった。二等兵のアルバイトはいつごろだったのだろう？　星の降る夜に褌一つ、鳥毛逆立て捧げ銃！　そういえば火たたきによる捧げ銃は寒かったようだ。冬だろうか？　冬だとすれば、わたしはあの外套を着て二等兵のアルバイトに出かけたのだろうか？　二等兵の集合場所は築地の映画会社の受付だった。集合時間は何時であったか。とにかく朝の通勤時間だった。わたしは教えられた通り国電有楽町駅で下車して、真直ぐ歩いて行った。しかし銀座四丁目の交叉点で服部時計店の時計を仰ぎ見て、本物の二等兵のように駈け出したのである。

いま鳴るラッパは八時半
あれに遅れりゃ重営倉

またの日曜がないじゃなし
放せ、軍刀に錆がつく
駈け出すとこの歌がきこえてきた。耳にではなく、心臓のあたりから喉元のあたりで鳴りはじめたようすだ。伴奏は三味線で、バチを当てているのは祖母だった。祖母は北朝鮮のわたしが生まれた家のオンドル間に坐っていた。オンドル間は十六夜《いざよい》会の老人たちで賑わっていた。十六夜会は、毎月十六日の夜にまわり持ちで当番の家に集る祖母たちの会だ。男は入れないらしい。十人ほどの、隠居婆さんたちの会だ。

兄は祖母の三味線を嫌っていたようだ。あるいは軽蔑していたのかも知れない。音痴のくせに、といっていた。下手の横好き、ともいっていたようだ。十六夜会の席にも兄は顔を出さなかった。わたしは必ず出かけて行って、テーブルの上の赤い寒天をもらった。冬の会には必ず東興楼からシンセン炉が取り寄せられていた。わたしはそれも皿に取ってもらった。

婆さんたちは、代る代る三味線をひいたり、歌ったりした。博多どんたくの『どんたく小唄』かと思うと『露営の歌』がとび出すという具合だった。しかしたぶん、いまはもう誰も生きてはいないだろう。祖母も死んだ。戦争に敗けて、十六夜会で賑わったオンドル間のあった家を接収され、日本人収容所に入れられたころから頭がおかしくなった。収容所を抜け出して、接収された家へこっそり何かを取りに帰って、朝鮮人民保安隊員に捕えられ、梅干しの壺を一つ抱えて送り届けられて来たりした。そして引揚げの途中、冬を越した見知らぬ部落で死亡し、北朝鮮の土になった。その祖母がバチを当てている三味線の伴奏で、わたしは駈け足になったわけだ。

放せ、軍刀に錆がつく

トコトットットー！
この最後のトコトットットー！　はラッパの音だ。しかし、わたしは軍刀をさげた将校ではなくて、二等兵だった。集合時間に遅刻しそうになっているアルバイトの二等兵である。わたしはあの外套を着ていただろうか？　もし着ていたとすれば、それも将校用の二列ボタンではなくて、兵卒用だった。とつぜん祖母の三味線の伴奏が変った。万朶《ばんだ》の桜、いや『歩兵の本領』だ。しかし、歌詞の方はまったく違ったものだった。

聞け万国の労働者
轟《とどろ》きわたるメーデーの
示威者に起る足どりと
未来を告ぐる鬨《とき》の声

『歩兵の本領』と同じ節で歌われるこの労働歌をわたしがはじめて聞いたのは、いつのことだろう？　もちろん戦争に敗けてからあとであることだけは確かだ。九州筑前の田舎町に引揚げて来たあとだろうか？　であれば、あの将校町だ。割箸だけになったアイスキャンデーをしゃぶりながら、下駄ばきでのそりのそりとアカハタを配って歩いていた、町役場収入役の長男が歌っていたのか。太い黒縁の眼鏡をかけた、無名画家である。あるいは、シビリアン・ガードの制服を着て将校町から米軍キャンプへ通勤していた兄だろうか？　兄は収入役の長男が配って歩くアカハタを読んでいた。それとも、『歩兵の本領』と同じ節で歌われる労働歌をわたしがはじめて聞いたのは、北朝鮮の永興でだろうか？　永興がわたしの生れた町だった。わたしは永興公立尋常高等小学校に入学した。サイタ　サイタ　サクラガ　サイタ。コイ　コイ　シロ　コイ。ハトハト　オミヤノヤネカラオリテコイ。小学校はその翌年から国民学校に変った。こまいぬさん　あ、こまいぬさん　うん。しかし運動会の騎馬戦のテーマ音楽は変らなかった。『歩兵の本領』である。

万朶の桜か襟の色
花は吉野か嵐吹く
大和男子と生れては
散兵戦の花と散れ

永興小学校の運動会にこれほどふさわしい歌はないようであった。運動会は四月の末、満開の桜の下でおこなわれたからだ。あるいは、北朝鮮の桜は五月はじめが満開であったかも知れない。しかしいずれにせよ、入学式が終るとすぐに、運動会の稽古がはじめられた。何故、春に運動会をやるのか、それはよくわからなかった。大人たちの花見を兼ねていたのかも知れない。運動会には町じゅうの日本人が見物に来た。なにしろ一年から高等科二年まで全校生徒百二、三十名の日本人小学校だった。わたしの学年は、確か十一名だった。花火の合図で、わたしたちはまだ暗いうちから蓙《むしろ》を抱えて、校庭のぐるりに植えられた桜の木の下へ場所取りに行った。騎馬戦は四、五、六年と高等科の混成でおこなわれた。六年生のときわたしは高等科の馬に乗って最後まで勝ち残った。そして、親戚のものたちと隣合わせに蓙を敷いて重箱をひらいている祖母や父母たちのところへ走って帰ると、どっと大人たちの笑い声が起った。わたしの運動シャツは、前もうしろも、まるで破れ障子のようになっていたのである。わたしは重箱の巻寿司に手をのばした。たぶん重箱の中には、何枚かの桜の花びらが舞い込んでいたはずだった。

『歩兵の本領』は確かに、永興小学校の運動会にはまことにふさわしい歌であった。しかし、ある日とつぜん、その歌詞が急変したのだった。わたしが永興小学校から元山中学へ入学して、およそ四ヵ月後のことだ。

「戦争は決して終ったのではありません。ある事情のために、一時停戦となったのです。したがって諸君は、元山中学生としての自覚と誇りと覚悟とを持ち、各自自宅で次の連絡があるまで、待機するように」

わたしが元山中学校長のこの訓示を聞いたのは、元山泉町国民学校の校庭だった。中学の校舎は陸軍が使用することになり、すでに兵器類が運び込まれていたらしい。わたしたち寄宿舎生は、一部屋ずつ交替でその兵器類の不寝番をしていた。わたしの部屋は、八月十二日が当番だった。夕食後わたしたちは、三年生の室長に従って中学の正面玄関に向って左側の宿直室へ入った。しかし結局、中学の校舎内に陸軍のいかなる兵器が、どのくらい運び込まれているのかは、ついにわからないままだった。その晩の当番は三年生の室長以下、二年生一名、一年生がわたしの他にもう一名の四名であったが、いざ兵器類の見廻りに出かけようとしたとき、とつぜん轟音とともに校舎が激しく震動したのである。同時にあたりは真暗になった。わたしは宿直室のドアの手前で、思わず畳に這いつくばった。何のことか、まったくわからなかった。小学生のときから防空訓練で教わって来たように、伏せの姿勢で頭を下げ、開いた両手の指で両眼と両耳の穴を塞ぐことを忘れていたのは、そのためだったかも知れない。

「おい、懐中電灯はどこだ！」

と、三年生が叫んだ。そのとき二度目の轟音とともに天井が激しく音をたてた。

「早く、窓をあけろ！」

と、暗闇の中で三年生が叫んだ。しかし窓はあかなかった。わたしは力まかせに宿直室のガラス窓を横に引いたが、窓枠は右へも左へも動かなかった。三年生に命令されて、内側から鍵をかけていたのを忘れていたのである。三年生は、兵器類を見廻るついでに、何かを企んでいたらしかった。いったい何を企んでいたのか、それははっきりわからない。わたしは勝手に、軽機関銃か何かをこっそり宿直室へ運び込んで来てそれを分解するとか、何かそんなことを空想していたようだ。その最中に誰かに入って来られては困る。三年生の命令をそう解釈して、わたしは窓に内側から鍵をかけたのだった。

「B29だ！」

と、三度目の轟音とともに天井が激しく揺れ動いたとき、三年生が叫んだ。わたしたちが窓をあけて、そこから外へ転がり出たのはすでに轟音が静まってからだった。翌日になって、わたしたちをおどろかせたのは、B29ではなく、参戦したソ連の初空襲であることがわかった。空襲は確か二晩続いた。しかし、永興湾の海軍航空隊からは、零戦は一機も飛び上らなかったようだ。何故だろうか？　もちろん、わからなかった。ソ連爆撃機が投下したのは、爆弾ではなく機雷であるという噂もあった。永興湾内へ投下するつもりの目標がはずれて、山の斜面に落ちたものらしい。また、あの晩、純白のチマ、チョゴリの朝鮮衣裳を着けた朝鮮人たちが、ひそかに山の斜面に集結して人文字を描き、ソ連爆撃機に何か合図を送っていた、という噂もあった。しかし、いずれも真相はわからなかった。被害状況もわからなかった。十四日の晩には空襲がなかった。何故だろうか？　これもわからなかった。そして翌日は、泉町小学校の校庭で校長の訓示を聞いた。わたしには何もわからなかった。《玉音放送》は聞えなかった。泉町小学校の校庭で解散したあと、裏の山伝いに寄宿舎へ帰る途中、正午になった。ちょうど、コンクリート塀のある家が四、五軒かたまっているあたりであったから、玄関先まで入って耳を傾けてみたが、ラジオを通して話をしている誰かの声が、辛うじて聞えるという程度に過ぎなかった。その誰かの声が、おそらく《玉音》なのであろう。スピーカーかアンテナが故障しているのかも知れない。そういうふうな声だった。とにかく《玉音放送》はおこなわれたのだ！　しかし、わたしにわかったのは、それだけだった。眠かった。最初の空襲におどろいて以後、わたしたちは毎晩ゲートルを巻き、編上げ靴をはいたまま寄宿舎の畳の上でごろ寝していた。四月半ばに雪消えて、夏は水沸く百度余ぞ！　暑くて、ほとんど眠れなかった。その上、校長の訓示を八月十五日の、雲一つ見えない炎天下で聞いたのである。まったく、素晴らしい日本晴れだった。しかしもちろん海水浴どころではなかった。

　寄宿舎へ帰り着くや否や、わたしはそのまま自分の坐り机の下に頭の方からもぐり込んで、眠った。何時間くらい眠っただろうか？　眼を醒まして、机の下で薄目をあけると、上半身裸になった室長の三年生が、自分の机に腰をおろし、白虎隊のように木刀をついて、泣いているのが見えた。しかし、何故泣いているのか、わからなかった。ただ、わたしの知らないうちに、何かが終ったことは確かだった。

　わたしは元山中学の寄宿舎から永興の家へ帰って来た。元山中学四年生だった兄も、興南の窒素肥料工場の動員から帰って来た。『歩兵の本領』の歌詞が、とつぜん労働歌に変ったのは、それからどのくらいあとだろうか？

8

映画館のベルは鳴り続けていた。そしてわたしは、脇毛の女子高校生のポスターをぼんやりと眺め続けていたようだ。しかし、『歩兵の本領』と同じ節で歌われる労働歌を、朝鮮語で思い出すことはできなかった。二十年前にはおぼえていたのだろうか？　二十年前？　左様、祖母がバチを当てている三味線の伴奏で、築地の映画会社に向って駈け出したときだ。二等兵のアルバイトの集合時間に遅刻しそうになって、本物の二等兵のように駈け出したときである。あのときは朝鮮語でおぼえていたのだろうか？

どちらとも、はっきりしなかった。はっきりおぼえているのは、『蛍の光』と『パイノパイ』だった。いや、それらの歌と同じ節で歌われる、朝鮮語の歌の文句である。もちろん、『蛍の光』『パイノパイ』を、そのまま朝鮮語に翻訳して歌うのではない。歌詞そのものはまったく異るにもかかわらず、節だけが同じわけだ。二つとも日本の敗戦とともに独立した朝鮮民族の歌だった。まず真先にきこえてきたのは、『蛍の光』の方だった。これは、元山中学の寄宿舎から荷物をまとめて永興へ帰る途中の汽車の中で、早くも聞えてきた。もう夜だった。そして、汽車は無蓋貨車だった。元山―永興間はおよそ二時間である。しかし貨車は、もっとのろのろ運転だったようだ。貨車は満員だった。わたしは、やはり寄宿舎から咸興まで帰る二年生と二人で、その片隅に腰をおろしていた。わたしたちは、じろじろ見つめられた。戦闘帽式の元山中学の制帽をかぶり、国防色の布製背《はい》嚢《のう》を背負い、ズボンにはゲートルを巻きつけていたからである。聞こえてくるのは、朝鮮語であった。そして貨車が駅に停ると、貨車の中からと、駅のプラットホームの両方から、たちまち大きな歓声があがった。

「マンセー！」

「マンセー！」

朝鮮人たちは手に手に小旗を打ち振り合った。日の丸の赤を巴《ともえ》に分けて、半分だけを黒に変え、白地の四隅に易学の卦のようなものをあしらった旗だ。いまの大韓民国の国旗であるが、そのときはまだ北朝鮮でもそれが用いられていた。朝鮮半島を南北に分ける三十八度線というものは、まだ存在しなかったのだろう。しかしわたしにそのときわかっていたのは、「マンセー！」が「万歳！」の朝鮮語であるということだけだ。なにしろわたしは、その赤と黒に塗り分けられた巴の旗が、日本の敗北とともに独立した朝鮮人民の旗であることさえ知らなかった。わたしは、ただただ不安だった。日の丸が赤と黒の巴に塗り分けられているのは、日の丸に対する朝鮮人たちの呪いのごときものではなかろうか。四隅の卦が、何とも不気味だ。愚かにもわたしは、その旗の中に、朝鮮人たちの日の丸に対する丑《うし》の刻詣り的な呪いのごときものを想像して、貨車の片隅に小さくなっていたのである。

駅々で、赤と黒の巴の小旗は打ち振られた。そして「マンセー！」「マンセー！」の大歓声の中から、『蛍の光』の節で歌われる朝鮮語の歌が流れ出して来たのである。

わたしが知らないうちに、何かが終ったことをわたしが自分の眼で確めたのは、その翌日だった。わたしは数十日ぶりに母が作った味噌汁と卵焼きの朝食を済ませた。そして、たちまち、愚かな錯覚をおぼえたようだ。すなわち、米英撃滅のために返上されたはずであった夏休みが、八月十五日を過ぎてからようやく元山中学生に許されでもしたかのような錯覚である。そのためにわたしはこうして寄宿舎から帰って来たのではなかろうか。この、まことに愚かな錯覚は、味噌汁と卵焼きのせいだろうか？　あるいはそうかも知れなかった。なにしろ寄宿舎ではここ一月というもの、朝飯も昼の弁当も、おかずはわらびの塩漬けとメンタイの子ばかりだったからだ。わたしの父もメンタイ船を何隻か持っていたようだが、たぶん当時の日本海ではメンタイが腐るほど獲れたのだろう。松根掘りの作業場である、松の木の切株だらけになった赤土の斜面で弁当箱の蓋を取ると、赤いメンタイの子が何かの死体のように、べったりと飯の上に貼りついていた。わらびの場合は、暑さでむれて臭かった。

　数十日ぶりで母の作った朝食を済ませたわたしは、まず制帽を点検した。そして、徽章を取りつけ直した。元山中学の徽章は、八月十五日まで、辛うじて瀬戸物ではなく金属のままだった。しかし、すでに磨き粉をかけて磨けば底光りする真鍮ではなく、ブリキのメッキだった。真鍮製の徽章をつけているのは、三年生以上か、さもなければ卒業生を兄に持つ生徒だけだ。わたしの徽章はもちろんブリキのメッキである。しかし裏の止め脚は、まだ折れていなかった。ただ、万一の用心にふだんは徽章の上から白糸で縫いつけていた。そうするように命じられていたのである。確かに一旦紛失したら最後、少なくとも一年間は徽章なしの制帽をかぶらなければならなかったことだろう。わたしはその補助糸を取り除いたわけだ。そして、帽子を裏返しにして穴あきの天保銭を一旦取りはずし、徽章の位置をほんの心持ち、四、五ミリほど下へずらせた。わたしは、徽章の止め脚を、そのハンダ付けの部分に細心の注意を払いながら新しくあけた穴にさし込み、ふたたび穴あき天保銭を裏から当てて、徽章を固定した。

次は中古の編上げ靴の手入れだった。しかし、靴墨はやめて、はけで軽くはくだけにした。しかしいったい、何のためだろうか？　いったい誰に見せようというのだろうか？　わたしにもはっきりしなかったようだ。わたしは、徽章を取りつけ直した戦闘帽式の制帽をかぶり、編上げ靴をはいて家を出た。運動シャツに、ゲートル無しの長ズボンという恰好である。元山市内は、ゲートル無しでは歩けなかった。いつどこで、上級生に出会うかわからない。出会えば必ず挙手の礼をした。はじめのうちは、手を挙げると、つい足の方が止ってしまった。歩きながら敬礼することに、ようやく慣れたところだった。寄宿舎ではほとんど毎晩、点呼のあとで殴られた。一年生の誰か一人でも敬礼を怠ったものがいれば、一年生全員が殴られるのである。殴るのは三年生だった。四年生は四月からずっと興南に動員されて、寄宿舎にはいなかった。寄宿舎の廊下に一列に並ばされ、まず右の頬から殴られる。三年生は何人いただろうか？　二十人くらいいただろう。そのうち殴るのは十人くらいだった。すると右頬だけで十発である。右頬が終ると左頬の番だった。つまり、左右合計二十発の往復びんたを、わたしはほとんど毎晩喰っていたわけだ。もちろん、無痛のものもあった。殴る十人の三年生のうち、さらに半数のものは、はじめから殴らない十人よりもむしろ気の弱い三年生だったのだろう。しかし、教えられた通り奥歯を喰いしばっているにもかかわらず、どうしても声を出さずにはいられない殴り方をする三年生が、二、三人はいた。あれはどういうつもりだったのだろう？　そのうちの一人は、くわえ煙草だった。わたしはただ、あと一年だ、と思ってもう一度奥歯を喰いしばり直した。たぶん、来年は幼年学校へ行けるだろう。

一年生の誰かがゲートルを巻かずに歩いていた場合も、寄宿舎では同様だった。しかしここは元山ではない。永興だった。そしてわたしは、永興小学校に向って歩いていたのである。欠礼の心配などは無用だった。それどころではない。こうして元山中学の制帽をかぶっているわたしに向って、通りかかった下級生の誰かが立ち止って敬礼しないとは限らない。下級生？　つまり永興小学校の生徒である。元山中学の最下級生に敬礼するものがいるとすれば、それ以外にはあり得なかった。しかし、わたしは誰にも出会わなかった。もちろん敬礼もされなかった。わたしはわざわざ裏通りを選んで歩いているのではなかった。そうしなければならない理由がどこにあろうか！　永興警察署、警防団本部、金山時計店、一善写真館、宮本帽子店、白松医院、田中歯科医院、内海種苗店、朝鮮そば屋、服部法律事務所、永興邑《ゆう》事務所。わたしが歩いているのは、わたしが六年間、永興小学校へ通学した道だ。にもかかわらず、一人の下級生にも出会わなかった。何故、誰も歩いていないのだろう？　わたしは校門の前で立ち止った。校舎の裏側の運動場にある奉安殿の方角に向って挙手の礼をするためだ。小学校在学中は、脱帽、礼であった。校門を入ると、わたしは校舎に沿って左へ折れ、左端の講堂のところまで来た。誰にも出会わない。わたしは講堂の外を廻って運動場へ出た。しかし運動場にも誰一人見えなかった。

　みんなどこへ行ってしまったのだろう？　誰もいないのは夏休みのせいだろうか？　竜興江へ行けば、誰か泳いでいるだろうか？　わたしは、国旗掲揚塔の前の朝礼台にのぼってみた。奉安殿の前の薪を背負って本を拡げている二宮金次郎の石像。丸太の四本柱を立てた土俵。ロクボク。鉄棒。砂場。低鉄棒。ブランコ。シーソー。それらのものはすべて以前のままだった。そして、いかにも小学校らしく幼稚なものに見えた。ただ、はじめて見るのは、桜の木の下に盛り上げられた幾つかの土の屋根だった。防空壕であることは、すぐにわかる。あのソ連機の空襲のあと急いで掘ったのだろうか？　それから、防空壕の他にもうひとつ、はじめて見るのはトラックの内側にくろぐろと繫っているトウモロコシ畑だ。朝礼台の前だけ、四角く地面が残っていた。一年生から高等科二年生までの百二十名余りが整列できるだけの地面を残したのだろう。それは、わかった。しかし、あのうしろの方の穴は何だろうか？　ゴミ捨て場だろうか？　冬になるとわたしたちは、運動場の西端の方に大きな穴を掘った。教室でたくストーブの石炭殻を捨てる穴である。しかし、いまは真夏だ。

いったい何の穴だろう？　朝礼台をとび降りると、急に激しく油蟬の声が聞こえはじめた。晴天である。午後は竜興江へ泳ぎに出かけてやろう。わたしは穴をのぞき込んだ。直径二メートル半くらいだろうか？　穴はまだ新しかったが、大きさは石炭殻を捨てる穴と同じくらいだ。しかし、そこに捨てられていたものは、石炭殻ではなくて、ちょうど石炭の燃え殻のような色をした防毒マスクと鉄兜だった。防毒マスクが六個、鉄兜も六個。わたしは穴に駈け降りた。そして思わず立ち竦《すく》んだ。鉄兜をかぶったシャレコウベ！　ちょうど石炭の燃え殻のような色に焼かれた鉄兜の下に重なった同じ色の防毒マスクは、まさに鉄兜をかぶったシャレコウベだった。そして、直径二メートル半ほどの穴の底は、さながら何者かによって暴かれた墓場であった。いったい誰の墓場だろうか？　わからなかった。わかったのはただ、何かが終ったことだけだ。わたしの知らないうちに、何かが終っていたのである！

兄と二人で、家の裏庭に穴を掘ったのは、それからどのくらいあとだろうか？　とにかく、二人の朝鮮人民保安隊員があらわれて、わたしたちの家を接収する前であったことだけは確かだ。保安隊員の一人はソ連兵のマンドリン銃を首からぶらさげ、もう一人は三八式歩兵銃よりも少し銃身の短い騎兵銃を肩にかけていた。たぶん永興警察署で使っていたものだろう。制服はどことなく国民服に似ていた。あるいは間に合わせだったのかも知れない。下半身の方は、日本陸軍のと同じ編上靴で、ゲートルを脛から下に巻いていた。これはソ連兵と同じである。帽子もソ連式だった。しかしどことなく違っているのは、かぶり方のためか、それとも頭の形のせいだろうか？　あるいは頭ではなく、顔および体格全体の違いのためだろうか？　いずれにせよ、あの鍔《つば》無しの戦闘帽は、東洋人には似合わないようだ。ソ連兵の場合は、頭の上にうまく斜めに載せているという形であるが、朝鮮人民保安隊員の方は、いかにも頭からかぶったという形だった。どことなくそれは、イナリ寿司の油揚げに似ている。東洋人にはやはり日本陸軍式の鍔つき戦闘帽の方が似合うのではないだろうか？　マンドリン銃と騎兵銃の保安隊員は、まことに正確な日本語でわたしたちに命令した。

「この家の財産はすべてわれわれ朝鮮人民から搾取したものである。この家もそうである。だから、この赤木商店はわれわれ朝鮮人民保安隊が封鎖し、今後は朝鮮人民のものとしてわれわれ朝鮮人民保安隊が管理する。しかし生活に必要なものだけは与える。手に持てる物だけを持って、これから三十分以内にこの家を出て行きなさい」

わたしたちは、何の抵抗もしなかった。日本が戦ったのは、米英中ソであったが、結果的には朝鮮にも敗けたことになるらしかったからだ。家族全員が捕虜にされたとしても、おそらく文句はいえなかっただろう。なにしろわたしが生まれた永興は、少なくともすでに外国だったのである。そして朝鮮人は、当然のことながら、外国人となったわけだ。

わたしがそのことを知ったのは、兄と二人で裏庭に穴を掘ったときだった。裏庭には太くて重い閂《かんぬき》のかかった門のある倉庫が二つ並んでいた。一つは石油倉庫、一つは酒、味噌、醤油、砂糖等の倉庫である。庭の中央部は柵で囲まれて、曽祖父が死んだあとその中へ自由に入ってよいのは祖母だけだった。花畑の他に、梨、桃、ユスラ等の樹が植えられていた。一番奥はやはり祖母が作っている野菜畑で、葡萄棚と野菜畑の中間に防空壕が作られている。これもたぶん、あのソ連機の空襲のあと、急いで作られたものらしい。そして結果的には、ソ連の爆撃機ではなく、夜になると日本人女性を捜しにあらわれるソ連兵からの隠れ場所として使われることになったようだ。隠れるのは、わたしの母と、庭の野菜畑の裏の家に住んでいた徳山さんの奥さんである。徳山さんはわたしの家で店を手伝っていたが、応召してまだ帰って来なかった。

わたしは兄と二人で、防空壕の手前に穴を掘った。ちょうど葡萄棚の真下あたりだ。わたしと兄は、そこに一つずつシャベルで穴を掘りはじめた。直径は一メートルくらいである。わたしは穴掘りには慣れていた。元山中学一年の勤労動員は、専ら松根掘りだったからだ。しかし、兄が何故とつぜん葡萄棚の下に穴を掘ろうといい出したのか、わからなかった。ソ連兵を落す、落し穴だろうか？　防空壕の手前に掘るということは、あるいはそうであるのかも知れない。暗闇の中で穴に落ちたソ連兵は、少なくとも脚首くらいはくじくだろう。しかしわたしは、兄にたずねてはみなかった。そして、そうではなかったようだ。穴を掘り終ると、兄はわたしにいった。

「おい、座敷からレコードを持ってこい」

「レコード？」

「お前が掘った穴に、全部埋めるんだよ」

「そっちの穴は？」

「こっちのは、おれが持って来るから」

わたしと兄は、その日の夕方まで穴の前で過ごした。兄が運んで来たのは、何かを詰め込んだ、ちょうどセメント袋くらいの砂糖袋と、父の指揮刀だった。わたしは座敷の押入れからレコード全部と手廻し蓄音機を運んで来ていた。

「蓄音機は、埋めんでいいだろう」

「うん」

「聞くのか?」

「いかんかね?」

「まあ、いいだろう」

「その指揮刀どうするの?」

「これか」

兄は、指揮刀の鞘《さや》を払った。そして、気をつけの姿勢を取り、右脇を固めて指揮刀を直立させ、それから顔の正面に捧げた。

「捧げえー、銃!」

終ると兄は、指揮刀をわたしによこした。

「お前もやってみるか」

それから兄は、砂糖袋の口に手を突込んで、父の軍帽を引っ張り出した。兄はそれを、ちょっと頭に載せた。丸い黒縁眼鏡をかけた兄は、軍帽をかぶっても父には似ていなかった。

「この帽子には、とうとう縁が無かったな」

兄は軍帽をわたしに渡した。真赤な羅紗《らしゃ》に金星のついた陸軍歩兵の軍帽である。それはほとんど真新しいもののように見えた。光沢のある真黒い鍔が、真夏の太陽の光を、ぴかっ! と反射させた。

「なんだ、やらんのか？」

わたしは父の軍帽をかぶることを忘れて、見とれていたらしい。

「ああ」

「よーし、兵隊ごっこは終りだ！」

兄は木の空箱から引っ張り出した藁くずを穴の中へ放り込んだ。それから空箱を釘抜きでこわした。

「もっと持ってこうか？」

「そうだな」

「これは、最後でいいだろう？」

とわたしは、ようやく父の軍帽を頭に載せて、立ちあがった。わたしが庭の隅に積み上げられた木の空箱を二つぶらさげて戻って来ると、穴の中の藁くずはすでに燃え上っていた。そして兄は、持ちあげた片方の膝に当てた指揮刀を、両手でくの字に曲げたところだった。くの字型に曲った指揮刀は、空箱の板切れと一緒に穴の中へ投げ込まれた。それから兄は、砂糖袋の中のものを取り出した。出て来たのは、元山中学の背嚢、二十冊ばかりの教科書とノート類、そしておどろいたことに元山中学の制帽だったのである。

「どうして燃やすの？」

「もう、要らんだろう」

「制帽も!?」

「まあ、帽子は役に立つかも知れんな」

兄は制帽を手に取った。

「しかし、これは要らんだろう」

そういって制帽から徽章をはずし、指先につまんで燃えている穴の中へ落とし込んだ。兄の徽章はブリキのメッキではなく、本物の真鍮製だった。しかしわたしは、燃えている穴の中を黙って見ている他はなかった。わたしはすでに、永興小学校の運動場に掘られた穴の中で、鉄兜をかぶったシャレコウベを見ていたからだ。

兄は、徽章の無くなった元山中学の制帽を頭に載せ、穴の前の蜜柑箱に腰をおろして、夕方まで燃やし続けた。背嚢、教科書、ノート類が終ると、雑誌の束を次々に運んで来た。古い『少年倶楽部』である。何年分くらい燃したのだろう？　最後に運んで来たのは『陸軍』の束だった。『少年倶楽部』が廃刊になり『陸軍』と『海軍』の二冊に分れたのはいつごろだろう？　わたしは小学校を卒業するまで、『陸軍』の方を毎月買っていた。

「これも、もう要らんだろう」

「ああ」

わたしも穴の前で夕方まで蜜柑箱に腰をおろしていた。徽章の無くなった元山中学の制帽を頭に載せた兄が燃やし続けている間、わたしは、父の軍帽を頭に載せたままレコードをかけ続けていたのである。レコードは百枚くらいあっただろうか？　もう少し多かったかも知れない。そのうち五割は軍歌だった。残りは童謡、唱歌類、『国境の町』『赤城の子守唄』『ゴンドラの唄』などの流行歌、虎造の浪曲盤などである。西洋音楽では三浦環《たまき》が高い声を張り上げる『蝶々夫人』だけしかおぼえがない。これは誰が聞いたのだろう？　母だろうか？　しかし、母がレコードを聞いている姿をわたしは思い出せない。ただ、何度か母の高い声を聞いたような気はするが、レコードを聞きながらではなかったようだ。浪曲は父が聞いたのだろうか？　しかしこれも、まったく思い出せない。父は謡曲を唸っていた。兄とわたしもときどき床の間の前へ坐らされた。『鞍馬天狗』『紅葉狩り』。その二冊だけは手に取ったことがある。風呂の中、散歩の途中でもときどき父は唸っていた。しかし、父の浪曲は聞かなかった。虎造のレコード盤を聞いているところも見なかった。そして祖母は、専ら三味線である。

総じてわたしの家では、大人はレコードを聞かなかったようだ。つまり手廻し蓄音機は、すでに子供用のおもちゃとして払い下げられた感じだった。中でもわたしはそれを愛用した。兄のように本を読まなかったからだ。小川未明から『トム・ソーヤーの冒険』あたりまでは、ほとんど兄が音読するのを聞かせてもらった。いまなお、「インジャン・ジョー」の名が耳に残っているのは、そのせいだろう。それ以後の物語は、専らレコードの軍歌に求めた。左様、軍歌はわたしにとって単に歌だっただけではない。わたしにとって軍歌は物語であり、ドラマであり、歴史であり、そして講談であった。少し格上げしていえば、抒情詩でもあり叙事詩でもあった。

わたしは手廻し蓄音機にそれらの軍歌を、繰り返し繰り返しかけてその歌詞を暗誦した。『軍神橘中佐』『広瀬中佐』『水師営の会見』『勇敢なる水兵』『ブレドウ旅団の襲撃』『ポーランド悲歌』『大山巌《いわお》の歌』『肉弾三勇士』『アッツ島守備隊顕彰歌』など、物語性の強いものを愛好した。物語であり、講談である以上、歌詞をおぼえなければ話にならない。そしてその歌詞は、長ければ長いほどよかった。長ければ長いほどよい歌詞を、はじめから最後まで歌うのがよいわけだ。その意味で最大の軍歌は何といっても『軍神橘中佐』だろう。遼陽城頭夜《りょうようじょうとうよ》は闌《た》けて、からはじまるこの死闘の物語は、上、下二篇に分れている。上が十九番、下が十三番である。

またわたしは、『討匪行《とうひ》』『ああ我が戦友』などの物悲しい軍歌も好きだった。『婦人従軍歌』の女性合唱の部分、『愛国の花』を独唱する女性の声にも聞き惚れたようだ。

アルバム式になった軍歌レコード集が何冊かあり、そこには、『宮さん宮さん』『抜刀隊』『元寇』からはじまり、日清、日露の軍歌を経て『麦と兵隊』『暁に祈る』『燃ゆる大空』あたりまでが集められていた。『大東亜決戦の歌』以後の、『加藤隼戦闘隊』『空の神兵』『若鷲の歌』『轟沈の歌』などは、そのアルバム式のレコード集には入っていない。一枚ずつバラで買ったものだ。

このアルバム式のものは、いつごろ買ってもらったのだろう？　穴の前の蜜柑箱の上に蓄音機を据えつけ、わたしはまずアルバム式の方からかけはじめていた。このレコードは、ふつうの盤よりも少し小型で、落としても割れなかった。何で出来ているのだろう？　しかしそれが、ボール紙のようなものの上に何かを被せたものであることは、やがてわかった。一枚かけ終る毎に、わたしはそれを膝で割って、穴の中へ投げ込むことにしたからである。わたしは夕方まで、葡萄棚の下に掘った穴の前で、軍歌のレコードを一枚ずつかけては割り、割ってはかけた。いや、かけては歌い、歌っては割ったのである。向い側の穴の前で燃やし続けていた兄も、ときどきわたしと一緒に歌った。わたしは全部で、何曲歌ったのだろう？　長短とり混ぜて百曲？　あるいはもう少し多かったかも知れない。

童謡、唱歌、流行歌、浪曲などのレコードはかけずにそのまま割って穴に捨てた。『蝶々夫人』もかけなかった。それでたっぷり、午過ぎから日暮れまでかかったのである。最後のレコードは何だったのだろう？　『軍神橘中佐』だろうか？　いや、あれはアルバムでも中程より前の方だった。最後は確か、兄も歌った。『ダンチョネ節』だ。

飛行機乗りには
娘はやれぬ
今日の花嫁ネ
明日は後家　ダンチョネー

それとも『ダンチョネ節』は、レコードではなく、兄が歌っただけだろうか？　そうかも知れない。歌い終ると兄は蜜柑箱から立ち上った。

「よーし、軍歌も終った」

それからわたしの頭を指さして、いった。

「もう、それもいいだろう」

わたしは父の軍帽を頭に載せたままだったのである。わたしはそれを頭からおろし、正面から眺めた。本音をいえば、せめて星だけでも取って置きたかった。しかしついに、本音は吐けなかった。兄は、わたしから受け取った父の軍帽を、『陸軍』の最後の五、六冊とともに、燃えている穴に落とした。さらば、わたしの陸軍！　さらば、無知そのものであったわたしの夢！

しかし、わたしがそのとき、いわばダメ押しのような形で知らされたのは、わたしの知らないうちに何かが終った、ということだけではなかった。わたしが知らないうちに何かが終ったばかりでなく、今度はわたしが知らないうちに、何かがはじまっていたのである。いったい何がはじまったのだろう？

「お前、この歌知ってるか？」

兄はそういって、蜜柑箱に腰をおろしたまま、とつぜん朝鮮語で歌った。

「パンマンモック、トンマンサンヌ、イリボンヌムドラー！」

その朝鮮語の意味を、わたしはすぐに了解した。飯を喰って、糞をたれるばかりの、日本人野郎共！　そしてその節が、『パイノパイ』と、まったく同じだったのである。火事、火事と喧嘩騒ぎ、べらぼうめ、こんちくしょう、やっつけろ、五月の鯉の吹き流し。マンセー、マンセー、マンセグルセ、ヘボマツムクハ、コッピンドンサネ、ヘグキノッピツルゴ、ヘンジナヨラ！

わたしが生まれてはじめて聞いた『赤旗の歌』も、朝鮮語であった。その朝鮮語の歌詞をわたしはおぼえている。もちろん、自分勝手の、まことにいい加減な朝鮮語であるが、完全には忘れていない。誰に確かめてもみないが、意味ではなく音として耳に残っている。しかし、『歩兵の本領』とまったく同じ節で歌われる労働歌の歌詞は、どうしても朝鮮語で思い出すことができなかった。あるいは、はじめから知らなかったのだろうか？　そうともいえる。それとも二十年前までは他の歌詞のようにおぼえていたのだろうか？　そうかも知れない。しかしいずれにせよ、問題は朝鮮語ではなかった。問題は歌詞だ。『歩兵の本領』とまったく同じ節で歌われる歌の文句が、万朶の桜か襟の色から聞け万国の労働者に、とつぜん変ったということだった。変ったのではなく、それははじめからあったのかも知れない。たぶん、わたしが永興小学校の運動会で騎馬戦に夢中になっているころ、すでに労働歌もあったのだろう。しかし、わたしにとっては、変ったという他はないのである。

また、変ったのは、とつぜん変ったのではなく、いわば当然であり、必然であったのかも知れない。しかしわたしには、やはりとつぜんだったのである。

「パンマンモック、トンマンサンヌ、イリボンヌムドラー！」

あのとき兄の口から出てきたこの朝鮮語が歌であり、それは『パイノパイ』とまったく同じ節であったことが、とつぜんでなかったといえようか。そしてそのとき『歩兵の本領』もまた、とつぜん労働歌に変っていたに違いないのである。何故だろうか？　もちろん、わからなかった。わからないから、とつぜんなのだ。なにしろ、わたしが知らないうちにとつぜん何かが終ったのであり、そして今度は早くも、わたしが知らないうちにとつぜん何かがはじまっていたのである。

それは、お前、決してとつぜんではなくて当然だよ。お前はまだあのとき元山中学一年の餓鬼だった。そのお前に、当然のことがとつぜんだと考えられたのは、まったく当然過ぎるくらい当然のことではないかね。しかしお前、だからといっていつまでも餓鬼のふりをして生きてゆくわけにはゆかんよ。お前、年は幾つになったのかね？　少なくとも、そろそろ年のことを考えても悪くはない年だろう。とつぜん、とつぜんを濫発しておどろいたような顔をしていられる年じゃあないのではないかね。そんな顔で、大人は欺されんよ。

これは誰の声だろうか？　兄の声？　あるいは母だろうか？　それとも、誰か見知らぬ他人だろうか？　いずれにせよ、確かにあのときわたしは、餓鬼であった。いや、兄さん、わたしはおっしゃる通りの餓鬼でした。しかしあのとき中学一年生の餓鬼であったことは、果してわたしの罪でしょうか？　罪ではなくて、たぶん運命というものでしょう。これはもう、いわば常識です。したがって、少なくともあのときまでのわたしの「とつぜん」には、罪はないことになるわけです。問題はですから、それから先のことでしょう。餓鬼ではなくなったわたしの「とつぜん」です。

最早や餓鬼とはいえない年を喰っているにもかかわらず、とつぜん、とつぜんを濫発しておどろいたような顔をしているといわれる、わたしの「とつぜん」が問題ということです。これは、何かわたしの欠陥でしょうか？　脳髄の問題でしょうか？　そうかも知れません。実際、わたしにもどこかに罪がなければならないのだとすれば、それは、あのとき中学一年の餓鬼であったというわたしの運命にではなく、その後のわたしの脳髄にあったという他はありません。なにしろわたしの「とつぜん」は、ある日とつぜんこのわたしの脳髄にへばりついて、離れなくなってしまったからです。

実際、昭和七年にわたしが生まれて以来、とつぜんでなかったことが何かあったでしょうか？いつも何かがとつぜんはじまり、とつぜん終り、とつぜん変らなかったでしょうか？　あるいは兄さんには、とつぜんではなかったかも知れません。また、兄さん以外の誰かにも、それらはとつぜんではなく、当然であったかも知れません。誰か、とはいったい誰でしょう？　もちろん、わたし以外の他人です。そのような誰かを、わたしも何人かは知っています。顔も名前も知っているものもあります。その誰かや、兄さんにとっては、当然過ぎるくらい当然であったことが、わたしには「とつぜん」であったわけです。いや、あったばかりでなく、たぶんこの先も、わたしが死ぬまでは続くでしょう。

すでに四十年間は続いて来ました。しかし、わたしは決して、「とつぜん」「とつぜん」を濫発しておどろいたような顔をしているわけではありません。これだけは、はっきりお断りして置きます。むしろ正反対に近いでしょう。つまり、こういうことです。昭和七年にわたしが生まれてから生きながらえて来たこの四十年の間というもの、とつぜんであることが最早や当然のことのようになっているわけです。とつぜんの方が、当然なのです。したがってわたしも、当然のことにいちいちおどろいてはいられないわけです。いちいち大騒ぎをしてはいられません。何が起っても、おどろいてなどはいられません。何が起るかわからないのです。そしてすべてのことは、とつぜん起るわけです。あたかもとつぜん起ることが最早や当然ででもあるかのごとく、とつぜん起るのです！　そしてわたしが知っているのは、その「とつぜん」が、誰かにはきわめて当然の結果と考えられるだろう、ということです。その誰かにとっては、まるで自分の掌を指すように、とつぜん起る何ごとかの原因や理由が明らかなのでしょう。大人を欺そうなどとは、滅相もないことです。ただわたしは、こういいたいのです。たぶんわたしの「とつぜん」論は、わたしが死ぬまで続くでしょう。しかし同時に、わたしの「とつぜん」はとつぜんなのではなく、当然過ぎるくらい当然のことなのだ、と考えている誰かわたし以外の他人も、間違いなく存在するでしょう。『アカハタ』を読むものもあり、空手をおぼえるものもあり、そして法律家になる誰かも、いるわけです。

それにしても、いったいいつからこんなものがわたしの脳髄にへばりついてしまったのでしょう？　なにしろ、とつぜんのことですからはっきりとはわかりませんが、もちろん、昨日今日のことではありません。やはりあのときからでしょうか？　わたしが元山中学一年生の餓鬼だったときです。いや、兄さん、兄さんの声がきこえます。餓鬼だったころの話は、もう止せ！　しかし兄さん、もう少しです。あのときに無知であることを運命づけられた哀れな弟を持ったと思って、勘弁して下さい。

ところで、とつぜんですが、兄さんはソール・ベローを知っていますか？　アメリカに住み、英語で書いているユダヤ人の小説家です。もちろん知らなくても結構ですが、彼がこんなことを書いています。宇野利泰というひとが翻訳した『ハーツォグ』という小説の一節です。

《過去への執着——死者をいとおしむ心！　モーゼスはこの誘惑におちいるまいと自戒した。それが、彼の性格の最も脆弱な部分と知っていたからだ。彼には抑鬱症的傾向があった。この症状の患者は、幼時の記憶を克服することができない——当時、経験した肉体上の苦痛でさえも。もちろん彼は、これに対する健康法を知らぬわけではなかったが、ややともすれば、人生の一章に目がむかう。ページを閉じるだけの力がそなわっていないのだ。そこでまたしても思い出す。あれは一九二三年のこと、セント・アンでの冬の日——シポーラ叔母さんの家の台所だった。——》

しかし兄さん、わたしはソール・ベローではありません。当然のことながら、ユダヤ人でもありません。そしてわたしが、餓鬼だったときの話を持ち出すのは、彼が書いたモーゼスというユダヤ人のように、抑鬱症的傾向からではないのです。彼は、幼時の記憶を克服することのできない原因が、その症状であることをよく知っています。原因ばかりではなく、それに対する健康法さえ知っている人間です。つまり、知識人ということでしょう。実際、そのユダヤ人はどこかの大学で歴史だか人類学だかを教えていました。要するにアメリカという文明社会の中でも、平均以上に知識を持っている人間の一人です。持っているだけでなく、彼は未来の知識人であるところのアメリカの大学生たちに、貯えた知識を与えることによって生きて来た男です。

幼時の記憶を克服することの出来ない原因を、抑鬱症的傾向に求めなければならないのも、そのためでしょう。もちろんそれは、何が何でも抑鬱症でなければならない、というわけのものではありません。たまたま彼が、二人の子供まであるにもかかわらず妻と離婚をし、大学の教職も辞めてしまうことになった、いわば適応できなくなった人間であるために考えられた、抑鬱症でしょう。ここにも、充分な裏付けはなされているわけです。

彼が知っていなければならないことは、幼時の記憶を克服することの出来ない原因だけではありません。アイゼンハゥワー大統領のホワイトハウスにおける演説の内容も、同時に知っていなければなりません。なにしろ彼は知識人だからです。知識人であるからには、そのいずれをも知っていることが、当然というわけでしょう。あるいは彼は、女たちが何故とつぜんパンタロンをはき、一斉に背伸びをしたような靴をはいて歩きはじめたのか、その原因まで知っているかも知れません。大学生たちがとつぜんヘルメットをかぶり、タオルで覆面をしたのは、何故か？　彼らのヘルメットが何色かに分かれているのは、何故か？　ハイジャックが起るのは、何故か？　あの男が総理大臣になれないのは、何故か？　ある日とつぜん戦争がはじまるのは、何故か？　またある日、とつぜん戦争が終るのは何故か？　ポルノ映画が流行するのは、何故か？　あの男がこの男よりも女にモテないのは、何故か？　あの男よりもこの男の本が売れるのは、何故か？

たぶん彼ならば、ここに並べたてたすべての「何故？」に答えられることでしょう。それらの原因、理由のすべてを彼ならば知っているはずです。もし、一つや二つ知らないものが混っていたとしても、何らかの方法をもって、やがて知ることでしょう。少なくとも、それを知る方法を知っているはずの知識人だからです。とにかく、彼の幼時の記憶は、とつぜんあらわれるのではありません。ちゃんと明らかな原因によってあらわれるのであり、彼はそれが自分の抑鬱症的傾向であることをよく知っている知識人でした。

しかしわたしはソール・ベローが書いたような男ではありません。それはわたしがユダヤ人ではないからではなく、大学の教師ではないからでもありません。また、抑鬱症的傾向の持ち主ではないからでもありません。ある日とつぜん、わたしの脳髄に何か得体の知れないものがへばりついてしまったからです。したがって、わたしが中学一年生の餓鬼だったあのときの話を持ち出すのは、抑鬱症的傾向のためではなく、とつぜんなのです。つまり、何故だか、原因がわからないわけです。やはりこれは、わたしの脳髄の欠陥でしょうか？　それとも、わたしの脳髄に加えられた、何かの罰なのでしょうか？　そして、もしあのときわたしが無知そのものの餓鬼であったことが、わたしの罪であったのであれば、その罪に対する罰ということになるのでしょう。罪と罰というわけです。しかしあのとき、陸軍幼年学校を最大の夢として夢みていた、無知そのものの元山中学一年生であったことが、わたしの罪ではないのであれば、わたしの脳髄もそのために罰を受けたわけではないことになります。それでは、これはいったい何なのでしょうか？　ある日とつぜん、得体の知れないものにへばりつかれ、「とつぜん」を濫発することになったわたしの脳髄を、何と名づければよいでしょう？　運命？　やはり、そうとしか呼びようはないのかも知れません。実際、罪でもなければ、罰でもないのです。なにしろ、あのときのわたしは罪を犯すほどの知識も、罰を受ける資格も持たされていない一人の餓鬼に過ぎなかったからです。捕えられた罪人に飼われていた、罰される資格さえ持たない犬ころ同然です。そして兄さん、わたしはそのような自分の運命を恥じています。何故でしょうか？　わかりません。誰に対してでしょうか？　それもわかりません。何とも不思議な屈辱感です。あのときの自分が、罰される資格さえ持たない無知そのものの犬ころ同然であったという屈辱感です。何という滑稽きわまる屈辱感であることか！

兄さんに、このわたしの滑稽さが通じるでしょうか？　ある日からわたしはずっと幼年学校に憧れていました。ところがある日とつぜん、幼年学校は消えてなくなりました。何故でしょうか？　あのときのわたしには、わかりませんでした。そして暫く経ったある日、あれは間違いだった、というわけです。間違いであったという理由も、新制高校の教科書民主主義で教わりました。しかし、そのときわたしに幼年学校を憎むことが出来たでしょうか？

すでに幼年学校へ入学していたのであれば、話は少し変って来るでしょう。わたしはあの翌年には、是非とも入るつもりでした。入っていたか、入っていなかったか。僅かに一歩の距離です。そして、この一歩、この一歳の距離がまことに微妙なのです。もし入っていたならば、幻滅ということもなかったとは断言できないからです。また、夢と現実との矛盾とやらも、あるいは体験させられることになったかも知れません。あるいはさらに、大日本帝国陸軍の目的そのものに疑問を抱いたり、嫌悪したり、憎悪したり、批判したりすることにならなかったとは断言できません。またその結果として、大日本帝国陸軍の組織から脱落したり、処罰されたり、あるいは永久に葬られることになったかも知れません。しかしわたしは、陸軍幼年学校の制服をついに着ることが出来ませんでした。制服も校門も、専ら『陸軍』の表紙とグラビヤ写真で眺めただけでした。そして、来年こそは！　と憧れていたとき、ある日とつぜん、その校門はすうーっと、あたかも冗談か嘘ででもあったかのように、消えて無くなってしまったわけです。そして、あれは間違いでありました、というわけでした。つまり、きみは間違った憧れを抱いていたのだ、というわけです。そして、新制高校の教科書民主主義は、わたしに新しい、間違っていない憧れのサンプルを示しました。すなわち、……いや、もうそれを並べるのは止して置きましょう。

それらの新しいサンプルに対して、わたしがまことに不明快きわまる、あいまいな人間でしかなかったことは、誰よりも兄さんが一番よく知っているはずです。わたしは新制高校というものも、ほとんどいやになっていました。それでは何故やめなかったのかね？　と兄さんはいうでしょうが、やめなかったのは、学校をやめてまでやりたいと思うほどのものもなかったからです。田舎の高校は程度が低いというのでもありません。また実際に、そんなことはなかったでしょう。新制高校は、どこだって新制高校なのです。ただ一つだけつまらないエピソードをお話しすれば、ある日のことわたしは社会科の民主主義の教師から、職員室に呼び出されました。彼はわたしの組主任でした。呼び出されたのは、わたしが国語の教師に提出した「白い鳥」という下手くそな作文のためです。ある日ペンキの中に落ちて全身真白になって戻って来た一羽の鳥を、黒い鳥たちが裁判にかける。白い鳥は果して本物の鳥であるのか、どうか？ 裁判の結果、多数決で白い鳥は存在しないということに決り、黒い鳥たちは一羽の白い鳥を処刑したという、まことにたわいない作り話なのでしたが、組主任の社会科教師は、それを民主主義の基本たる多数決を否定した危険思想だというわけです。

社会科の教師は、わたしにどんな書物を読んでいるのか、たずねました。しかし、納得のゆくような書物は、出て来なかったはずです。兄さんが知っている通り、特攻隊帰りの桶屋の長男や、予科練帰りのシジミ屋の息子や、ピンポン選手だった下駄屋の美人や、九大生と恋仲だった煙草屋の娘たちがやっていた読書会に、わたしは一度顔を出したきり行かなくなっていたからです。しかしわたしが、組主任だった社会科の教師を憎まなかったのは、あのたわいもない作文の「危険思想」のために、彼がわたしを処分しなかったからではありません。誤解されたわたし自身が、何ともあいまいなものに思われて来て仕方がなかったからです。もちろんわたしは、「危険思想」などの持ち主ではありませんでした。しかしそれでは、わたしとはいったい何だろうか？

まあ、ざっとそんなわけです。とつぜん話しはじめたことが思いがけず長くなりました。何かがこれで兄さんに通じたでしょうか？　何か？　例えば、……どうも、ずいぶんながながと続けたにもかかわらず、そこから特に強調したかった点をいざ要約するとなると、まことに困難なようです。下手をすると、要約するつもりが、まったく同じことを繰り返す結果になり兼ねません。いや、実際そうする他、方法はないでしょう。なにしろ、ついつい長くなったのは、要するに要約できなかったからです。要約はやめます。何が兄さんに通じたか？　そして何が通じなかったかを確かめることも、やめて置きます。

ところで兄さん、とつぜんですが、わたしがお寺の坊主になりたいと考えていたのを、知っていますか？　そして、筑前の田舎町の禅寺の三男坊と二人で、町はずれの長い橋を渡って向う側の、村の女郎屋へ出かけて行ったことを、知っていますか？

9

それにしてもわたしは、また何と脇道にそれてしまったことか！　いったいどこで脱線してしまったのだろう？　確か『歩兵の本領』あたりからだ。祖母がバチを当てている三味線の伴奏で、わたしが駈け出したところだった。大脱線は、『歩兵の本領』のせいである。なにしろ、祖母がバチを当てている三味線は『歩兵の本領』であったにもかかわらず、歌詞だけがとつぜん、同じ節の労働歌に変ったからだ。

しかし、大脱線はしたが、三味線の伴奏であたかも本物の二等兵のように駈け出したわたしは、二等兵のアルバイトには遅刻しなかった。築地の映画会社はまだ出来たてのビルらしかった。確か、

四、五人のものたちと一緒にエレベーターに乗ったようだ。案内された広い部屋には、すでに五、六人のアルバイトの二等兵たちが控えていた。会議室らしい。大きなテーブルが四隅に片寄せてあり、案内者のうしろからわたしたちがドアを入ると、二、三人のものが腰をおろしていたテーブルからとび降りた。早くも二等兵の心境だったのかも知れない。アルバイトの二等兵は、全員十二、三名だったろうか？　わたしたちは、陸軍二等兵の戦闘帽、軍服、ゲートル、軍靴一式を案内者から支給された。すべて新品である。本物だろうか？　まさか！　おそらく小道具として作られた贋物だろう。しかし、いずれにせよ、頭のてっぺんから足の先まで、二等兵になるのは生まれてはじめてだった。

着がえながらわたしは、たぶんいろいろと何かを考えたり、思い出したり、感じたりしたことだろう。なにしろ、それは確かに奇妙な体験と呼んでさしつかえないものだったからだ。映画俳優にでもならない以上、一生に二度も三度も、というわけにはゆくまい。しかしわたしは、その奇妙な体験を、いわゆるいかにも奇妙な感覚でもって表現してみたいなどとは考えない。事実、着がえはじめるや否や、とつぜん便意を催したり、嘔吐感に襲われたりということもなかった。ただ、わたしの願いは、次のことだった。支給された二等兵の軍服がダブダブでありませんように！　幸運にも二等兵の軍服は、五尺四寸のわたしの体にぴったりだった。もちろん、偶然だろう。支給された軍靴も、十文半の足にぴったりだった。これも、偶然に違いなかった。しかし、支給された二等兵の軍服が偶然にもぴったりというのは、どういうことだろう？　やはりわたしの体格は、旧陸軍歩兵向きに出来上っているということだろうか？

「お前は、子供のときから兵隊になりたがりよったとやけん、よかやないか」

しかし、わたしが憧れていたのは二等兵ではない。せめて、星二つの一等兵になりたいと憧れるような二等兵ではなかった。わたしは、兄のことばを否定しようとした。しかし結果は、正反対になった。

「あの時お前が取ったとは、おもちゃの剣ばい」

左様、わたしが憧れていたのは将校なのだ。それも、一年志願などの急造将校ではない。陸軍幼年学校を経て士官学校を卒業したものだけがなることの出来る正規の将校であった。兄のいう通り、わたしはあのときの物取り行事で、おもちゃの鉄砲ではなく、おもちゃの剣を取ったはずである。いや、物取り行事などはどうでもよろしい。あんな子供欺しにもならない年寄りの遊びに、こだわっていないのはもちろんである。それに第一、何よりもこの軍服は贋物ではないか。たかが映画の宣伝用小道具なのだ。そしてわたしは、その映画宣伝のために日当何百円かで雇われたアルバイトの二等兵に過ぎない。日当三百五十円？　それともニコヨン並みだっただろうか？　ニコヨンすなわち二百四十円の日雇い労働である。

しかし、わたしは本当に二等兵にこだわっていなかっただろうか？　まったくこだわっていなかったと断言できるだろうか？　わたしはゲートルを巻くとき、不安をおぼえた。なにしろ元山中学以来、はじめてだったからだ。巻き方を忘れてはいないだろうか？　ところが、これも難なく巻けた。それどころか、他人の脚の分まで巻いてやったのである。

「うまいもんだな」

と、隣にいた男にいわれたからだ。どこの学生だろうか？　ずいぶん背の高い男だ。五尺七、八寸くらいだろうか？　にもかかわらず、いかにも丙種合格という感じだ。軍服の袖からは手首の上二寸ばかりがまる出しになっている。ズボンの方も、軍靴と裾の間に細い脛が見えた。いかにも、いやいやながら召集されたいわゆるインテリ兵といった感じである。そしておどろいたことには、彼の足下には、ほどけてずり落ちてしまった兵児帯《へこおび》のように、ゲートルがのびていた。わざわざ、巻いてあるゲートルを、全部ほどいてから巻くつもりだったらしい。ゲートルの巻き方を知らない日本人が、早くも存在しはじめたのだろうか？　いったいこの男は、昭和何年に生まれたのだろう？　わたしは、彼の足下でのびてしまっているゲートルを、両手で一旦巻き取った。それから彼の細い脛に巻きはじめた。

「うまいもんだな」

と、インテリ丙種合格は、また同じことをいった。

「なるほど。そうか、トイレットペーパー式に巻いたまま、巻くわけか」

わたしはゲートルを巻く手を、ちょっと止めた。テーブルに腰をおろして片膝を立てている彼の脚は、床に立ったままその脚にゲートルを巻きつけているわたしのちょうど目の前にあった。したがって彼の声は、わたしの頭の真上あたりからきこえて来たわけだ。それはまあよい。ゲートルを巻きつける個所が彼の腕や首ではなく脚である以上、止むを得ない状態といわなければなるまい。しかし、巻いてあるゲートルを、ほどけた兵児帯のように足下にたらしてしまった男と、それを巻き取って、その脚に巻きつけてやっているわたしとが、同じ二等兵であってよいものだろうか？　しかし結局、わたしは彼の両脚にゲートルを巻き終った。

「うまいもんだな」

と、インテリ丙種合格は、テーブルから脚を床におろしながら、三度同じことをいった。

「服も体にぴったりだし、本物そっくりだよ」

本物そっくり？　まさか！　しかし、この「まさか！」はいったい何だろう？　もちろんわたしは、こんな贋物の二等兵などにこだわってはいない。実際、映画の小道具に過ぎないではないか。茶番だ。仮装だ。日当三百五十円也の仮装行列なのだ。にもかかわらず、わたしはわたしよりも三、四寸は背の高いインテリ丙種合格に腹を立てた。まことに情ない話であるが、わたしはインテリ丙種合格から不当にも軽蔑された本物の二等兵そっくりだったわけだ。何という滑稽な錯覚だろう！　そして何という滑稽な矛盾だろうか！　しかしそのときわたしは、インテリ丙種合格を、いったいどのように扱うべきだったろうか？　ゲートルの巻き方を知らない彼を、もう一度テーブルに腰かけさせ、巻きつけてやったゲートルを黙って彼の両脚から剝ぎ取ってやるべきだったろうか？　そして、もと通りに、ほどけてずり落ちた兵児帯のように彼の足下にたらしてやるのである。それとも、空手一発だろうか？　古賀弟の早起き練習を見物しながらおぼえてしまった、右手の拳突き一発である。

しかし実際には、何事も起らなかった。やがて映画会社の案内者があらわれ、二等兵たちはその前に整列したが、インテリ丙種合格のゲートルは、ほどけた兵児帯のように足下にたれてはいなかった。五尺七、八寸の彼は一列横隊の最右翼だった。わたしは、左から三番目に並んだ。案内者は整列した二等兵の前に立って、注意事項を説明した。

「えーわたしは、分隊長の高橋伍長です。こうして背広を着ているのはわたしだけですが、分隊長の高橋伍長ということで記憶して下さい。その方が、間違いなくてよいでしょう。ところで、この高橋分隊は、二等兵十二名によって構成されております。そこで、これを便宜上、三つの班に分け、それぞれに班長をもうけます。十二名ですから、一班四名ずつ。各班はそれぞれ自主性と責任をもって最後まで落伍者、脱落者の出ないよう、お互いに励まし合い、助け合って下さい。自分の班のものに、何か異状が発見された場合はただちに班長に連絡。班長はただちにこの高橋伍長まで報告して下さい。こういうと、いかにも固苦しいようですが、作業は実に簡単なものです。大学生である皆さんには、あるいは単純過ぎて物足りないくらいのものでしょう。たぶんこの中では、わたしだけが本物の軍隊体験者であると思います。軍隊でもわたしは伍長でした。しかしもちろん、本物の軍隊のつもりで皆さんを扱うようなことは、致しません。その点はじゅうぶん安心していただいて結構です。それでは、班分けをやりましょう。右端から番号をかけ、一番、五番、九番の方は、一歩前へ出て下さい。その三名が班長になりますから、間違わないよう名前と顔をおぼえて下さい。わたしの体験からいっても、同じ二等兵の襟章をつけたものは、なかなか見分けがつきにくいものです。では、番号！」

高橋分隊は、まず浅草へ出動した。それから池袋へ移動し、最後に上野へ到着したのである。移動はすべて都電だった。何番線と何番線に乗ったことになるのだろうか？　あるいはどこかでバスに乗ったかも知れない。しかし国電は利用しなかったようだ。移動するときは、第一班の班長である五尺七、八寸のインテリ丙種合格を先頭に、一列縦隊で歩いた。作業は、高橋伍長がいった通り、まことに単純なものだった。なにしろ二等兵に要求されていたものは、演技ではなくて仮装だったからだ。

映画館の入口の左右には、仮装した十二名の二等兵たちよりも背の高い、伴淳とアチャコのボール紙人形が立っていた。その前に、火たたきを持って、ずらりと一列横隊に並ぶだけだった。高橋伍長は、これも彼が説明のときにいった通り、火たたきの持ち方までは口を出さなかった。火たたきを、三八式歩兵銃に見立てて気をつけの姿勢をしようと、あるいは木銃に見立てて銃剣術の構えをとろうと、それは各二等兵の自由に委せた。したがって中には、第一班の班長のように、火たたきの柄を逆さに持って、縄の部分で箒のように地面をはいているものもいたのである。ただひとつの義務は、歌に合わせた捧げ銃であった。星の降る夜に褌一つ、鳥毛逆立て捧げ銃！

しかし第一班の班長とわたしとの間に何ごとも起らなかったのは、彼もわたしも、まったく同じ星一つの軍服を着せられた二等兵だったからだろうか？　それもあったかも知れない。わたしは、ほどけた兵児帯のように足下にたれさがっていたゲートルを、彼の脚に巻きつけてやり、結局それをほどいてもと通りにはしなかった。空手一発も見舞わなかった。何故だろうか？　高橋伍長が本物の軍隊で体験したという、誰が誰とも見分けがつかない、赤ベタに黄色い星一つの二等兵の軍服のせいだろうか？　確かにそれもあっただろう。しかし、やはりあの声のせいだ。

「お前は、子供のときから兵隊になりたがりよったとやけん、よかやないか」

そして、もうひとつ。

「バカらしか、ち！」

しかし、その二等兵のアルバイトに、わたしはあのカーキ色の旧陸軍歩兵の外套を着て出かけたのだろうか？　映画館のベルは、まだ鳴り続けていた。そしてわたしの眼の前には腋毛の女子高校生のポスターがあった。顎をあげ、腰を捻って上半身をのけぞらせ、肘を曲げている。これは演技だろうか？　それとも仮装だろうか？　たぶん、ポーズということになるのだろう。わたしは、彼女のポスターの前に、一列横隊に並んだ十二名のセーラー服を着た仮装者の姿を想像してみた。それから、切符売場の旧式眼覚時計をのぞき、映画館の前を離れた。ちょうど一時だ。急いで久家に電話をかけなければならない。わたしは、信号を渡ってふたたび電話の家の方へ歩きはじめた。しかし、あの伴淳、アチャコの二等兵物語は、果して二十年前の映画だっただろうか？　このとつぜんの疑問が、わたしの足どりを早くした。なにしろそれは、あの外套とも大いにかかわりのあることだったからだ。あるいは久家はおぼえているかも知れない。電話をして、まずそのことを確かめてみよう。

「やあ、さっき電話くれたんだって？」

「ああ。昼めしは済んだかね？」

「いま済んだところだ。あんたは？」

「それがまだなんだ。ちょっと食いはぐれちゃってね」

「そうか。そりゃ悪かったな。午前中に電話くれてりゃあな、一緒に食えたんだが。惜しかったな」

「まあ、昼飯くらいどうでもいいさ」

「しかし、なかなか会えんからなあ。どのくらいになるかな？」

「あんたの結婚式以来じゃないか？」

「まさか！　いや、やっぱりそうか」

久家の結婚は、いわゆる晩婚に属するだろう。二年か三年前だった。彼はわたしと同年であるから、三十七か八、あるいはすでに九になっていたのかも知れない。特にそうならなければならない理由は、なかったらしい。わたしもべつにたずねてはみなかった。なにしろ彼は、大学にも四年がかりで入学していたからである。一橋大学の入学試験に三回連続落第した。そして四度目に合格した。あるいは結婚もその調子だったのかも知れない。結婚のいきさつも詳しくはきかなかったが、相手は関西方面の某私立大学総長の姪に当るらしい。待てば海路の日和《ひより》あり。実際、それは久家にぴったりのことばだった。もちろん彼にも執念がなかったはずはない。どこ吹く風などというわけにはゆかなかったはずだ。そうでなければ、同じ大学を四度も受験するわけにはゆくまい。しかし久家の場合には、やはり下駄ばきで歩いているという感じがあった。そして実際、彼には日和下駄がまことによく似合った。

蕨の石田家の長男も、下駄のよく似合う真面目な浦高生だった。ただ彼によく似合ったのは、あくまでも勤勉で、実用的な下駄だ。書生下駄である。しかし旧制高校生式の高下駄ではない。たぶんふつうの下駄なのである。ただ彼がはくと、いかにもそれが書生下駄というふうに見えたわけだ。それが久家の場合は、少し違った。第一に下駄そのものが上等だった。なにしろそれは、禅寺にお布施の一つとしてあげられるものだったからだ。幅が広く、角に丸味を帯びていて、軽そうだった。材質は何だったのだろう？　とにかく中学生や高校生のはく下駄ではなかった。鼻緒も渋いネズミ色だ。盆、暮れに必ず一年分の下駄を供《そな》える下駄屋が、檀家にあるらしかった。

通っていた県立中学が新制高校ということになり、校内には旧制高校生を真似た高下駄が流行しはじめてからも、久家は高下駄をはかなかった。お布施の上等の日和下駄をはいて、いつもゆっくり歩いていた。それはいかにも、はいている下駄にふさわしい歩き方だった。せかせか急ぐのには似合わない下駄である。たぶん下駄の歯は、前後左右いずれにも偏することなく、まんべんなく平均に磨り減っていたことだろう。

しかしそれにしても、禅寺の息子が何故、一橋大学などを受験するのだろう？　三男坊だからだろうか？　彼の兄は、二人とも仏教大学を卒業していた。しかし二人とも寺には住んでいなかった。何か事情があったのかも知れないが、わたしにはまことにもったいないような気がした。久家は何故、坊主になろうとしないのだろう？　もし吾妻のおじさんの話が、法学部ではなく、仏教大学へ入るのなら自分が面倒を見てやろうじゃないか、というものであったならば、あるいはわたしはその申入れに応じていたかも知れないからである。

もちろんわたしは、久家のはいていたお布施の下駄に憧れたわけではない。また、仏教というものに特別な関心を寄せていたわけでもなかった。決して「危険思想」の持ち主でなかったのと同様、わたしは仏教思想といったものにも決して首を突込んではいなかった。それらしい本も読まなかった。お経といえば、それこそ餓鬼の時分に丸暗記してしまった、キミョウムリョウジュニョライ、ナムフカシギコウ、ホウゾウボサツインニンジ、ザイセジザイオウブツショウ、くらいのものだ。この浄土真宗の経文を、いまでもほとんど暗誦できるのは、たぶん死んだ祖母のお蔭だろう。小学校六年生まで、毎朝わたしは座敷の仏壇へ祖母のお供をさせられた。三角形に飯を盛り上げた真鍮の器を、両手に持って行くのである。お経を唱える祖母の声は、いたるところできこえた。三味線か、さもなければお経だった。しかし祖母は、だからといって仏教一途の信仰ではなかった。天照皇大神宮はもちろんであるが、その他に祖母の居間には金光《こんこう》教の神棚まであったからだ。この金光教の大祭にも、わたしは一、二度、祖母に連れられて行った。大祭は、汽車で三時間ほどの咸興の本部でおこなわれた。そこで見た太鼓や、きいた笛は、いわば絵本か何かで見たことのある聚楽台《じゅらくだい》の小型版といった感じだ。つまり、要するにわたしは、特別に仏教的な環境に育った人間ではない。

天照皇大神宮も仏壇も金光様も、一緒くたに拝んでいた日本人としては、まことに平凡な環境に育ったのである。

したがって、筑前の田舎町の高校生であったわたしが坊主になりたいと考えたのは、あくまでもわたし一人の自分勝手な憧れだった。憧れ？　左様、まことに空想的な憧れだった。なにしろわたしは、悟りをひらきたいと考えていたからだ。わたしの憧れは決して大僧正の地位ではなかった。いってみれば、観自在菩薩的な、眼に憧れていたのである。何故だろうか？　筑前の田舎町の高校生であったわたしも、人並みに厭世的になっていたことは確かだった。ニキビ高校生の厭世主義？確かにそうだ。もちろん、一通りのことは考えたようだ。永遠、不変ということ。仏教は後進国の思想なり、などという俗人輩とはつき合わないこと。実際、思想などはどうでもよかった。わざわざ学んで身につけようとも考えなかった。わたしが思想を見放したのではない。わたしは自分が、いかなる思想からも見放された人間であるとしか思えなかったのである。少なくとも、わたしのためにある思想などというものは、考えられなかった。何故だかわからないがそうとしか考えられなかったのである。とにかく、俗人輩を無視することだ。俗人輩とかかわりを持たぬことだ。しかし、そのような隠遁生活は果して可能だろうか？　衣食住はもちろん、それこそ下駄も必要だろう。わたしが禅寺の三男坊を羨ましく思ったのは、あるいはそのためだったのかも知れない。

しかしわたしが、観自在菩薩の眼に憧れたのは、大佐の娘のせいでもあった。あの女を何故、無視することが出来ないのだろう？　何故、大佐の娘の前を真赤にならずに通ることが出来ないのだろうか？　観自在菩薩！　観自在菩薩!!　わたしは文庫本の般若心経二百六十二文字を何度か読み返した。しかし、大佐の娘の前における赤面症を克服することは出来なかった。わたしが中尉の息子だからだろうか？　まさか！　しかしそれでは、わたしが引揚げ者だからだろうか？　観自在菩薩！　観自在菩薩!!　大佐の娘が何だ!!!　彼女だって、配給の大豆カスと芋雑炊《いもぞうすい》から成り立っているのではないか。彼女だって、夕には白骨となる人間ではないか。この美しい衣裳をまとった三人の美女、あーら不思議、美女たちは一瞬にして裸体となる！　そして更に、あーら不思議、美女たちは一瞬にして白骨となる！　これは誰の声だろう？　まだ餓鬼だったわたしの耳にきこえてきたサーカスの呼び込みの声だった。小屋掛けテントの前の幔幕には、一番左端に和服を着けた三人の女が描かれていた。その三人の美女たちが、幔幕の中央では、裸体となって立っており、更に、右端へ移動すると、理科教室の模型のような白骨となっているわけだった。X線というものを当てるとそうなるらしかった。あーら不思議、大佐の娘は一瞬にして裸体となる！　そして更に、一瞬にして白骨となる！　しかしついに、わたしが憧れた観自在菩薩の眼は、X光線にはなってくれなかったようだ。

久家の住んでいた禅寺の境内には、楠の巨木があった。それから、一角に幼稚園が作られていた。幼稚園の隣には小さなトタン葺きの一軒があり、保母の家族が住んでいた。そこの娘が、わたしや久家と高校の同級生だった。わたしたちが通っていた旧制中学は、同じ町の旧制高女と合併して、新制高校になっていたわけだ。禅寺の境内の幼稚園の隣に住んでいた娘は、母親にそっくりだった。小柄で色白で、器量は十人並み以上だ。しかし、久家は、彼女にはまったく無関心なようすだった。何故だろうか？　その鷹揚さが、またまたわたしには癪のタネだった。

月に一度、例の下駄ばきで集金に廻るのが久家の務めらしかった。寺の周囲は寺の所有地で、毎月地代を集めて廻るのである。小料理店、化粧品店、魚屋、床屋、煙草屋などがあったが、境内の幼稚園の隣に住んでいる保母のところは、無料らしかった。戦争未亡人であること。寺の幼稚園の保母であること。それが無料の理由だったようだ。保母の娘である同級生に久家がまったく無関心であったのは、あるいはそのためだろうか？　彼女の器量は十人並み以上だった。しかしその顔は明らかに筑前土着の顔ではなかった。

一方、久家の顔は明らかに土着であった。土着の中での選良の部類に属していた。背もわたしより三寸は高く、実際そのまま一生墨染めをまとわせるのは、いささか気の毒ではあるまいかと考えられたくらいだ。しかし彼が彼女に無関心であるのは、寺の境内の粗末なトタン屋根の下に住んでいるヨソ者の娘を蔑視しているためでは、決してなかったようだ。高校生ばなれした上等の下駄をはいていた彼は、さすが坊主の息子らしく、まことにお辞儀の仕方がうまかった。相手に、本当にお辞儀をされたと思わせるような、丁寧なお辞儀である。頭のさげ惜しみをしないお辞儀だった。おそらくそれは、境内に住んでいた戦争未亡人母娘に対しても、同様だったことだろう。したがって、戦争未亡人の母親にしてみれば、彼と自分の娘との間に何ごとかが起ることを、秘かに期待したのかも知れない。そしてそこで何ごとかが起れば、物語である。もちろん、そのような物語も結構だろう。しかし、禅寺の境内では何かローマンスらしきものは生まれなかったようだ。高校を卒業すると久家はさっさと東京へ出かけて行った。そして、仏教大学を卒業したにもかかわらず、どういうわけか東京でそば屋を開業している長男のところへ寄宿して、まことに気のながい浪人暮しをはじめたのである。

それとも、彼が境内に住んでいる同級生に無関心であったのは、彼女がヨソ者の戦争未亡人の娘だからではなくて、観自在菩薩の眼のせいだろうか？　お布施の下駄は、ダテにはいていたのでははなかったのだろうか？　まさか！　そんなことはあるまいが、わたしにはとにかく、兄のやっているそば屋で、店番をしたり、出前の手伝いをしたりしながら、気のながい浪人暮しをはじめた久家がまことに羨ましい存在であった。何というもったいないことをする男だろう。しかし、だからといってわたしは、自分からすすんで仏教大学へ入ろうとは考えなかった。まことに矛盾した話であるが、実際にそうだったのである。

「ところで、このごろはどうかね？」

「ああ。まあ相変らずというところだな」

「でも結構忙しいんだろう？」

「まあ、な。日曜、祭日というものもないわけだからね、こっちには」

「こっちは、だんだんバカになるばかりだよ。このところ、小説なんて、じぇんじぇん読まないからね」

「ハッハッハッハ！」

「え？　何だい？」

「相変らずじぇんじぇんだけは変らんからさ」

「そうか。これぱっかしは、直らんね」

「そりゃあそうだろう。それぱっかしは、ついにおれはマスターできなかったんだから」

「ところで今日は？　上野で何かあったのかね？」

「いや、べつに。ついでじゃなくて、わざわざ出て来たんだ」

「わざわざ？」

「ああ。とつぜん、昔の外套のことを思い出してね。あんたにもちょっとたずねたいと思って」

「外套？」

「あ、そうだ。その前に、あの映画、あの二等兵物語という映画はいつごろだったかなあ？」

「おい、おい。そんなことでわざわざ今日は出て来たのかい？」

「あの、伴淳、アチャコの二等兵物だよ。あんたあの映画見なかったかね？」

「そういえば、そういう映画があったようだな」

「確か、昭和二十七、八年ごろ、つまりおれたちがこっちへ出て来た翌年ごろじゃないかと思ったんだがね。それとも、もう少しあとだったかなあ？」

「そんなことなら、映画会社へ電話すればすぐわかるんじゃないの？」

「あ、そうか。なるほど、そうだな。しかしまあそれはいいんだが、それだけじゃないんだ。その映画が上映されたころだな、おれはあの兵隊外套を着ていたか、どうか。それがむしろ問題なんだがね」

「兵隊外套？」

「ああ。昔の、ほら、おれがこっちへ出て来るときに着ていた、陸軍歩兵用の、カーキ色の外套だよ。あれをおれが着ていたのを、最後にあんたが見たのは、いつごろだろうね？」

「何だか、どうも、ややこしそうな話だな」

「やっぱり、そうかな」

「だって、それは、いったいいつごろの話だ？」

「そうだな、まあ一応、二十年前だろうな」

「おい、おい！」

「いや、実はそのことで、今日とつぜんだったんだが、蕨へ行って来たわけだよ」

「蕨？」

「ああ。あの昔の下宿だよ。すっかり変っちゃったねえ、蕨も。石田さんの家もぜんぜん変っちゃってね、あんたも泊ったことのあるあの三畳間はもう影も形もなかった。なにしろあのとき高校二年生だった息子に、三人も子供がいるんだからな。何もかもすっかり変っちゃうのは当然なんだが、おれがあの外套のことをたずねたら、やはりおばさんにすっかり勘違いされちゃってね。まったく滑稽な勘違いなんだが、すんでのところで、あんたが犯人にされそうになったよ。もっとも、そのおばさんの勘違いのお蔭で、こうやって上野へ来ることになったわけだけどね。あ、もしもし、もしもし……そうか、よし、もう一度すぐに掛け直すから、ちょっとそのまま待ってくれよ」

10

上野にいたのは結局、四十分くらいだった。そのうち約半分は、駅の近くのそば屋で昼食にカレーライスを食べた時間である。真黄色いそば屋のカレーライスだ。久家には会うことが出来なかった。忙しくて外出は無理だということだった。わたしは電話の家から、三分間で切れる十円電話を、三度かけ直した。こんなことなら、わざわざ上野まで出かけて来るより、蕨から市外電話をかけた方が便利だったかも知れない。蕨郵便局から申込めば、何十分でも通話することが出来たはずだ。しかし、結局はやはりそれも無理だったかも知れない。久家は、何だかずいぶん忙しそうだったからだ。最初の三分間は、それほどでもないようだったが、二度目にかけたときから、どことなく落ちつかないようすが受話器を通して感じられた。三度目になると、彼はもう、ほとんど口を利かなかった。話をするのはほとんどわたしの方で、久家はときどき、「え?」とか「ふーん」とか応答する程度だったようだ。あるいは急ぎの客に待たれていたのかも知れない。それとも、わたしの電話をききながら、何か急ぎの書類でも読んでいたのだろうか? いずれも、大いにあり得ることだ。

二等兵物語のことは結局、確かめられなかった。二十年前か、十七、八年前か? しかしいずれにせよ、そのあたりの映画だろう。そして、そのいずれにせよ、久家はまだ浪人ちゅうか、せいぜい四度目の受験に合格するかしないかのところだったわけだ。いかに下駄ばきの彼にしても、伴淳、アチャコどころではなかったのだろう。それにしても、映画会社に問い合わせた方がよい、という返事にはいささか面喰った。ちょうど、石田のおばさんが警察を持ち出したときと同じくらいの面喰い方だ。あれが銀行員らしい考え方というものだろうか? 最近では小説などぜんぜん読まないといっていたが、銀行員らしい考え方はあるいはそのせいであるのかも知れない。

もちろん久家の場合は、外套をさん付けで呼ぶようなことはなかった。内藤さんなら知っているが外套さんとは変った名前だ、といった石田さんのおばさんのような勘違いはしなかったのである。彼は、その代り、わたしのことをしきりに心配していたようだ。あの心配の仕方も、銀行員らしい考え方というものだろうか? 内藤と外套の混乱はさすがに見られなかったが、久家の考え方はどうやら、外套よりも赤木の方を心配しているように受け取れたのである。

「今日は本当にすまん。何しろわれわれの生活は予定、予定だもんだからね。今度は是非、前の日あたりに電話もらいたいなあ。とつじぇんでさえなければ、何としてでも会う時間を作って置くからさ」

「いや、こちらこそ、とつぜんで悪かったよ」

「それで、これからどこへ行く予定かね？」

「予定？」

「うん。今夜八時ごろになれば、約束を少し早目に切り上げて会えないことはないと思うけど」

「八時ねえ。いま、一時過ぎだな。さあて、これからどこへ行けばよいかなあ」

「そうか。でも、いまから八時まで待たせちゃ悪いよな。やはり今度にしよう。今日はもう帰るんだろう？」

「家へ？」

「だって、予定なしで八時までは、無理だろう。それに無駄だしね」

「しかし、そうはいかんよ。四時に中村質店のおばさんに会わなきゃならんのでね」

「え？」

「でなきゃあ、何のために早起きしたのか、それこそ無駄になっちゃうからな」

「早起き？」

「そうだよ。おれが今朝とつぜん早起きしたのは、あの外套のためなんだからさ」

「ふーん」

「しかし、四時まではちょっとあるな。ま、そこらへんで昼飯でも食いながら考えてみよう」

川向うの亀戸三丁目へ行ってみようとわたしが考えたのは、真黄色いそば屋のカレーライスを食べながらだった。あの黄色のせいだろうか？　確かに、わたしの失われた外套はカレーライス色だった。そしてそのカレーライスは、二十年前に川向うで何度か食べた、そば屋のカレーライスと同じ色だ。わたしは川向うで、何度そのカレーライスを食べたのだろう？　カレーライス色の外套を着て、川向うへ何度出かけて行ったのだろうか？

わたしは上野駅のホームで、山手線の電車を一台やり過ごした。秋葉原へ行き、総武線で亀戸へ出かけるのには、山手線よりも京浜東北線の方がふさわしかった。亀戸駅も変っていた。駅前には幾つかのビルが出来て、喫茶店、スナック、中華料理店などの看板が階毎に出されている。しかし、蕨駅前ほどの変り方ではなかった。駅前の道路は少し広くなったのだろうか？　それともそう見えるのは昼間のせいだろうか？

わたしは駅前の通りを右へ、亀戸天神通りへ向って歩きはじめた。この道も長い道だ。しかしわたしは、その道で退屈したことはたぶんなかっただろう。わたしはその長い道を一人で歩きながら、ヨウコさんを求めていたはずだからである。もちろんヨウコさんは亀戸三丁目にはいなかった。したがってわたしが歩きながら求めていたのは、亀戸三丁目のヨウコさんだった。今夜は、亀戸三丁目のヨウコさんにめぐり会うことが出来るだろうか？

亀戸三丁目へ出かける前のわたしが知っていた唯一人の女は、ヨウコさんだった。そしてわたしにヨウコさんの存在を教えたのは、禅寺の三男坊の久家だった。わたしが彼に教わったのは、ヨウコさんと将棋である。将棋の方は、中学二年生のときだった。そのときまでわたしは、将棋といえば挾み将棋と朝鮮将棋しか知らなかった。わたしの父は専ら囲碁打ちで、将棋はささなかった。六角形の駒を動かす朝鮮将棋をわたしに教えたのは、店で働いていた張だった。挾み将棋は、曽祖父から教わった。曽祖父の部屋は、金光教を祠《まつ》っている祖母の居間の隣で、オンドル間であったが奥の三畳分くらいが床の間の倍くらいの高さになっており、そこだけ畳が敷いてあった。曽祖父はそこにふとんを敷き、枕元に一升瓶を置いて、一日じゅう寝たり起きたりしていた。八十八で死ぬまで、五、六年はそうだったようだ。

「それ、挾んで、ちょい！」

と曽祖父は、わたしを相手に挾み将棋をさした。

「それ、挾んで、ちょい！」

と、わたしも曽祖父の口真似をした。

「あいた、あいた、あいた！」

これは自分の駒が左右あるいは上下から挾み撃ちに合って、取られたときの声だった。

「それ、挾んで、ちょい！」

「あいた、あいた、あいた！」

「挾むつもりが、挾まれた！」

わたしが久家から本将棋を教わったのは、禅寺の本堂とは別棟にある彼の勉強部屋だった。わたしが将棋を知らないというと、彼は信じられないという顔をした。

「ほんとかいね？」

「ほんとばい」

「しかし、じぇんじぇん知らんわけじゃなかろう？」

「ほんとに、ぜんぜん知らんよ」

「ほう！　中学二年まで、将棋のさし方ばじぇんじぇん知らんもんが、おるとかいね」

たぶん、そのような人間は筑前の田舎町にはいなかったのだろう。夏には木製の涼み台が家毎に出された。そして涼み台では、まず浴衣がけの男が将棋盤を挟んで向い合っていた。中学校の教室の机の蓋の裏も将棋盤だった。開閉用の蝶番《ちょうつがい》をこわし、ナイフで線を彫り込んだものだ。小学生も将棋をさした。わたしは将棋をおぼえたかった。なにしろ筑前の田舎町においては、中学二年になっても将棋のさし方を知らないような人間は存在しないことになっていたからである。

わたしにとって将棋は、土着のシンボルだった。それをマスターすることなしに、土着との同化はあり得なかった。わたしは久家から将棋を教わった。そしてそのルールと幾つかの勝法を習得することが出来た。しかし、自慢ではないが、わたしはいまだかつて、一度も勝ったことがない。いまだかつて、わたしよりも下手な相手に出会ったことがないのである。これはいったいどういうことだろうか？　もちろん才能の問題であろう。また努力、研究そして意志の問題でもあるだろう。確かにわたしには、それらすべてのものが欠如していたようだ。ちょうど、わたしが習得した筑前ことばに、肝腎な筑前訛りが欠けていたように、欠如していたのである。「バッテン」「タイ」「ゲナ」はマスターできた。しかし「センセイ」を「シェンシェイ」、「ゼンゼン」を「ジェンジェン」と発音する筑前訛りだけは、習得できなかった。つまりわたしが習得することの出来たものは、「チクゼン」ことばに過ぎないのであって、決して本物の「チクジェン」ことばではなかったわけだ。

当然といえば当然の話だった。そもそも習得したり、マスターしたりすることの不可能なものが、土着というものだろうからだ。もちろん将棋は、また別問題だろう。わたしはいまだかつて一度も将棋に勝てなかったことを、土着の問題にこじつけようとは考えていない。要するに才能が無かったのである。しかし、将棋に勝つために要求される才能以外の要素を、わたしが放棄してしまったのは、やはりたぶん、土着に対する絶望のせいだ。絶望？　左様、まことに滑稽な絶望である。おそらくわたしは、これから先もわたしより将棋の下手な相手にはめぐり会わないだろう。それ、挾んで、ちょい！　あいた、あいた、あいた！　挾むつもりが、挾まれた！

久家と一緒にヨウコさんのところへ出かけたのは、高校三年生の夏休み直前である。雨だった。わたしは番傘をさして、約束の午後六時に町はずれの長い橋の上へ出かけて行った。あたりはすでに薄暗かった。しかし油断は禁物である。橋の向う側は村で、そのまた向うも村だった。そして町はずれのこの長い橋は、それら二つの村から自転車やバスで通学するものたちが、町へ出入りする唯ひとつの通路である。いつ誰が通りかかるかわからなかった。もちろんいい訳はいろいろと考えて置いたが、もし女郎買いが発覚すれば一週間の停学だった。そして更に、そのあと二週間の罰当番だ。

「そんなにエネルギーがあり余っとるんなら」

というわけらしい。五月はじめの修学旅行のあと、わたしのクラスでも三名のものが二週間の罰当番をさせられていた。コウモリ傘をさした久家は、長い橋の真中あたりに立って、橋の下を見おろしていた。わたしたちは並んで歩きはじめた。わたしのズボンのポケットには五百円札が一枚入っていた。久家からきいた必要な金額は、三百円だった。しかし出来ることなら五百円持って行った方がよいのだ、と久家はいった。わたしは修学旅行の積み立て金の中から、その五百円を捻出《ねんしゅつ》していた。修学旅行へ行かなかったものは、夏休み前に積み立てた金を返してもらった。五百円は、確か高校の月謝と同額だった。

「バスよりも歩く方が安全やけんな」

と久家はいった。

「とにかく、酒だけはじぇったいに飲まんことやね。もし誰かに見つかっても、酒さえ飲んどらんやったら、証拠は無いわけやから」

それから久家は『仮面の告白』という小説を読んだか、とわたしにたずねた。わたしはその小説を読んでいなかった。

「あれは傑作ばい」

確かにそのころの久家は、盛んに小説を読んでいた。大学の方は、はじめから浪人する予定を立てていたのかも知れない。そういえば彼はわたしと同じ昭和七年生れだった。同級生たちよりも、一年年長である。わたしの場合は、北朝鮮からの引揚げのためだ。久家の場合は、病気らしい。小学校何年生かのときに、早くも一年留年したわけだった。しかし、それにしても彼は、いったいどこでヨウコさんの存在を知ったのだろう？　そこまではわたしにもわからなかった。わたしが久家からヨウコさんの話をきいたのは、修学旅行休みのときだった。わたしも久家も、修学旅行には行かなかった。なにしろ生意気のさかりだった。修学旅行などという幼稚な団体旅行に、どうして連いて行けようか！　わたしと久家は、田舎町の二軒の映画館を見物し終ると、あとは何となくぶらぶらと過ごした。酒場兼業のあいまい屋へ行って、こっそり酒を飲んだりもした。同じ町の中ではそこまでが限度だった。あいまい屋の二階へあがれば、たちまち発覚したに違いあるまい。

しかしわたしが、あいまい屋の二階へあがらなかったのは、そのためだけではなかった。町はずれの長い橋を渡って、向う側の村へ出かけたのは、発覚をおそれたからだけではない。わたしを決心させたのは、久家のことばだ。

「なかなかの、文学娼婦ばい」

また久家は、こうもいった。

「ああいう女を、じぇんじぇん文学と無縁の人間に紹介したくないからね」

久家とわたしは、長い橋を渡り終ると、バス通りを避け、左折して川土手伝いに歩いて行った。この川土手は黄櫨《はぜ》の木で有名らしい。町には黄櫨からロウを採るロウ屋が何軒もあった。

「あんた、この黄櫨にかぶれたことなかろう？」

「ないな」

「小学校のとき、これにかぶれんもんは、まずおらんね」

「将棋みたいなもんやな」

「とにかく痒《かゆ》い、痒い。顔から体から、真赤なぶつぶつだらけやもんな」

「おれも、いっちょ、かぶれてみるかな」

「もう、だめばい。大人はかぶれんらしい」

「どうして？」

「おれも、どうしてかと思いよるんやけど」

川土手の黄櫨の葉は、真夏を過ぎると真赤に染まった。それは確かに、独特の眺めだった。しかし、大人は何故かぶれないのだろう？　わたしは歩きながら、黄櫨の葉を一枚ちぎり取った。その汁を顔に塗っても、最早やわたしの顔は大佐の娘とすれ違うときのように真赤にはならないだろうか？

「おい、おい、やめとけ、やめとけ」

と久家はいった。もちろんわたしも、試してみようとは考えなかった。わたしがヨウコさんのところへ出かけて行くのは、大佐の娘のせいでもあったからだ。観自在菩薩！　観自在菩薩!!　大佐の娘が何だ!!!　しかし彼女の前におけるわたしの赤面症は、般若心経二百六十二文字では治らなかった。文学娼婦だったら治してくれるだろうか？

黄櫨並木のある川土手を、四、五百メートルも歩いただろうか？　やがてそこから右へ降りると、小さな部落だった。部落の農家は決り切ったように竹藪に囲まれていた。部落を抜けると田圃だった。しかし道は、畔道にしては広い農道で、小型トラックくらいは走れる程度の道幅である。雨は小降りのまま続いていた。下駄ばきの足が草で濡れた。久家は、例の上等の日和下駄ではなくて、ゴム長をはいている。わたしたちは農道をどのくらい歩いただろうか？　千メートル？　たぶんそのくらいのものだろう。やがて前方に大きな楠の木が見えた。そしてその下に麦藁ぶきの一軒家が見えた。

近づくと麦藁ぶきの家は意外に大きく、二階建てだった。しかし、格子戸をくぐって中へ入ると、そこはやはり農家ふうの広い土間になっている。久家はわたしをそこに待たせて、一人で上り框のところまで行き、奥の方へ声をかけた。女が出てきた。ヨウコさんだろうか？　しかしそうではなかったようだ。女将らしい。久家はその女と何やらことばを交わし終ると、わたしの立っているところへ戻って来た。そして真面目な顔で、いった。

「あんた、運がよかったばい」

「どうして？」

「ヨウコさんは、今日はあんたが口あけげなばい」

「口あけ？」

「あんたが初めての客ちゅうことたい」

「それで、金は？」

「そうやな、おれがおかみさんに渡してやろうか？　よし、その方がよかろう」

「五百円でええとかね？」

「よか、よか。おれがおかみさんにうまく話ばしとくけん、心配いらんよ」

「それで、あんたは？」

「おれか？　おれは今日はあんたの案内役やけん、心配せんでよか、ち」

わたしはズボンのポケットから五百円札を取り出し、皺を伸ばして久家に渡した。それから雑巾で足をふいて、二階へあがった。雑巾を持って来たのは、おかみさんでも、ヨウコさんでもなく、女中らしかった。わたしを二階の部屋へ案内し、番茶を運んで来たのも彼女だった。

わたしがヨウコさんと二人で二階の部屋にいたのは、どのくらいの時間だろうか？　たぶん二十分か三十分くらいだろう。そしてこの二十分か三十分間の出来事は、百万言にも価すると同時に、誰にも一言も語る必要を認めない、あくまでもわたし一個人の無言の体験として済ませることも出来るのである。つまりわたしはこの二十分ないしは三十分間の出来事に関して、完全に沈黙する権利を持っているわけだ。しかし同時に、沈黙の裏側から不思議な、理由のわからない自白の衝動がわたしをうながしているとも事実だった。そしてその両者の勢力には、にわかに優劣をつけ難かった。沈黙は必ずしも金ならず、雄弁は必ずしも銀ならず。強いていえば、自白は矛であり、沈黙は盾という関係であろう。矛盾、撞着《どうちゃく》である。

しかしだからといって、万事休すというわけではない。『ヰタ・セクスアリス』ではこうなっている。

《お上が立つ。僕は附いて廊下へ出る。女中がそこに待っていて、僕を別間へ連れて行く。見たこともない芸者がいる。座敷で呼ばせるのとは種《たね》が違うと見える。少し書きにくい。僕は、衣帯を解かずとは、貞女が看病をする時の事に限らないということを、この時教えられたのである。

今度は事実を曲げずに書かれる。その後も待合には行ったが、待合の待合たることを経験したのは、これを始の終であった。

数日の間、例の不安が意識の奥の方にあった。しかし、幸に何事もなかった》

この《僕》は、まさか森鷗外そのひとではあるまい。部分的にはそうであっても、全体ではないだろう。いずれにせよ、《僕》は大学を出て、ドイツへの留学試験に合格し、辞令が下りるのを待ちながら、法律本の翻訳などをして暮している青年である。その青年の生まれてはじめての性的体験の場面である。

それにしても、《少し書きにくい》とは、さすが！　という他はない。そのすぐあとの《僕は、――》以下の三行ばかりも見事なものだ。しかしわたしの場合は、やはり少し違う。当然といえば当然の話だろう。もちろんわたしは、『ヰタ・セクスアリス』の《僕》が、《衣帯を解か》ない《貞女の看病》を体験する少し前、吉原の待合で芸者を相手にやったように、ヨウコさんとふとんの上で腕相撲を取ってきたわけではない。また、寺島町七丁目六十何番地かのどぶ際の家へ出かけて行った『濹東綺譚』の《わたくし》のように、《お雪さん》を相手に長火鉢の傍でぽつんぽつんと世間話をしたり、二階の窓際に立って団扇《うちわ》で静かにあおいだりしたわけでもなかった。ヨウコさんの身の上話もきかなかったし、一緒に氷白玉も食べなかった。

久家がいった通り、ヨウコさんは確かに「文学娼婦」だった。彼女の口からは、ポー、リルケ、ランボーの名が出たのである。いや、出たというより、わたしが無理矢理、引きずり出したというべきだろう。久家のことばが頭全体にこびりついて、わたしはまるで文学演習か文学の他流試合にでも臨んだような、文学餓鬼になっていたに違いないのである。思いがけず、手間取って、時間に迫られたのもそのためだろう。

「余り緊張しないでちょうだい」

ヨウコさんは、《衣帯を解かず》というところまではゆかなかった。しかし結果としてはわたしも《貞女の看病》を受けたことになるのかも知れない。結局わたしは、余り緊張し過ぎてはいけない病人のように、仰向けの姿勢になっていたからである。わたしが二階から降りて来ると、ゴム長をはいた久家は、コウモリ傘を杖にして上り框に腰をおろしていた。

わたしたちは、来たときと同じ道を歩いて川土手へ出た。雨はあがっていた。

「まさか、下で待っとるとは思わんかったよ」

「今日は、おれは案内役やからな。で、どうやった？」

「ああ。あんたからきいた通りやった」

わたしは《貞女の看病》のことは内緒にした。久家は帰る途、ヨウコさんの身の上をわたしにきかせた。彼女は、満州からの引揚げ者で、年は二十七か八というところらしい。つまり敗戦のときは、二十歳前後だったわけだ。彼女もソ連兵に襲われたのだろうか？　襲われなかったとは、断言できない。

「ヤポンスキー・マダム、ダワイ！」

「チャッスイ、ダワイ！」

ヤポンスキー・マダムは日本人女性だ。チャッスイは時計だ。そして、ダワイ！　は命令形で、出せ、よこせの意味である。これが、生まれてはじめてきいたロシア語だった。プーシキンのプの字、ゴーゴリのゴの字、ドストエフスキーのドの字もまだ知らなかったわたしがきいた、最初のロシア語であった。町角には、運動会の入場門を大型にしたようなアーチが作られていた。アーチにはレーニン、スターリン、金日成の巨大な肖像が掲げられ、それら三つの肖像は無数の赤の小旗で囲まれていた。アーチの下を、マンドリン銃をぶらさげたソ連兵を満載した軍用トラックが疾走した。そのトラックのガソリンの臭い！　竜興江では、坊主頭のソ連兵たちが金色の毛を光らせて、フリチンで水浴びをしていた。わたしがそのとき知っていたロシア人の名前は、ピョートルとニコライだけだった。もちろんピョートルといっても、あの大帝ではない。ニコライといっても、ゴーゴリではない。二人はわたしの家へ、メリケン粉と砂糖を買いに来ていた白系ロシア人だった。彼らはロシア語ではなく、片言の日本語で買い物をした。

ヨウコさんはあのときすでに、プーシキン、ゴーゴリ、ドストエフスキーを知っていただろうか？　わたしはそのことを彼女にたずねてみたいような気もした。そしてわたしは自分勝手に、彼女の返答を想像してみた。

「わたしは知っていました。しかし、あの丸坊主の彼らは、おそらく知らなかったのでしょう」

ヨウコさんの顔は、明らかに土着のものではなかった。久家のいた禅寺の境内の小さなトタンぶきの家にいた同級生の女とはどこも似てはいなかったが、分類すれば、やはり土着には属さない顔といえるだろう。麦藁ぶきの家のおかみさんとも、女中とも違った顔だ。顔だけでなく、全体が青白く、細かった。そして確かに、久家がいった通り「文学娼婦」だった。

しかしわたしは藁ぶきの家の二階で、ヨウコさんと文学をして来たわけではない。その証拠にわたしと久家は、電車に乗って病院へ出かけた。麦藁ぶきの家へ出かけてから、一週間くらいあとだろうか？『キタ・セクスアリス』の《僕》と同じ《例の不安》のためである。そして《幸に何事もなかった》ところも、《僕》の場合と同じだった。ただ違っていたのは、《例の不安》が《僕》の場合は《意識の奥の方》にあったのに対して、わたしの場合は、ちょっと痛むような気がした。

「行ってみようか？」

と久家がいった。

「ばってん、あんたは、関係なかろうもん？」

「それが、あるとたい」

と久家はにが笑いをした。あの翌日、彼はヨウコさんのところへ出かけて行ったらしい。二人は久留米方面行きの電車に乗った。町の中の病院では発覚するおそれがあったからだ。わたしたちは、次の駅で電車を降りた。もう少し遠くへ出かけるつもりであったが、電車の窓から久家が電柱に取りつけられた「花柳病」の看板を見つけたからである。しかし病院はなかなか見つからなかった。わたしたちは、電柱に注意しながら汗をふきふき村の中を捜し廻った。かんかん照りの日中だった。すでに学校は夏休みに入っていたのだろう。久家が見つけた看板は、この村の病院のものではないのではないだろうか？　しかしどこかの農家でたずねてみるわけにもゆかない。また、幸か不幸か誰にも行き会わなかった。真夏の農家では、ちょうど昼寝の時間だったのかも知れない。「花柳病」の看板は、裏返しになって倒れていた。発見したのはわたしである。持ちあげてのぞくと、ブリキ板に書かれた文字はすでに剝げかけていた。しかし、門構えの家はやはり病院だった。わたしたちは植込みのある庭を通り、玄関の外から声をかけた。あらわれたのは、細い銀縁眼鏡をかけた小柄な老院長だ。そしてわたしたちは、診察室に二人並んで麦藁ぶきの家の二階における体験を自白した。いや、懺悔したというべきかも知れない。少なくともわたしの場合はそうだった。わたしは何ものかの前にまったく無力であるわたし自身を自覚した。そして、そのように殊勝であり得た自分に、ある満足をおぼえた。禅寺の三男坊である久家の場合は、どうだったのだろうか？

「二人とも、じぇんじぇん心配はいらん」

と老院長は、洗った手をタオルで拭きながら、いった。

「しかし、同じ女とはちょいと変っとるね。どっちが先やったかね？」

「はあ……」

「まあ、どっちみち、兄弟には違いなかたい」

「はあ……」

「しかし、素魔羅はいかんばい。素魔羅は」

わたしと久家は一週間の停学も二週間の罰当番も喰わず、無事に卒業することが出来た。しかし、赤面症に対するヨウコさんの効能の方は不明だった。般若心経か、文学娼婦か？　結局わたしにはわからないままだった。あの麦藁ぶきの家へ出かけてからあと、わたしは一度も大佐の娘とすれ違わなかったからだ。学校の中でも、町の中でも、わたしは彼女の顔を見ないように努めた。向うから歩いて来る場合には、脇道へそれた。脇道が無い場合は、恥をしのんで廻れ右をした。

わたしが一人だけでヨウコさんのところへ出かけて行ったのは、その翌年の夏だった。わたしは蕨から筑前の田舎町へ二週間ほどのつもりで帰って来た。大学生でも勤め人でもないわたしであるから、夏休みというのも当らないが、結局わたしは、二週間のつもりを十日足らずで切り上げて蕨へ戻った。たぶん、ヨウコさんに会えなかったためだろう。久家は町に帰って来なかったようだ。ヨウコさんは久留米に行った、ということだった。麦藁ぶきの家へわたしが行ったのは、はじめてのときとちょうど同じくらいの時刻である。もちろん見計らって行ったわけだ。上り框にあらわれたのは、おかみさんでもなく、雑巾と番茶を運んで来た女中でもなかった。おそらくヨウコさんと同僚だった女だろう。

「久留米？」

「そう。久留米の材木屋さんとこへ、行かっしゃったとですよ」

「材木屋に……」

「そうやねえ、今日でまる三月くらいでっしょかね」

町はずれの長い橋を渡って、わたしが麦藁ぶきの家へ出かけて行ったのは、それが二度目で最後だった。もちろんわたしは、ヨウコさんの消息をきいただけで、その家を出て来た。上り框にあらわれた女が、わたしを引き留めなかったのを不思議だとも感じなかった。わたしがはじめて川向うの亀戸三丁目へ出かけて行ったのは、それからどのくらいあとだろうか？　わかっているのは、亀戸駅前から輪タクに乗ったことだ。そしてわたしは、あたかも「久留米の材木屋」を捜しに出かけでもするかのように、亀戸三丁目へ出かけて行ったのである。

輪タクは百円だった。そして、あとにも先にも輪タクに乗ったのは、その一度きりだ。あとは亀戸駅前から一人で歩いた。輪タクはいつごろ廃止になったのだろう？　亀戸三丁目の娼婦街とともになくなったのかも知れない。わたしは亀戸駅からのながい道を、古賀弟と一緒に歩いたことはなかった。久家とも一緒に歩いたことはなかった。久家は蕨の三畳間に何度か遊びに来て、ふとん代りに蚊帳《かや》をかぶって泊ったこともあった。わたしが彼のところへ出かけて、泊ったこともあった。久家の兄がやっていたそば屋は、池上線戸越銀座で下車して、駅前の商店街を第二京浜国道の方へ入ったあたりだった。兄夫婦はそば屋の裏の家に住み、店の二階は久家と使用人の夫婦が使っていた。久家の部屋は四畳半で、わたしの三畳間とは格段の差である。しかも勉強机の上には、緑色のマジック・アイという新しい仕掛つきのラジオが置かれていた。下宿に自分だけのラジオを持っているなど、いわば特権階級のようなものだった。問題はただ第二京浜国道を疾走する長距離トラックの騒音だけのようであったが、久家には久家で別の悩みがあったらしい。

「トラックよりも、隣ばい」

使用人夫婦の声を消すために、ラジオは決してぜいたく品ではなく、必需品だというわけである。

「あんたの部屋の方が、よっぽどよかばい」

「毎晩かね？」

「だいたい、そうやな」

わたしは久家の兄の店で天丼をごちそうになり、その晩は久家の部屋に泊った。久家はラジオをつけっ放しにしていた。本音をいえば、ラジオをちょっと消してみたかった。しかし、ついに本音は吐けなかった。そして不思議なことは、ヨウコさんの話が出なかったことだ。その晩だけではなかった。蕨の三畳間でも、やはり出なかった。わたしは「久留米の材木屋」の話を、久家にしなかった。彼は知らないのだろうか？　まさか、そんなことはあるまい。あるいは彼も、やはりヨウコさんを捜し求めて、どこかへ出かけて行くのだろうか？　わたしは、亀戸三丁目のことを彼に話さなかった。何故だろう？　わたしにもよくわからなかった。久家がヨウコさんを捜しに出かけるのは、どこの街だろうか？　それとも、一橋大学の受験に文学娼婦は、最早や無用のものとなったのだろうか？

わたしは四つ角で立ち止った。信号を渡って、左へ折れれば亀戸天神の鳥居がある。そこを右へ折れ込むと三丁目だった。わたしは信号を待っていた。そのとき、ぷうーんと炒り豆のにおいがしてきた。二十年前と同じにおいだ。振り返ると、やはり二十年前と同じ店構えの豆屋だった。わたしは五、六歩あと戻りをして、角の豆屋の店先に立った。間口は三間くらいだろうか？　ガラス蓋をした木箱にいろいろな炒り豆が並べられている。一合枡で計って売るのである。わたしは亀戸三丁目へ出かけるとき、何度かこの店で皮つきの南京豆を一合買った。馬鹿の一つおぼえで、南京豆こそは最も金のかからない栄養補給源だと信じ込んでいた。確かに生卵より、腹の足しにもなった。しかしわたしは、南京豆をぽりぽりやりながら三丁目界隈を物色するほど、その街に慣れてはいなかった。ぽりぽりやれるのは、せいぜい天神様の鳥居あたりまでだろう。残りはポケットに仕舞い込んでいたはずである。

ある晩わたしは、その南京豆を女と二人で食べた。懐の加減でそれだけの時間をとることが出来たのだろう。女の部屋はヨウコさんがいた麦藁ぶきの家の二階とは、ぜんぜん違っていた。六畳間ではなく四畳半であり、テーブルはなくて、折りたたみ式になった脚のついた、小さな朱塗りの卓袱台《ちゃぶだい》だった。食事用には小さ過ぎる。もちろん食事用ではなくて、そこに載っていたのは番茶の湯飲みだけだ。その隣に、こんどは紅色の小さな鏡台が置かれており、壁には白樺細工の状差しがあった。ただし郵便物は入っていない。そして畳の上には、『平凡』とか『明星』といった雑誌が二、三冊転がっている。亀戸三丁目では、どの女の部屋もだいたいそんなところだった。雑誌が、どういうわけか月遅れであることも、女たちの部屋では似通っていたのである。

女は紅色の鏡台の抽き出しから写真を出して来て、わたしに見せた。生まれてはじめて見る写真だった。十枚くらいあっただろうか？　わたしは起きあがって、窓のところに吊されていた上着のポケットから南京豆の紙袋を取り出し、枕元に置いた。そしてまたふとんにもぐり込み、亀のように首を出して一枚一枚、写真を眺めた。女は枕元にぺたんと横坐りに坐って、くすくす笑いながら、南京豆を摘《つま》んだ。写真はいずれも手札型だった。この女はどの客にでも同じ写真を見せるのだろうか？　そして写真の真似をするのだろうか？　しかし、必ずしもそうではなかったようだ。

「欲しい？」

と女は、南京豆を摘んだ指で皮を落しながら、いった。

「欲しけりゃあ、一枚だけあげようか？」

「しかし、あんたのじゃないからな」

「若いのに、ずいぶんお世辞がうまいわね」

「お世辞じゃないよ。こんなことははじめてだからね」

「じゃあ、また来てよ」

「ああ」

「また、新しい写真入ったら見せてあげるから」

「べつに写真を見に来るわけじゃないよ」

「バカねえ。そんなこと当り前じゃない」

しかしわたしは、ふたたび彼女のところへは出かけなかった。翌日になって、とつぜん我慢の出来ない痒みをおぼえた。便所へ入ってみてもわからない。銭湯へ行って石鹸でこすってみても痒みは止らなかった。わたしはあの、老院長の忠告だけは厳守していた。素魔羅はいかんばい、素魔羅は。したがってそれ以外の原因となると、わたしには見当がつかなかった。三日目にわたしは、ついにたまりかねて病院へ出かけた。電車で赤羽まで行って職業別の電話帳をめくり、性病科を捜した。病院は赤羽で間に合った。三畳間へ帰り着き、石田家の長男に広辞林を借りて引いてみると、次のように書いてあった。〔動〕蝨《しらみ》の一種、黄灰色又は灰白色、細小にして方形、陰部に寄生し、時として腋窩《えきか》・鬢・眉に及ぶ。わたしはもらって来た真黒い軟膏を、いわれた通り三日間塗り続けた。その間、どういうわけか、女から見せられた写真のことも、女のことも、まったく思い出さなかった。わたしが、一緒に南京豆を食べた女を思い出したのは、四日目、待ちに待った銭湯が開くや否や、まだ誰もいないタイル張りの洗い場の蛇口の前で、三日間塗り続けた真黒いものを、一気に洗い落とした直後である。

「あの、もとの亀戸三丁目は、この先でしたね」

とわたしは、炒ったそら豆の紙袋を受け取りながら、いった。油で揚げて塩をまぶしたのではなく、ただ炒っただけのそら豆の方である。南京豆にしなかったのは、べつだんあのときの体験のせいとは限らない。最近のわたしは、ほとんど南京豆は食べなくなっていた。ビールなどのつまみ程度だ。それも特べつに愛好しているわけではなかった。まことに現金な話であるが、南京豆を最も金のかからない栄養の補給源として考える必要がなくなっていたのである。現在のわたしの胃袋に、南京豆は最早や少々しつこ過ぎた。

「もとの三丁目は、いまも三丁目ですよ」

と豆屋の主人らしい男は答えた。彼は二十年前もこの店で炒り豆を売っていたのだろうか？　五十がらみの年輩である。しかし、もちろん彼の顔に見おぼえはなかった。

「ああ、そうですか」

「昔の花柳界のことでしょう？」

「ええ、そうです」

「それなら、こう渡って」

「天神様の鳥居の先を」

「そう、そう、右へ入ったあたりが三丁目だね」

わたしは亀戸三丁目界隈を、どのくらい歩いてみただろうか？　時間にすれば三十分くらいのものであろう。わたしは帰り途にもう一度、角の豆屋の主人に声をかけた。

「さっき、三丁目の道をきいたものですよ」

「あ、あそこはもう何にもなくなったね」

「ほんとにさびれちゃってるけど、どうしてですかね？」

「そうだねえ、トルコは錦糸町、小岩だね。吉原もそうらしいが、三丁目は地盤沈下でね、ダメなんだね」

「なるほど、地盤沈下ですか」

「そう、地盤沈下だね」

　およそ三十分間歩きまわってみて、昔のそれとわかった家は僅かに四、五軒だった。その四、五軒にしても壁の剝げかけた薄桃色のタイルの目か、あるいは玄関脇の円柱だけが辛うじて名残りをとどめていたに過ぎない。連れ込み旅館やあいまい酒場などへのいわゆる転業ぶりも、まったく見られなかった。わたしは一軒をのぞいて見た。見おぼえのあるタイル壁が、壁の上部に残されていたからであるが、薄暗い室内には何かの機械が据えられていて、夫婦らしい中年の男女が作業服を着てゆっくりと手足を動かしていた。

　女たちのいた家の特徴は、何といっても入口にあった。もちろんわたしが知っているのは、『濹東綺譚』のお雪さんが内側から顔だけを見せていたような、いわゆるのぞき窓式の構造ではない。タイルか、あるいは贋タイルの壁に縦長のガラス窓が幾つかついており、その窓の数が店の規模をあらわしていた。入口にはタイルの目を形どった円または角の柱があり、そこに女がもたれかかって、通りがかりの男たちに煙草の火を貸してくれなどと声をかけている姿も、形通りではあるが、しばしば見受けられたものだ。左様、女たちのいた家は、大は大なりに、小は小なりに、いずれも形通りだったのである。

　その形は最早や亀戸三丁目のどこにも見られなかった。南京豆を摘みながら、写真を眺めているわたしの枕元でくすくす笑いをしていた女のいた家も、もちろん見当らなかった。ある家は、わたしがのぞき見をしたような小さな薄暗い町工場となり、ある家は、あたかも過ぎ去った何ごとかを目隠しするように小さなブロック塀をこしらえた、アパートであった。足まかせに歩いていたわたしは、川端に出た。しかし川の名前をわたしは知らなかった。川に沿って歩くと、栗原橋の袂に来た。この橋の名も、わたしは知らなかった。書かれているのを見てわかったのである。川沿いにある竜眼寺、長寿寺。いずれもわたしは知らなかった。寺名だけは、何かで見るか聞くかしたようでもあったが、この川端で通りかかるとは思わなかった。なにしろこの界隈を昼間歩きまわったのは、はじめてだったからだ。二十年前のわたしは、コップ何杯かの安酒に酔って暗くなってから亀戸三丁目にあらわれ、京浜東北線の最終電車に間に合うべく、急ぎ足でこの地をあとにしていたのである。

　川の水面に浮んでいる丸太を見ながら歩いて来ると、天神橋の袂に来た。目をあげると前方に、十何階建てかの高層アパートが見えた。たぶん、亀戸二丁目の公団住宅だろう。あの高層住宅の九階に住んでいる知人は、誰だっただろうか？　富岡？　辻井？　それとも久家だっただろうか？　あるいは、七階が富岡で、九階が久家だったかも知れない。しかしわたしは、その橋の袂に立ち止ったまま、何が何でも前方に見える高層アパートに住んでいる知人を確かめようとしたわけではなかった。わたしの巡礼は、天神橋の袂が結願の地ではないのである。ふたたび蕨まで引き返し、四時に中村質店へ到着しなければならない。彼は昔の彼ならず。わたしは独言をいいながら、前方の高層アパートに向って左へ折れると、豆屋のある交叉点の方向へ歩きはじめた。一合の炒ったそら豆は、結局、外套のポケットの中で手つかずのままだった。

11

中村質店のおばさんとの二十年ぶりの対面は、ほぼわたしの想像通りだった。顔も体つきもほぼ想像通りであった。丸顔で、小太りである。石田家のおばさんとは対照的に、皺の出来にくい顔なのだろう。しかし何にもまして想像通りであったのは、彼女の声だった。

「あら、おにいさん！」

そして、この彼女の一言は、あっという間に二十年の時間というものをわたしに無視させてしまったのである。

「今日は上野へお出かけだったそうですね」

「さようなんですよ、おにいさん。末の娘がね、一週間ほど前にお産をしましてねえ。それでね、ちょっと」

「わたしも実は、上野まで行って来たところですよ」

「何だか、そうなんですってねえ。上野の銀行へ行かれたとか、嫁からききましたわ」

「はあ、昔の友だちがいるもんですから」

「おにいさん、そのお友だちというのは、以前の？　ほら、何とかいった人」

「久家ですか？」

「さあて、ねえ。ほら何でもかんでも、おす！　って頭をさげたおにいさんですよ」

「ああ、古賀さんですか！」

「古賀さんていいましたかね。しかし、立派になったもんだわね。以前には、よくねえ、おにいさんと一緒にうちへねえ、来てたもんだったけどねえ」

「はあ。いや……」

「よくおぼえてますよ、いまでも。なんせ、うちへ蚊帳をかついで来たのは、おにいさんたちくらいだものねえ」

「どうも先ほどは、失礼致しました」

と、中村質店の長男の嫁がお茶を持って来た。

「お母さん、こんなところじゃなく、奥へあがっていただいたら、どうか知ら？」

「いや、いや、もうここで本当に結構なんです」

と、わたしは上り框に腰をおろしたまま答えた。

「あ、おにいさん、先ほどはごていねいにお土産いただいたそうで、済みませんねえ」

「五時過ぎには、主人も戻って来ると思いますから、ゆっくりして行って下さいませんか」

「はあ、いや……」

「昔の思い出話も、いろいろとねえ。あたしもうかがわせていただきたいし」

「あら、おにいさん、うちの伜《せがれ》を知ってましたか？」

「北海道のお話は、おばさんからよくおききしましたよ」

「そうでしたかねえ。そうそう、もう二十年前になるわけだわ、伜が北海道の帝大に行ってる時分といえばねえ。ホッ、ホッ、ホッ、あたしももう孫が五人ですよ、おにいさん」

「さっき、石田さんところへもお邪魔して来たんですが、あそこのおばさんは、ええと、お孫さんが七人だといってましたよ」

「そうですか。あそこの総領は、確か三人だわね、子供は」

「ところでおばさん、さっきの蚊帳の話ですが、どういうふうにおぼえてらっしゃいます？」

「そうだわねえ、色は濃い緑じゃなかったか知ら？」

「ええ、そうです、そうです！」

「それでいて、ねえ、何でもえらく重たい蚊帳だったわ」

確かに重い蚊帳だった。わたしはおどろいた。いかに商売柄とはいえ、おどろくに値いする記憶力ではないか。それとも、これは蕨の土地柄のせいだろうか？　なにしろ蚊の多い町だったからだ。古賀弟の説によるとそれは、どぶ川と標高のせいだった。

「とにかく、標高二メートルちゅう所やけんね」

あるいはそうかも知れなかった。どぶ川も確かにあった。川というより、石鹸を解かしたような色の水溜り、といった方がよいかも知れない。蚊帳を送ってもらったのは、何月ごろだろう？　五月だろうか、六月だろうか？　とにかくわたしが、夏に二週間ほどの予定で九州へ帰る前だったのは確かだ。母が送ってくれた蚊帳は新品ではなかった。重かったのは材質のせいだろう。ざらざらした手触りで、顔を当ててるとツンと植物性のにおいがした。大きさは四畳半用らしかった。したがって三畳間では、ちょうど吊り手一つ分が余分になって下に垂れた。吊ると、三畳間全体がテントの内部といった感じだ。小さな坐り机も、アルマイトのお碗を電球にかぶせたような旧式電気スタンドを載せたまま、すっぽりと中に入ってしまった。

その蚊帳をわたしが中村質店へかつぎ込んだのはいつごろだろうか？　おばさんの記憶によれば、そのときわたしは古賀弟と一緒だったらしいが、たぶん八月か九月だろう。わたしには、蚊いぶしをした記憶が残っているからである。つまり蚊帳は、まだ必要な時期に中村質店へ運び込まれたわけだ。蕨では、梅雨前から蚊帳を吊った。そして、夏休みが終っても、まだ吊っていた。ただし、わたしの場合は別である。

わたしに蚊いぶしをすすめたのは、古賀弟だった。彼は古賀兄の台所用の七輪をわたしの部屋の前へ運んで来た。七輪にはすでに丸めた新聞紙が詰め込まれ、どこで集めて来たのか青々とした松葉が枝ごと載っている。破れ団扇も揃っていた。

「おす！　先輩、これで三十分もやればイチコロばい」

しかし、この蚊いぶしは不成功に終った。上り口の土間に七輪を置き、格子のはまった北向きの窓を締め切って団扇で十二、三分も煽《あお》いだだろうか？　はじめは発案者である古賀弟が煽ぎ、次にわたしが代ったのであるが、我慢できるのは三分間が限度だった。つまり、息を止めていられる時間を一回一分として、その三回分である。ゴホン！　ゴホン！　と咳き込みながら古賀弟がとび出して来る。わたしが代る。わたしも同じくゴホン！　ゴホン！　でとび出す。それを二人で二度ずつ繰り返したわけだ。それから七輪を土間に置いたまま、外側から雨戸のような戸を締め切り、わたしたちは井戸端へ行って顔を洗った。そのあと三十分くらい表で待っただろうか？　古賀弟は、その間に空手練習をやった。わたしは、すでに薄暗くなった庭先に立ってそれを見物しながら、下駄ばきの足の甲を何度も蚊に喰われた。それは止むを得ないことだ。したがって問題はそのあとだった。結局わたしは、その晩のほとんどを破れ団扇で蚊を追いながら、石田家の庭先で過ごすことになったからである。松葉いぶしでいぶし出されたのは、わたし自身だった。とても三畳間にはいられなかった。

「どういうわけですかねえ、あの日のことは、とってもよくおぼえているわ」

「そうですか」

「あの、おす！　のおにいさんと一緒に蚊帳をかついでみえたのが、夕食のあとくらいじゃなかったか知ら？」

「そうでしたかね」

「そいでね、二、三時間後には、うちの前をいいご機嫌で帰って来るお二人さんの、大きな下駄の音が響き渡ったんですよ」

「わたしと古賀さんの？」

「そうですよ。何か歌を歌っていたのは、あのおにいさんの方でしたかね？　まったくあのときは、笑っちゃったわねえ。うちから真直ぐお二人で駅前にでも出かけたんでしょう、ってね」

「そうですか。そんなことも、あったかも知れませんな」

たぶんわたしたちは、おばさんの記憶通り中村質店から蕨駅前の飲み屋小路に直行して、暑気払いの焼酎でも飲んだのだろう。中村質店におけるあの重たい蚊帳の値段は幾らだったのだろう？　カーキ色の旧陸軍歩兵の外套よりも高かったのだろうか？　いや、そんなことはあるまい。

「どうだったんでしょうかね、おばさん？」

「え？」

「あの外套と蚊帳と、どっちが高かったんでしょうかね？」

「外套ですって？」

「おばさんが、八百円の値段をつけてくれたわたしの外套ですよ」

「八百円の外套ですか、おにいさんの？」

と中村質店の女主人は、上り框に脱いであるわたしの外套に目をやった。

「八百円の外套ねえ」

「いや、わたしの外套といっても、この外套じゃありませんよ」

「なかなかいい外套じゃあありませんか、おにいさん」

「そうですか。そりゃあ、どうも」

「イギリス物のウールだわね」

と彼女は、わたしの外套に指先で触れながらいった。

「ええ、まあ」

「本当に、なかなかいい物だわよ、おにいさん」

と彼女は、今度はわたしの外套に手を伸ばして、膝に載せた。

「いや、おばさんにそういってもらえるとは、有難いですな」

「色柄もねえ、上品だし、おにいさんの年ごろにはぴったりだわよ」

「そうですかね。じゃあおばさん、例えばこの外套だと、いま幾らくらい貸してもらえるんです？」

「いまですって？」

「いや、もちろん、例えばの話です」

「そうだわねえ、いまねえ」

彼女は、外套の袖を膝の上で左右に開いた。そして、裾の方を畳の上へぱらりと広げた。すると不思議なことに、わたしの外套はたちまち、いかにも質草らしく見えはじめたのである。

「確かにおにいさん、布地もいいし、色柄も悪くないわよ。ただねえ、形がねえ、ちょっとこれじゃあ古いわね」

「はあ」

「この襟ですよ。襟の恰好がねえ、いまの好みじゃないですからね」

そういって彼女は、外套の襟の折り返しを指先でなぞって見せた。

「なるほどねえ、襟の形か」

「そいでおにいさん、おにいさんとしてはどのくらいお入り用なんです？」

「そうですねえ、例えばですねえ、そうだなあ、一応五千円ということにして置きましょうか」

「五千円!?」

「いや、もちろん例えばの話ですよ」

「失礼ですけどおにいさん、五千円は無理じゃないか知ら」

「そうかなあ」

「だって、おにいさん、ほら」

中村質店の女主人は、そういってわたしの外套の襟首のあたりを両手で摑み、くるりと裏返しにしてしまった。外套の襟首の裏側には、薄黒く脂がしみ込んでいた。わたしの脂だ。

「それから、この肘もね、だいぶ抜けちゃってるわね」

「ふうん」

「それから、このお尻のところ」

と彼女は、まるで鯵《あじ》の干物でもひっくり返すように、わたしの外套の背中を見せた。

「もうだいぶ毛がすれちゃってますよ。着てる分にはね、そうはっきりとはわかんないものだけどね」

「しかし、おばさん、あれから二十年経っているんですよ」

「二十年？」

「いや、この外套はそんなに着ていませんよ、もちろん。この外套のことじゃあなくて、これはまだ、そうですね、確か下の娘が生まれてからあとに買ったんだから、娘は五歳か。幼稚園の年長組ですからね。したがってこの外套の場合は、まだ四年くらいにしかならないものですよ、おばさん」

「四年着れば立派だわよ、おにいさん」

「ま、そりゃあ、そうでしょうが」

「確かにこれはイギリス物ですよ。だから四年もったわけなのよね。しかしねえ、おにいさん、ほら」

と中村質店の女主人は、まるでペトローヴィチのように、いった。ペトローヴィチ？　左様、アカーキー・アカーキエヴィチがぼろぼろになった外套の修繕を頼みに行った、片目で痘痕面《あばた》で酔っ払いの仕立屋である。《――ペトローヴィチの住まいへ通じている階段をよじのぼってゆきながら――いや、真実をつたえる必要があるが、――その階段というのは、ふつうの水や洗い流しの汚水でびしょびしょになっているし、みなさんもご承知のように、ペテルブルグの家々のあらゆる裏階段といえば、目を突き刺すようなアルコールの臭いがすっかりしみこんでいるが、――その階段をよじのぼってゆきながら、アカーキー・アカーキエヴィチは、もうペトローヴィチが、つくろい賃をどのくらいふっかけてくるであろうかと、それを考え、そして、二ルーブル以上はださないぞと、

肚の中で決めたのであった。――》

しかし、ペトローヴィチは、藁をも摑みたいようなアカーキー・アカーキエヴィチの頼みをすげなく断ってしまうのである。その場面は、こうだった。――

《「なにかご用ですかい?」とペトローヴィチは言い、そう言うと同時に、たったひとつしかないその目で、彼の制服をすっかり、襟からはじめて袖口、背中、裾、ボタン穴にいたるまでじろじろながめまわした。それらは彼にとってたいへんなじみのふかいものだった、というのは、それはみんな彼が親しく手がけたものだったからで、そうしてじろじろながめまわすのは、仕立屋仲間の習慣で、彼も人に会うとまず第一にそれをやるのである。

「いや、じつはそのう、ペトローヴィチ……外套なんだがね、羅紗が……ほれ、わかるだろう、ほかのところはどこもまったくじょうぶなんだがねえ……ちょっと埃がかかっているので古物のように見えるが、新しいんだよ。ただひとところ少々そのう……背中のところと、それから肩のところが、ちょっとそのう、すり切れているだけなんだ。いや、こっちの肩のところも、ちょっとばかり……わかるね、ただそれだけなんだがね。なあに、たいして手間はとらせやしないよ……」

ペトローヴィチはカポートを取りあげ、まずそれをテーブルの上にひろげて、しばらくじっとながめていたが、首をふって、窓のほうへ片手を差しのばし、まるい形をした煙草のケースを取ろうとした。その煙草ケースにはある将軍の肖像がついていたが――それがだれを描いたものであるかは、とんと見当がつかなかった、というのは、顔に当るところは指で穴があけられていて、そのあとに四角な小さな紙切れがはられていたからだ。ペトローヴィチは嗅ぎ煙草を一服やると、カポートを両手でひろげ、それを明るいほうへむけて調べたあと、また首をふった。それからこんどはそれを裏返してみて、もう一度首をふった。ふたたび紙がはられた将軍のついた蓋をあけて煙草をひとつまみ鼻のところへ持ってゆき、それから蓋をしめて、煙草のケースをしまい、やがてこう言ったものである。

「いや、こいつはもうつくろいはききませんや。どうもひどい御召物《おめしもの》ですなあ！」

アカーキー・アカーキエヴィチは、この言葉をきいて心臓がどきりとした。

「どうしてだめなんだね、ペトローヴィチ？」と、まるで子供がものをねだるときのような声で、彼は言った。

「だって肩のところがちょっとすり切れているだけじゃないか。きみのところにはなにか端っ切れみたいなものがあるだろう……」

「端っ切れは見つかりましょうさ、いや見つかりますがね」と、ペトローヴィチは、言った。「しかし、これじゃあ、とてもぬいつけられませんね。なにしろすっかりひどくなっているからね。針がさわってごらんなさい――すぐ切れっちまいまさあ」

「切れたら切れたで、すぐまたおまえさんが、つぎを当ててくれればいいさ」

「つぎの当てようがありませんやね。また当てようにも当てる場所がない。なにしろ地がひどくまいっちまってるから。羅紗といったって、こりゃあ名ばかりでさ。ちょっと風でも吹きゃあ、ばらばらに吹っとんでしまう」

「そう言わずに、まあやってみてくれんかね。なんだって、こんなに、まったく、そのう！……」

「だめですね」と、ペトローヴィチは、きっぱり、言った。「どうにも手がつけられないでさ。すっかり、いたんでますからね。そろそろ冬の寒い時がやってくるが、いかがなものでしょう、こいつでひとつ、脚巻き《ゲートル》でもおつくりになっちゃあ、靴下だけじゃあ暖まりませんからね。この脚巻きってやつあ、ドイツ人めが、すこしでもよけいに金を儲けようと思って考えだしたもんですがね（ペトローヴィチは、機会あるごとに、好んでドイツ人の悪口を言うのであった）、ところで、外套のほうですがね、ひとつ新調なさったらどうですね」

「新調」という言葉を聞くと、アカーキー・アカーキエヴィチは、もう目がくらくらっとして、部屋のなかにあるものがなにもかもすっかり、こんがらかってしまった。彼の目にはっきり見えていたものはただひとつ、ペトローヴィチの煙草のケースの蓋の上に描かれた紙をはった将軍の顔だけだった。――》

もちろん、中村質店の女主人はペトローヴィチではない。痘痕面ではなく、つやつやした、ほとんど皺のない丸顔だった。片眼どころか、大きいという程ではないが両眼ともぱっちりとした丸い眼である。にもかかわらず彼女が、とつぜんペトローヴィチに見えたのは何故だろう？　わたしの外套を扱う、彼女の手さばきのせいだろうか？　実際彼女の手さばきは、自由自在だった。そして、その両眼は、たとえ小さな縫い目のほころびといえども、絶対に見落すことはないのである。

「ほら、おにいさん、見てごらんなさい」

と彼女は、わたしの外套の一番上のボタンの穴に、右手の人差し指をくぐらせながらいった。

「このボタンと、もう一つ下のボタンね。この二つが一番かけはずしが激しいんですよ。マフラーをつけたり、はずしたり。それから着たままで内ポケットからお財布だの何だのを引っ張り出したりしますでしょうが。おにいさんの場合もそうですよ」

「なるほどねえ」

「ですから、ほら、この二つの穴のかがりはすっかりほころびちゃってますでしょう。穴だけじゃありませんよ、やはり無理がいってますからね。そうなると、穴のまわりの地もいたんじゃってるわけですわね」

「なるほど、なるほど、おばさんのおっしゃることはまことに、いちいちもっともです。なかなかそこまでは気がつきませんよ。しかしですね……二十年前の八百円は現在の、少なくとも八千円には相当するんじゃありませんか。いや、わたしはそちらの方にはまったくうとい人間なんですけどね、しかし、常識として、比率はそんなもんじゃないでしょうかね、おばさん」

「二十年前の八百円が、いま八千円ですって？」

「ええ、もちろん大ざっぱな比較ですがね」

「そんなもんじゃありませんよ、おにいさん」

「え？」

「しかしねえ、それは物によりけりってことだわね。外套とかオーバー類はまた別の話ですよ」

「でも、わたしがいまお話したのは、外套の例ですよ。しかもわたしの外套の場合です」

「なにしろ、この手の外套やオーバーをぜんぜん着なくなっちゃったでしょう。何も、ただ流行遅れっていうだけじゃありませんよ。若い人たちはもう車、車だし、ビルは暖房だし。それに、確かに近年は冬が暖かくなったわよね。あたしなんかも長生きしてみて、本当にそう思いますよ。でも、どうしてなんでしょうねえ、おにいさん？」

「いや、いや、おばさんなんて、まだお若いですよ」

「でも、二十年なんて、考えてみりゃあ、あっという間の出来事みたいな気もするわねえ」

「しかし、おばさんは、二十年前のぼくの外套のことは忘れてしまっているようですよ」

「おにいさんの？」

「そうですよ。とにかくおばさんが、八百円の値段をつけてくれた外套なんですからね」

「二十年前に、八百円ねえ？」

「そうです。間違いなく八百円でした。ちょうど石田さんところの部屋代と同じだったですからね、絶対に間違いはないはずです」

「二十年前にうちで八百円でお預りしたというと、おにいさん、そりゃあずいぶんいい外套ですね」

「いや、そんなことはありませんよ」

「そうですかあ……」

と中村質店の女主人は、膝の上にひろげていたわたしの外套をたたみはじめた。それはどことなく、ながびいた話合いにもかかわらず、質屋の女主人と客との間で結局値段の折合いがつかなかったときの場面に似ていた。客はこの外套で何とか五千円を貸してもらいたかった。一方、女主人は無理だという。その間およそ三十分も両者の攻防は続いただろうか？　そしてついに物別れである。女主人は膝の上で外套をたたみはじめた。おにいさん、考え直すんならいまですよ。よござんすか？　たぶん他家へ廻ってみても、四千円以上は無理だと思いますがねえ。どうです、おにいさん、やっぱり二、三軒持って廻ってみますか？　それとも、うちでお預り致しましょうか？　この寒いのに、表を歩き廻るのは、骨折り損だと思いますがねえ。

しかし、そのとき、とつぜん思いがけない事が起った。中村質店の女主人が、わたしの外套の裾を手前の膝の上へ折りたたんだときだ。外套のポケットから、炒ったそら豆が二、三粒、畳の上へ転がり落ちて来たのである。

「あら！」

と、おばさんは声をあげた。そして、畳の上に転がり落ちたそら豆の一粒を拾いあげた。しかし、とつぜん転がり出て来たのは二、三粒の炒ったそら豆だけではなかったようだ。

「おにいさん、思い出しましたよ！」

「え？」

「ほら、八百円！　八百円の外套ですよ」

「八百円ですって？」

「そうですよ」

「しかし、まさか、二十年前の外套と同じ八百円ってことはないでしょう、おばさん。しかも、あのときの八百円の奴は陸軍歩兵の外套ですよ、おばさん」

「そう、そう！　確かおにいさんのは、カーキ色のね、昔の兵隊さんの外套だったわ」

「ええ、そうです、そうです」

「しかし、本当に不思議だわねえ。おにいさん、この豆のお蔭ですよ。この豆がころころっと転がり落ちたでしょう。そうしたら、おにいさん、本当に不思議な話みたいだけど、そのおにいさんの、二十年前の兵隊さんの外套のポケットからねえ、いつかピーナツがころころっと転がり出して来たことがあったの。それをね、とつぜん思い出したんですよ」

「ピーナツ？」

「そう、南京豆ですよ」

「皮つきの？」

「そうねえ、そう、そう、皮つきの南京豆だったわよ、きっと。ポケットの底の方にカスがたまっていたわね」

しかし、中村質店のおばさんの記憶もそこまでであった。カーキ色の旧陸軍歩兵の外套のポケットから、一粒の皮つき南京豆が転がり出てきたのは、果して二十年前のいつだったのだろう？　わたしはたずねてみたが、わからなかったのである。わかっているのは、その豆の出所だけだ。二十年前にカーキ色の旧陸軍歩兵の外套のポケットから転がり出した皮つき南京豆も、二十年後に英国製外套のポケットから転がり落ちた炒ったそら豆も、あの信号の手前の豆屋で買ったものであることは、いうまでもあるまい。しかし、南京豆が果して、あの晩の南京豆の残りの一粒であったか、どうか？　それはわからなかった。また、それに、中村質店のおばさんがわたしの兵隊外套を扱ったのは、それが最後であったのかどうかも、わからないわけだった。

わたしは、中村質店の蔵にかけられた大きな南京錠を見ていた。質店の外側から見ると、この蔵は格子戸のある質店の建物とは別棟に見える。しかし、蔵には店の内部からも出入り出来るようになっているのである。わたしは上り框から右手に見える、大きな南京錠の下りた部厚い鉄扉の向う側の、薄暗い蔵の内部を想像してみた。わたしのカーキ色の外套は、何度あの蔵の中へ持ち込まれたのだろう？　そして最後に持ち込まれたのは、いつだろうか？　しかし、あの蔵の中に、最早やわたしのカーキ色の外套が無いことは、確からしかった。少なくとも中村質店の帳面の上では存在しなかった。いや、中村質店のおばさんの話では、二十年前の物品を記録した帳面自体が、すでに存在しなかった。つまり、九州筑前の田舎町から早起き鳥試験受験のために上京するわたしが着用して来た、旧陸軍歩兵のカーキ色外套は、中村質店の蔵の中にはもちろん、いかなる記録の中にも最早や存在しなかったのである。そして、ポケットの底にたまっていた南京豆の皮だけが、中村質店の女主人の記憶の底に、かすかにとどまったわけだった。

実際、わたしの外套は、それ以上でもなければ、それ以下でもなかったという他はあるまい。そのことは、わたしが発した最後の質問に対する、中村質店の女主人の返事からも明らかであろう。

「それではおばさん、最後に一つだけおたずねしたいんですがね」

とわたしは、畳の上に転げ落ちた二、三粒の炒ったそら豆を拾いあげ、掌で転がしているおばさんに、たずねた。

「二十年前の話なんですけどね、あのときのわたしの兵隊外套が、例えば駅前の飲み屋とか、何か、とにかくどこかで、誰かに盗まれたといったような話はきいたことありませんか？」

「おにいさんの、あの兵隊さんの外套が？」

「ええ、そうです。例えば、あるとき、このわたしが直接おばさんにそんな話をした、というようなことはなかったですか？」

「だって、おにいさんが自分で話したのなら、自分でおぼえているでしょうに」

「ええ、それはそうなんですがね、わたし自身がすっかり忘れちゃってることを、おばさんがおぼえていることだって、あるわけですからね。ほら、さっきの、ポケットの底にたまっていた南京豆の皮！　ああいうことも、実際にあったわけですから」

「しかし、おにいさん、そりゃあ無理というものですよ」

「無理？　いや、確かにご無理なお願いかも知れません。なにしろ、二十年前の話ですからね。しかし、南京豆の皮、あれです。あれ式の記憶が、何か……」

「だってねえ、おにいさん。記憶も何も、第一ねえ、わざわざ選りに選って、あの兵隊外套を盗む人はいないんじゃないか知らねえ？」

そういうと、中村質店の女主人は、声を出して笑いはじめた。上下とも前歯が二本ずつ、大きく欠けているのが見えた。

わたしが中村質店の格子戸を出たのは、それから二、三分後であった。別れの挨拶を済ませたあと、わたしは外套のポケットから炒ったそら豆の紙袋を取り出し、こっそり上り框へ置き土産にして来た。

12

わたしが山川との待合せの場所をお茶の水の橋の上と決めたのは、大した意味があるわけではなかった。ある日のこと、山川とわたしはお茶の水で会い損ねた。たぶん、一月くらい前になるだろう。わたしのまことに単純な錯覚のせいで、喫茶店を間違えたのである。わたしは約束の時間よりもほぼ一時間早く、国電お茶の水駅に到着した。待合せの時間は午後六時だっただろうか？　そうであったのであれば、わたしは五時ごろお茶の水に到着して、山川と待合せをすることになっている喫茶店の前を、約束の時間よりもほぼ一時間早く、通り過ぎたわけだ。

たまたまその喫茶店の前を、通りかかったのではない。わざわざ廻り道をしたわけでもないが、喫茶店タイガーはわたしの行ったことのない店だった。したがって、山川の電話によればたぶんこのあたりであろうと見当をつけながら歩いていると、余り見当違いではないあたりにタイガーの看板が見えたのである。看板は縦長で、黒と黄色のまだらだった。そこに片仮名でタイガーと大きく縦に書かれている。なるほど、とわたしは納得した。山川は仕事の打合せなどにもそこを利用しているらしいが、これならば初対面の相手と待合せても安全だろう。なにしろ喫茶店の多い通りだった。しかし、この看板なら間違いはあるまい。しかもその上、不思議に混まないという。

お茶の水界隈の喫茶店が、どこもかしこも大学生たちで混雑しているということくらいは、わたしも見たり聞いたりして知っていた。実際混んでいるのである。そして混雑するのは当然であろうと考えられた。にもかかわらず、タイガーだけがすいているというのは何故だろう？　理由は山川にもわからないらしい。もちろんわたしにもわからなかったが、それはべつに差し支えのないことだった。実際、もし混み合っていたところで、差し支えはなかったのである。わたしは山川と何かの打合せのために会うわけではない。もちろん珈琲とか紅茶を飲みながら、漫然と世間話をしようというのでもない。また大学生たちのように、ただ何となくそこで暇を潰そうというわけでもなかった。要するにわたしは喫茶店で、山川と長い時間ゆっくりと向い合っていなければならないような用事は何も持ってはいなかったのである。

わたしは喫茶店タイガーの看板の下を通り過ぎた。そして、喫茶店が軒を並べている通りを、大学生たちとぶつかり合いながらすれ違って、お茶の水駅の正面出口の方へ歩いて行った。わたしは、山川が電話でいった通りお茶の水駅のニコライ堂側の出口から出て来たわけだったからだ。正面出口の方へ廻ったわたしは、こんどは橋の方へ歩きはじめた。しかし、べつに待合せまでの約一時間を、どこでどうやって潰すという当ては何もなかった。わたしはぶらぶらと橋を渡った。そして、立ち止っている一塊りの人びとと一緒に信号を待ち、交叉点を渡った。一緒に渡った人びとのほとんどは、向い側の地下鉄お茶の水駅の階段を駈け降りて行った。湯島天神へ行ってみようか？　わたしがそう思いついたのは、交叉点を渡ったあと右の方へ歩いて行き、もう一つの橋へ出る左手の階段を昇りはじめたときだった。たぶん、一時間あればゆっくり往復できるだろう。

わたしは湯島天神へ一度だけ出かけたことがあった。一年くらい前だろうか？　そのときもいわば偶然のようなものだった。十何年も前から、その近くで知人の一人が小中学生向けの小さな出版社をやっており、一度訪ねてみようと考えながら、わたしは訪ねて行かなかった。ところがあるとき、北千住から新しく開通した地下鉄に乗っていると、三つ目だか四つ目の駅が、湯島天神前だったのである。わたしは思いついて下車して、十何年ぶりかで知人に会い、二人で湯島天神へ出かけて泉鏡花の筆塚も見物した。あるいはわたしは、北千住からではなくて、逆にその地下鉄で北千住の方へ帰る途中だったのかも知れない。しかしいずれにせよ、湯島天神へ出かけたのはわざわざではなく、たまたま通りかかってのことだった。その知人にも、それ以来会っていない。また彼とわたしの関係も、ここで取り立てていうほどの間柄ではなかった。

したがってわたしが、湯島天神へ行ってみようと考えついたのは、その知人のせいではなかった。また、どうしてももう一度、鏡花の筆塚が見たいというわけでもなかった。鏡花の筆塚の真正面には、出来たての新型高層住宅が銀色に光っていた。十何階？　あるいは二十何階だったろうか？　銀色の新型高層住宅は、湯島天神の丘の上に立っている筆塚よりも、高く見えた。これはケシカラヌことだろうか？　もちろん湯島は、湯島天神だけの湯島ではない。鏡花だけの湯島ではない。銀色に光る新型高層住宅の湯島でもあり、新しく開通した地下鉄の湯島でもあるわけだろう。そしてそれは、何も鏡花の筆塚と湯島との場合に限ったことではないわけだった。

わたしが湯島天神へ行ってみようと考えたのは、山川との待合せの時間までのおよそ一時間を潰すのに、そこまでの往復はちょうど手頃だろうと考えたからだ。しかし、湯島天神の境内や、そこに立っている筆塚をぜんぜん見たくないというわけでもなかった。場合によっては、おみくじの一つも引いてみたいと考えたほどだ。筆塚に限らず、わたしはいわゆる名所旧跡というものを、毛嫌いするという人間ではない。日光へ行けば東照宮が見たいし、東照宮へ行けば日暮しの門が見たいし、左甚五郎の眠り猫も見たい。そして実際、わたしは団体客にもまれて石段からうしろへ押し倒されそうになりながら、つま先立ってそれらの絵葉書でなじみ深い建物や彫刻を見物して来た。有名な華厳《けごん》の滝は、音だけ聞いて帰って来た。生憎くの曇天で滝は見えません。しかしこの方角が華厳の滝でございます。バスガイドは、あたかも滝が見えない責任の半分は自分にあるのだ、とでもいうように、そう説明した。もちろん、彼女の口調は、形通りのものであった。曇天で滝が見えないのは、べつにその日が初めてではなかったはずだからである。つまり彼女は、教えられた通り、忠実に説明したわけだ。滝が見えない責任の半分は曇天であるが、残りの半分はバスガイド自身にある！　少なくとも観光客たちには、その責任感を伝達させるのが彼女たちの任務であることを、教えられていたのだろう。わたしにも、それは通じた。たぶん他の客たちにも通じたのだろう。滝が見えないのは、何もあんたのせいじゃない。音だけを聞いて、濃霧の奥に滝を想像するのもまた一興ではなかろうか。人びとはたぶん腹の中でそう納得しつつ、バスガイドに引率されて滝見の場所をあとにしたはずである。

小諸《こもろ》へ行けば、小諸城址で名高い懐古園が見たい。藤村記念館ものぞいてみたいし、『千曲川のスケッチ』に出てくる矢場も見物したのだった。もちろん展望台から千曲川も眺めた。眼下の千曲川は中部電力のダムになっており、中洲に出来ている遊子苑の文字よりも、中部電力の四文字の方が大きく誰の目にも入って来ることになっていたが、それは湯島における鏡花の筆塚と、銀色に光る高層住宅との関係と同様であろう。

洋の東西を問わず、わたしは各国の歴史にまことにうとい人間である。自慢にはならないが、日本の場合も例外ではない。歴史小説類にもきわめて不案内である。築城はもちろん、刀剣甲冑《かっちゅう》の類に関しても、ほとんど無知同然だった。小諸藩の何たるかも知らないし、日光東照宮の場合も同様である。にもかかわらず、わたしがそういった場所を故意に無視することが出来ないのは、何故だろう？　常識的ということだろうか？　それとも田舎者ということだろうか？　たぶん、そういうこともあるのだろう。いずれにせよ、おそらくわたしは、例えばモスクワでは、どこよりもまずノヴォ・ジェーヴチー寺院裏のゴーゴリの墓へ出かけて行きたがる人間に違いないのである。また、レニングラードでは何よりもまず、ネフスキー大通りを見物したがる人間といえるだろう。ネフスキー大通りとは切っても切れないネヴァ河も渡ってみたい。そして、あのイサーキエフスキー橋の上にも立ってみたい。ゴーゴリの『鼻』の中で床屋のヤーコヴレヴィチが、ぼろ布に包んだ八等官コワリョーフの鼻をようやくの思いでネヴァ河へ捨てることのできた、あのイサーキエフスキー橋である。橋といえば、アカーキー・アカーキエヴィチの幽霊が出没して通行人の外套を剝ぎ取るという噂が最初に立ったのは、カリンキン橋の近くであった。また、アカーキーの幽霊が最後に暗闇の中へ姿を消して行った場所は、オブーホフ橋であった。

もちろん、そのような場所にまったく興味を示さない人間もいるはずである。興味を示さないばかりか、軽蔑する人間がいたとしても、べつに不思議とはいえないだろう。レニングラードにしろ、モスクワにしろ、あるいは日光にしろ、小諸にしろ、見物したくないものを見物しないことは、当然の権利であるし、名所旧跡などというものは絵葉書で眺めれば充分なのだ、と考えることも自由だろう。実際、絵葉書はそういう考え方をする人びとのために、大量生産されているのかも知れないわけだ。そして、そのような考え方をする人間が、絵葉書の数と同じくらいに増加すれば、たぶん名所旧跡といわれる場所も、もう少し混雑せずに済む理屈である。しかし、事実は正反対であって、日光も小諸も見物人は増加の一途をたどっているらしい。モスクワ、レニングラードの場合も、たぶん同様ではなかろうか。したがって、名所旧跡といわれる場所に興味を示さない人間は、やはり少数者ということになるわけである。

わたしは、そのような少数者に対して、実はかすかな憧れに似たものを抱いている。憧れ？ いや、興味というべきかも知れない。すなわち、自分が興味を抱かない場所に興味を抱く人間たちを軽蔑することの出来る人間に対する興味である。いい換えればそれは、次のような疑問形の興味だ。自分だけは軽蔑されていないと信じ込むことが果して可能なものだろうか？ もしそうすることが可能ならば、やはりわたしはそのような幸福なる少数者に憧れるべきであるのかも知れない。しかしたぶん、そのような形でわたしが憧れる少数者は、存在不可能だろう。なにしろ、わたしに誰かを軽蔑することが出来る以上、誰かにだってわたしを軽蔑することが出来ないとは断言出来ないはずだからである。そしてその、逆もまた真なり、だからである。

　しかし、この場合、他人のことは本当はどうでもよいのかも知れない。要するに、名所旧跡に関する歴史的知識にきわめてうとい人間であるばかりでなく、知識を得るための努力さえしようとしない人間であるにもかかわらず、名所旧跡というものを故意に無視することが出来ないのは何故だろう？　もちろん、名所旧跡を求めて群がる大多数の他人のことではなくて、わたし自身の場合だ。それは何故だろうか？　たぶんそれは、矛盾のためだ。日光東照宮の日暮しの門へ向う石段の途中で、紫色の旗を立てた団体客の背中に押し戻されながら、将棋倒しの恐怖をおぼえたとき、一人残らず肩からカメラを吊している団体客たちをわたしが軽蔑しなかったとはいえないからである。わたしは危くつま先立ちになり、土俵際に押し込まれた力士のように弓なりになってこらえながら、わたしをそのような姿勢に追い込んでいる団体客たちの背中を、わたしは軽蔑した。何という滑稽な軽蔑だろうか！

　また、小諸懐古園の展望台では、望遠鏡の前に並んで順番を待っているわたしの前へ、自分の子供を割り込ませて十円玉を入れさせた母親をわたしは軽蔑した。しかしわたしは、結局その軽蔑すべき母親と息子のあとから十円玉を投入して、絵葉書そっくりの浅間山や千曲川の向う岸を、望遠鏡でのぞいたのである。何という矛盾だらけの軽蔑だろうか！

　そして、わたしがいわゆる名所旧跡と呼ばれる場所を、そのように軽蔑すべき大多数の人びとともに見物しているのは、おそらくその滑稽きわまる矛盾のために他ならないのだった。そのような場所を故意に無視することの出来る人間に対して、かすかな憧れに似たものをおぼえたのは、たぶんわたしが、彼らの態度の中にはわたしのような、滑稽きわまる矛盾を発見出来なかったためであろう。矛盾の無い生き方に、かすかな憧れに似たものを抱いたのである。しかしもちろん、わたしが彼らになることは出来ない。そして、名所旧跡と呼ばれる場所へ出かける度に、わたしはそのことを痛感させられた。あるいは、わたしが名所旧跡というものを無視することが出来ないのは、そこが、そのようなわたし自身の矛盾を痛感するのに、まことに恰好な場所であったためだ、とさえいえるかも知れないのである。

それにしても、湯島天神境内に立っている鏡花の筆塚を、名所旧跡呼ばわりするのは、いささか大袈裟に過ぎないだろうか？　たぶん、大袈裟過ぎるのだろう。しかし、大袈裟であろうと、大袈裟でなかろうと、わたしがそこへ向って歩きはじめていたことだけは確かだった。そして出来ることなら、おみくじの一つも引いてみようと考えてみたのも、事実だ。その証拠にわたしは、歩きながら鼻唄さえ歌いはじめたようだった。湯島通れば思い出す、おつたちからの心意気。しかし、結局わたしはその日、湯島天神へは行かぬままお茶の水へ引き返して来た。わたしは、東京医科歯科大学の裏側から、湯島天神の方角へ坂をのぼって行ったつもりであったにもかかわらず、いつの間にかホテル街に迷い込んでしまったらしい。自動開閉式ドアつきのモーテル。宇宙船型回転式ダブルベッド。その他その他の看板のまわりを、もちろん当てもなく歩き廻っているうちに、そろそろ山川との待合せ時間が来てしまったわけだ。

しかしわたしは、湯島天神へ到着出来なかったばかりでなく、山川にも会い損ったのである。国電お茶の水駅の正面出口側まで引き返したわたしは、左に折れた。そして、さっき歩いて来た喫茶店通りを、タイガーの看板めざして歩いて行った。黒と黄色のまだらに染め分けされた縦長の看板は、あらためて探す必要もなく、目の前にあった。わたしは入った。山川の姿は見えなかった。時計は約束の六時にあと五、六分だった。店内は、すいているというほどではなかった。しかしわたしは、入口から離れた窓際の、二人用の小テーブルを一人占めすることが出来た。わたしはトマトジュースを注文して、そこで山川を待つことにした。わたしはその席が気に入った。窓からは国電お茶の水駅のプラットホームを眺めおろすことが出来たのである。この席でならば少しくらい待たされても、確かに腹は立たないだろう。

トマトジュースを飲み終ったわたしは、ちょっと考えて、ウイスキーの水割りを注文した。実際、そうしたくなるような席だった。お茶の水駅のプラットホームを眺めおろしながら、わたしは水割りウイスキーを二杯飲んだ。腹が立ちはじめたのは、三杯目のお代りをしたころだろう。もちろん山川があらわれないからである。わたしは、三杯目の水割りを飲み終ると、席を立った。時計は七時をちょっと廻っていた。ドアを出たわたしは、左上方にタイガーの看板を確認した。しかし、喫茶店タイガーの入口は、その看板の真下になっていた。わたしはその一つ手前のドアから出て来たことになるのである。わたしは、大急ぎでタイガーのドアを開いた。山川の姿は見えなかった。わたしはウエイトレスの一人にたずねた。

「すみません。一人で誰かを待っているような客はいませんでしたか？」

「さあ」

「客は、男です。ちょうど、このぼくと同じくらいの背恰好で」

「何時ごろでしょう？」

「六時ごろから、一人で来ていたと思いますが」

「あそこの席にいたひとか知ら……」

「あの窓際の？」

「ええ、そうです」

「灰皿が吸がらで山盛りになっていたんじゃないですか？」

「そうだわね、やっぱり、あの席にいたお客さんじゃないかと思いますけど」

「そうそう、ウイスキーの水割りを注文したかも知れません」

「さあ……マスター、ちょっと」

「いらっしゃいませ」

「いや、ぼくじゃあないんです」

「あ、失礼しました。いま出て行かれた方ですね？」

「はあ？」

「あの窓際で、水割り飲んだお客さんのことらしいわよ」

「そうです。何時ごろ帰りましたか？」

「その方なら、確か、たったいまし方じゃなかったかな。お客さんと入れ違いくらい」

わたしが山川とお茶の水の橋の上で待合せることにしたのは、ざっとそんなことがあったからだった。わたしの錯覚は、タイガーの看板のせいだ。あの看板が余りにも目立ち過ぎるためだった。約束の一時間ほど前、山川から電話で教えられた通り、ニコライ堂側の出口から出て来て正面出口の方へ歩いて行きながらわたしは、すぐにその看板を発見した。発見したばかりでなく、その下を通り過ぎたとき、黒と黄色のまだらに染め分けられた縦長の看板は、不思議な強烈さでわたしの眼底にこびりついたものと見える。湯島界隈から戻ったわたしは、こんどは反対に正面出口側からニコライ堂側出口へ向って歩いて行った。そして、眼底にこびりついていたらしい虎色の看板を見上げながら、手前の店のドアを開いたわけだった。まことに平凡な錯覚である。そしてわたしが、こうしてお茶の水の橋の上で山川を待っている理由は、それ以上でもなければ、それ以下でもなかった。

ところでわたしは、わたしと山川との関係について誰かに答えなければならないだろうか？　あるいはそうしなければならないのかも知れない。

わたしは彼と、いつどのようにして出会ったのか？　わたしと彼との利害関係は、いかなるものであるのか？　それとも、そのような関係は無いのか？　彼は何故、離婚者となっているのか？　また彼の離婚は、過去および現在のわたしといかなる関係を有するものであるのか？　過去および現在における彼の生活はいかなるものであるのか？　そしていったい山川とは何者であるのか？

わたしは右の七つの疑問符に対して、ほとんど充分に答えることが出来る。まず、最初の疑問符に対する答えは、「忘れた」あるいは「思い出せない」であり、第二、第三の答えは、いずれも「ナシ」である。しかし、第四以下、第七までの疑問符に答えるためには、このあと少なくとも一時間近くこの橋の上に立っていなければならないだろう。然るに時計はすでに、約束の六時ちょうどである。したがって、彼が何か、およそ一月前のわたしのような錯覚でも起さない限り、この先更に一時間近くわたしがこの橋の上に立っていることにはならないわけだ。もちろん彼が、とつぜん錯覚にとらわれないとは断言できない。あのタイガーの場合のごとく、はっきりと確認したことがすなわち錯覚の原因となることもあったからだ。

それとも、何かを錯覚しているのは、またもやこのわたしの方だろうか？　まさか！　そんなことはあるまい。もちろん絶対にあり得ないとは断言できないが、しかし、そうではない限り、たぶん彼はやがて間もなくこの橋の上に姿をあらわすだろう。そしてそうなれば、第四以下第七までの疑問符に対するわたしの解答は、はじまらないのが当然だった。はじまらないばかりではない。更に新しく追加が必要となるはずである。彼が深夜しばしば、実際かかっては迷惑な時間に電話をかけてくるのは、何かが終るかはじまるかした証拠だったからだ。

「では、委細は面談ということで」

これが彼の、いつもの電話の切り方だった。果して何かが終ったのか？　あるいは何かがはじまったのか？　もちろん委細は会ってみなければわからなかった。わかっているのは、女の話だということだった。とにかくもう一度、何が何でも結婚してみせるぞ！　山川がいうところの委細を、わたしなりに可能な限り短いことばで要約すれば、そういうことだった。つまり彼の眼は、少なくとも女性に関する限り、未来に向っていたのである。わたしはこれまでに、そのような彼の未来にかかわりを持つことになるかも知れない女性を、四人は知っていた。四人？　あるいは五人だったかも知れない。いずれにせよわたしは今夜、山川とともに彼女の部屋へ出かけることになるであろう。なにしろ山川はわたしを、彼の未来にかかわりを持つことになるかも知れない女性の部屋へ次々に案内するのが常だったのである。どこで酒を飲んだ場合も、そこがいわば終着の駅だった。そしてほとんどの場合、わたしたちはそこで最後の酒を飲み、夜が明けることもあったわけだ。

したがって、このわたしなどよりは彼の方が、小説の主人公としては遥かに適していたかも知れないのである。またそうしてはならないという理由は、どこにもなかった。にもかかわらず、わたしがこの橋の上で山川の存在を忘れ果てていたのは何故だろう？　それはたぶん、彼が二十年前のわたしとは、まったく無関係な人間だったからだ。つまり彼は、ある日とつぜん早起きをして家をとび出して行ったわたしと、無関係な人間だった。九州筑前の田舎町とも無関係だ。早起き鳥試験とも、蕨とも、古賀兄弟とも、久家とも、大佐の娘とも、ヨウコさんとも、無関係の人間だった。もちろんわたしの、カーキ色の旧陸軍歩兵用外套とも無関係である。要するに彼は、二十年前のわたしとはまったく無関係であったために、とつぜんの早起きからはじまったわたしの一日巡礼とも無関係な人間だった。左様、ある日のことわたしは、二十年前のわたしとも、とつぜんの早起きによってはじまったわたしの一日巡礼とも、まったく無関係な一人の男を、お茶の水の橋の上で待っていたのである。失われた外套の行方を求めて歩き廻ったのも、わたしだった。山川を待っているのも、わたしだった。そのような、ある日だったのである。

この橋の向うにもう一つ橋があって、ドームのようだ。あの橋は、何橋だろうか？ その上のあたりに点《とも》った青赤のネオンは、当然のことながら暗い水面ににじんでいた。橋の上もすでに薄暗かった。わたしは外套のポケットに両手を入れて、左右に歩き過ぎる通行人たちを見ていた。しかし、カーキ色の外套は誰も着ていなかった。もちろん山川が着て来るはずもなかった。

※　作中に引用したゴーゴリの文章は、すべて横田瑞穂訳を使用させていただいた。また、引用した『朝鮮北境警備の歌』は星野四郎、『歩兵の本領』は加藤明勝の作詞による。

（『挾み撃ち』、河出書房新社、一九七三年十月三十日）

GOTO？ WHO？

島田雅彦

歩け、歩け、歩け

後藤明生の文学を語る上で、遊歩者の視点は欠かせない。後藤文学はほっつき歩くことから始まり、歩くのをやめたところで終わった。その登場人物たちが歩くのは、実際に後藤が暮らしていた団地周辺であり、五〇年代から九〇年代までの各時代の都内各地、各駅、各盛り場であり、晩年は大阪界隈だった。

健康のためとか、いい天気だからとか、リハビリのためなどと様々な理由を並べ立てるが、目的や理由などなくても、人はほっつき歩かずにはいられないものなのだ。狩猟採集で暮らした我らの先祖から受け継いだDNAのせいなのか、産業社会になってからも、人々は散歩、買い物、食べ歩き、はしご酒と、熱心に徘徊する。

古今東西の文学作品を俯瞰しても、主人公がほっつき歩く物語はかなりの割合を占めている。古代ギリシャの英雄叙事詩『オデュッセイアー』から始まり、東洋には唐詩に見られるような「世捨て」の伝統もある。芭蕉の『おくのほそ道』なども俳諧と徘徊の宿命的関係を浮き彫りにする。

哲学者もよく歩く。カントの日課は、生涯を送った町ケーニヒスベルクの森をそぞろ歩くことから始まった。『永遠平和のために』という晩年の著作も散歩の中から発想された。いつもの散歩道に葬儀屋の看板が出ていて、そこに「永遠平和」という言葉が記されていたというのである。看板の惹句への関心の持ち方は後藤明生と似ている。

ジャン＝ジャック・ルソー晩年の著作『孤独な散歩者の夢想』は、それこそ徘徊老人の身辺雑記と愚痴で、日本の私小説に通じるものがある。自分ほど人付き合いが好きな人間はいないのに、世間から満場一致で締め出されたと思っている老人が、なぜこうなってしまったのかを、おのが履歴を振り返りながら、ぼやくのである。歩きながら、自分の過去を振り返る癖は後藤明生にも通じる。

実際、小説、映画から主人公の歩きのシーンを全てカットしたら、作品として成立しなくなるだろう。誰かが歩き始めなければ、物語は展開しないし、感情も動かない。発見もなければ、出会いも生じない。思考は停止し、論理も破綻する。ミステリー作家に限らず、物書きはみな探偵みたいなもので、歩き回ること、嗅ぎ回ることなしには何も始まらない。物書きの仕事上、欠かせないのは手よりもむしろ足なのである。そして、歩き回るからにはそこに無数の「偶然の出会い」が発生する。「ほっつき歩き」と「偶然の出会い」、この二つは近代文学を支える二大要素といっても過言ではない。

人口の集中した都市には野山とは違う生態があり、複雑極まる利害関係があり、貨幣を媒介にした交換の営みがあり、格差があり、情実や怨恨が絡み、色恋が生じる。経済活動の中心たる都市はおのずと下世話な世界になる。

電車の車中で、居酒屋のカウンターで、ショッピングモールで、繁華街ですれ違ったり、隣り合わせた人々の数だけ人生があり、欲望があり、物語があるが、そのひとつひとつに付き合う余裕はない。だから、都市では互いに礼儀正しく無関心でいようとするのだ。とはいえ、好奇心が肥大化した物書きは少ない手掛かりから、見知らぬ他人の生活を想像し、時にはその相手に憑依しさえする。人は自意識への関心から文学入門を始めるが、真に文学が始まるのは他人の欲望を盗み、他人の物語をなぞることがやめられなくなってからだ。

メディアの社会面は謎めいた他人、怪しい隣人に対する読者の好奇心を満たすために日々、都市で生じる暴力や犯罪、謎めいた現象にスポットを当ててきた。新聞の社会面に小説を連載して来た夏目漱石もそれを意識し、実際に起きた事件の報道と並列させるように都市生活者の心の闇を描いてきた。たとえば、漱石が『彼岸過迄』で用いたのは東京を縦横に彷徨い歩く遊民の視点だった。現在なら、フリーランスの記者とか、世相ウォッチャーと呼ばれる人たちのスタンスに近い。

ところで、日本近代文学では実に八割以上の作品が東京を舞台に設定している。近代化とは産業社会化であるから、農村から都市部への大きな人口の流入が起きる。地縁から離れた寄る辺ない他人同士が寄り添って暮らせば、そこに他人との偶然の出会いが生じる。都市は文字通りの人間動物園である。隣人が犯罪者ではないという保証はないし、善人面した悪人など掃いて捨てるほどいる。

後藤明生は都市の中でもとりわけ人口密度が高い団地に暮らし、「ほっつき歩き」と「偶然の出会い」をフルに活用し、どんな小ネタも小説の素材にすることができた。

余計者の系譜

初期から晩年に至るまで、ロシア文学の熱心な信奉者だった後藤の作中にはゴーゴリやドストエフスキー、ゴンチャロフやチェーホフの作品に登場するお馴染みの面々を彷彿とさせる人物がよく現れる。その筆頭はオブローモフであろうか？　この十九世紀に登場した怠惰の権化というべき地主はオブローモフシチナ（オブローモフ主義）なるコトバをも派生させたが、『四十歳のオブローモフ』という長編を書くくらいに後藤はこのキャラクターに思い入れ、自らを団地住まいのオブローモフになぞらえた。近代文学における「特性のない男」、「余計者」の系譜は実質、ここから始まるといっても過言ではないのだが、二十世紀になると、オブローモフの日本的変種も多数輩出した。古くは漱石における「高等遊民」がそれに当たる。漱石以後、日本近代文学は地主やブルジョアのドロップアウトした息子たちによって担われるが、戦後は都市部に出現した新たな階級であるサラリーマン、主婦、学生が主役の座に躍り出る。さらに時代が下れば、雇用条件の変化に伴い、フリーターあるいは失業者に取って代わる。本巻に収められた「誰？」から「結びつかぬもの」までの「男」はまさにオブローモフの日本的変種の最新ヴァージョンを更新し続けていたのである。

「男」は用もないのによくほっつき歩く。ペルシャ語でほっつき歩くことを「チャランポラン」というのだそうだが、この「男」の性格もまた「チャランポラン」である。団地住まいの「男」は常に二日酔いで停滞の極みにあり、頭の中は雑念で満たされている。「男」は「誰？」ではゴーストライター、「何？」では職安通いの失業者、「隣人」では露文和訳を生業とし、「結びつかぬもの」では小説家になっている。「何？」では、「誰？」の「男」は家族で富士を眺めたり、百姓くずれの自分の出自に思いを馳せたり、団地内で迷い、コンクリートを溜めた肥料溜に落ちてしまう。「何？」の「男」は自分は結局のところ何者なのかの自問自答を繰り返しながら、職業安定所に通い、「国家の代表」である職安職員と対話したり、妻の断食を横目に見ながら、泥酔常習者の味覚音痴について考察したり、戦時下の少年時代の飢餓と現在の飽食状態に思いを致したりする。「隣人」では『罪と罰』のソーニャの日本的変種か、エホバの証人と思しき婦人に聖書を読み聞かされたり、幼女誘拐の話題から長女のことが心配になり、団地周辺を探し歩いたりする。また、「疑問符で終る話」では、電気屋と家電製品にまつわる話をしたり、サウナで酒を抜いたりする日常が語られ、「書かれない報告」では、団地生活の実態レポートを書く仕事の依頼を受け、団地の水漏れの原因解明や構造の分析を行うことになったり、不意に部屋に虫が出現し、困惑しながら、指で押しつぶし続けることになったりする日常を通じて、老朽化して来た団地と自分が似ていることに思い至る。

一体何をしたいんだよ、何でそうなるんだよ、と突っ込みたくなるが、「男」自身もそのことについて明瞭な自覚はないのだ。「男」は社会の、あるいは団地の得体の知れない複雑なメカニズムに疑問を抱きながら、にわか探偵になって、謎解きを始めようとするのだが、関心は長続きせず、疑問は宙吊りにされる。しかも、「男」はマルメラードフばりの酔っ払いで、記憶も曖昧、判断もあやふや、始終吐き気を催し、足元もおぼつかないのである。

だが、この「男」にも終始一貫性はある。軍国主義から民主主義へ、統制経済下での窮乏生活から経済成長下での飽食、北朝鮮での幼年時代、九州での引き揚げ生活、東京での下宿生活、結婚後の団地暮らしと戦中から戦後にかけての急激な変化に対する強烈な違和感、これだけは二日酔いだろうが、失業中だろうが、変わらない。どの作品にも消せない過去の記憶が間欠的に蘇ってくる。どの作品も団地暮らしの現在時制で語られているが、「男」はことあるごとに「なぜ自分はここにいるのか」という存在論的不安に駆られ、にわかにおのが出自を再確認したくなるのである。

その人をその人たらしめているのはDNAの情報だけではない。過去の来歴とその記憶もまた固有性を形成する。記憶がほかの動物より長く持続する分、ヒトは過去に振り回されるのである。そして、過去と現在のあまりのギャップに途方に暮れるしかないのだが、「男」は感傷を嫌い、美化を拒み、一切合切を与太話にして、笑い飛ばしてしまおうとする。

だが、本巻の最後に置かれた「挾み撃ち」はそれ以前の「男」の右往左往を引き継ぎながら、自分の過去を捜査する探偵としての自覚を前面に押し出し、何らかの答えを出そうとする。

我々は皆、『外套』から生まれた

これはドストエフスキーがいったとされる有名なコトバだが、この一言にロシアの近代小説の特徴が集約されている。寄る辺なき都市住民たちの徘徊と偶然の出会いが引き起こす化学変化、それが近代小説である。下級役人アカーキー・アカーキエヴィチは安い給料を積み立ててようやく外套を新調したものの、その日のうちに盗まれてしまう。外套を血眼になって探しながら、ペテルブルグの町を彷徨う。類稀な知略と勇気に富んだヒーローたちの波瀾万丈の物語である古代ギリシャの英雄叙事詩やヨーロッパ中世の騎士道ロマンスとは違って、近代小説は都市に暮らす特性のない凡人たちが主役を務める。ゴーゴリの『鼻』や『外套』の下級役人たちのシーク＆サーチの物語は十九世紀にペテルブルグに暮らしていた人々の等身大の肖像だった。

「挾み撃ち」もまた『外套』から生まれた。

ドストエフスキーが『罪と罰』の冒頭を、家賃を滞納しているラスコーリニコフが大家と鉢合わせしないように屋根裏部屋からペテルブルグの路地に出て、徘徊を始めるところから始めたように、後藤は、「わたし」をお茶の水橋の上に立たせ、二十年前に上京して来たばかりの自分が着ていた外套を探そうという気紛れを起こさせる。それは具体的には東京にやって来てからの転居歴を辿り直すリサーチになり、必然的に自分が辿って来た過去の回想になる。ペテルブルグにやって来たウクライナの田舎者（ゴーゴリ）と東京にやって来た北朝鮮生まれの「わたし」が重ね合わされる。

「わたし」の外套探索は福岡の知己である古賀兄弟との関わりから始まり、かつての間借り先の訪問へと展開する。ここでも偶然が幸いして、二十年前に世話になった家族の現在を確かめることができ、忘れていた同郷の友人のことを思い出し、さらに中村質店を訪ねることになる。そこから回想は戦時中の軍事教練に及び、外套探しはどうでもよくなってしまう。「バカらしか、ち！」という懐かしい方言の間の手が随所に挿入され、脱線だらけの語りにリズムが刻まれる。

さて中村質店で首尾よく二十年前のおばさんと再会が叶い、いよいよ外套の行方が明らかになるかと思いきや、今着ている外套を質草にしたらいくらになるとか、アカーキー・アカーキエヴィチの本家本元の『外套』の引用が入って来たりして、脱線は続くが、ようやく質屋のおばさんが思い出す。今着ている外套のポケットから煎ったそら豆が転がり落ちて来たのを見て、昔の外套のポケットにも南京豆が一粒入っていたことを思い出すのである。

外套は行方不明のまま「わたし」はお茶の水橋で山川と待ち合わせていたことを思い出す。だが、その山川なる人物が何者で、自分とどういう関係なのかについては思い出せない。

後藤明生のスタイルはどのジャンルに分類すべきか？

この選集の編者たちとの会合で一度ならず話題になったのは、この問題である。個々の作品を前に、これは小説なのか、随筆なのか、あるいは回想なのか、告白なのか、あるいはロマンスなのか、風刺なのか、わたしたちはひとしきり惑わされる。結論からいえば、そのような厳密な区別は後藤明生には適用できないということになる。便宜上、エッセイ集として出版された本に収められているものはエッセイ、短編連作の形式でまとめられている本の個々の作品は小説と見做したが、エッセイ集の中に小説っぽいものが収まっていたり、どう読んでもエッセイとしか受け取れない短編もあった。しかし、それをいいだせば、きりがないのである。なぜなら、小説中で展開されるエピソードのひとつひとつは完全にエッセイのスタイルで書かれているし、それらが特に有機的なつながりを持っているようにも見えないからである。

ここに収められた作品でいえば、「結びつかぬもの」がその最たる例だろう。「男」は上野発の電車の指定席に座っているのだが、隣の男は幕の内弁当を食い、お茶で火傷をしたようだ。それはそうと、上野駅まで地下鉄で来るのも大変だった。二日酔いで半病人みたいな状態だったし、子どもたちに絡みつかれたりとすったもんだがあった。そもそも二日酔いになったのは前の日に知人と酒を酌み交わしたからである。その前は「稲作調整実施田」なる看板が気にかかっていた。そこでたまたま蛇を見たのだが、蛇といえば、子どもの頃、香具師が売っていた蛇由来の万能薬を買ったことを思い出し、さらにそこから北朝鮮にいた頃に蛇を殺した記憶が蘇る。そして、ふと気づくと、また上野の車中に意識が戻ってくる。指定席の番号を間違えたことから隣の乗客と世間話が始まり、いつしか住宅談義になっている。最後は「眠たくないよう！」と昼寝を拒む娘の声が幻聴のようにこだまするのである。

タイトルの「結びつかぬもの」があらかじめお断りしている格好になっているが、どのエピソードも単に芋づる式に記憶から引っ張り出されるだけで、物語的な伏線もその回収もないままに場面だけが移り変わってゆく。小説にスリルに満ちた起承転結を求める向きからすれば、二日酔いの酩酊状態で書いたものとしか思えないかもしれないが、このシュールレアリスムの自動書記を思わせる語り口こそが後藤明生の名調子なのである。

生前、後藤酩酊というあだ名もあった（私がつけたのだが）ほどに、いつも酔っていた後藤明生だが、その時のクダの巻き方、延々と続く与太話の語り口と小説の語りはほとんど変わらないのである。「挾み撃ち」以外の作品の語り手は全て「男」となっているが、この男は大抵の場合、二日酔いなのである。ほとんど無頼文士、破滅型芸人の持ち味でもある語り芸の持ち主は、酔っていなくても、そこに話し相手がいなくても、自分を聞き手に喋り倒す。そして、たまたまそこに机と原稿用紙がある時に、小説という形式に収められるのである。

この説は後藤明生に会ったことのある人ならば、頷くところだが、小説とエッセイ、エッセイと酒場の与太話、会話と独り言の区別さえつかない独特の後藤節は実は極めて批評的、思弁的であることを忘れてはならない。本人のあの飄々とした酔いっぷりは韜晦だったのである。そこは日本語文脈のエッセイとは若干、ニュアンスが異なる。『枕草子』のような古典は随想とくくられるが、個人的な好みやセンスが前面に出る印象が強い。

後藤明生は日常の中に口を開けるナンセンスやふとした疑問、奇妙な他者との出会いを身辺雑記風に語りながら、読者をその話に巻き込み、意識の流れに沿うようにして、話題を変えながら、時にアフォリズムをちりばめ、ロシア文学からの引用やパロディを織り交ぜる。

そのスタイルに似ているものを私は探していたのだが、その最も古い前例として、モンテーニュを引き合いに出してみようと思う。この十六世紀のユマニストはその主著『エセー』を書くことの意味を、人間、特に自分自身を率直に記述することであると述べている。彼は「私自身というものよりも大きな怪物や驚異は見たことがない」のだそうである。モンテーニュはこうもいっている。

我々は自身の推論を信用できない、なぜなら思考は我々に起こるものであるから。我々は本当の意味ではそれらをコントロールできない。我々が動物よりも優れていると考える相応の理由はない。

この相対主義は後藤明生の飄々ぶりに通じるところがある。

ところで、このモンテーニュの登場後、ヨーロッパでは近代科学の萌芽があった。

ガリレオは神について書かれた聖書を含めた文書はみな作り話だと考え、スピノザは「神は自然の一部に過ぎない」と考えた。宗教とはフィクションを信じようという運動である。そのフィクションを拒否することによって生まれたのが科学である。以来、科学は「わからないことは追求しない」という立場を取った。すべてを説明しようとすると、作り話が介入する危険があるからだ。

デカルト、ガリレオ以降、科学が対象としてきたのは、目に見える因果性であり、目に見えない因果性は捨てられた。宗教と科学が切り離され、非実在的なものについては研究されなくなった。それ以来、科学は要素還元の体系を好むようになり、わからないことは宗教や哲学に委ね、「目的」、「意味」、「我思うがゆえに我あり」、「善悪」、「幸福」などの研究は科学から外された。

「我思うがゆえに我あり」とデカルトはいい、有形の肉体の中には物理法則に支配されない魂が存在するという二元論が定着した。だが、同時代のスピノザは現代の情報科学や神経科学を先取りし、物質と魂を同一のものと考えた。スピノザは自由意志は幻想に過ぎないと考え、こういった。

人間は自分の欲望を意識しているが、その欲望を引き起こした原因を知らないという事実によって成り立っている。

「自己」というのは肉体の現象に過ぎない。「自己」は思考の原因でも目的でもなく、結果に過ぎない。頭蓋骨の中には脳というリゾットのような器官があるが、その中にアルデンテの米粒のような「自己」が入っているわけではない。人文科学者はデカルトが作った前提を利用して、「自己」の探求を熱心に行い、迷路に入り込んだ。

そもそも人間は自分が何を考えているのか、なぜそういう行動をとるのかよくわかっていない。あらゆる行動は無数の外部的要因によって引き起こされた脳神経の反応であり、その説明はできない。自分のことがわかっていないのにそれを他人に正確に伝えることなどできるはずもないので、伝達、翻訳、影響、共感、それらは全て錯覚であり、勘違いであり、思い込みに過ぎない。それでも誰も悲しまず、仲良くできるのは、互いに真に理解し合っていないことを理解しているからである。
後藤明生の批評や思弁はまさに「わからないことを追求しない」という点で極めて科学的であり、また「わからないことを巡って、ああでもない、こうでもないと呟いている」という点で極めて哲学的なのだ。

ヨーロッパではモンテーニュ以降、ルソー晩年の『孤独な散歩者の夢想』のような例外はあったものの、エッセイのような自由想起型の文芸ジャンルは定着しなかった。逆に物語的構築を持った小説が発展し、事象をフィクションの枠の中で考察した。実際、文学史的定説に従えば、小説というジャンルも十六世紀に誕生したことになっている。騎士道ロマンスを律儀に踏襲しようとするあまり、その予定調和から逸脱してしまうドン・キホーテは図らずも、騎士道の理想を戯画化し、ロマンスの予定調和に不確定要素を盛り込むことになった。以後、ロマンスに自己批評が介入したもののことを小説と呼ぶようになったのである。

三人称客観描写という神的視点に作者は座り、語り手や登場人物を自由に動かすことによって、本来わからないこともわかりやすく可視化しようとした。その結果、生まれたのが自然主義であり、真理の綾を描写する心理小説である。こうした流れの中で、自由奔放に思索の履歴を残すようなエッセイはその曖昧さも嫌われ、結果的に廃れてしまったのかもしれない。しかし、ジャーナリズムの黎明期ともいえる十九世紀には、新聞や雑誌などのメディアでエッセイは復活する。文学者たちはコラムを執筆し、自説を展開するようになる。ロシアではオーチェルクというルポルタージュのようなジャンルが生まれ、ドストエフスキーもしばしばこのジャンルで活躍している。日本では平安時代から主に女性のあいだで日記の形式で綴られた随想の伝統の上に、ヨーロッパ文学の影響が重なり、ごく自然にエッセイは定着したが、それとは別に自然主義の流れが独自の支流を形成し、私小説になったともいえる。私小説もエッセイとの境界が曖昧なところがあり、後藤明生の小説にも私小説的性格が濃厚にあることは確かだ。

後藤明生に明瞭なジャンル意識があったかどうかは確かめる機会がなかったが、このような定義を試みると、後藤の一連の型破り、型くずれな散文を前にした戸惑いも多少は和らぐのではないか。

結論

後藤明生が亡くなって、もう十七年になる。今も彼が長居した新宿のバーに足を運んでいるが、そのカウンターに座っていると、あのとりとめもない後藤節が蘇ってくる。私は編者の中ではもっとも古くから後藤明生を知っている。「笑いの方法　あるいはニコライ・ゴーゴリ」という類例のない文芸批評を世に問うたばかりの一九八一年頃だったか、東京外大で催されたゴーゴリ・シンポジウムで、ソ連のアカデミー会員と日本のロシア文学者を前に後藤氏がゴーゴリにまつわる持論を展開し、誰もが目を白黒させていたのを私は学生の一人として目撃した。要約すれば、「ゴーゴリの作品を前にして自分たちにできることはただ笑うことだけだ」の一言に尽きるのだが、後藤は三十分も話していた。バーでも同様、本当に些末な話題で一時間も費やしていた。そのせいか、そのバーの滞在時間の最長記録は未だ破られていない。彼は夜十時に来店し、翌日の午後五時までそこにいたのだ。後藤以外の誰が十九時間も喋り倒せるだろうか？　しかも最後は店のママさんもおらず、一人ぼっちで、ビールが切れたのでわざわざ酒屋に買いに行ったのだとか。私はラスコーリニコフではないが、この新宿のマルメラードフに文士たるものの模範を見てしまったのであった。そして、一連の後藤作品を読んだ後は、もっともらしく伏線が張られ、予定調和的に起承転結がなぞられる小説のようなものを読まされると、おもわず「バカらしか、ち！」と思うようになってしまったのである。

底本一覧

誰？　『何？』、新潮社、一九七〇年
何？　『何？』、新潮社、一九七〇年
隣人　『何？』、新潮社、一九七〇年
書かれない報告　『関係　他四編』、旺文社文庫、一九七五年
結びつかぬもの　『ある戦いの記録』、集英社文庫、一九七九年
疑問符で終る話　『ある戦いの記録』、集英社文庫、一九七九年
挾み撃ち　『挾み撃ち』、講談社文芸文庫、一九九八年

本書には、今日からみれば不適切な表現がありますが、作品が書かれた時代背景、作品の価値、著者が故人であることなどを考慮し、底本のままとしました。読者の皆さまにはよろしくご理解のほどお願いいたします。

編集協力＝市川真人・江南亜美子・倉数茂

後藤明生　ごとうめいせい（一九三二―一九九九）

一九三二年、旧朝鮮咸鏡南道永興郡永興邑（現在の朝鮮民主主義人民共和国）で生まれる。一九四六年、三十八度線を越境、福岡県に引き揚げる。一九五三年、早稲田大学露文科入学。一九五五年、「赤と黒の記憶」が第四回全国学生小説コンクール入選。大学卒業後、博報堂を経て平凡出版（現マガジンハウス）入社。一九六二年、「関係」が第一回文藝賞中短篇部門の佳作となる。一九六八年、平凡出版を退社し、小説家専業に。一九八九年、近畿大学文芸学部教授、一九九三年に学部長となる。一九七七年に『夢かたり』で平林たい子文学賞、一九八一年に『吉野大夫』で谷崎潤一郎賞、一九八二年に『笑いの方法――あるいはニコライ・ゴーゴリ』で池田健太郎賞、一九九〇年に『首塚の上のアドバルーン』で芸術選奨文部大臣賞を受賞。

後藤明生コレクション2
前《ぜん》期《き》Ⅱ
二〇一七年一月二十日初版第一刷印刷
二〇一七年一月三十日初版第一刷発行
著者　後藤明生
発行者　佐藤今朝夫
発行所　株式会社国書刊行会
〒一七四―〇〇五六
東京都板橋区志村一―十三―十五
電話〇三―五九七〇―七四二一
ファクシミリ〇三―五九七〇―七四二七
URL：http://www.kokusho.co.jp
E-mail：sales@kokusho.co.jp
印刷・製本所　中央精版印刷株式会社

ISBN978-4-336-06052-5 C0393